Best Time

白 马 时 光

你好，法奈利

LUCKIEST GIRL ALIVE

〔美〕杰西卡·诺尔 著

吴超 译

百花洲文艺出版社
BAIHUAZHOU LITERATURE AND ART PRESS

献给
世上所有的蒂芙阿尼 · 法奈利

第1章

我端详着手中的刀。

"这可是正宗的日本旬牌刀具。拿它和德国的三叉牌比一比，是不是轻得难以置信？"

我用手指拨弄着刀刃，看它是否真的锋利无比。刀柄是防潮的，可在我手心里却变得湿漉不堪。

"我觉得这种设计更适合像您这样的体格，您比较……"我抬头看着售货员，想必他也会和别人一样说我瘦弱单薄。"……娇小玲珑。"说完他微微一笑，仿佛我应该为他的恭维感到受宠若惊。苗条、优雅、曼妙——现在终于有一种恭维能让我心安理得地接受了。

另一只手伸过来，作势要接过刀柄。这只手的皮肤比我的要白上几倍。

"让我瞧瞧。"

我把目光转向他——我的未婚夫。让人讨厌的称呼，不过与"丈夫"相比还可以忍受。而每每想到"丈夫"这个词，我就犹如恐慌症发作，浑身紧张，心跳加速，五脏六腑都好像缩成一团，喉咙里仿佛塞了东西，急得我直想喊救命。我可以选择不松手，而无声无息地将镍质不锈钢刀刃（我更喜欢旬牌）捅进他的肚子。售货员不需要担心，他顶多"哦"一声。需要担心的是他身后那个抱着一个鼻涕邋遢的婴儿的女人，她恐怕会叫得惊天动地，看样子就知道她绝对是那种无聊透顶又喜欢大惊小怪的女人。我甚至可以想象出她面对一大帮记者涕泪横飞、绘声绘色地讲述案发时的情景。在我浑身总是高度紧张的肌肉做出反应之前，在我可能会不由自主地做出捅刺动作之前，我掉转刀身，将刀柄递了出去。

"我有点激动。"我们从威廉姆斯－索诺玛①连锁店里出来走上59街的时候，卢克说，"你呢？"空调房里诱人的凉爽似乎想把我们硬生生地拖回去。

"我喜欢那些红酒杯。"我紧紧扣着他的手指，好强调我的意思。只是那些东西都是成套卖的，价格贵得离谱，这实在让我受不了。逛到最后，我们恐怕至少要买六个面包碟，四个色拉盘和八个主菜盘，然而我绝对不会有时间去补齐剩余的其他餐具②。如此一来，它们肯定要在厨房的餐桌上生闷气；随后卢克便会自告奋勇地把它们收起来，而我必定跳出来阻拦。直到结婚很久后的某一天，我可能突然心血来潮，于是跑过大半座纽约城，像玛莎·斯图尔特③附体一样雄赳赳气昂昂地走进威廉姆斯－索诺玛，结果却只会发现我们多年前看中的那套带卢浮宫花纹的餐具早已经停产。

"我们去吃比萨吧？"我说。

卢克笑着用力握了握我的手，"又吃？什么情况啊？"

我手上顿时有种麻木的感觉，"可能是因为健身费了力气，我现在都快饿死了。"当然，这是个天大的谎话。我午餐吃得饱饱的，到现在嘴里还留有鲁宾三明治的味道。哦，那东西粉嘟嘟胀鼓鼓的，活像一大张婚礼请柬，想想还真是恶心。

---

① 威廉姆斯－索诺玛是美国著名家居产品零售商。

② 一套国际标准的西餐餐具，根据用途仅盘碟类就包括牛油碟、面包碟、色拉盘、甜点盘、主菜盘以及汤盘。

③ 玛莎·斯图尔特：美国女企业家，亿万富翁，在烹饪、园艺和室内装饰领域成就斐然，素有"家居女王"之称。

"帕齐比萨怎么样？"我尽量说得轻松随意，避免让他怀疑这是我蓄谋已久的主意。而实际上，我脑子里已经开始想象着自己从一大盘帕齐比萨中拿起一块，白色的马苏里拉芝士扯出长长的丝但却怎么也不会断掉，我只好双手齐上阵，直到最后，相邻那块比萨上的芝士也被我扯下了一大块。自从上周四我们决定周日去登记结婚后，我就一直做着这个诱人的梦。（"亲戚朋友们都在问了，蒂芙。""我知道，妈妈。我们马上就登记。""距离婚礼日期只剩下五个月了。"）

"我不饿。"卢克耸了耸肩，"不过你要是想去我可以陪你。"真是个好男人。

我们手拉着手穿过列克星敦大道。一群腿脚有力、身材健硕的女人，身穿白色休闲短裤，脚蹬平底鞋，手里大包小包拎着刚从第五大道维多利亚的秘密专卖店中血拼来的宝贝——这里的货品要比明尼苏达州的齐全得多——眉开眼笑地从对面走来，我们小心避开。还有一队从长岛来的姑娘，脚上罗马鞋的带子一圈一圈裹着美丽的小腿，像缠在树上的藤蔓。她们看看卢克，又看看我，似乎并没有觉得我们这样的情侣搭配有什么不妥。我一直拼命完善自我，好在各个方面都能配得上他。

我们先左转，下一次右转之前一直朝着第 60 街走；穿过第三大道时才下午五点。餐馆已经摆好了桌椅，但暂时还没有光顾的食客。很多随性而为的纽约人恐怕才刚刚吃过午餐呢，以前我也属于那一类。

"两位要在外面用餐吗？"老板娘问道。我们点点头。于是她从邻近的一张空桌上拿起两份菜单，摆手示意我们跟她过去。

"给我来杯蒙特普齐亚诺红葡萄酒。"我说。老板娘不悦地蹙起眉，我能想象出她此时此刻的内心感受——天啊，那是服务员干的事——但我仍然对她近乎谄媚地笑着：你瞧我多友善。相比之下，你可就小气多了。而你还是老板娘呢，你真该为自己的想法感到脸红。

她无奈地叹口气，扭脸儿问卢克："你呢？"

"给我来杯水就行。"老板娘走开后，他又对我说："外面这么热，你怎么还能喝得下红酒？"

我不以为然地耸耸肩，"因为白葡萄酒和比萨不搭。"白葡萄酒我要留在那些感觉良好的夜晚，或者当我需要无视菜单上的意大利面时才喝。我曾经在《女人志》杂志上分享过一些小窍门儿，"研究发现，在你点完食物之后立刻合上菜单，能提升你对自己所点食物的满意度。所以在你的眼睛开始意淫伏特加、通心粉之前，赶紧点一份煎鳎鱼，然后合上菜单吧。"我的老板洛洛在"意淫"一词下面画了道线，批了"妙极"二字。天啊，我讨厌吃煎鳎鱼。

"接下来我们还有什么事要办？"卢克双手抱头靠在椅子里，仿佛要做仰卧起坐的架势。他丝毫没有意识到自己的这句话就像一根挑起争端的导火索。毒液在我棕色的眼眸中聚集，我连忙眨了几下眼睛，压制了发作的念头。

"多着呢。"我掰着手指一件件说给他听，"请柬、菜单、仪程单页、席次卡，这些全都要准备。我要找发型师、化妆师，还要敲定内尔和其他伴娘们穿什么礼服。我们还要去趟旅行社——我真的很不想去迪拜。我知道——"我举起双手拦住了正欲开口的卢克，"——我们不能整个蜜月都待在马尔代夫。在海滩上晃荡那么久会无聊死的。可我们接下来难道就不能去伦敦或者巴黎吗？"

卢克一脸凝重地点点头。他的鼻子上全年都长着雀斑，但到五月间，雀斑会蔓延至两侧的太阳穴，随后一直等到感恩节才慢慢消退。今年是我和卢克相识后的第四个年头，也是我们一起度过的第四个夏天。他热衷于跑步、冲浪、高尔夫以及风筝、滑板之类高雅健康的户外运动，而我则一年又一年地看着他鼻子上那些金色的斑点像癌细胞一样扩散开去。他也曾经拉着我一道投身运动，追求刺激和快感，可我对此并不感冒，甚至厌恶至极。因为这些运动实在太过消耗体力，运动之后那种筋疲力尽的感觉比宿醉还要难受。往常周六的时候，我总把闹钟定在下午一点，卢克对此倒是没有异议。"瘦小的人就要多睡觉。"午后他会捏着我的鼻子把我憋醒，并这样对我说。"瘦小"，我讨厌别人这样形容我的身材，难道说"苗条"会死吗？

最后我坦白承认。并不是我贪睡无度，而是在你认为我睡觉的时候，实际上我却醒着，我无法忍受在别人都睡觉的同时自己也跟着睡觉。我的睡觉时间——真正有深度的睡眠，而非平时为了适应每天的工作所进行的短暂易醒的休息——是当阳光越过自由塔①并迫使我滚到床的另一侧时；是当卢克在厨房里叮叮当当，忙着用蛋清煎蛋卷时；是当隔壁邻居为谁该出去倒垃圾而争吵不休时。鸡毛蒜皮的小事，平庸乏味的日常，无聊透顶的生活很容易让人放下所有戒备，当耳朵里充满这种枯燥的声音，就是我睡觉的时候了。

"我们每天应该督促自己做一件事。"卢克最后说。

"卢克，我每天都做三件事呢。"我的声音中不由自主地带出了一股愤怒之气。我哪有资格愤怒啊。我每天都该做三件事的，可实际上呢？我只是干坐在电脑前，埋怨自己没有像承诺的那样付诸行动。我发现这种没完没了的抱怨比真正去做三件事还要耗时费力，于是我又对自己的愤怒感到心安理得了。

我忽然想到有件事我是最有发言权的："你知不知道仅仅为了制作请柬我就和人费了多少口舌？"我想起文具店里那个有点神经质的亚洲女人，她唯唯诺诺的样子总让我气不打一处来。不过，我的一大堆问题也把她烦得够呛：请柬上的文字用了凸版印刷体，而回柬上却

---

① 自由塔指的是美国纽约新世贸中心的摩天大楼，它坐落于在"9·11"恐怖袭击中倒塌的原世贸中心旧址。

不是，这样会不会显得小气？如果信封上的地址我们用印刷体，而请柬上我们用手写体，会不会有人注意到？我生怕一个小小的细节就暴露了我的身份。我来纽约已经六年，感觉就像上了一堂如何让自己看起来像个有钱人的加长硕士课程——只不过现在有了临近市中心的优势。来这里的第一个半年，我认识到在大学备受推崇的杰克·罗杰斯凉鞋简直就是坐井观天的代名词。我发现了新的大陆，于是，我那金色的、银色的和白色的鞋子全都滚进了垃圾堆。当然，还有迷你版的寇驰手包（丢人的廉价货）。随后我又发现纽约有名的克莱因·菲尔德婚纱店看上去虽然光鲜迷人，实际上却只是一家桥梁和隧道工人经常光顾的俗气的结婚礼服大卖场。于是我选了肉库区的一家精品婚纱店，那里的橱窗中陈列着众多知名品牌的婚纱礼服，有玛切萨、雷姆·阿克拉，还有卡罗琳娜·埃莱拉。至于那些昏暗拥挤、门口站着彪形大汉、拉着红色绳索、人们在震天响的 DJ 音乐中疯狂扭动屁股的夜总会？有身份的城里人才不会到那种地方度过他们的周五之夜，绝对不会。我们会穿着看似便宜但却价值四百九十五美金的瑞格布恩短靴，在东村①的某个潜水酒吧里花十六块钱点一碟色拉，然后就着加了苏打水的伏特加悠然自得地吃下去。

我用了悠悠六年才走到今天这一步：未婚夫来自金融界，名字取自纽约著名的洛坎达·威尔德餐厅的女老板；我的腕上挎着蔻依手袋，虽然比不上赛琳，但至少我认为比挎着简直像世界第八大奇迹的路易威登（LV）手提包招摇过市要强得多。总体来说，我有充足的时间磨炼技艺。但是婚礼策划？这一行我却是个不折不扣的门外汉，要学习的东西实在太多太多。比方说，假如十一月订婚，那么你就有一个月的时间来研究盘算，于是你发现原本打算举办婚礼的蓝山保护区最近

---

① 东村以及上文中提到的肉库区都位于纽约曼哈顿。

经过了升级改造，整修的旧河岸居然要收两万块的场地费。你还有两个月的时间翻阅各种婚庆杂志和博客，与《女人志》杂志社派给你的娘娘腔男同事一起商量细节，而后你又会发现婚纱居然没有肩带，普通得有失身份。如此一来，你仅仅策划婚礼就用了三个月时间；你还得找一个十分有眼色的摄影师，他拍出来的照片，必须新娘是新娘，伴娘是伴娘，而且个个都要美艳不可方物；另外你还需要一家靠谱的花店，它必须保证能给你拿到任何反季节的鲜花，比如银莲花，因为如果只能拿得出牡丹，那也太丢份了。这是一盘大棋，一着不慎满盘皆输。哪怕最不起眼的细节瞬间也能让一个万众瞩目的大家闺秀变成俗里俗气的乡下土妞。我原本以为，二十八岁之前我就可以不用再费尽心思地证明自己，可以放松下来过舒服日子。但我错了，这场战争不仅不会停息，反而会随着年龄的增长愈发血腥。

"你到现在还没有把请柬上要印的地址给我。"我说。尽管如此，我还是暗暗庆幸又有机会去消遣文具店的老板娘。

"我已经在弄了。"卢克叹气道。

"这周你要再不给我，恐怕就要误事了。我都已经催你一个月了。"

"我一直忙得很。"

"你以为我闲得没事干是吗？"

不动声色的争吵，比脸红脖子粗摔盘子砸碗更可怕，不是吗？至少摔打完之后两人说不定还会就地在厨房里打一炮，让满地陶瓷碎片在你的背上印出残破的罗浮宫的图案。当然，如果你像个泼妇一样指责男人在马桶里留下一坨屎没有冲干净，对方是不大可能有心情为你宽衣解带的。

我紧握双拳，手指拼命向内弯曲，仿佛我能像蜘蛛侠一样把愤怒变成蛛网射出去。说吧，没什么难的。"对不起。"我说，并贡献了我最可怜的一声叹息，"我只是太累了。"

一只无形的手拂过卢克的脸庞，他对我的失望顿时一扫而光，"你还是去看看医生吧？开点安眠药什么的。"

我点点头，假装考虑他的建议，但安眠药于我只是装在瓶子里的软弱。我真正需要的是找回这段感情中的头两年时光。那时的我，可以和卢克相拥而卧，即便夜晚从我身旁悄悄溜走，我也不会觉得有追赶它的必要，那份从容和淡然是现在的我最为渴望的。有时当我醒着的时候，我会注意到，卢克睡着时嘴角会微微抽动。卢克的好脾气就像我们在他父母位于楠塔基特岛的夏日别墅中喷的杀虫剂，它药力强劲，赶跑了时时困扰我的恐惧。但是后来，确切地说，是八个月前我们订婚前后，失眠再度找上门来。星期六的早上，当卢克照例叫我起床和他一起到布鲁克林大桥上跑步时——周六跑步是我们坚持了近三年的习惯——我竟开始不耐烦地把他推开。卢克也算得上是情场老手——他看出了我们两人关系的倒退，不过令人惊讶的是，他的感情居然愈发炽热起来，就像把我变回热恋时的样子是个令他兴奋的挑战一样。

我可不是什么女圣人，对自己静谧的美丽和奇特的魅力一无所知；但有时候我真的很纳闷儿，卢克到底看上我什么了？我的漂亮是打扮出来的，底子根本谈不上美。我比卢克小四岁，虽然没有小八岁那么让人自豪，但也算是我的优势吧。我在床上还有一些小怪癖，尽管我和卢克对怪癖的定义截然不同，按照他的标准，我们的性生活既变态又刺激。因此可以说，卢克到底看上我什么，我是非常有自知之明的；可让我想不明白的是，市区的酒吧里到处都有像我这样的女孩子，只需他一个眼神，大把甜蜜可人的美女立刻就会主动投怀送抱。这些女孩子或许也生在有着红砖墙和白色百叶窗的家庭，而且不会像我家那样在房后自欺欺人地装上俗气的护墙板。但那些女孩子永远也给不了卢克我能给的东西，这才是关键。我就像一把锈迹斑斑而且沾满细菌的刀，卢克顶着明星四分卫光环的人生就好比一块缝纫技术巧夺天工的布料，我的刀刃在他的布缝间游走，威胁着要把他裁得四分五裂。他喜欢这种威胁，喜欢我身上潜在的不可预知的危险。但他并不想真的看到我恣意妄为。因此在我们相处的这些年里，我大多时候都拿捏着分寸，小心试探他的底线。可他的底线究竟是什么呢？我已经累了。

亲爱的老板娘故意把一个红酒杯猛地放在我面前。红色的液体溅出杯沿，在杯座周围迅速聚成一摊，看上去就像桌子挨了一枪流的血。

"给你！"她没好气地说，并虚情假意地笑了笑。我敢说那一定是她最下流的笑容，然而在我眼中却实在不值一哂。

鉴于老板娘的恶劣态度，我觉得有必要给她个教训。"哎呀。"我故作惊讶地叫道，并用手指捅了捅我两颗门牙间的牙缝，"你牙上沾了一大块菠菜。就在这儿。"

老板娘急忙用一只手捂住了嘴，脸一下红到了脖子根。"谢谢。"她咕哝了一句便逃回店里。

慵懒的余晖中，卢克蓝色的眼眸里充满了困惑，"她的牙上什么都没有啊。"

我慢条斯理地向前探过身子，就着红酒杯沿啧啧啜饮了两口，以免继续溢下去我的白色牛仔裤要遭殃。哼，永远别惹白富美和她们的白色牛仔裤，"她的牙上是没有东西，我故意吓她的……"

卢克的大笑是对我这出恶作剧的最高致敬。他连连摇头，却也暗暗给我点了个赞："你可真够阴的。"

"第二天的清理工作花店是按钟点收费的，签合同的时候你要和他们谈好价钱。"

真是见鬼，星期一上午搭电梯时，遇到了埃莉诺·塔克曼（娘家姓波达尔斯基）。她是我在《女人志》杂志社的编辑同事，一个在工作中对我的智慧总是疯狂压榨的家伙；她自诩为婚庆专家，把所有和婚礼有关的事情都揽了下来。埃莉诺是一年前结的婚，但直到今天她仍在喋喋不休地谈论着那件事，且每每一脸凝重，就像你说起"9·11"事件，或者乔布斯①的去世。我估计这种状况会一直持续到她怀孕并准备为我们这个国家生下个国宝为止。

"你不是开玩笑吧？"我故意装出一副极为震惊的样子。埃莉诺比我大四岁，是专题总监，我的顶头上司，也是我需要讨好的对象，当然，这并不费劲。对付她这样的女人，只需要像小鹿斑比一样睁大你天真的眼睛，乞求她们将高深的智慧慷慨传授给你。

埃莉诺严肃地点点头，"我会把我的合同发到你的电子邮箱，你可以看看都需要注意什么。"也看看我们是怎么花钱的，恐怕这才是重点。

我顿时感激涕零。"那就太谢谢你了，埃莉诺。"说完还特意露出我最近才洗过的一口白牙。"叮"的一声，电梯门开了，我终于得到解放。

"早上好，法奈利小姐。"克利福德暧昧地冲我眨了眨眼睛，而我身旁的埃莉诺他却视而不见。克利福德已经在《女人志》杂志社当了二十一年的前台接待，他看不惯每天从他面前经过的大多数人，理由可谓五花八门，甚至荒谬可笑。他不待见埃莉诺，原因据说是埃莉诺人品不好。不过我倒听说了另一个故事，有一次，食品间里新添了一些饼干，克利福德因为前台电话不能离人所以没办法去拿，于是他

---

① 史蒂夫·乔布斯：美国苹果公司联合创办人及前行政总裁，于2011年10月5日去世。

就给埃莉诺发了一封电子邮件，请她代拿一些饼干，顺便捎一杯多加奶的咖啡。不巧当时埃莉诺正在开会，等她看到那封电子邮件时，食品间里的饼干早被人拿光了。不过她还是倒了一杯咖啡给克利福德送去，哪知克利福德对她的好意不屑一顾，而且从那以后和她说过的话不超过五个字。"那肥婆很可能把最后一块饼干吃了都不给我。"事后他撇着嘴对我说。然而据我所知，埃莉诺患有严重的厌食症，是不大可能偷吃克利福德的饼干的。这件事在同事间传为笑谈，每每提起都让人笑得前仰后合。

"早上好，克利福德。"我向他摆摆手，订婚戒指在明亮的日光灯下调皮地眨着眼睛。

"裙子可真漂亮。"克利福德吹了声口哨，眼睛上下打量着我身上那件2码的修身皮裙，要不是昨天我在健身房里拼了命地流汗，今天这身肉恐怕塞都塞不进去。克利福德的恭维让我心花怒放，不过从前他也是这么恭维埃莉诺的。他这个人，只要你没有得罪他，他比谁都知道该如何讨你欢心。

"谢谢，亲爱的。"我为埃莉诺开了门。

"马屁精。"她进门时嘟囔了一句，声音很大，克利福德听不到都难。埃莉诺盯着我，似乎想看看我会站在哪一边。如果我假装没听见，那就等于和她划清了界限。如果我附和她的意思大笑一场，那就等于背叛了克利福德。

我摊开双手，拿出我撒谎时才用的嗓音说："你们两个家伙我都爱。"具体意思就让他们各自领会吧。

关上门后，克利福德便听不到我们说话了。我对埃莉诺说我要到楼下见一个求职者，并问她经过下面的报刊亭时要不要给她带点吃的或杂志。

"带一根肯德坚果能量条吧，要是有的话，顺便买本最新的《GQ》^①杂志。"埃莉诺说。她每天就吃这些东西，上午坚果，午餐是小红莓干。但她很感激地对我笑了笑，这就是我的目的。

那些标题栏里写着"我能请您喝咖啡吗？"的电子邮件通常都出自一些尽职尽责的新人之手，不过我的大多数同事在收到这样的邮件后都会不假思索地加以删除，于是那些忐忑等待回音的新人们便同时感到恐惧和一点可悲的自负。他们是看着《好莱坞女孩》^②中的劳伦·康拉德^③长大的一代，几乎每个人心中都有一个梦想：**长大后，我也要到杂志社工作**。可他们总会失望地发现，我的工作和时尚扯不上半点关系（"和美容也扯不上关系吗？"其中一个像抱着婴儿似的抱着她妈妈的圣罗兰手提包，撇着嘴问我）。我很喜欢捉弄他们，"我这份工作最大的好处就是能在一本书出版之前三个月就看到样书。你现在看什么书？"他们瞬间改变的脸色总是提前给出了答案。

《女人志》在雅俗共赏方面有着久远且传奇般的历史。在我们的杂志上你有时能读到严肃的新闻报道，有时能读到一些畅销书的节选，有时能读到我们精心筛选出的某些冲破玻璃天花板^④的女性高管人物特写，此外我们还会覆盖一些女性普遍关心的热点问题，也就是避孕和堕胎。在和性有关的话题上，洛洛要求我们尽量直言不讳，不必犹抱

---

① 《GQ》：原名 Gentlemen's Quarterly，中文名《智族》或《智族 GQ》，是一本男性月刊，内容着重于男性的时尚、风格、文化，也包括美食、电影、健身、性、音乐、旅游、运动、科技、书籍等方面的文章。

② 《好莱坞女孩》（The Hills）是美国 12~34 岁观众中收视率第一的超热门真人秀节目，于 2006 年 5 月 31 日在 MTV 电视台首播，持续至今。

③ 劳伦·康拉德：在《好莱坞女孩》（The Hills）中扮演她自己，取得极大成功，成为深受美国青少年喜爱的青春时尚偶像。

④ 玻璃天花板（glass ceiling），意思是指虽然公司高层的职位对某个群体来说并非遥不可及，但却无法真正接近，通常针对女性。

琵琶半遮面。就像避孕的问题，她就更乐意采用"男人同样不希望自己上一次床就喜当爹"这样的标题。但这并不是上百万十八九岁的小年轻们每月购买《女人志》的原因。至于我的文章，不要奢望能在读完瓦莱丽·贾勒特[①]的访谈录之后看到，倒是与"为他的小弟弟润滑的99种方式"相邻的概率要高得多。洛洛是我们的总编，她是个非常时髦，看起来好似不食人间烟火的女人。她总是给人一种咄咄逼人的压力感，让我时时感觉自己的工作岌岌可危，因而愈发努力起来——我对她可谓又恨又怕。

当初我之所以会被分到两性栏目，我想多半是因为我的长相（我已经尽量不让我的胸部引人注意，但是没办法，我似乎骨子里就透着一股放荡气息）。后来我就一直待在这个栏目，因为我干得着实不错。写两性方面的东西实际上并不容易，当然，大多数编辑以及《大西洋月刊》的订阅者们是放不下身段写此类文章的。这里的每个人都对"性事"讳莫如深，仿佛在两性方面越是无知就越是光荣，让人不由怀疑好似知道自己的阴蒂在哪儿与报道严肃的新闻是水火不容的两件事。有一次洛洛问我："BDSM[②]是什么？"虽然她心知肚明，但在我解释到支配与臣服的区别时，她还是装出惊讶万分的样子，我也只好索性装傻配合到底。洛洛深知，拉高杂志销量的并不是一两篇正儿八经的名人特写，而销量对她来说有着任何东西都无法匹敌的诱惑。去年已经有传闻说，《纽约时报杂志》现任编辑的合同到期后，洛洛有可能顶上去。"只有你能把男女性事写得既有趣又充满教育意义。"有一次她对我说，"坚持做下去，我向你保证，明年这个时候，你就再也不用写吹箫之类的文章了。"

① 瓦莱丽·贾勒特是奥巴马内阁很有影响力的资深顾问。
② BDSM：是集数个词组的首字母而成的一个语汇——绑缚(bondage)与调教(discipline)，支配(dominance)与臣服(submission)，施虐(sadism)与受虐(masochism)；指的是人类性行为的模式。

虽然她的话中不乏揶揄的成分，但此番承诺还是让我斗志昂扬地连续干了好几个月。直到有一天，卢克回家对我说他正在和公司协商调到伦敦的事。调动之后，他原本就相当不错的收入会更上一层楼。别误会，我很乐意有朝一日能到伦敦生活，但我希望那是靠自己的能力争取来的，而不是作为别人的陪衬。卢克看到我满脸不乐意的表情时大吃了一惊。

"你是撰稿人啊。"他提醒我说，"撰稿人到哪里都能写东西。这是你得天独厚的条件嘛。"

我一边为自己辩解，一边在厨房里走来走去。"可是卢克，我并不想做自由撰稿人，不想在外国仰人鼻息地讨生活。我想在这里当一个编辑。"我用手指着脚下的地面，这里，我们现在所处的地方，"我说的可是《纽约时报杂志》。"我双手并在一起晃了晃，仿佛手心里正捧着一个千载难逢的机会，它离我如此之近。

"阿尼。"卢克伸手抓住我的两个手腕，强行把它们放回我的身体两侧，"我知道你需要这个机会来向所有人证明，你不仅仅只会写些男欢女爱的东西。可是证明了之后又能怎样呢？就算你当上了编辑，一年之后你又该因为生孩子的事和我唠叨个没完，而有了孩子之后你恐怕连工作都不想干了。咱们还是理智一点吧。难道就为了你一时的兴致，我——不，我们，就真的要放弃这个大好的机会吗？"哦，他搬出了"我们"。

我知道，卢克以为孩子就是我的短板。我渴望戴上迷人的钻戒，披上美丽的婚纱，举办一场万众瞩目的婚礼。我在第五大道上认识一位富有的皮肤科女医生，想打什么针可谓近水楼台。我还经常拖着卢克到ABC家私城，去看那一套套蓝绿色的灯具和充满复古气息的贝尼地毯。"把它们铺在门厅里会不会很漂亮？"我总是提出这样的建议，而后怂恿卢克翻开价格标签，接着再假装被那高昂的价格吓得心脏病发作。我想在孩子的问题上，他一定是能拖就拖的，除非被我唠叨得实在受不了才会答应。他的朋友们走的几乎全是这个路子。与朋友们相聚喝酒的时候他会发点牢骚。"她都已经开始计算排卵周期了。"于是朋友们纷纷感同身受地安慰他。伙计，大家都是这么过来的。可实际上，他们内心深处对女人们的"苦苦相逼"是充满感激的，因为他们也想要孩子，尤其想要个男孩儿，不过就算第一胎生了个闺女也没有关系，还有下次机会。只不过男人们从来不必承认这一点。而像卢克这样的男人？他才不会着急呢。

可问题是我也不着急，我根本没有催促他的意思，孩子会累死我的。

天啊，一想到怀孕和生产我就浑身哆嗦。说起来并不像恐慌症，只是有点头晕目眩。这种症状我在十四年前就已经有了，一开始很突然，感觉就像坐旋转木马时被人中途断了电，我在惯性作用下滑过人生的最后几圈并逐渐走向停止；我的心跳越来越弱，心跳之间的寂静越来越长。为此我进过无数次医院，做过无数次检查，当医生或护士的手触碰到我的身体时，我总是心乱如麻——他的手指为什么会在这个部位停留？他感觉到什么了吗？那是个恶性肿块吗？眩晕的症状恐怕永远都无法根除了。我就属于那种冲动易怒、令人讨厌的忧郁症患者，天底下最温和的医生也能被我气得火冒三丈。我想就算现在没事，患上不治之症恐怕也只是时间问题。我想跟他们解释，让他们理解我的神经质是情有可原的。我对卢克说过眩晕的事，而且我还试着让他明白，因为忧思太甚，我可能永远都怀不了孕。他只是笑了笑，像只小猫一样用鼻尖磨蹭着我的脖颈，说："你这么乖巧，将来对孩子也一定会百般呵护的。"我也笑了笑。当然，我也有那个意思。

我叹了口气，按下到一楼大厅的按钮，然后静待电梯徐徐下降。

同事们都不屑于面试那些初出茅庐的求职者，就像他们不屑于写一篇关于会阴的文章，可我却能自得其乐。这些前来求职的小姑娘，十有八九都是她们各自圈子里最漂亮的女孩子，家里的衣橱中挂满了各种名牌牛仔裤。然而当她们看见我穿着一条普普通通又松松垮垮的裤子，凌乱的发髻几乎垂到脖子里的样子时，立刻会窘得面红耳赤，那样的情景我真是百看不厌。这时她们就会意识到自己完全失算了——不仅太过正式，甚至有炫耀之嫌；于是赶紧诚惶诚恐地拉一拉高雅的 A 字裙腰线，将一捋过分拉直的头发，让自己瞬间看起来像个家庭主妇。如果搁在十年前，我在这样的女孩子面前恐怕自卑得连头都抬不起来，可是如今，我手中的权力给了我傲视她们的资本。

我对这天上午要见的那个女孩子很感兴趣。她叫斯宾塞·霍金斯——一个让我羡慕的名字——是我的母校布拉德利中学的校友，最近才从三一学院（她们似乎全都来自这所学校）毕业。用她的话说，她极为"钦佩"我在"面对逆境时所表现出的勇气"。说得好像我是罗莎·帕克斯[①]一样。不过说真的，她这马屁拍对了地方——我恰好吃这一套。

走出电梯，我一眼便认出了她——慵懒随性的皮裤（如果是假货就更妙了），配以领尖上钉着纽扣的白色衬衣和银色的高跟鞋，前臂上悬着一个小巧的香奈儿手包。如果不是因为她那张圆圆的啤酒脸，我恐怕会马上转身并假装没有看见她。我可不擅长与同类竞争。

"法奈利小姐？"她试探着叫了一声。天啊，我已经受够了这个称呼，快点让我成为哈里森太太吧。

"嗨。"我用力握了握她的手，连她的手包链都跟着哗啦啦乱响，

---

① 罗莎·帕克斯（1913—2005）：美国黑人民权行动主义者，美国国会后来称她为"现代民权运动之母"。1955 年 12 月 1 日，帕克斯在公共汽车上因为拒绝为一名白人乘客让座而被捕，由此引发了一场大规模的反对种族隔离运动。

"我们这里有两种咖啡可以喝——报刊亭那里卖意大利咖啡，餐厅里卖星巴克。选一种吧。"

"我随您的口味吧。"回答得很好。

"星巴克我喝不习惯。"我朝她使了个眼色，便转身向外面走去。她的脚步声紧紧跟在我后面。

"早上好，洛雷塔！"我最真诚的一面往往只有在我和报刊亭的收银员说话时才会显露出来。洛雷塔曾被严重烧伤——谁也不知道是怎么烧的——留下一身骇人的伤疤，而且她身上总是散发出一股浓烈的汗臭味。去年她刚到这里工作时，人们抱怨不断——这地方如此之小，周围又全都是食品。闻到她身上的味道谁还会有食欲啊？当然，公司雇她是一件很高尚的事情，可是，难道就不能让她到地下室的文件收发中心去干活吗？有一次我就曾听到埃莉诺冲一个同事发这样的牢骚。然而自从洛雷塔上班以来，这里的咖啡永远都是新鲜的，奶罐永远都是满的，甚至还有豆奶！而最新出版的杂志也总是规规矩矩地摆在架子上最醒目的位置。洛雷塔酷爱阅读，几乎遇到什么就读什么。她舍不得用空调，把省下的电费钱投入她的旅行基金。有一次她指着一本杂志上的一个漂亮模特对我说："我以为这是你呢！"她的嗓子估计也被烧坏了，因为她的声音粗得吓人。她把图片伸到我眼前，"看见她时我就想，这是我朋友呢。"那一刻，我的舌头仿佛打了结，想说的话哽在了喉咙里，眼泪都差点忍不住掉下来。

我通常会故意把那些求职的姑娘带到这个报刊亭前。"你是你们大学校报的特约撰稿人？"我一手托着下巴，鼓励她们大胆说出对学校吉祥物的看法，比如吉祥物的服装是否具有恐同 ① 色彩，而实际上我并不在乎她们如何回答，我只在乎她们对待洛雷塔的态度，这才是给

---

① 恐同又称同性恋恐惧症，是指对同性恋行为以及同性恋者非理智性的恐惧和憎恨。

她们加分或减分的地方。

"早上好!"洛雷塔热情地招呼我。此时是上午十一点,报刊亭里安安静静。洛雷塔正在读一本《今日心理学》。她放下手中的杂志,露出像补丁一样粉一块棕一块白一块的脸庞。"这场雨……"她叹息着说,"实在太讨厌了。不过我倒希望它一直下一个星期,到周末的时候给我们留两个好天就行了。"

"呃,谁说不是呢。"

洛雷塔喜欢和人谈论天气。在她的祖国多米尼加,一到下雨天人们就跑到街上载歌载舞。可在这里人们是不会那么干的,她说,因为这里的雨水太脏了。"洛雷塔,这是斯宾塞。"我指了指跟在一旁的姑娘,她的鼻孔已经开始一张一翕。这可以理解,闻到恶臭时身体的本能反应是无法控制的,我早就知道,"斯宾塞,这是洛雷塔。"

洛雷塔和斯宾塞彼此寒暄了一番。这些求职的女孩子对洛雷塔向来彬彬有礼,有什么理由不呢?但我从她们的举手投足之间总能发现一些不自然的地方。有些人一待只剩下我们两人时就原形毕露。"天啊,那臭味儿是她身上的吗?"曾经有一个这样对我说,她一边用手掩着嘴巴偷笑,一边用肩膀很暧昧地碰了我一下,仿佛我们是无话不谈的好姐妹,刚刚偷了一堆维多利亚的秘密丁字裤。

"有咖啡,也有茶,你看看想喝什么?"我从一摞咖啡杯上拿下一个杯子,开始接咖啡,斯宾塞站在我身后,还在考虑。

"薄荷茶很不错哦。"洛雷塔很诚恳地推荐说。

"是吗?"斯宾塞问。

"是啊。"洛雷塔回答,"很提神的。"

"哎,是这样的。"斯宾塞提了提肩上精致的小挎包,"我其实并不习惯喝茶。不过既然外面这么热,来杯薄荷茶应该会清爽些。"

呀！也许布拉德利终于真正履行了他们的校训："致力卓越教育，培养博爱、创新和懂得尊重他人的学生。"

我付了钱。斯宾塞要和我争着结账，但我没有答应。这一贯都是我的秀场，我要让求职者们看到一个时尚成功的女人。我二十八岁，事业有成，刚刚订婚；尽管我也经常担心我的信用卡有可能被拒，这区区五块两毛三的茶水钱也许就能让我的一切努力付之东流。我的运通信用卡账单向来是直接寄给卢克的，我总觉得这有些奇怪，但又不会奇怪到让我下决心去改变它。我一年挣七万美金。如果住在堪萨斯城，我简直就能过上帕丽斯·希尔顿①那样的生活。有卢克在，我永远用不着为钱发愁。但尽管如此，我对信用卡被拒还是有种刻骨的恐惧，这源于童年时期挥之不去的阴影——妈妈笨拙地向收银员解释，而后哆哆嗦嗦地将卡片插回经塞满刷爆了的信用卡的钱包。

斯宾塞抿了一口她的薄荷茶，"味道真不错。"

洛雷塔立刻眉飞色舞起来，"我没骗你吧？"

我们在空荡的自助餐厅里找了张桌子坐下。雨天中的一切都灰蒙蒙的，头顶的天窗透进来暗淡的光。我注意到斯宾塞的额头上有三条明显的皱纹，它们很细，不仔细看会以为那是头发。

"谢谢您今天答应见我。"她开始说道。

"这没什么。"我喝了一口咖啡，"我知道想进这一行并不容易。"

斯宾塞深有感触地使劲点点头。"实在太难了。我的朋友都是学的金融，还没毕业就有大把工作排着队等他们。"她摆弄着茶袋线，"我从四月份就开始到处跑，结果现在仍一无所获，我都已经开始犹豫要不要换个行业试试。只要能尽快找到一份工作就行，要不然一直待业

---

① 帕丽斯·希尔顿：全球酒店业领导企业希尔顿集团的女继承人，是"含着金汤匙出生"的物质女孩的代表。

实在很丢脸。"她忍不住笑了笑。"有了工作我就能搬到这里，一边干一边继续寻找新的机会，骑驴找马嘛。"随后她询问似的看着我，"您觉得那样做明智吗？我担心如果我的简历上有在其他行业工作的经历，杂志出版类的机构很可能就不会认真考虑我了。可同时我也担心，如果什么工作都不做，长期待业也不是个事儿，那用人单位会认为我没有半点工作经验。"斯宾塞叹了口气，她被这种臆想出的困境折磨得懊丧不已，"您觉得呢？"

听到她说还没有搬到这座城市，我吃了一惊。根据以往的经验，我觉得她应该住在 91 街和第一大道交会处的豪华公寓里，房租和水电费用全部由老爸承担。"你在哪里实习？"我问。

斯宾塞羞怯地低头看着她的膝盖。"我没有实习过。不，也算实习过，不过是在一家文学代理公司。我想当作家，这听上去可能既愚蠢又狂妄，就像'我想当宇航员'一样。可惜我不知道如何才能成为一个作家，所以一位教授建议我先到业务性的部门工作以便了解下这个行业。之前我对这一行几乎一无所知，就拿杂志来说吧，我喜欢读杂志，也喜欢读《女人志》，小时候我经常偷看我妈妈的。"这种桥段我的耳朵都听出了茧子，我都不知道该不该相信，也许他们只是说说而已，"可我从来没有想过那些都是由人写出来的东西。于是我就开始研究这个行业，所以，您现在从事的工作，也就是我的求职意向了。"

说完之后她已是气喘吁吁。这个姑娘倒颇有激情，这一点我很欣赏。大多数年轻女孩子想要的工作，是能让她们有钱买名牌衣服，有机会结交社会名流，有资本出入各种夜店。所有这些都是我这份工作的额外福利，但相较于在杂志上看到铅印的我的名字——阿尼·法奈利，以及收到写有"有色有声"或"妙笔生花"评语的副本，这些就逊色得多了。我经常把那些写有评语的页面带回家去，卢克会把它们贴在冰箱上，就像我考试得了个 A 似的。

"不过有一点你要知道，等你升职成为编辑的时候，写文章的机会就少了，更多的时间都会用于编辑和校订。"这是某位资深编辑在一次面试中告诉我的，当时这句话着实打消了不少我的积极性。谁愿意总编辑别人的东西，而不想多写点东西呢？可是如今，在这个行业摸爬滚打了六年之后我才真正明白其中的意义。在《女人志》上发表真正的报道性文章的机会非常有限，我也只有偶尔的那么几次机会能为读者献计献策，比如建议女性读者在和男友探讨某些隐私话题时不要坐在他们对面，而要坐在他们身边。"专家说男人在他们感觉没有受到正面挑战时才更容易接纳别人的意见，注意，是正面。"不过，有时候当你告诉别人你在哪里工作时，对方眼睛里会突然闪出充满赞赏和向往的光彩，也会让你觉得分外满足，这就是我现在所需要的。

"但我一直都能看到您的署名文章啊。"斯宾塞说。

"什么时候你看不到了，就说明我升职了。"

斯宾塞不好意思地用手掌搓着茶杯。"第一次在杂志上看到您的名字时，我都不敢肯定那是您。因为您的名字的原因。不过后来我又在《今日秀》上看见您，虽然您的名字有点不一样了，人看上去似乎更不一样了。我并不是说您不漂亮。"两朵红云悄悄飞上了她的脸颊，"但我知道那就是您。"

我一言不发，我在等着她问。

"您是因为那件事才改的名字吗？"她的声音渐渐弱了下去。

一直以来，只要遇到这样的问题，我的回答都是固定不变的。"一定程度上是。那是学院里的一位教授给我的建议，他说这样人们就会更多地关注我的成绩，而不是与我有关的各种小道消息。"接着我总会适当地耸耸肩膀，"多数人根本记不住我的名字，他们记住的是布拉德利。"实际情况是这样的：从上高中的第一天起我就意识到我的名字有点另类。我被一大堆姓琼西或者格利尔的同学包围着，他们的姓名简单优雅，几乎没有一个人的姓是以元音字母结尾的，于是蒂芙阿尼·法奈利①这个名字就显得格外与众不同，感觉像是感恩节时突然到来并喝光你家所有昂贵威士忌的乡下亲戚。倘若不是因为进了布拉德利，我恐怕永远也不会意识到这一点。但是话说回来，假如我从来没有上过布拉德利，假如我一直待在我的老家宾夕法尼亚，我敢肯定现在的我一定坐在租来的宝马车上，修剪整齐的手指甲梆梆敲着方向盘，停在幼儿园门外等着接孩子。布拉德利中学就像一位残暴的养母——她把我从虎口中拯救出来，转身便扔进了狼窝——她对待学生有她自己的一套方法，虽然很扭曲。难怪一些学院领导在看到申请材料上我的名字时都不免扬起眉毛。我猜他们一定陡然坐直了身体，大声问他们的秘书，"苏，这个蒂芙阿尼·法奈利，是不是那个——"当他们看到我高中毕业于布拉德利中学时，问到一半的问题便戛然而止了。

我没敢申请常春藤盟校，但许多徘徊在联盟之外的学校都乐意接纳我。他们告诉我说他们如何被我的文章感动得泪流满面，说我虽然年纪轻轻，却能用生花妙笔将堕落的人性刻画得惟妙惟肖，读来酣畅淋漓。啊，这是毋庸置疑的，我的每一篇文章都是一颗催泪弹。所以最终，我的名字连同我憎恶的学校的名字将我抬进了卫斯理公会大学，在那儿我遇到了我最好的朋友内尔——公认最漂亮的黄蜂女，她的毒刺不放过任何人，除了我。也正是她——而非某个明智的教授——建议我去掉名字中的"蒂芙"二字，直接叫"阿尼"，虽然按照读音我本该叫安妮，但她说"安妮"那个名字太过呆板，与我愤世嫉俗的性

---

① 蒂芙阿尼·法奈利，英文为 Tifani Fanelli，姓氏 Fanelli 最后一个字母为元音 i，相对而言比较特别。

格不相称。我改名字并非要隐藏我的过去，而是要让所有人都想不到我能有资格成为：阿尼·哈里森。

斯宾塞把椅子向桌前挪了挪，想必她也不愿辜负如此亲密的时光。"我很讨厌别人问我高中时读的哪个学校。"

这一点我倒是不敢苟同。因为很多时候我倒十分乐意告诉人我在哪里上的高中，于我而言那是一个绝好的机会，可以向人们证明我曾经走了多远的路。于是我耸耸肩，收起一切表情，好让她知道并不会因为校友这层关系，我们就成了无话不谈的好姐妹。"我倒不介意。我觉得那也是我人生的一部分，它成就了我。"我说。

斯宾塞自觉失言，同时也忽然意识到她与我靠得太近。这是面试，并不是推心置腹的聊天，她的热情显然有些唐突和冒昧了。于是她又把椅子向后挪了挪，将属于我的空间还给我，"当然，如果我是您的话，也会有同样的感受。"

"我还要参加纪录片的摄制呢。"怕她多心，我又很随意地加了一句。

斯宾塞慢慢点了点头，"我本来还想问问呢。不过谁都能猜到他们肯定会请您。"

我看了眼手腕上的豪雅表。去年一年卢克都承诺要给我换块卡地亚手表，"我的意见是，就算没有工资你也应该找一个实习的机会。"

"那我怎么付房租呢？"斯宾塞问。

我注视着挂在她椅背上的香奈儿手提包。看第二眼的时候我发现有些接缝的地方已经开了线。这个姑娘，可能家里继承了一点遗产，但是和某些信托基金绑在了一起。家族名声不错，可能在韦恩县有套不大不小的房子，只是手头时常拮据，连在地铁上打发叫花子的零钱都拿不出来。

"夜里可以当餐厅服务员，或者到酒吧打工。要么就住在外地，每天搭车上班。"

"从费城？"她的口气不像是在提醒我她的住地离这儿有多遥远，倒像是指责我提出了一个不切实际的建议。我的心里有些不高兴了。

"我们这里有些实习生每天还要从华盛顿特区赶过来呢。"我说完喝了口咖啡，随后仰头看着她，"坐火车不就两个多小时吗？"

"大概是吧。"斯宾塞半信半疑地说。她的犹疑让我失望。这使她在那之前给我留下的好印象多少打了些折扣。

我希望她能反省一下，所以便不再说话，而是低头整理我脖子上那串精美的金项链。只是没想到这个动作竟暴露了我最重要的信息。

"您订婚了吗？"斯宾塞像卡通人物那样睁大了双眼，目光集中在我最引以为傲的东西上：一颗硕大耀眼的绿宝石，被两颗璀璨的钻石夹在中间，镶嵌在一条铂金指环上。那是卢克祖母的戒指——抱歉，是他妈妈的——当初送给我时，他说我可以把铂金指环换成镶钻的，"给妈妈修首饰的人说，现在的年轻人都喜欢那种款式。可能看上去更现代吧。"

但也正是这个原因我才不愿意把戒指拿去修改。不，亲爱的妈妈戴着它时是什么样子，我就要它是什么样子：如此既华丽又矜持。多么清晰的一条讯息：这是一份传家之宝。我们可不是普通的有钱人，而是世代富贵的大户人家。

我伸出手指，很随意地瞥了一眼，好像我已经忘记了手上还戴着那么大的一枚戒指，"呃，我明白。我已经不再年轻了。"

"这是我见过的最漂亮的戒指了。"斯宾塞说，"您打算什么时候结婚呢？"

"十月十六！"我微笑着对她说。若是埃莉诺亲眼看到这个娇羞的新娘在这里信口开河，她一定会歪着脖子，搬出她最拿手的"你不吹牛会死啊？"的笑容。可接着她照例会提醒我，虽然十月并不是一个多雨的月份，但当日的天气状况还是很难预料。万一真的下雨，我是否有后备计划？当初她结婚的时候曾特意准备了一个大帐篷，尽管最终并没有用上，但仅仅预订费就花了一万美金。像这种虚虚实实的趣闻逸事，在埃莉诺身上可谓数不胜数。

我向后推开椅子，"我该回去工作了。"

斯宾塞像只兔子一样从椅子里跳出来，并伸出手。"谢谢您，蒂芙阿尼，呃，不，我是说——"她捂着嘴笑了笑，"阿尼。不好意思。"

有时候我感觉自己就像一个带发条的玩具娃娃，需要伸手到背后拧几圈金色的钥匙，才能做出问候、微笑以及其他合乎礼仪的反应。临别之际，我勉强挤出一丝僵硬的笑。等到纪录片完成的时候，当镜头推近，聚焦在我那痛苦而又坦诚的脸上，关于我是谁，以及我做过什么的一切疑团，都将烟消云散。到那时，斯宾塞就再也不会记错我的名字了。

第2章

八九年级 ①之间的那个夏天，我的耳朵里几乎只有"美恩兰"这三个字，这全要拜我的妈妈所赐。她把费城这个所谓的富人区吹得天花乱坠。她说那个地方"跩得很"，去那儿上高中，我将有机会体验另一种人的生活。当时我并不知道"跩"是什么意思，只能从她夸张的语调大致推测。因为它和布鲁明戴尔百货公司里的女售货员怂恿她买一条特别昂贵的羊绒围巾时所用的语气一模一样。"您围上它显得特别富态。"富态，真正有魔力的字眼。妈妈戴着那条围巾回家后，爸爸火冒三丈，气急败坏地抓起围巾在脸上一通揉搓。

从幼儿园起，我上的一直都是天主教的女子学校，而且在一个离边境只有十五英里左右的小镇上。可想而知，那里全无美恩兰的贵族气。但我成长的地方也并非什么贫民窟，我们那里充斥着病态的中产阶层，周围尽是些自以为高人一等的、俗不可耐的邻居。我不知道当时就是那样的风气，不知道金钱可以彰显一个人的地位，越是有钱，地位就越高。我以为富有就是闪亮的红色宝马轿车（租来的）和有五间卧室的大套房（抵押过三次）。五间卧室，实际上我们家连假装富有的资本都没有。

我真正的教育始于二〇〇一年的九月二日，那是我入读布拉德利高中的第一天，这所学校位于宾夕法尼亚州的布林茅尔。一栋古老陈

---

① 美国的初中为 7~8 年级，相当于中国的初一、初二，高中为 9~12 年级，相当于中国的初三到高三。因此八九年级之间也就是美国的初中升高中年份。

旧的大厦如今成了布拉德利英语和人文学科的教学楼。站在入口处，我因为紧张而汗湿的手掌拍打着橙色的阿贝克隆比费奇（AF）工装裤。我为什么会来到这里？这都是被大麻害的（或者你也可以像我的爸爸那样称之为"毒草"）。如果不是因为吸毒的事儿，此刻的我恐怕应该徜徉在圣特里萨山中学高中部的校园里。蓝色的苏格兰式短裙摩擦着我那因为在夏威夷泡了一个夏天的海水而变成黄褐色的双腿，但如此一来，我步入成年的第一天将变得黯然无色，至多是 Facebook 上轻描淡写的三言两语。而我一生的存在也将仅仅体现在相册中的一系列照片上——在大西洋城度过的订婚周末，香草簇拥下的教堂婚礼，以及按照计划准时降生的小宝宝。

然而实际情况却是这样的：进入八年级之初，从没碰过大麻的我和几个朋友决定尝尝鲜儿。于是我们四人带着一支已经返潮的大麻烟卷儿，从我最好的朋友利亚的卧室窗户爬到她家的屋顶上，你一口我一口地传来传去，直到烟嘴儿被我们的博纳贝尔唇膏浸润得变了形。大麻的刺激，加上做贼心虚，我的手脚开始不由自主地颤抖，甚至连脚趾都不听使唤。我的呼吸越来越急促，直到忍不住喊叫起来。

"有点不对劲。"我一边喘气一边笑着对利亚说，她试着安慰我，但最终却不受控制似的发出一阵狂笑。

利亚的妈妈闻声跑出来查看情况。她在半夜给我妈妈打了一个电话，拼命压低了嗓子说："这几个女孩子学坏啦。"

从五年级开始，我就已经拥有了玛丽莲·梦露般的身材。家长们谁都不怀疑我就是我们这个四人吸毒小团体的首脑。我似乎天生一副不安分的样子。一周之内，在我们那个由四十名女生组成的小班里，我从一个人见人爱的香饽饽变成了一只人人喊打的过街老鼠。就连平时爱拿薯条蘸鼻涕吃的那个讨厌女生，吃午饭时也不愿屈尊和我坐在一起了。

果然好事不出门，坏事传千里。我的所作所为终于还是传到了校长的耳朵里，爸爸和妈妈被叫到了学校。校长是个叫作约翰修女的丑八怪，她建议我另择学校以完成我的教育。回家时，妈妈在车上唉声叹气地唠叨了一路，最后决定把我送进美恩兰的一所高级私立学校。她认为那样我就更有希望上常春藤盟校，也更有希望在将来嫁一个真正的有钱人。"哼，也让他们瞧瞧。"妈妈得意扬扬地说。她的双手紧紧抓着方向盘，仿佛那是约翰修女的脖子。我过了一会儿才敢参着胆子问："美恩兰的那所学校里有男生吗？"

那周晚些时候，妈妈把我从圣特里萨山中学接了出去，而后驱车四十五分钟来到了布拉德利高级中学。这是一所男女同校的私立高中，且不受任何教派控制。它坐落于处处都被常春藤覆盖着的繁华的美恩兰中心地带。招生办主任一连两次提到著名作家塞林格的第一任妻子，且言语之间充满自豪，说二十世纪初她曾就读于布拉德利。我把这件趣闻暗暗记在了心上，以备将来老板或者公公婆婆问起时我好向他们炫耀一番，"哦，是啊，我上过布拉德利中学。你知道吗？塞林格的第一任妻子也上过这个学校呢。"让人受不了没关系，知道自己让人受不了就行。至少我是这样替自己辩护的。

拜访之后，我还得参加一场入学考试。临时考场设在食堂一侧的一个包间里。没有课桌，我就趴在一张气派的大餐桌上。包间的门框上面镶着一行铜字：布伦纳·鲍肯厅。我很不理解，在英语世界中怎么会有人取名叫布伦纳。

考试的细节我已经记不清楚，唯一还有点印象的恐怕就是作文题了。题目要求我描述一样东西，但文章里又不能提到这样东西。我写了我的猫，文章以它从我家后阳台上跳下去摔死结尾。布拉德利中学对塞林格的推崇让我认为他们对另类作家怀有特别的情结，我猜得没错。几周后家人接到通知，我的助学金已经获批，我也被布拉德利中学录取。也就是说，如果一切顺利，我有望和布拉德利二〇〇五届的毕业生一同升入大学。

"亲爱的，你紧张吗？"妈妈问我。

"不紧张。"我徒劳地撒了个谎，我不明白美恩兰到底有什么值得她激动的，以我十四岁的眼光看，那里的房屋可谓丑上了一个新的台阶。我一直认为利亚家刷成粉色的房子已经够畸形了，但和这里相比，居然也算得上中看。那时的我还不懂，品位就是在昂贵与质朴之间寻找微妙的平衡。

"你可一定要好好学习。"妈妈在我膝盖上捏了捏，她微笑时，嘴上厚厚的唇膏在阳光下闪闪发光。

四个女生横成一排，从我们的宝马车旁边走过。她们的双肩式背包紧紧贴在后背上，粗大的马尾辫像斯巴达人帽盔上插的羽饰，随着脚步在头顶上左摇右摆。

"知道了，妈。"我翻了个白眼，部分针对她，但更多是针对我自己。她尖尖的指甲在我前臂上划来划去时，我起了一身鸡皮疙瘩，只差那么一点点我就要哭着扑到她怀里去了，"挠我的胳膊！"小时候我经常爬上沙发挤到她身边，央求她这么做。

"你快迟到了！"她在我脸颊上亲了一口，留下黏糊糊的两道唇印。而反过来，我却只是阴阳怪气地对她说了句"再见"。那天上午，我站在离学校大门三十五步远的地方，对于未来的角色，我仍处于彩排阶段。

第一节课在指导教室上，我像个大白痴一样兴奋不已。我原来的中学没有上下课的电铃，也不像这里由不同的老师上不同的课。我们那里每个年级只有四十名学生，分成两个班，学习的内容除了数学、社会、科学、宗教，还有英语，但老师全年都是同一个人，如果你运气好，老师可能由修女之外的人担任（可惜我从来没有走运过）。学校里每四十一分钟响一次铃的点子真是妙不可言，铃声驱使着你从一间教室转战至另一间教室，遇到新的老师、新的学生，这让我感觉自己就像在《救命下课铃》①中客串的明星。

但那天上午最让人激动的部分要属英语课了。荣耀英语，这又是我在教会学校所未曾体验过的。而多亏入学考试中那篇关于我家猫咪不幸遇难的一百五十字的作文，我在英语课上得到了老师的垂青。我迫不及待地想要用我从学校商店买来的那支绿色钢笔笔记。圣特里萨山中学要求我们像小学生一样用铅笔，但布拉德利却不在乎你用什么笔，甚至不在乎你是否记笔记，只要你的成绩能够保持进步就行。布拉德利中学的校色②是绿和白，我买了和校篮球队服一样颜色的钢笔以表示我有了新的效忠对象。

荣耀英语班很小，只有十二名学生，用的也不是常见的课桌，而是三张长桌头抵头拼成一个硕大的字母 U。任课教师拉尔森长得人高马大，肌肉发达，在妈妈眼中绝对是不受欢迎的那一类人，不过他比别人多出的那二十磅肉造就了一张和蔼丰满且圆润的脸：眼睛有点斜视，上唇轻微拱起，那样子就像他刚刚想起前一天夜里和朋友们喝酒时讲到的某个令人捧腹的笑话。他时常穿着已经褪了色的、领尖带纽扣的花衬衫，一头松软的浅棕色头发仿佛在告诉我们：就在不久之前，他的身份还和我们差不多，只是个预科学校的学生，而且他似乎很乐意做我们的"同龄人"。对于十四岁的少女来说，他的魅力自然要胜过班上的任何一个男生。这一点，我荡漾的春心可以作证，女生们所

---

① 《救命下课铃》（Saved by the Bell）是 1989 年首播的一部美国喜剧。

② 学校的校色通常为两种，四种及以上的较为罕见，学校的校名标准字体、校徽、校旗、校服等的颜色通常以校色为主。

有荡漾的春心都可以作证。

拉尔森老师大多数时候喜欢坐着上课，并把两条腿平伸出去，然后一只手摸着后脑勺向我们提问："你们觉得霍尔顿①为什么想做一个麦田里的守望者？"

第一天上课，拉尔森老师让每人说一件自己在刚刚过去的那个暑假中做过的最酷的事。我怀疑这是拉尔森老师特意为我量身定做的课堂项目，因为我的大多数同学都是直接从布拉德利初中升上来的，他们从小就认识，暑假也多半在一起度过，所以彼此之间并没有什么新鲜故事。可是我就不同了，作为一个刚刚转来的新生，我浑身上下无疑都充满了神秘。尽管我的暑假同样毫无亮点可寻，无非就是躺在我家的后门廊下把皮肤晒黑一点，每天浑身汗津津的，像个孤单的可怜虫那样隔着窗户看电视里的肥皂剧。不过，他们当然没必要知道这些。轮到我时，我对大家说我在八月二十三日那天去听了珍珠果酱乐队的音乐会，这自然是没影儿的事，但也并非我凭空捏造。在大麻事件之前，在利亚的妈妈找到确凿证据证明我就是她怀疑已久的害群之马之前，她的确为我们几个搞到了音乐会的门票。只是如今我来到这陌生的环境，好朋友利亚和这些新人之间几乎隔着一片汪洋，我需要交几个新朋友，自然得亮出点不一样的东西，所以我撒了谎。我很高兴撒了这个谎，因为我的话引来好几个同学的点头赞许，甚至还有个叫坦纳的家伙不无羡慕地喊了一声"酷"。

活动之后，拉尔森老师让大家讨论暑期阅读作业——《麦田里的守望者》。我端端正正地坐在椅子上，腰板儿挺得比任何一个人都直。暑假里，我坐在后门廊下，用了两天时间便把那本书翻了一遍，我的拇指在每一页上都留下了潮湿的半月形指印。妈妈问我看完之后有何

① 霍尔顿是塞林格著名小说《麦田里的守望者》中的主人公。

感想，我说故事挺搞笑的，结果她头一仰，盯着我问："蒂芙，对于主人公精神崩溃的事，难道你就没有任何感想吗？"精神崩溃？有这种事？我不由大吃一惊，立刻重读了一遍，并特别留意我在第一遍时有可能忽略掉的重要情节。我一度甚至怀疑自己并非如我想象的那般是个文学天才，但随后我又立刻提醒自己，像圣特里萨山那样的学校，从来都是重语法不重文学的（因为语法不像文学那样充斥着性爱与罪恶），也就是说，我的观察力之所以不如别人敏锐，并非全是我个人的原因。但我会迎头赶上的。

离计分板最近的一个男生用一声低沉的叹息表达了他的不满。他叫亚瑟，暑假做的最酷的事是到《纽约时报》报社参观。根据同学们的反应，那件事酷的程度比看珍珠果酱的音乐会稍微逊色了些，但至少比去金梅尔表演艺术中心看《歌剧魅影》要好那么一点点。就连我都能明白，那样的名剧，除了去百老汇，其他地方都不值一看。

"看来你一定特别喜欢这本书吧，是不是？"拉尔森老师揶揄道，教室里瞬间响起一阵偷笑声。

亚瑟的体重接近三百磅①，脸颊上布满了青春痘，看起来就像在脸上贴了两个大大的括号。他的头发又脏又乱，泛着明晃晃的油光，仿佛凝固成完整的一块，双手插进去甚至无法动弹，而在他的发际线和脑门儿之间永远印着一条油腻的弧线。"霍尔顿还有一点自知之明吗？他骂每个人都是骗子，而实际上他自己才是那个最大的骗子。"他说。

"你这个观点倒是挺有意思。"拉尔森老师鼓励说，"霍尔顿的讲述可信吗？"

在有人回答这个问题之前，下课铃声响了。同学们立刻像大扫荡一样把笔记本和铅笔收进书包，踩着史蒂夫·马登木底鞋，迈开毛茸

---

① 即136千克左右。

茸的双腿向外走去；在一片喧闹声中，拉尔森老师扯着嗓子给我们布置作业——阅读《进入空气稀薄地带》①的前两章，以待下次上课时讨论。我不知道其他人怎么那么快就走出了教室。这是我第一次注意到这个现象，而一旦我注意到了，便再也无法忽视，这种感觉将伴随我的整个人生：我比别人迟钝。别人轻而易举做到的事情，我却必定要费些周章。

当我意识到教室里只剩下我和拉尔森老师两个人时，我的脸唰一下红透了粉底。哦，粉底，那是妈妈的建议。我也以为别的女生都会略施粉黛，但事实上她们全是素面朝天的。

"你是从圣特里萨中学转过来的，对吧？"拉尔森老师一边伏在他的桌子上整理教案，一边问我。

"是圣特里萨山中学。"我终于拉上了书包的拉链。

拉尔森老师抬起头，上唇拱起得更高了些，"哦，对。你的读书报告写得非常好，思维很缜密。"

纵使稍后我会躺在床上把这一刻一遍又一遍地回想，直到我不得不咬紧牙关，紧握双拳，以免身体激动得自燃起来，但当时我唯一想做的事就是离开教室。我永远都不知道该说什么话，而此刻我的脸色，恐怕和我那爱尔兰姑妈喝醉之后摸着我的头发说她多想有个女儿时一模一样。"谢谢。"我说。

拉尔森老师微微一笑，又低下头去，"我很高兴你上我的课。"

"嗯嗯，明天见！"我本想挥挥手，但胳膊抬到一半又改了主意。也许我的动作看起来就像一个图雷特综合征②患者抽搐了一下。这个名

① 《进入空气稀薄地带》是美国畅销书作家乔恩·克拉考尔的作品，乔恩是《户外》(Outside) 杂志专栏作家、登山家。

② 又叫慢性多发性抽动，以法国神经学家图雷特的名字命名。本症是发生于青少年期的一组以头部、肢体和躯干等多部位肌肉的突发性不自主多发抽动，同时伴有爆发性喉音或骂人词句为特征的锥体外系疾病。

词是我有次生病在家看电视的时候，从一集《萨利脱口秀》中学到的。

拉尔森老师冲我轻轻摆了摆手。

教室外面几步远的地方有张破桌子，亚瑟把书包搁在上面，正低头在书包里翻找着什么。我走近时他抬起了头。

"嗨。"他说。

"嗨。"

"我在找眼镜。"他解释说。

"哦。"我把拇指伸到勒在肩头的书包背带下面，双手同时向前一抻，随后紧紧攥住。

"要去吃午饭了吗？"他问。

我点点头，但实际上我已经计划好了先去泡一会儿图书馆。因为此刻餐厅里正是最热闹的时候，我可不希望自己像个傻子一样，被一大堆陌生的面孔包围着，端着午饭茫然四顾却不知道该坐在哪里，学校是禁止在餐厅以外的地方用餐的，所以为了尽快摆脱众目睽睽的窘境，我最后只能随便找个地方坐下。上学第一天，可以议论的东西实在太多，谁都不愿放弃这个向新来的女生传播八卦新闻的宝贵机会。当然，我会严守中立。我知道陌生的终究会变得熟悉。要不了多久我就会发现，那个一头红色鬈发、额头上青筋微凸的女生，在班里却是智商最高的人，她会提前申请哈佛大学，并有望成为布拉德利二○○五届学生中最先被录取的那一位（一届七十一个学生中，被录取者能达到九人。《美恩兰杂志》把布拉德利中学说成是名牌大学生的摇篮，并非毫无根据）。那个矮小健壮、有着发达胸肌的足球运动员，去年夏天在他好朋友家的地下室里曾让林赛·黑尼斯为他吹箫，而他的好朋友一直旁观。这些人和事最终都将会合在我这里，而我最终也会变成别人眼中的他人，成为流言蜚语的主角，连和谁坐在一起吃饭都能成为议论的话题。不过在那之前，我觉得有必要暂时维护我的尊严，不给别人议论的机会，所以先到图书馆写我的西班牙语作业不失为一个不错的选择。

"我和你一起去吧。"亚瑟提议说。

他把鼓鼓囊囊的背包斜挎在一侧肩头，主动走在前面领路。下楼梯时，他两条粗大苍白的小腿蹭来蹭去。我知道被自己的身体出卖是什么感觉——我当时才十四岁，但看上去却像个发了福的大一新生。十几岁的小男生大多蠢蠢的，因为我的胳膊腿都偏瘦，V 领 T 恤又使我的胸口很容易引起别人的无限遐想，他们便很自然地以为我拥有一流的身材。尽管事实上我衣服下面的景象惨不忍睹——腹部堆叠的脂肪就算我得了厌食症也减不下去，更不要提那像亚细亚眼一样暴突出来的肚脐。那年夏天刚开始流行坦基尼泳衣①，我将其视为我的拯救，那是我这辈子最感激的服装了。

"你也像其他女生那样迷恋拉尔森老师吗？"亚瑟咧嘴一笑，推了推刚从书包里翻出来并架在亮晶晶的鼻梁上的眼镜。

"这能怪我吗？我以前的老师可全都是修女。"

"哦，天主教女生。"亚瑟郑重地说。像我这样的教会女生他们并不多见，"哪个学校的？"

"圣特里萨山。"我等待着他的反应，当然，我并不奢望看到赞许的表情。但见他一脸茫然的样子，我又补充了一句："在马尔文。"人们通常认为，美恩兰发源于马尔文，但马尔文就像军队中级别最低的士兵，永远居于营地的边缘，拱卫着营地中央的将校军官们。被一群平头老百姓包围着，美恩兰那些最有名望的人家深感无奈与痛心——在他们眼里，马尔文永远是个上不了台面的地方。

---

① 坦基尼是一种两件套式的女士泳衣，一般包括一条比基尼式三角裤和一件背心式上衣。

亚瑟扮了个鬼脸，"马尔文？好远啊。你家住在那儿吗？"

我不得不解释一番，而且这件事一做就是好多年——不，我家并不在马尔文，而在切斯特·斯普林斯，那里比马尔文更加偏远，从没出过什么大人物，虽然有不少漂亮的老房子只要得到同意就可以参观，但没有一栋是我们家的。

"那到底有多远啊？"我滔滔不绝地说完后，亚瑟问道。

"半小时车程吧。"实际上要四十五分钟，有时甚至要五十分钟，不过这是我刻意撒的另一个谎。

我和亚瑟并肩走到餐厅入口，他把手一伸，说道："女士优先。"

那时的我身上还带着一股初生牛犊的莽劲儿，学校餐厅是个什么地方，我也敢闯？可我浑然不觉有什么不妥，颇有种盲人骑瞎马，夜半临深池的既视感。我看见亚瑟不知冲谁挥了挥手，而后对我说了句"走吧"，我便鬼使神差地跟了过去。

餐厅位于旧教学楼与新校区的交会处。浓咖啡色的木餐桌看上去有些陈旧，一些裂口的地方露出沙质的骨架。与之相配的深色地板一直铺到一个宽敞的入口，该入口通往一处新建的带天窗的中庭，那里有着闪闪发光的水磨石地板和高大的可以眺望整个校园的落地窗，中学生们三五成群，像牛儿一样在草地上漫步。食品全都摆在一个 U 形的大厅里，从旧教学楼中过来的学生首先遇到的是熟食区，随后经过色拉台。那里总是围满了患厌食症的女生，伸着瘦骨嶙峋的胳膊取花椰菜和脱脂意大利调料，然后进入新建的中庭。

我跟着亚瑟，他在壁炉旁的一张餐桌前停了下来。壁炉有着复古的风格，看起来似乎多年不曾用过，但壁炉口上一层黑乎乎的煤烟说明从前的居住者对它也算青睐有加。亚瑟把书包丢在一名女生对面的椅子上。这个女生长了一双又圆又大的棕色眼睛，只是两眼相距甚远，活像长在两侧的鬓角上。大家在背后都叫她"鲨鱼眼"，而实际上这双与众不同的眼睛正是她最大的特征，也将是她未来的丈夫爱上她的主要原因。她下身穿一条宽大的卡其裤，上身是一件白色的棉毛衫，由于丰满的乳房高高耸起，棉毛衫在乳房下面皱巴巴地聚成一团。她身旁坐着另外一个女生，此人双手托着下巴，一头棕色长发如瀑布般披在肩上，一部分低垂下来，落在她两肘旁边的桌面上。她的皮肤苍白异常，而且我吃惊地发现她竟然穿了一条超短裙，明目张胆地露出两条雪白的大腿。妈妈绝对不会允许我将那么白的皮肤暴露在外，如果需要，她甚至可能会把我捆在日晒机里晒一晒。但眼前这个女孩儿似乎毫不介意。和她相邻的那个男生穿了一身足球运动服，这与他健康帅气的样貌倒是相得益彰。他的一只手放在女孩儿的后腰上，那是男朋友才会触碰的位置。

"嘿。"亚瑟招呼说，"这是蒂芙阿尼。她以前上的是天主教学校。大家都客气点，她受过的罪够多了。"

"嗨，蒂芙阿尼。"鲨鱼眼愉快地喊道。她正拿着一把塑料汤匙在一个眼看已经空了的布丁杯里搅来搅去，试图把剩余的最后一点点巧克力搜刮干净。

"嗨。"我说。

亚瑟指着鲨鱼眼说："这是贝丝。"然后又指了指那个皮肤苍白的女生，"这是莎拉。"接着是她的男朋友，"这是泰迪。"

三人几乎异口同声地向我问好。我嘴里答应着，向他们一一挥手致意。

"走吧。"亚瑟拉了拉我的袖子。我把书包带子往椅子上一挂，向熟食区前逐渐延长的队列走去。轮到亚瑟时，他点了一个特大号的三明治，里面夹着牛肉、火鸡肉和三种不同的芝士，蔬菜只要生菜，不要番茄，且抹了许多的蛋黄酱，因而他每咬一口都会发出嘎吱嘎吱的响声。我的午餐则是用菠菜卷了几片芝士、芥菜和番茄片（那个年代，我们认为菜卷儿比面包含的卡路里还要低）。亚瑟还往他的餐盘里放了两袋薯条，但我发现大多数女生都不吃薯条，所以我也就入乡随俗了。我端着菜卷儿和一瓶无糖斯纳普饮料走向收银台，排队等着结账。

"你的裤子挺漂亮的。"一句突如其来的赞美让我不由转过身。只见一个长相既奇怪又特别漂亮的女生正冲我身上那条橙色的工装裤点着头。这条裤子其实我早就等不及要束之高阁了。我首先注意到了这名女生的头发，金色中微微透着草莓一样的红，颜色均匀细腻，应该不是天生的。她棕色的眼眸又大又亮，奈何却看不到睫毛的影子，皮肤的颜色更是无可挑剔，想必她家后院一定有座游泳池，而她暑假期间也肯定不需要打工挣钱。桃红色系扣衬衣，学生样式的格子裙，但裙摆多半不符合"垂手之后应在指尖以下"的高度规定；在布拉德利中学，女生着装似乎以中性为主，而她的穿衣风格明显矫矫不群，但这不仅没有使她显得别扭突兀，反倒增添了一种君临天下、掌控一切的霸气。

"谢谢。"我笑着说。

"你是新转来的吗？"她问。她的嗓音有些沙哑，听起来就像广告中催促观众拨打热线电话的画外音。

我点了点头。她旋即自我介绍道："我叫希拉里。"

"我叫蒂芙阿尼。"

"喂，希拉里！"洪亮的喊声来自餐厅里最引人注目的一张桌子，那里坐着一群腿上毛茸茸的男生——天啊，那可是货真价实的腿毛，和我爸爸的一样乌黑浓密而且粗糙——毫无疑问，他们身边必定小鸟依人地围着一群女生，每当男生嘴里飞出"傻逼""白痴""狗杂种"之类的字眼时，她们就一个个笑得花枝乱颤。

"什么事，迪恩？"希拉里大声回应。

"给我捎一袋儿小鱼软糖。"他说。希拉里没有端餐盘，所以双手早已满满当当。她首先用下巴夹住那瓶健怡可乐，又把一包椒盐饼干放在平举着的胳膊肘上。

"我来吧。"我已经走到了收银台前，便在她伸手之前拿了一袋小鱼软糖，并抵挡住她的极力反对，与我的菜卷儿和饮料一起结了账。

"那就谢啦，我欠你个人情。"她说着，用小手指夹住软糖袋子。真是神奇，她买了那么多东西，居然仅靠两只手就全部拿住了。

我从收银台前移开，赶上亚瑟。与希拉里的邂逅，以及她对我表现出的莫名其妙的兴趣让我面红耳热。有时候，女生之间短暂的和谐关系甚至比男女之间的两情相悦还要宝贵。

"看来你已经认识 HO ①中的 H 了。"

HO？我扭头望向希拉里，她刚好把那袋小鱼软糖丢到迪恩的餐盘里，"她很放荡吗？"

"HO 指的是希拉里和她的好朋友奥利维亚，她们名字的首字母一个是 H，一个是 O。喏，那个就是奥利维亚。"亚瑟冲一个棕色鬈发的女生扬了扬脑袋，后者正花痴似的看着那群"腿毛党"用薯条盒子搭起的城堡傻笑。"那是她们的代号，我怀疑她们并不知道 HO 在俚语中还有别的意思，我甚至怀疑她们连什么是俚语都不懂。"亚瑟叹了口气，或许被女生们的愚蠢深深折服，"所以这才是最有意思的地方。"

天可怜见的，也许我在初读《麦田里的守望者》时并没有品出霍

---

① HO：希拉里的英文写法是 Hilary，奥利维亚的英文写法是 Olivia，两人名字首字母组成 HO，但与此同时，HO 在美国俚语中还有"妓女"的意思。

尔顿精神崩溃的味道，但谢天谢地，我总算知道一些俚语。

"她们在那方面很随便吗？"我从未听说会有哪个女生乐意接受这样的代号。我以前曾被人叫过荡妇，对于一个在十二岁就已经拥有成人般丰满胸部的女生而言，遭受那样的奚落是自然而然的，但我还是趴在妈妈的腿上哭了整整一个钟头。

"她们倒想。"亚瑟不屑地撇了撇嘴，"就算男人把老二伸到她们脸上，恐怕她们也不知道能干什么。"

下午第一节是化学课，我最不喜欢的科目之一。不过让我兴奋的是，HO 都在这个班上。可惜当老师让我们分成两人一组，通过做实验来体验化学的乐趣时，这兴奋劲儿很快就消失了。我绝望地看了看右边，但邻桌那个男生已经开始在座位上蠢蠢欲动，连连示意另外某个人做他的搭档。而当我扭头到左边时，看到的是同样的情景。配好对的同学兴高采烈地向教室后方转移，这时，我惊喜地看到有个男生和我一样的境遇。他顶着一头浅棕色的头发，蓝色的眼睛即使隔着很远的距离仍闪耀着宝石般的光彩。同是天涯沦落人的我们彼此对望了一眼。他冲我点头示意，并扬了扬眉毛，无声地邀请我做他的搭档，尽管这是我们唯一的选择。我点头答应，于是我们不约而同地向课桌后面的实验台走去。

"很好。"化学老师钱伯斯太太见我们俩站到了一起，虽然仍有点不太确定，但还是说道："利亚姆和蒂芙阿尼，你们用最后那张靠窗的桌子。"

"好像我们有得选一样。"利亚姆嘀咕了一句，但声音很小，不至于被钱伯斯老师听到，"谢谢对新人的照顾。"

我愣了一下才反应过来，他把自己也归到了"新人"的类别。我瞄了他一眼，问道："你也是新来的？"

他耸了耸肩，仿佛这样的事实不言而喻。

"我也是耶。"我激动地小声说。真不敢相信我居然有幸和他配成一组，新人总是互相照顾的。

"我知道。"他嘴角微启，露出一弯浅笑，午后的阳光刚好落在他脸颊上圆圆的酒窝里。如果将这一刻定格，那画面堪比从娱乐杂志中剪下的海报，"像你这样的美女居然没人挑，真是没天理。"

我并紧双腿，免得自己兴奋过头晕倒过去。

钱伯斯老师首先讲解安全事项，只是同学们大多漫不经心，直到她说稍不留意我们可能就会烧焦眉毛和头发，大家才终于认真起来。我回头望着钱伯斯老师，但眼睛的余光却发现希拉里正用她那双又大又圆但却没有睫毛的眼睛盯着我，那样子仿佛在说她就是前车之鉴。我犹豫了一下——是该扭过头来假装没有注意到她，还是该对她笑一笑以示亲近，好增加她对我的好感呢？让我在圣特里萨山中学广受欢迎的本能占了上风，我选择了后者。

令我欣喜的是，希拉里也对我笑了笑，并用胳膊肘顶了顶旁边的奥利维亚，还在后者伸过去的耳朵边低语了几句什么。奥利维亚随即笑着向我眨了眨眼睛，"他很帅哦。"她用唇语告诉我。尤其说到"帅"字时，嘴唇一伸一缩，并朝利亚姆的方向点了下头。我连忙扫了一眼利亚姆，确保他没有看到我们的小动作，然后也用唇语回答："我知道。"

上帝呀，下午三点二十三分，下课铃声响起时我心里一定美滋滋的吧。入学才第一天，我就搭上了一个帅气的男生，我们都是新来的，多么般配啊；我还结识了HO。我真想给约翰修女那个老妖婆发去一张贺卡，并在上面写道："亲爱的约翰修女，我在新学校过得很好，我已经找到了我愿意为之献出贞操的白马王子。这全都是您的功劳呀。"

第 3 章

"25、26——抬下巴！——28——再来两个，破纪录啦——29、30！"我向后仰着身体，屁股坐在脚后跟上，趁着运动之后浑身火辣辣的感觉尚未消退使劲向前伸出胳膊。燃烧吧，脂肪！我每月花三百二十五美金不就是为了这个目标吗？倘若不是因为一回到家我就管不住自己的嘴——有时候，我甚至连外套都不脱就直奔厨房大快朵颐——说不定我的身材会更加苗条动人。

"把哑铃放回箱子里，到把杆①那里练习提踵②动作。"这是整个健身过程中最令我焦虑的部分——因为我需要先把哑铃放回原处，而后要既迅速又不失从容地来到把杆前占据我最喜欢的位置。这一刻，我只想把那些慢悠悠地走在我前面的人狠狠推开。"给我让开，贱人们！我来这儿可不是为了锻炼身体，而是为了上电视更好看些。"但我不想碰任何人，即便偶然的碰撞也仅限于撞那些旁若无人唱歌的家伙。你们也知道那些人，整天屁颠屁颠的，仿佛活着就是一大幸事。他们经常走在大街上，耳朵里塞着耳机，脸上永远挂着一副让人恶心的志得意满的神气表情，嘴里大声唱着摩城唱片里的曲子。看到他们我就气不打一处来，胆子也陡然增大好几倍，经过的时候便故意用我笨重的提包撞他们一下，而后若无其事地继续走我的路，听到他们在身后义愤填膺地喊叫，我心里别提有多满足。哼，谁都不能比我快活。

---

① 把杆是健身房里常见的横杆，一般是舞蹈者基础训练用的专业器材，对身体起支撑作用。

② 提踵动作就是抬起后脚跟，是瘦小腿的主要手段。

不过在健身房里我相对要温柔些。我可不想毁了自己在教练心中留下的好印象，那是我千辛万苦才得来的：一个看上去甜美可人却又稍微有点冷淡的女人。每次锻炼大腿的时候，不管双腿抖成什么样子，她都总挑难度最高的动作。

幸运的是，当我把哑铃放到箱子里并转过身时，我最喜欢的那个位置依旧空着。我把毛巾缠在把杆上，水瓶放在地板上，一上一下地踮起脚尖，同时尽量收腹、扩胸，努力将两侧的肩胛骨向后背中间靠拢。

教练称赞道："做得很好，阿尼。"

整整一个小时，我一会儿缩、一会儿吸、一会儿挤、一会儿提、一会儿跳。到最后快结束的时候，我的胳膊腿儿已经像我平时最爱吃的泰式炒面一样软绵绵的了。我考虑着要不要放弃跑步两英里回公寓的打算。不过当我起身准备把垫子放回到健身房前面的架子上时，我从镜子里瞥见了自己，尤其背心下那引人注目的一圈圈肥肉，于是我立刻打消了偷懒的念头。

接着在更衣室里，之前做三组腹部练习时都在打电话的那个女孩子忽然开口跟我说话，"你真是太棒了！"

"什么？"当然，我听得清清楚楚。

"腹部练习最后那个动作，我也想把双腿收起来，可惜我连一秒钟都坚持不了。"

"哦，我腹部赘肉最多，所以就尽量严格要求自己了。"我拍了拍隆起的小肚子。今天我穿了条加小号的瑜伽裤，就是斯特拉·麦卡特尼为阿迪达斯设计的那种，所以肚子看起来胀鼓鼓的。自从婚礼策划开始，大吃大喝基本上就与我无缘了。过去这几年，我只在星期天才会放任自己敞开肚皮去吃，偶尔也会在星期三的晚上放纵一下。而在平时，我始终用超负荷的运动和严格控制的饮食把我的体重维持在一百二十磅左右（这个体重，身高五尺十寸时会显得苗条，可若是五尺三寸，就显得矮胖了①）。为了婚礼，最重要的还是为了拍纪录片，我给自己定下的目标是减到一百零五磅。我当然知道这意味着什么，为了这个目标我也算豁出去了，而且近来这种渴望愈发强烈。我感觉自己就像一头精神错乱的小熊，而且这头小熊离得厌食症已经不远。

"哪有的事！"女孩儿说，"你的身材好得很呢。"

"谢谢。"她转身去开自己的储物柜，我的目光则一直盯着她的背影。她身躯修长，但屁股却又大又瘪。我不知道哪种情况更惨——是老老实实地穿上"妈妈裤"②，还是拼命减肥、打针并长期忍受饥肠辘辘的感觉？

回家的路似乎举步维艰，我拖着沉重的双腿沿西侧高速蹒跚而行。短短两英里的路程——尽管中途为了避免被车撞到我在路灯下歇了几次脚——但我还是用了足足二十五分钟之久，真是可悲。

"嘿，宝贝儿。"卢克只顾着玩他腿上的iPad，连头都没有抬一下。和卢克恋爱之初，我对"宝贝儿"这个称呼简直爱得不行，每每听到就会像娃娃机里抓起毛绒玩具的铁爪子一样死死攥住，那种感觉就像见证了奇迹，因为谁都知道天上掉馅饼的事不常发生。中学时我做过无数次那样的白日梦，我总幻想着某个高大健壮的曲棍球运动员从身后追上来，胳膊搭在我的肩膀上，深情款款地对我说："嘿，宝贝儿。"

"瑜伽练得怎么样？"卢克问。

"嗯哼。"我脱下汗湿的上衣，没有露露柠檬③的保护，湿漉漉的头发猛然垂到后脖颈上，我不由打了个哆嗦。我走向橱柜，拿出一罐

---

① 这里的尺寸都是英制单位，五尺十寸约为177厘米，五尺三寸约为160厘米。

② 妈妈裤一般指高腰线的牛仔裤。

③ 露露柠檬是一个较为著名的瑜伽服装品牌。

有机花生酱，把勺子伸了进去。

"你们这次约在了什么时间？"

我瞄了眼时钟，"一点。我现在就得准备了。"

我只允许自己吃了一勺花生酱，喝了一杯水，随后便去洗淋浴。我用了一个小时才收拾妥当，比和卢克共进晚餐前的打扮时间还要长。虽说女为悦己者容，但值得我打扮的女人却更多。大街上的观光客（从数量上说应该足够了吧）；仅仅看到我包包皮革下面若隐若现的缪缪 ① 标签就对我毕恭毕敬的女售货员。不过今天还有一个重要人物，她是我的伴娘，也是个医学预科生，曾经在二十三岁那年就大胆宣称，倘若三十岁时她还没生孩子，就把自己的卵子冷冻起来。"生育年龄越大，孩子患自闭症的风险就越高。"她猛喝了一大口伏特加苏打水，来不及闭上的嘴巴里居然喷出一个小小的气泡，"那些三十岁之后生孩子的女人实在是太自私了。要是你无法赶在三十岁之前生，那就干脆领养一个好啦。"当然，我们的莫妮——莫妮卡·道尔顿——十分确信自己能在三十岁之前把生孩子这件事搞定。自从《欲望都市》大结局之后 ②，她就再没吃过含糖的加工类食品，她的腹部看起来就像用绘图软件修过一样完美无缺。

只可惜再过三个月，莫妮就将成为我们当中第一个跨入二十九岁的人，而可以预料的是，生日那天晚上不会有男人陪她滚床单。她的恐慌和焦虑已经是显而易见的了。

而有意思的是，莫妮也是我最在意的观众。我就喜欢看她端详我精致的凉鞋踝扎的样子，以及她随着我的绿宝石一起移动的眼神。她自己也是巴尼百货的常客，但她的账单最终会飞到她爸妈手上。二十五

---

① 缪缪（Miu Miu）是与普拉达（Prada）出自同门的时尚品牌。

② 美剧《欲望都市》的大结局时间在 2004 年。

岁之后如果还在啃老，那就不太好看了。此时唯一能够接受的、可以为你付账单的人，不是你的男人就该是你自己。顺便声明，我买东西的钱都是自己挣的（除了买珠宝首饰）。当然，如果没有卢克，我也做不到这一点。他替我顾到了一头，我才有资本去顾另一头。

"你看起来真漂亮。"卢克走进厨房，在我脑袋后面吻了一下。

"谢谢。"我使劲拉着白色上衣的袖子。我想把袖口挽成当下流行的式样，可每次都以失败告终。

"你们要一起吃早午餐？"

"对。"我把化妆品、太阳镜以及一本《纽约杂志》装进包里。我故意让杂志露出一半在包外，好让每个人都看见——它就像一张别样的婚礼请柬，那是我们羞怯的文具店老板的主意。

"对了，这个星期，我的一个客户和他太太邀请咱们去吃饭。"

"谁？"我把上衣袖子抻开又重新挽起。

"高盛集团的安德鲁。"

"也许内尔认识。"我笑着说。

"天啊。"卢克倒吸了一口气，担心地说，"但愿不会。"内尔总让卢克感到紧张。

我微微一笑，在他嘴唇上亲了亲。他的鼻息中有股陈咖啡的味道，十分恶心。我克制着不让自己哆嗦，并努力回想我们初次见面时的情景：那时我还是个大学一年级的新生，在一次派对上，每个人都穿着柒牌牛仔裤，唯独我被自己卡其裤上的束腰带勒得几乎喘不过气。当时卢克是汉密尔顿学院的大四学生，不过他在寄宿中学认识的好朋友上了卫斯理公会大学。两人经常跑到对方学校去玩，可以说卢克是我们学校的常客，但由于我是新生，因此秋季学期的那次派对我是第一次见他。起初卢克看上了内尔，当然，后来他才领教了内尔的暴脾气。

说幸也不幸，内尔却偏偏看上了卢克的好朋友，所以他们两个也就没戏了。派对那天晚上，卢克自始至终只对我说过两个字——"你好"，而且非常敷衍，为此我伤透了心。回到家里我便开始计划筹谋。我看上的男生却看上了内尔，于是我把内尔列为密切关注的对象。我模仿她吃饭的样子，也在碟子里剩下近乎四分之三的食物（她有一堆蓝色的药片，即便面对最诱人的食物也能让她无动于衷）；感恩节放假回家时，我央求妈妈给我买了和内尔一样的衣服。内尔向我传授她的经验，说我的想法大错特错：漂亮女孩不能靠刻意的表现来吸引别人的注意，而我在布拉德利中学时就犯过此类致命的错误。有好几次，内尔穿着她爸爸的马球衫、破雪地靴和运动裤就出了门，脸上也不化妆，就为了证明她对自身性别的忠诚。漂亮女孩还应该具备自嘲式的幽默感，脸上长了青春痘要敢于主动指出来，拉肚子的事也要乐于和别人分享，这样就能使周围的女孩子放下戒心，不会怀疑你是个专事勾引男人的狐狸精。因为一旦周围的人发觉你有可能是个潜力巨大的心机婊，她们会立刻终结你，到那时，就算你已经有了心仪的男生，也别指望能把他抢到手。男人都是怕事的主儿，面对一群女孩子的围攻，再硬的角色也会阳痿。

大一快结束时，卡其裤上的扣子已经成了可有可无的摆设，无须动它，我便想穿就穿，想脱就脱。那时我还不算特别苗条，和毕业后相比至少要重十磅，不过学校的标准和纽约相比要仁慈得多。三月里某个特别明媚温暖的日子，我穿着一件不起眼的小背心走在去教室的路上。太阳像一只热乎乎的手抚摸着我的头，感觉如同受着洗礼。半路上我遇到了马特·科迪，他是冰球队里的一员，另一个拜倒在内尔石榴裙下的家伙。据说他的老二曾把内尔的大腿顶红一大片，后来红肿变成瘀青，将近一个星期才消退。看到我时，他立刻停下脚步，望着我熠熠生辉的头发和眼睛发起了呆，而且当真屏住呼吸"哇"了一声。

　　但我必须小心谨慎。大学是我"重新做人"的第一次尝试，我要确保它不会被又一个坏名声毁掉。内尔说我是她见过的最风骚的女孩子。我和人亲热如同家常便饭，上半身更是毫不设防，但我能容忍的尺度也仅限于此，除非那人是我的男朋友。而多亏了内尔和她所谓的海明威理论，我甚至学会了如何游刃有余地玩弄这一套。海明威给自己的小说写下结尾，目的却只是为了方便删掉这个结尾，他认为这样做能够增强小说的故事性，使情节更加震撼有力，读者从看似无形的最后章节中总能读出意想不到的感悟。当你喜欢上某个男生的时候，内尔解释说，你需要立即找到另一个男生，比如在美国现代经典文学课上经常偷偷看你的男生，也许他头上经常涂着大量的发胶，穿着挖有破洞的牛仔裤。别让他老是望眼欲穿却得不到一丝安慰，偶尔对他笑一笑，答应和他约个会，去他的宿舍里喝低度威士忌，在凤凰乐团的背景音乐中，听他满怀诗意地描述戴夫·艾格斯①。如果他想亲你，可以接受，也可以躲开，保持这种若即若离的状态，直到你真心喜欢的那个男生注意到他的存在——一个围在你身边的竞争对手。他会火力全开地向你发起进攻，他的瞳孔会像闻到血腥味儿的鲨鱼一样瞬间放大。

　　毕业之后，我在纽约的另一次派对上又遇到了卢克。我们见面的时机可谓刚刚好，那时我有个男朋友，天啊，那家伙身上的香水味儿能熏翻一整座足球场。他绝对是"五月花号"上那群清教徒两极化的后裔，我之所以让他做我的男朋友，是因为他从来不怕我在床上提出的任何要求。扇我耳光！"如果力道不够就告诉我。"他会在我耳边低语，然后反手一巴掌抽到我脸上，抽得我眼冒金星，天旋地转——

---

① 戴夫·艾格斯是美国知名编剧和制作人，作品有《应许之地》等。

当然，这个时候我的眼睛通常会用一条黑色的毛巾蒙住——而后我会要求他再接再厉，直到我开始发出奇怪的呻吟。倘若我要卢克做这类事，他一定会吓得胆战心惊，但我很乐意将这种我也说不清是先天还是后天的受虐冲动换取获得他姓氏的资格。天啊，只要能让我做哈里森太太，就算不要命我也愿意啊。当我最终"为了"卢克与我的男朋友分手时，那种突如其来的自由——和卢克像真正的情侣一样共进晚餐、一同回家——实在令人陶醉。它像一股激流，以飞快的速度带着我们奔向远方，一年后我们就同居了。显然，卢克知道我读的是卫斯理公会大学。后来他一直津津乐道的是，他去过那么多次我们学校，而我们两个却一次也没有邂逅过。

"这是一款玫瑰露色的埃米尔女装。"女店员从衣架上取下一条裙子，在自己身前晃了晃，而后举起来，并用拇指和食指捏着布料让我们看，"你瞧，它还透着光泽呢。"

我瞥了内尔一眼。尽管已经过了这么多年，如今的她仍是个回头率极高的"万人迷"（妈妈的话）。她永远不需要像我们那样通过结婚来寻找自己的存在感。以前她也在金融领域工作，他们整层办公室里就只有两个女人。每当她从办公室里走过时，那些男同事们就在椅子上扭动身体好偷瞧一眼这位银行家版的芭比娃娃。两年前的圣诞派对上，她的一个二百五同事——当然，是个已经有了孩子的已婚男人——把她举起来扛在肩上，结果她的裙子翻了过去，漂亮的屁股暴露在大庭广众之下，而后那家伙扛着她在屋里跑了一圈，嘴里发出猴子一样的声音，引得其他同事大呼小叫。

"为什么要发出猴子的声音？"我曾问。

"也许是在模仿人猿泰山？"内尔把肩膀耸得老高，"那家伙是个傻帽。"

因为那件事她把公司给告了，并得到一笔数额不明的赔偿金。如今，她每天早上睡到九点才起床，然后去健身房踩踩单车，练练瑜伽，和我们吃一顿早午餐，并在我们伸手之前抢过结账单。

内尔撇了撇一侧嘴角，"那个颜色会让我看起来像没穿衣服一样。"

"我们还要去做喷雾晒肤的。"莫妮提醒说。从窗口透进来的阳光直射在她的脸上，一颗巨大的痘痘冲破厚厚的粉色遮瑕膏的阻挠，傲娇地探出头。看来我赶在她前面结婚这件事真的让她焦虑不安了。

"黑色的也很抢眼。"女店员把玫瑰露色的裙子放回衣架，顺手从它旁边拿了另一件，兴致勃勃地介绍起来。她戴着一个卡地亚真爱系列的手镯，抬手放手时，手镯会在腕上来回移动。她天生一头金发，每年很可能还会到玛丽·罗宾逊美发厅染一两次。

"有没有人试过色彩混搭的做法？"我问。

"有啊，很多人都试过。"她立刻就给我们举了个例子，"前几周乔治娜·布隆伯格 ①就为她的朋友来过这里，他们就是那么搞的。"她又拿出第三种选择，一条看上去极丑的茄紫色礼服，并补充说："只要搭配得当，会有非常时髦的效果。请问您一共有几位伴娘？"

七位。全是我在卫斯理公会大学的同学，除了两个在华盛顿特区，其他的全都住在纽约。卢克的伴郎团有九个人，除了他哥哥盖瑞特以优异成绩毕业于杜克大学外，其余的全来自汉密尔顿学院。当然，他们也全都生活在纽约。我曾经对卢克说，我们几乎断绝了和所有朋友的来往跑到纽约打拼，可我们并没有真正感受过纽约，这是很悲哀的事情。这里的人形形色色，鱼龙混杂；这里的夜晚狂野、梦幻，但我们不需要这些，所以也就视而不见。卢克说，我有化神奇为腐朽的天赋。

---

① 乔治娜·布隆伯格生于1983年，世界顶级美女富豪榜上有名，其父是纽约市市长。

内尔和莫妮到试衣间里换衣服，她们想让我看看玫瑰露色和黑色放在一起会是什么样的效果。我闲来无事，从包里翻出手机，举到下巴的高度，一页一页查看我的推特和照片墙①。我们杂志美容版的主管最近为《今日秀》拍了一小段视频，向观众解释了过度使用智能手机所面临的潜在风险：长期遭受手机辐射容易引发皮疹；经常低头看手机，脖子里会提前出现火鸡纹。

自从上次面试之后，斯宾塞在图片墙上就与我成了好友。她过滤后的照片朦朦胧胧，我一个人也看不清楚，但我的确注意到了一条评论，是问她愿不愿意参加一场名为"布拉德利之殇"的纪念活动。活动地点位于宾州维拉诺瓦一家星巴克隔壁的小酒吧里。参加那样的聚会将是怎样的情景？我不由浮想联翩：身着简单精致的羊绒衫，手上戴着硕大的绿宝石戒指，与卢克联袂登场，我们身上散发着穿透一切的自信光芒。我曾经竭尽全力想要融入的地方，如今被我踩在了脚下。那些一辈子没有离开过美恩兰、至今仍住在可能铺着地毯的公寓里的窝囊废们，一个个都要把我仰视。天啊，人们一定会窃窃私语，一半羡慕得口水直流，一半又嫉妒得咬牙切齿。"瞧瞧谁来啦？她可真勇敢。"这样的议论对每个人来说都有着不同的意义。也许时隔多年，有些家伙仍然异想天开地认为我还欠他一次床单没滚。聚会的时间远在数月之后，也许那时我已经实现了我的减肥目标。

看到内尔从试衣间里钻出来，我立刻把照片墙换成电子邮箱的界面。玫瑰露色的礼服在她像野餐凳一样平坦的身躯上一顺到底，礼服后背门户大开，只看到她的皮肤和脊柱，却不见内衣的影子。

"哇。"女店员不由赞叹。看得出来，她并非曲意逢迎。

---

① 推特（twitter）是一个广受欢迎的社交网络及微博客服务网站。图片墙（instagram）是一款跨平台的图片社交应用。

内尔将粗短的双手按在胸前。天啊，她的胸部平得就像我们大学时经常当早餐吃的薄皮儿比萨。我不忍心多看，只好把头扭到了一边。内尔喜欢咬指甲，她的指尖总是参差不齐，血肉模糊，仿佛在以一种十分惊悚的方式提醒我们人的肉体是多么容易四分五裂。"要是有个强奸犯闯进你的公寓。"有次在看电视剧《法律与秩序》时，我这样跟她开玩笑说，"就凭你那小短手指，你可怎么抠掉人家的眼珠子啊？"

"我看我应该准备一把枪。"从内尔的蓝眼睛可以看出，这句话她说到一半就已经意识到可能不太合适，惊慌之余想要改口却已经刹不住车了。"不好意思。"她又多此一举地补了一句。

"这有什么。"我用遥控器对着电视机，调高了音量，"不能因为死了五个人，我们连枪的玩笑都开不得了。"

"阿尼，这衣服穿在身上感觉就像没穿一样。"也许这本该是一句抱怨的话，但实际上，内尔正在镜子里得意地欣赏着自己光滑宽阔的后背。礼服的颜色自臀部以上逐渐与她的皮肤浑然一体，让人分不清衣服和皮肤的界限，仅仅这个设计恐怕就价值不菲。

"你真打算让我站在她旁边吗？"莫妮拉开试衣间的帘子，抱怨说，言外之意却是恭维内尔将使她黯然失色。莫妮千方百计讨好内尔，就是想做后者最好的朋友。可她没有搞清楚一件事，内尔根本用不着拍马屁，她不需要。

"那颜色非常适合你啊，莫妮。"我调皮地说，而内尔则假装没有听到她刚刚的话。面对莫妮噘着嘴的小脸儿，我不得不一次又一次用残酷的现实刺激她：内尔选择了我——一个意大利裔的普通女孩儿，而不是她，来自达连湾①的小公主——做她最好的朋友。

莫妮又大惊小怪地说："可我没办法戴胸罩了。"女店员快步向

---

① 达连湾是位于加勒比海最南部的海湾。

莫妮走去——她可不能因为一对儿下垂的胸部错失一单生意，这种事绝对不能发生在她值班期间——开始调整礼服上的带子。"你瞧，这是可以调节的。任何一种身材都没有问题。"最后她系上了一根看似连体胸才用的吊带。莫妮对着镜子提起礼服的两侧，她的胸部只让礼服表面微微泛起了一点涟漪，就好像在水下几千英尺的地方引爆了一颗炸弹时水面上出现的反应。

"你觉得其他人穿这个也会好看吗？"莫妮问。伴娘团里的其他人今天没有时间过来试衣服，因此最终的决策权就落在了莫妮和贝尔手上。卢克的伴郎团里有三个仍然单身——盖瑞特就是其中之一。他喜欢戴着个性十足的雷朋太阳镜，和你说话时总是把手放在你的后背上。莫妮已经打定主意要让盖瑞特在婚礼派对上做她的伴儿，所以在礼服上她不允许别的伴娘抢了她的风头。

"我挺喜欢的。"内尔说，她能说的只有这么一句，而且颇有些敷衍。

"看起来还不错。"莫妮赞同道，并皱着眉头从不同角度挑剔着自己的身材。

我又把注意力放回到我的手机上，这次我真的在查看我的电子邮箱。火鸡纹什么的已经被我抛之脑后，但我不经意间看到一封邮件，顿时让我仅仅进了一勺花生酱的可怜的肚子翻腾起来。邮件的主题栏里写着：《布拉德利之殇》纪录片摄制日程更新。旁边是一面象征紧急邮件的飘动的小红旗。

"该死的。"我点击主题打开邮件。

"怎么了？"内尔正把礼服裙摆提到膝盖处，看短一些会是什么效果。

我气愤地抱怨说："他们想把录制时间提前到九月初。"

"之前定的什么时间？"

"九月底。"

"有什么问题吗？"如果不是因为打了肉毒杆菌的缘故，内尔一定会深深地皱起眉头（她辩解说，打针只是未雨绸缪）。

"问题是我现在胖得像头猪。恐怕拼上老命也不一定能在九月四号之前减到理想体重。"

"阿尼。"内尔双手叉在臀围三十二英寸的屁股上，说道，"得了吧，你现在看起来苗条得很啊。"当然，如果内尔能有我这样的身材，她估计连命都可以不要。

"你该试试杜肯减肥法。"莫妮插话进来说，"我姐姐结婚之前用的就是那个方法。"她打了个响指，继续说道："三周之内减掉了八磅，而且她还生过两个孩子呢。"

"凯特·米德尔顿①用的也是这个方法。"女店员说。我们一时全都沉默下来，仿佛在向那位剑桥公爵夫人表达敬意。凯特结婚那天看上去的确面有饥色，这一点我们不服不行。

"咱们去吃早午餐吧。"我叹口气说。这场对话已经使我产生了邪恶的念头，我多想此刻正是半夜时分，我一个人在厨房里，冰箱里塞满了各种美味，而我还有几个钟头的时间可以挥霍。我总是很喜欢卢克外出应酬客户的那些夜晚。回家的时候，我会从外面买两大袋好吃的，一个人把它们消灭得干干净净，然后把所有证据都丢进垃圾滑槽里。卢克就从来不会那么聪明。吃饱喝足之后，我会看几个钟头的色情电影，就是那种男人边干边逼着女人学狗叫，不叫就不干的黄片。我边看边自慰，通常能高潮一次又一次。这方面我来得很快。然后我就浑身酥软地倒在床上，对自己说，我可不愿嫁给一个像黄片里那样

① 凯特·米德尔顿是英国威廉王子的妻子，官方称号是"王室剑桥公爵夫人殿下"。

折磨女人的男人。

点餐之后，莫妮起身去了洗手间。

"你觉得礼服怎么样？"内尔解开发髻，甩了甩灰白的头发。酒保在吧台后面瞪了一眼。

"你穿那件玫瑰露色的很漂亮。"我说，"但你那两个乳头倒是个问题。"

"哈里森先生和太太会怎么说？"内尔将一只手轻轻按在胸口，活似穿着紧身胸衣的维多利亚时代的女子被震惊时的样子。提到我未来的公公婆婆，内尔立刻兴致勃勃起来。他们位于纽约州拉伊市看似不起眼的家，位于楠塔基特岛的夏日别墅，哈里森先生的领结，哈里森太太经常用一条天鹅绒发带箍起来的白色短发，都让她津津乐道。我不会责怪他们在我面前表现出的北欧人的傲慢。但哈里森太太一直都想要个女儿，而我始终不敢相信她会满意我这种女孩儿。

"我估计哈里森太太一辈子都没见过她自己的乳头。"我说，"也许你能给她上一堂绘声绘色的生理课。"

内尔是个爱演戏的家伙，她假装举起一个单片眼镜放在左眼前，而后眯起眼睛说："哦，亲爱的，这就是你们说的乳晕吗？"她颤抖的声音就像地铁上的老年游客。可惜她对老太太的模仿实在死板老套，而她说话的腔调也丝毫不像哈里森太太。要是让我未来的婆婆听到我们在这儿一边喝着十四块钱一杯的血腥玛丽，一边拿她开涮，会是怎样的情景呢？我甚至可以想象她的表情。不过她可不会生气——哈里森太太永远都是一副慈眉善目的面孔，从来没动过怒。不过她精致的眉毛会微微皱一下，眉毛周围的皮肤会折成内尔做不到的样子，而后轻启双唇，吐出一个柔柔的"哦"。

妈妈第一次去他们家时，哈里森太太表现出难以想象的耐心。妈妈就像头一回进城的乡下人，在他们装修漂亮的房子里走来走去，这里瞧瞧那里看看，不时碰翻某座烛台，或者撞倒代表他们起源的图腾之物（"斯库利斯库利①是纽约的一家商场吗？""妈妈，拜托你别这样。"），最重要的是，哈里森先生和太太答应为我们的婚礼出资百分之六十。百分之三十来自卢克和我（好吧，其实全是卢克的），剩下的百分之十则由我的父母承担——尽管我说他们不必那么做，尽管就算他们坚持也未必真能兑现。作为主要投资人，哈里森家拥有绝对的权利否决我要求的新潮乐队，并决定所有的客人名单：缠着头带的六十岁的老太太可以多一些；穿着礼服都吊儿郎当的二十七八岁的小年轻则少一些。但哈里森太太却伸出她从来不剪指甲的手对我说："这是你的婚礼，阿尼，应该按照你的意思办。"纪录片摄制组最初联系我时，我有去找她。我怀着莫名的恐惧，嗓子里就像没喝水生吞了一片阿得拉②，我的声音沙哑得让我自己都感到难堪。我对她说，他们在打听我在布拉德利中学的事，他们想拍一些鲜为人知的故事，真实的故事，十四年前媒体全都弄错的那件事。我解释说，如果我不同意接受采访，结果可能会更糟，因为他们可以肆无忌惮地描绘我；同意采访，至少我还能有一个为自己辩白的机会。"阿尼，"她一脸困惑地阻止了我的絮叨，"你当然要接受采访。我觉得这件事对你来说非常重要。"天啊，我真是个蠢货。

内尔似乎看出了我的心思，于是转移话题说："那就午夜？我喜欢午夜。"

"我也是。"我把餐巾纸叠成一道恶人的胡子，两头尖尖的、硬硬的，弯曲成邪恶的笑容。

---

① 斯库利斯库利（Scully&sScully）是美国一家家具和礼品饰品商。

② 阿得拉是一种用于治疗多动症的药物。

"别再担心录制提前的事儿了。"内尔说。她对我的了解，和卢克对我的不了解，同样的令我感到佩服和不安。

我和内尔的认识经过，说起来就像电视里演的那样充满戏剧性，只是谁都想不到如此值得纪念的一次邂逅竟发生在那么龌龊的环境里。我是在巴特菲尔茨宿舍楼的洗手间里遇到她的，这栋楼后来我们都习惯称之为"草包楼"，因为里面住着一帮球技不怎么样但泡妞却很拿手的曲棍球队员，他们经常用波波夫伏特加把女生们灌得东倒西歪。碰面那天，内尔靠墙瘫坐在洗手间里，大张着嘴巴，因为喝酒的缘故，她的舌苔干燥发白。毫无疑问，她有着一张电影明星般的脸。

"嘿。"我说着伸手扶住她明显在日晒机中晒过的肩膀——年轻的时候，尤其当你处于连二十四岁在你眼中都接近老年人的年纪，对那种荧光闪闪的"棺材"简直趋之若鹜——晃了晃，直到她睁开眼睛。不言而喻，她的眼睛就像卫斯理公会大学招生简章封面上的天空一样湛蓝湛蓝。

"我的包。"内尔一直在哭，甚至在我扶她起来，揽着她的腰把她拖回我宿舍的途中也没有停下。途中我两次遇到开着高尔夫球车巡逻的校警斯坦先生，他可是专抓偷偷喝酒的大一新生的，所以我不得不两次把内尔推到灌木丛里并把她压在身下。

第二天早上醒来时，我看见内尔正趴在我的房间地板上到处乱找，她连我的日式床垫都掀开看了看，同时嘴里还沮丧地小声咕哝着什么。

"我替你找过你的包，但是没找到。"我给自己辩解说。

她抬头看着我，惊呆在原地，"你是谁？"

我们始终没有找到她的包，不过最后我总算明白为什么那个包对她如此重要。关键在于那瓶药——帮助她睡觉，帮助她克制食欲，帮助她精神奕奕地在图书馆里熬通宵——她走路的时候，药瓶会像小孩子的摇响器一样发出哗啦哗啦的声音，那是她唯一不愿和我深谈的事。

内尔的手伸过桌子，难看的手指探进我手指的缝隙。她轻轻捏了捏，我在我们的手掌之间感觉到了小小的药片。她的手缩回去时，掌心被染上了一点点蓝色。我把药片放在舌头上，喝了一口血腥玛丽，吞下，然后静静等待。即便这次纪录片无助于为我正名，就算所有人都不相信我，最起码我能改变他们对我的直观看法，让他们没机会说我是头让人恶心的大肥猪。药片在我舌尖上留下了一点点残渣，感觉很像钱的味道——香香的、粉粉的——我强迫自己相信，救赎是唯一的希望。

第 4 章

进入布拉德利中学才刚到第二周，我就不得不换掉衣柜里的所有衣服，当然，那条阿贝克隆比费奇牌的橙色工装裤除外。尽管它看起来有些华丽，甚至俗艳，但希拉里却对它青眼相加。我预见到她将来一定会去我家，并赞不绝口地参观我那像个小型服装店一样的步入式衣帽间。在一叠卡其裤中间，她会看到一抹鲜艳的橙色，像条裹了糖衣的舌头一样伸在她面前。"你喜欢吗？"我会说，"送给你了。不，我说真的。送给你了！"

妈妈带我去逛了普鲁士国王购物中心[①]，我们在 J Crew[②]花了两百多块买了一堆特别休闲的针织衫。随后我们去了维多利亚的秘密，在那儿我挑了几件五颜六色的带罩杯的吊带背心。妈妈建议我不管穿什么衣服，里面都要穿这种背心，好消除我肚脐周围顽固的"婴儿肥"[③]。我们的最后一站是诺德斯特龙百货，在那儿我买了一双史蒂夫·马登牌子的木底鞋。学校里那些只吃菜卷儿和色拉的女生全都穿这样的鞋子，走路时鞋底会吧嗒吧嗒地拍打脚跟，她们从走廊里经过时，动静不是一般的大。"我真想把鞋底粘到她们脚上。"我曾无意中听到一个老师这么说。

最后我央求妈妈给我买条蒂芙尼项链，但她说倘若爸爸知道定会要了她的命。

---

① 普鲁士国王购物中心位于费城西北部，是美国东岸最大的购物中心，在全世界排名第 14。

② J Crew 是美国服饰品牌，创立于 1983 年，风格简单休闲。

③ 婴儿肥就是青春期发胖，是已经脱离婴儿时代，但看起来还是像婴儿一样肉肉的。

"等圣诞节时再说吧。"她笑着说，"只要你能考出好成绩。"

另外一个重大的改变是我的头发。我爸爸是地道的意大利人，但妈妈却有爱尔兰人的血统，因此希拉里觉得就算比金色更金的挑染我也能驾驭得了。她把她常去的那家美发厅的名字和地址告诉了我，妈妈一有机会便给我预约了那里最便宜的造型师。美发厅位于巴拉辛魏德镇，那儿离我们家很远，离费城倒更近些。我和妈妈在前往赴约的途中不幸迷了路，结果迟到了二十分钟。即便如此，妈妈仍一肚子火气，说就算迟到，那个目中无人的接待员也没有必要提醒我们三次。我担心美发厅会因此拒绝给我做头发，但我又一次次地给自己吃定心丸——他们都看到我们是开着宝马车过来的，应该不敢怠慢我们吧？

谢天谢地，那个最便宜的造型师倒是原谅了我们的迟到。她把我的头发挑染成一缕一缕黄的、橙的和白的，只是每种颜色的染色点距离头皮都起码有一英寸远，搞得我还未走出美发厅的门就感觉自己需要补染一次了。妈妈对他们的染发效果很不满意，并当场发作，最后成功让他们在原来价格的基础上至少打了八折。然后我们驱车直接去了药店，花十二块四毛九分买了一支浅棕色的染发剂，与美发厅昂贵但糟糕的染发效果一中和，最后头发变成了漂亮的金色，但是没过多久它们就褪了色，变成我妈妈用旧了的黄铜烛台的颜色，那速度简直和我在学校里从万众瞩目到无人问津的转变一样惊人。

尽管希拉里和奥利维亚的热情让我感到温暖，但她们与我的交往仍然有些谨小慎微。所以我也就尽量保持低调，平时不与任何人说话，除非别人先开口，当然这种情况通常发生在走廊里碰到时或从教室里出来时。没有人邀请我和他们一起吃午餐，更没有人邀请我到他们的家里过周末，这些事还不到时候，我也懒得痴心妄想。我明白，目前我还处在被考察阶段，我需要耐心。

不过在此期间，亚瑟和他的那帮朋友对我倒一直照顾有加，让我不至于太过落寞。亚瑟简直是个八卦王，我不知道他是怎么做到的，很多看起来和他毫无关系的事情，他也总能拿到第一手的小道消息，比如琼西·戈登的那件事就是他最先曝出来的。琼西·戈登是个冷若冰霜的高三女生，对谁都是一副趾高气扬的架势。有一次她在派对上喝得酩酊大醉，学生会主席想趁机摸她的下身，结果她尿了对方一手。这件事何其劲爆，就连同样参加了那场派对的泰迪都毫不知情。泰迪和许多喜爱运动的金发男生一样，脸颊红扑扑的但却很粗糙，他那身古铜色的皮肤是在马德里参加一次著名的网球夏令营时晒出来的。那样的夏令营只有潜力大且家底儿厚实的年轻运动员才有机会参加。布拉德利中学没有橄榄球队，学生们便选择足球作为他们崇拜的运动，至于网球，根本没几个人看在眼里。尽管如此，我一直都觉得泰迪可以做得更好，他完全有资格在那群腿毛党中间赢得一席之地，但他似乎对自己现在的位置十分满意。亚瑟、泰迪、莎拉和鲨鱼眼互相认识已经很多年，就算亚瑟突然之间体重飙升（"他以前可没这么大块头。"有一次鲨鱼眼趁亚瑟去拿第二份三明治时悄悄对我说），或者脸上长满了粉刺也不会动摇他在这个小群体中的地位。我觉得这种彼此信赖无间的感觉非常温馨。

后来鲨鱼眼又做了一件让我一整年都感激不尽的事。她提醒我说，只要我们选一类运动项目，就可以不上体育课。那些只吃菜卷儿和色拉的厌食症女生是从来不上体育课的。虽然每周只有一节体育课，但那却几乎是所有女生最生不如死的三十九分钟。

"不过可怜的是……你得选一个运动项目才行。"鲨鱼眼说。她认为运动比体育课更可怕，并满心希望得到我的附和，可惜在这方面我们难以形成一致。

我在圣特里萨山中学的时候就打曲棍球，但我不会说我有运动细胞。不管怎么说，我是体育馆中唯一一个不害怕一英里赛跑的人。我不是运动健将，也从来没有拿过第一名，但我似乎总能不知疲倦地跑下去（妈妈说我的这个优点是随了她），所以，我选择加入越野田径队。当然，我的选择与田径队的教练是拉尔森老师没有丝毫关系，绝对没有。

我迫不及待地希望通过跑步来甩掉我身上的婴儿肥。我和利亚姆的关系已经渐入佳境，不管将来我们发展到何种地步，减掉这身肥肉对我来说都是有益无害的。利亚姆会打长曲棍球，但那是一项春季运动，而此时正值秋季，所以他有点无所适从。少了可以勾肩搭背的队友，他和我一样在同学中间也处在一个不冷不热的边缘位置。其实看得出来，他在自己原来的学校应该也是个叱咤风云的人物，而且很明显他完全有资格和腿毛党坐在同一桌，我觉得他最终会做到。鲨鱼们已经开始在他周围转悠，嗅他的味道，判断他到底是猎物还是同类。

虽然利亚姆和我上的是同一班化学课，但他已经是二年级学生了。这年夏季他和家人才从匹兹堡搬到这里。他的爸爸是个很吃香的整形外科医生，据说他垫了垫自己的脸颊，使他看起来有点像《星际迷航》中的一名上校（消息渠道：亚瑟）。利亚姆在匹兹堡上的是公立学校，这连我都觉得骇人听闻。从我得到的消息看，学校拒绝为他转大部分学分，理由是那些学分"不适用"。谁都知道，这种官方托词就是"呕，公立学校"的婉转说法。利亚姆在其母校曾经睡过两个高三女生，这使他对于 HO 那样的女生来说无疑是危险的。但危险是好事。几年前，我们都在《罗密欧与朱丽叶后现代激情篇》①中见过莱昂纳多·迪卡普

---

① 《罗密欧与朱丽叶后现代激情篇》是由巴兹·鲁赫曼执导并于 1996 年上映的一部片子，莱昂纳多·迪卡普里奥在片中扮演罗密欧，克莱尔·丹妮丝扮演朱丽叶，故事的背景放在了现代。

里奥如何把克莱尔·丹妮丝爱得死去活来，奋不顾身。我们也都憧憬着能邂逅一场类似的痴情绝恋，等待着那个能够让我们为之心跳，并不顾一切扑到我们身上的男人。

也许你会认为，我上的是天主教学校，对婚前性行为应该持保守态度。我的确很保守，但我保守的理由没有一条和害怕婚前性行为会把我打入十八层地狱有关。我有机会目睹那些虚伪的修女和神父发起脾气是多么可怕。他们满口仁义道德，劝诫我们善良容忍，可他们自己却连一条都做不到。我永远都忘不了我的二年级老师凯莉修女因为梅根·麦克纳利尿裤子就警告全班同学在放学之前谁都不准和她说话的事。可怜的梅根坐在自己的座位上，屁股下是一摊黄黄的尿液，热泪从她屈辱的红脸蛋儿上滚滚而下。

于是我得出一个结论，倘若如此浑蛋的一个修女都有上天堂的自信，那上帝一定比她们形容的样子要更加宽大仁慈。所以，我们在精神和肉体上有那么一点点瑕疵又算得了什么呢？

我对性的保守，很大程度上和我对性的懵懂无知有关——做爱会疼吗？会不会流得到处都是血，从此没脸见人？疼痛的时间有多长？什么时候才会开始感觉到快乐？最重要的，万一怀孕了怎么办？除了这些，还有对性病的恐惧，以及担心落得荡妇名声被人耻笑的忧虑。我从亚瑟那里得知，在布拉德利中学几乎找不到守身如玉的女生，大多数都有过偷尝禁果的经历，但她们中间只有极少数的人会为此感到羞耻。在这方面，琼西是个最好的例子。尽管她尿在学生会主席手上的事轰动全校，但有一点大家是知道的，她从来就不缺男朋友，所以也就没有多少人对她说三道四或者骂她放荡。于是我又得出一个结论，只要和你发生性关系的人是你的男朋友，那你就能避免许多闲话。反正这对我来说是个更可取的选择。我不需要通过做爱来释放自己（很早以前我就学会了自己动手丰衣足食）。不，我想要的是躺在凉爽的床单上，双腿夹紧他的身体，他趴在我的耳边低声问"你确定要这样？"我点点头，脸上的表情既有恐惧又有渴望。他的进入会瞬间将其变成痛苦，让他明明白白看到我的牺牲，而这牺牲又会刺激着他更加一往无前。高潮对我来说是小菜一碟，只要我想要，哪天都可以做到——缩在被单下面，时间不会超过一分钟就搞定——但真正令我心驰神往的，是一个男人在我身上制造的疼痛，和看着他享受这种创造时的快感。

　　布拉德利中学的每个学生都要上一年一次的计算机强化课，课时长达两小时。利亚姆走进局促的实验室时，选择了我旁边的位子，尽管迪恩·巴顿和佩顿·鲍威尔旁边也都有空位。那两人都是高年级的学生，且都是足球场上叱咤风云的明星人物。

　　计算机老师通过一系列复杂的指令让我们创建了各自的校园电子邮箱。设置密码的时候，我想起了我家那只自杀的小猫，是用它的名字做密码呢，还是用 LITHIUM（锂元素）呢？正在左右为难之际，利亚姆戳了我一下，示意我看他的屏幕。我斜睨了一眼他正浏览的页面："纯洁度测试：圣女或淫妇？一百个问题告诉你答案。"

　　利亚姆把鼠标箭头放在第一个问题上："你有没有和别人舌吻过？"然后看着我，仿佛在问："有吗？"

　　我白了他一眼，"我又不是四年级的小学生。"

　　利亚姆心照不宣，低声笑笑。我暗暗给自己点了个赞。回答得真巧妙，蒂芙。

　　于是剩下的九十九个问题也如此这般地进行了下去——利亚姆指一指问题，然后便扭头看着我，等我说出答案。进行到"你和多少人上过床"那道题时，利亚姆将鼠标在"1-2"的选项上画个圈，我摇摇头。他随即移动到答案"3-4"，我又摇摇头，并咧嘴一笑；于是他接着往后移动，放在答案"5+"上，我在他胳膊上轻轻打了一拳。不远处的迪恩扭头望了我们一眼。

"我们一定得改变这个现状。"利亚姆低声说着，把鼠标向左移动，在第一个答案上点了一下，于是"处女"那两个字变成了粉红色。

计算机课结束时，利亚姆迅速退出页面，但他显然还不够快，迪恩和佩顿已经在我们的桌旁停住了脚。迪恩笑着问："她得了多少分？"他的嘴巴几乎咧到了耳根上。与此同时，我发现佩顿是个颇有吸引力的男生——他有一头蓬松的金发，天蓝色的眼睛。可以说，他比布拉德利中学的任何一个女生都要漂亮。但是迪恩？他的身材确实很棒，可他长了两只硕大的耳朵，一张大饼脸，还有一头蓬乱粗糙的头发，看起来简直就像我们生物课本中进化章节配图里的猴子。

"低得很，伙计。"利亚姆笑着回答，"低得很。"

虽然我就坐在一旁，虽然那是我的测试、我的分数，可他们谁都没有问我一句。但尽管如此，我还是有种难以言说的奇妙感觉。看来我的纯洁度得分并非无足轻重，由此可知，我也并非无足轻重。

从那以后，利亚姆吃午餐的时候就开始和腿毛党以及 HO 坐在了一起。

对我的邀请则在两周之后才姗姗而来。那时已经快到十月，电闪雷鸣的天气把所有运动队都赶进了体育馆。拉尔森老师选择了从地下室更衣间到篮球场之间的楼梯作为我们的活动场地。当然，篮球场早已被足球队的人给霸占了。

"每次两级台阶。"拉尔森老师叉开两条粗壮的大腿，站在楼梯上给我们讲解练习要领，讲完之后便吹着哨子小跑下来。我们按照他的要求，一次两个台阶开始在楼梯上跑上跑下，直跑到大汗淋漓，头发在脖颈上打起了卷儿。

"现在双脚跳。"拉尔森老师并拢双腿，像个弹簧单高跷一样向楼梯上蹦去。蹦到最顶端时他转身看着我们，仿佛在问我们有没有什么疑问。发现没人说话，他吹了吹挂在脖子里的哨子，喊道："开始！"

离顶端还有一段阶梯时，我抬头看了看，结果便看到了篮球场上的迪恩和佩顿，以及足球队里的其他几个成员。他们背靠着墙，一个个垂涎三尺地望着我们这边。可怜我每蹦一级阶梯，丰满的乳房便跟着上下晃动一次，砸得我胸腔直疼，使我不得不像个胖小子一样呼噜呼噜地喘气。这是我不想让任何人看到的画面，更何况我前面还站着一群全校公认的大帅哥。

那种痛苦的煎熬仿佛绵绵不绝，不过很快我就听到拉尔森老师的声音。"我说你们几个看够了没有？"而后只见他跨上最后几级阶梯，站在楼梯顶端的平台上，宽阔的背影刚好把迪恩和佩顿挡在我的视野之外。他对那群男生说了些什么，可惜我只顾着喘气儿，竟一句也没有听清，但我却偏偏听到了迪恩的喊声，"哎，拉尔森老师，别挡着嘛。"

"帕特！"拉尔森老师喊道，并冲足球队的教练连连挥手，"管好你的这群小流氓。"

"巴顿！鲍威尔！"帕特教练的声音像大炮一样响彻整个体育馆，"给我滚到这边来！"

我离楼梯顶只剩最后几级台阶，所以能清晰听到迪恩的声音，就像他趴在我耳朵边说话一样，"有人要吃独食呢。"

拉尔森老师闻听此言，顿时火冒三丈，一个箭步冲到迪恩跟前，伸手紧紧抓住他的胳膊。我能看见他的指尖在迪恩皮肤上按出的白印儿。

"嘿！"迪恩恼怒地挣扎起来。

这时帕特教练赶了过来，他在拉尔森老师耳边小声嘀咕了几句，僵局便瞬间打破，就像什么都没有发生过一样。

"什么情况？"跳上最后一级台阶时，我不小心绊了一下，小腿磕在水泥地上。我疼得叫出了声，"哎哟！"

拉尔森老师猛然转身，万分关切地看着我，倒使我误以为自己受了伤却没有察觉。我把双腿从上到下检查了一遍，并没有发现受伤或流血的痕迹。

"蒂芙，你没事吧？"拉尔森老师伸手要扶我的肩膀，可他马上又抽回手去，挠了挠自己的后脑勺。

我擦了擦嘴唇上的汗珠，"我没事。怎么了？"

拉尔森老师低下了头，露出清晰的中分线。"没什么。"他双手叉腰，望着在抛光的硬木地板上玩足球的那帮男生，"同学们，不在这儿练了，咱们到举重健身房去。"

事后我才知道，迪恩因为对拉尔森老师说的那句话受到了课后留校的处罚。第二天，希拉里邀请我和她一起吃午餐。我总觉得这些事之间是有关联的，只是我想不明白关联点在哪里；况且我早就迫不及待地想要加入他们，所以也懒得去想了。

我在餐厅里的新位置让亚瑟有些心烦意乱。

"你可真行，有运动细胞，又能得到 HO 的青睐。"英语课后他唉声叹气地说，"接下来该什么了？让迪恩·巴顿做你的男朋友？"

我假装要吐的样子，"怎么可能，他长得那么鬼斧神工。"

亚瑟比我快几步跑上台阶，结果到顶时已经累得气喘吁吁。他首先走到餐厅门口，双手猛地一推，门向里开去，哐当一声撞在一把金属折叠椅上。"哼，我能扯下他的老二再塞到他嘴里噎死他。"门又弹了回来，撞在我的肩膀上，暂时隔开了我和亚瑟。我用胳膊轻轻推开门，发现他仍站在原地对着我狞笑。"你知道吗？我几乎讨厌所有人。"说完他似乎还回味了片刻方才走开。我疼得弯下了腰，但却假装成为了拿把椅子把门撑住的样子，这一招我是跟我们的历史老师哈罗德先生学的，他经常使劲晃晃门上的弹簧锁，嘴里气呼呼地骂着"该死"，然后手一松，心想问题已经解决了，结果门立刻又挑衅似的砰然锁上。"这就是火灾隐患！"他提醒那些漫不经心的学生注意，并用一把椅子顶住门，使其不至于自动锁上。当我抬起头时，发现希拉里正在餐厅另一头向我挥手。"菲尼！菲尼！"现在他们都开始这样叫我。我立刻眉开眼笑，像只初生的小旅鼠一样循着我新绰号的声音走过去。

"我九点半回来接你。"妈妈将挡杆推到驻车位置，车子后顿了一下，发出呼哧的一声响。引擎故障指示灯已经亮了足足一个月。修车师傅说要想把它修好得花八百块钱，当妈妈问他是不是把她当成三岁小孩儿时，他只是又重复了一遍自己的话。"你真的需要把车修一修了。"他说。结果妈妈的脸变得和车子一样红。

长这么大，我还从来没有独自一人去参加过舞会。一想到别人都是成双成对——即便没有男伴也有女伴——而我却只能孤零零地一个人走进体育馆，我就愈发思念起我的好朋友利亚。可是没办法，希拉里和奥利维亚是在午饭时才问我要不要参加秋季周五舞会的，短短几个小时，我实在没地方找舞伴儿去。

"我一点准备都没有，不过……"我屏住了呼吸，等待着她们中任何一个来接我的话，邀请我去她那被常春藤覆盖着的家，然后一件一件地试穿衣服，再一件一件地否决掉，直到衣服铺满了地板，毛衣袖子与裤腿纠缠在一起，活似凶案现场用粉笔勾勒出的一具具尸体轮廓。

"你应该去。"希拉里摆出义正词严的架势说,"奥利维亚,你吃好了吗?"她们站起身,我也跟着站起来,尽管我还有半个菜卷儿没有吃完,而且我的肚子还在咕咕地叫着。

我没有参加舞会的衣服,越野跑练习之后回家换衣服然后再回学校,折腾不说,时间上似乎也不太可能。于是谎称身体不舒服去向拉尔森老师请假,他二话不说就同意了,还亲切地嘱咐我回家好好休息,天啊,我当时简直不敢看他的眼睛。我真不想对他撒谎,可我又不甘心一直让我那性感的小背心和牛仔裙默默无闻,自从买回来之后,除了妈妈,它们还没有接受过任何人的赞美。我有必要尽我所能改变这一切。

"你看起来漂亮极了,亲爱的。"妈妈看我拉着车门把手发起了呆,便趁机鼓励我说。有那么一刻我真希望我们能快快离开停车场,到红辣椒餐厅叫一份儿蘑菇洋蓟和墨西哥烤饼。我们总是点一碟蜂蜜芥末酱蘸着吃,每当我们要求加料时(免费的),服务员就会露出心有不甘却又无可奈何的有趣表情。

"我觉得来得太早了。"我努力拿出自信的腔调,好让妈妈知道我并非因为害怕而有意拖延时间,"要不我们再转一圈吧?"

妈妈甩了甩手,露出藏在袖口里面的手表,"已经七点四十五分了。迟到十五分钟刚刚好。"

再磨蹭下去只会更糟。听到咔嗒一声,我才意识到自己扳动了扶手,于是伸出一只脚,用史蒂夫·马登鞋厚厚的坡跟蹬开了车门。

体育馆内热闹喧天,超级音响里播放着 TRL[①]排行榜上的流行金

---

① TRL,即 Total Request Live,意为互动全方位,是由 MTV 全球音乐电视台制作的最受关注的音乐电视排行榜。

曲，闪光灯随着音乐的节奏不时变幻成粉色、蓝色和黄色，照得人眼花缭乱。我事先琢磨过，进入体育馆后的第一件事，就是在任何人发现我是一个人来的之前，尽快混到人群当中去。

舞池中央笼罩着彩虹般绚丽的光芒，光芒之中人头攒动，但我的目光不经意间却望见了站在人群外缘的鲨鱼眼贝丝，她正和小剧团的几个孩子在暗地里聊着天。

"嘿！"我向人群中挤去。

"蒂芙阿尼！"鲨鱼眼的两个瞳孔在昏暗的光线下显得咄咄逼人。

"你好！"我喊道。

鲨鱼眼就这场舞会滔滔不绝地吐了一通槽。她说舞会无非就是给那些饥渴难耐的人们提供一个干磨蹭①的机会，但她又特别指出她来这里是因为亚瑟声称能给我们搞到大麻。我发现当时的我十分希望自己也像她一样，眼睛长在脑袋两侧，那样我在舞池里面寻找熟悉的身影时，就不会让她有种被敷衍的感觉。

"你怎么会不喜欢跳舞呢？"我向舞池打了个手势，又借机在人群中扫了一眼。这一眼为我争取到了难得的五秒钟，可惜我仍然没有看到希拉里或奥利维亚，也没有看到利亚姆以及腿毛党中的任何一人。

"要是我有你这样的身材，我也会喜欢跳舞。"鲨鱼眼盯着我几乎快到大腿根的牛仔裙裙摆说。自从加入越野田径队，三个半星期我减掉了六磅体重，我的衣服们这下心满意足了。

"我现在还很胖。"我翻了个白眼，强压住心里的高兴。

"哎哟喂。"亚瑟的身躯挡住了我通往舞池的视线。与我此刻的愤怒相比，他之前说那些风凉话时给我造成的伤害根本不值一提，"我

---

① 干磨蹭就是指男女下体互相摩擦碰撞，模拟真实性交的动作，但两人保持衣冠整齐，一般多指舞厅里的贴身舞。

倒想瞧瞧教会学校出来的女生怎么跳贴身舞，你们跳舞的时候是不是还得给圣灵留个位置啊？"

我的怒火一下子蹿起老高。"你胡说八道什么？"起初，亚瑟对圣特里萨山中学及其种种神圣的矛盾十分入迷，那使我觉得安心，给了我们交谈的话题。可现在我只希望他再也不要拿我原来的学校说事儿，可他偏不。也许他说的只是些毫无恶意的玩笑话，但在我眼里却完全是另一种味道：他要始终让我蒙着一层神秘的面纱，提醒每个人——也提醒我自己——我的出身和背景。

"话说回来，你们允许跳舞吗？"亚瑟还要纠缠下去。在霓虹灯的照耀下，他浑身的汗水看起来就像晶莹的果汁潘趣酒。亚瑟无时无刻不在出汗，"按照你们的说法，这应该是魔鬼的消遣吧？"

我懒得理他，故意向右偏转过身体，望向他周围的人群。

"HO 不会来的。"亚瑟说。

我像被他打了一拳似的后撤一步，"你怎么知道？"

"因为只有没用的笨蛋才会来参加这种舞会。"亚瑟咧嘴笑着，隆起的腮帮得意扬扬地闪着油光。

我环顾四周，希望能找到驳斥他的证据，"泰迪也来了。"

"泰迪来这儿只是想给他的老二找点事干。"我循着亚瑟的目光望向泰迪和莎拉，他们两人的下身好像被缝在了一起似的。

我不想让亚瑟看到我流泪，含糊地说了声要去洗手间便扭头离开，任由他在我身后道歉说他只是开玩笑。我转过体育馆的一角，一路上不停地安慰自己：他们会来的，会来的。

来到通往地下更衣间的楼梯口时，我愣住了，因为我看见刚从洗手间出来的拉尔森老师正沿着楼梯向上走来。

"好点了吗？"拉尔森老师问。他穿着很休闲的牛仔裤，我还是第一次看到他那样的打扮，很像一个出入酒吧的成熟男人。我们相距数级阶梯，我担心从他的位置能看到我的裙底，所以便交叉着双腿站在那里。

"好点了。"我故意含着声音说话，好让我的语气听上去像病人一样虚弱。

"行了，蒂芙阿尼。"拉尔森老师的语气中透着责备和成年人特有的盛气凌人，听着十分不舒服。他凭什么这样跟我说话？"你知道逃避训练没那么容易，所以刚才……到底发生什么事了？"

我知道，只要我撒谎说我来例假了，他必定不会再多问一句。可一想到和拉尔森老师说到这么隐私的问题我就想吐，"我确实是身体不舒服。不过已经好多了。我发誓。"

"那好吧。"拉尔森老师微微一笑，但我看得出他的笑容非常牵强。"很高兴你能奇迹般地迅速康复。"

"菲尼！"身后传来的一声呼唤总算解了我的围。希拉里的裙子实在太短了，我都能隐约看到她樱桃红色的小内裤。希拉里的穿衣风格一直是我竭力避免的，但由于她如此打扮并非出于习惯，而是一种表达叛逆的方式，所以看起来倒也恰如其分。

"来啊。"她弯起粉红色的指尖示意我过去。

"你们要是擅自离校，我就只好通知你们的家长了。"拉尔森老师的声音更靠近了些，我转过身时，发现他离我仅剩一级台阶。

"拉尔森老师。"我睁大眼睛，拿出我最软弱的样子盯着他，"求求你了。"

我们一时谁都不说话了，耳边只剩下舞池方向传来的劲爆的音乐。过了几秒钟，拉尔森老师重重叹了口气，说就当他没有看见我。

一辆深蓝色的林肯领航员①停在路边，引擎空转着。车门忽然弹开，露出三排毛茸茸的男人腿，其中就包括迪恩和佩顿。奥利维亚美滋滋地坐在利亚姆的大腿上。我心里忽然有种酸酸的感觉。得啦，我自我安慰说，那只是因为车里太挤了。

希拉里钻进车子，兴高采烈地拍着她的腿说："来坐我腿上。"我想，倘若我们都能缩一下身体，座位是完全挤得下的，可当我弯腰上车的时候，我闻到了杜松子酒的味道，于是立刻明白了为什么希拉里如此情绪高涨。

我问众人："我们要去哪儿？"

"去空场。"司机从后视镜中看着我说。戴夫是一名高三学生，两条细细的胳膊上一根汗毛都看不见，连我这个偏激的意大利女孩子都羡慕不已。他们在背后都叫戴夫"锤子"，说明他是个不起眼的小角色，但车子在中学里可是硬货，而他就有一辆。

所谓的空场其实就是一片被山茱萸包围着的空地。此时山茱萸正处于休眠期，离下次短暂的花期起码还有八九个月。此外还有大片茂密的野生枫树，将空地前面的公路与后面的布林茅尔学院宿舍隔开。布拉德利中学的学生们多年之前就将此地霸为己有，从此这里便成了他们抽烟喝酒幽会野合的场所。

空场离学校并不远，走路或许倒更快些。从壁球场后面的矮树丛中抄近路，穿过一条令人昏昏欲睡的单行道，用不了五分钟我们就能到那儿。可戴夫开着车子沿布拉德利中学的校园转了一个圈，随后在离小树林入口几百英尺远的一条繁华大街上找到了停车的地方。我们有说有笑，笨拙地陆续从车里钻出来，聚集在路边。尽管我们走的是一条明显有很多人走过的清晰的小路，但迪恩还是一马当先，非常细

---

① 林肯领航员是一款豪华全尺寸 SUV。

心地为我引路。小路来到一处景色尚佳的狭长通道前时便消失不见。我看到远远的角落里有棵树桩，便走过去，用手在上面摸了摸，确定干燥舒适了才坐下。

迪恩从口袋里掏出一罐啤酒。"我不能喝。"我推辞说。

光线昏暗，我看不清迪恩的脸，但他的身体赫然挡在我的眼前，颇有咄咄逼人的意思。"不能喝？"他问。

"我妈妈再过一个小时就要来接我了。"我解释说，"她会闻到的。"

"真没用。"迪恩自己打开啤酒，在我旁边坐了下来，"我爸妈下个周末要出门儿，到时候我会请些朋友去家里玩。"

一辆汽车的车头灯光从我们身上一扫而过，虽然转瞬即逝，但却足以让迪恩看到我脸上的微笑。"好极了。"我说。

"不要告诉 HO。"他小声提醒我说。

我很想问为什么，但这时佩顿走了过来，"我说哥们儿，你知不知道你坐在什么地方？那可是芬纳曼给那个小基佬吹箫的地方。"

迪恩打了一个响响的嗝，骂道："滚！"

"我说真的，奥利维亚亲眼看见了。"佩顿扭过头又喊道，"奥利，你是不是亲眼看见亚瑟在这里给本·亨特吹箫了？"

她的声音从黑暗中传来，"别提有多恶心了！"

我用一根手指试探着树桩的表面，暗想当初锯倒这棵大树的电锯该多么锋利才能留下如此干净平整的树桩。我心里有好多疑问，但如果亚瑟比我想象的还要边缘，那我实在不愿意别人把注意力放在我和他的关系上。毕竟佩顿说的并不是什么光彩的事。"本·亨特是谁？"我故意转移话题，好让自己有时间消化这条劲爆的新闻。

迪恩和佩顿相视大笑，随后迪恩将一条胳膊搭在我的肩膀上说："以前经常到这儿来的一个小基佬，后来他割腕了。"

佩顿弯下腰。我的双眼已经适应了周围的黑暗，近距离看他的脸，发现他更加勾魂摄魄。"可惜没死成。"他又补充说。

"可惜。"迪恩伸手推了佩顿一把。他一个趔趄，手中的啤酒掉在地上。啤酒罐翻滚着，发出嘶嘶的声音，最后躺在地上不动了。佩顿低声骂了一句，转身去追他的啤酒。

"他为什么要割腕？"我尽量用漫不经心的语气问。

"咳，菲尼。"迪恩猛地晃了晃我的身体，我未加提防，不小心咬到了舌头，"你心疼他？"

我咽下一口唾沫，并尝到了新鲜血液的味道，"才不是呢。我又不认识他。"

"嗯，反正我敢肯定他的男朋友一定悲恸欲绝。"迪恩喝了口啤酒说，"小心亚瑟那个家伙。他可不是什么好鸟。"他的手指从我的肩头耷拉下来，有意无意间碰到了我的乳头。"别忘了星期五。"他压低了声音说，好像那只是我们两人之间的秘密，"还有，别告诉希拉里和奥利维亚。"

载我去迪恩家的出租车司机是个非常有耐心的人，与后来每天早晨我赶着上班以及晚上为了能够报销车费而故意等到八点之后才回家时载我往返于西侧高速的那些司机截然不同。他饶有兴致地看着我把一张十块纸币、九张一块纸币、十一个两毛五分硬币、六个一毛硬币和一个五分硬币放在他的手心。总共二十二块四。这是我从学校到迪恩家——阿德摩尔——的车费，也是我失去尊严所需要付出的全部代价。

从出租车里钻出来时，太阳已经躲到了树顶后面。运动背包坠着我的一侧肩膀，我仍然穿着跑步时的衣服，身上汗津津的，不过迪恩说我可以在他家洗个澡。我担心洗澡的时候有人会破门而入，把我的身体看个精光，所以迪恩领我参观完那间带独立卫生间的客房之后，我便以破纪录的速度冲了个澡。

洗过之后，我的一头金发又看起来光芒四射了。我一边用毛刷梳头，一边用吹风机吹了几分钟。我的头发浓密又卷曲，对当时的我而言梳头是件麻烦事儿。几年之后我才会明白，一柄圆梳和一把拉直器就能让我的头发服服帖帖。所幸千禧年之际比较流行把头发在头顶盘半圈的发式，所以我将潮湿的头发草草打了个结，用倩碧的遮瑕膏在脸颊和鼻子上拍了拍，之后又涂了点睫毛膏便算了事。在家的时候，我故意用剪刀把我原来的内裤剪破，然后对妈妈说是跑步让它们开了缝，所以需要买些新的来，随后我用妈妈给的钱买了些专门在今天这种场合穿的内裤。在诺德斯特龙百货的内衣区，我买了那里最性感的款式：三条真丝豹纹比基尼三角裤。回到家里我便迫不及待地穿到身上，结果发现三角裤的腰线居然能提到肚脐之上——简直像塑身裤了——但我只是无所谓地耸耸肩，把多余的裤腰一直卷到屁股上，心想材质和花纹才是最重要的。连什么是性感都没弄明白的懵懂少年，却准备用性爱来做自己的成人礼，没有比这更可悲的了。

"嘿。"我走进厨房时迪恩和我击了个掌。他和佩顿以及其他几个同是足球队里的男生聚集在一个花岗岩台子周围，玩着向啤酒杯里弹硬币的游戏。放眼看去，整个屋里我是唯一的女生。

"菲尼，来替我掷一个。"迪恩亲了一口手中的硬币，"你是我的幸运星。"

佩顿在他的哥们儿耳边说了句什么，结果两人哈哈大笑起来。我知道他们一定在说我，说不定是很粗鲁下流的内容。我顿时觉得脸上有些挂不住了。

我不太会这个游戏，只不过是形势所迫才勉强为之。我把硬币倾斜起来，离我最近的那一侧头朝下，然后猛地砸向大理石台面。硬币高高弹起，在空中不断翻转，之后竟一头扎进一个杯子，杯中的啤酒立刻冒出一层丰富的泡沫。

人群随之一声欢呼，迪恩又和我击了次掌，这一回，当我们的手掌碰到一起时，他忽然蜷起他那肉乎乎的手指头，分毫不差地伸进我的指缝并抓住了我的手，继而猛地把我拉进他怀里紧紧抱住。我能闻到刺鼻的除臭剂的味道，这家伙踢完足球不洗澡，就使劲喷那东西。

"太他妈牛逼了！"迪恩骄傲地冲另一队喊道。

佩顿用他那双蓝色的眼睛望着我，赞许之情使我周身从里到外都暖融融的。"干得漂亮，蒂芙。"他说。

"谢谢。"我的笑容爬到了耳根处。迪恩递给我一罐啤酒，我毫不客气地扯掉拉环，仰起脖子就把那嘶嘶冒着气泡的液体往我空空的肚子里灌了一大口。那时的我还没有整顿不吃饭的习惯，但那天晚上我兴奋得过了头，把晚饭的事忘得干干净净。

我感觉到有两只手爬上我的肩膀，在我的肌肉上捏了好一会儿，利亚姆笑着搂住我，我没有穿鞋，所以不高不低正好站在他的腋窝下。谢天谢地，他不像迪恩那样臭烘烘的，"瞧你这小个子。"

"我才不是小个子。"我晕头晕脑地反驳说。

利亚姆喝了一口啤酒，但目光却越过我的头顶，望着什么东西出神。随后他又低头看着我说："门廊上那张桌子很适合玩啤酒乒乓球①。"

"那可是我的强项。"我说着，干脆靠在他身上。对于十几岁的男生来说，他倒的确长了一身结实的肌肉。

利亚姆又仰起脖子，把罐子里剩余的啤酒一饮而尽。易拉罐离开

---

① 啤酒乒乓球（Beer Pong）是令美国年轻人（尤其大中学生）趋之若鹜的喝酒游戏，它要求玩家把乒乓球扔到桌子另一边的几个啤酒瓶杯内，惩罚则是对方要把那杯酒喝掉。

嘴唇时，他惬意无比地"啊"了一声。"吹牛吧？女生可没几个擅长玩啤酒乒乓球的。"他不相信地说。随后他陪我一同走向那扇玻璃推拉门。脚下的地板湿漉漉黏糊糊的，可我不想冒险回屋去找双鞋穿，免得我刚一走开，利亚姆就邀请别人做了他的搭档。

迪恩和其他几个人也跟着我们来到外面。大家很快就分好了队，定好了规矩。利亚姆和我对迪恩和佩顿。事实证明我没有吹牛，一个球便让对方喝掉了两杯。不出五分钟，我和利亚姆已经遥遥领先。

但迪恩和佩顿很快就赶了上来，我也开始频繁端起红色的一次性杯子。每喝一杯，我就更醉一分，最后还是佩顿和迪恩赢了我们。我以为这样游戏就可以结束了，可利亚姆说按照他家乡的习惯，最后一杯也应该喝掉才不失体育精神。此时刚好轮到我喝酒，于是我乖乖端起杯子，忍着想吐的冲动，一口一口喝了下去。

"我操！"迪恩鼓起了掌。在十月清凉的空气中我隐约听到了一句话："头一回见这么厉害的女生。"这句话所产生的效果足以和英语课上得了 A 相提并论，而当时那种骄傲的心情也只有几年后当我在那座光芒四射、像蜂巢一样的大厦中谋得一席之地时才再次体验到。*经常和他们混在一起的那些妞儿呢？她们是谁？* 我沾沾自喜地笑着，心里很清楚她们是希拉里和奥利维亚。我似乎很中意利亚姆那清爽的腋窝，再次重重靠了进去，结果把他撞了一个趔趄。

"悠着点。"他笑着说。

随后我们回到屋里，盘腿坐在客厅茶几周围，继续玩弹硬币的游戏。但这次轮到我喝酒时，啤酒已经换成了浓烈的威士忌。迪恩说了些有趣的事，我笑得前仰后合，竟躺倒在地上。利亚姆——等等——坐在我旁边的是佩顿，他把我拉起来，并劝我先到旁边歇一会儿。我的视线跳过他，四处搜寻着利亚姆的身影。我想要利亚姆。

"她没事的。"迪恩说着又往杯子里倒了些酒。

有人骂佩顿没种，他理直气壮地说："你们看看她都醉成什么样了？我可不想乘人之危。"

我应该就是在他说完这句话之后睡着的。因为接下来我只知道自己躺在了客房的地板上，身旁放着我的运动背包。我呻吟着抬起头，我两腿之间的那个男生也抬起了头——佩顿。他抚摸着我的大腿，然后低头继续，谁知道他在干什么。他以为那样能给我快感，可我当时什么都感觉不到。

门口有动静。有人探进脑袋催促佩顿到什么地方干什么事。我的身体不听使唤，连给自己遮羞的力气都没有。

"马上就来！"佩顿不耐烦地喊道。外面的人笑了一声，随即关上了门。

"我该走了。"我看着两腿之间那张英俊的脸说。我曾事先把腿毛刮得干干净净，幻想着或许能和利亚姆发生点什么，比如现在这种情形，"别闹了。"

我又昏昏睡去。

"哎哟，哎哟。"睁开眼睛之前我先发出了两声呻吟，此时我还不知道疼痛的感觉从何而来。是利亚姆。他的脸正对着我的脸，同样因为痛苦而扭曲着。他的上身一动不动，但下身却紧贴着我，且用一种令人痛苦的节奏碰撞着我。

我伏在客房卫生间的马桶上，膝盖跪着的瓷砖格外冰凉。我吐血了吗？为什么马桶中会有血？

这件事过去几个月之后，我才终于不再欺骗自己，并承认我已经成了很多妈妈教育女儿时的反面教材。有一次我给学校打电话，谎称火车在布林茅尔火车站停靠时自己睡着了，结果被 R5 次列车一直拉到了费城市中心。

"天啊。"长期给马赫校长担任助理的德恩太太用低沉沙哑的声音说，她是个不折不扣的烟鬼，"你没事吧？"

"我没事，但我可能要错过头两节课了。"我说。

德恩太太本想表达关心，但却没有小心藏好语气之中的怀疑。于是当第一趟 R5 次列车从美恩兰经过时，我没有上车，而是在第 30 大街车站附近闲逛。我找到了一家自助中餐馆，尽管当时还不到上午十点，可那一排排整齐摆放的肉类和蔬菜实在让我难以抗拒。我盛了一大盘，当我用塑料叉子叉了一堆食物送进嘴里时，我咬到了一个神秘的橡胶袋子，袋子在我口中炸开，一股咸咸的像沙一样粗糙的化学物质四散开来，让我忍不住连连作呕。

在迪恩家的那天夜里，我在第三轮和最后一轮的疯狂之中也尝过这种东西的味道。一股让人恶心的黏糊糊的东西喷在我的舌头上，伴随着一个男生欢快的呻吟。

那次醒来时已经是第二天上午。我躺在一个陌生房间里的一张陌生的床上。太阳高悬在天空中，阳光明媚温暖，和我一样尚未察觉前一天夜里发生过怎样的悲剧。

身下有什么东西在动，我连忙翻身查看，不过在看到结果之前我心里已经暗暗祈祷那个人是利亚姆。可万万没想到，那人偏偏是迪恩。他光着膀子，露出精瘦的身体，那一刻我差点直接吐在他身上。

他哼唧一声，双手搓着脸问："你感觉怎么样，菲尼？"他用双肘支撑着坐起来，扭头好奇地看着我，"我快难受死了。"

我忽然意识到自己只穿了一件维多利亚的秘密牌子的小背心。我立刻坐起身，拉过羽绒被子遮住胸部，眼睛在房间里四下搜寻，"呃，你知不知道我的内裤在哪儿？"

迪恩哈哈大笑起来，仿佛听到了全世界最有趣的事，"谁都不知道！你不穿内裤在屋里晃悠了半夜呢。"

从迪恩的嘴里说出来，这似乎只是我们疯狂派对中又一件无伤大雅的逸闻趣事，仅供人们茶余饭后拿来一乐。性质相同的事件还有很多，比如某个高三男生说他要开车回家，结果第二天早上人们发现他的车还停在路边，人却昏睡在车里，钥匙连点火开关都没有插进去；还有足球队里的某个家伙半夜吃三明治的时候忘了夹火鸡肉，结果就吃了一个纯粹的蛋黄酱三明治。因为实在滑稽，我这件事可能会被人们经常提起：蒂芙阿尼酒后失态，没穿内裤在派对上晃荡了几个小时！

就在我不省人事的这段时间，我的整个人生已经被彻底改变；而迪恩看我的眼神就像他是我同病相怜的伙伴，我们都是这场可怕灾难的受害者。然而他眼中的现实似乎比我所经历的现实具有难以置信的诱惑，迫使我弱弱地笑笑并予以接受。

迪恩给了我一条毛巾，让我到客房去。在那里，我从梳妆台旁的地板上找到了我那被揉成一团的豹纹内裤。我把它捡起来塞进我的运动背包，丝毫无视上面的血迹。

第 5 章

"我说各位。没人要吗？"《女人志》总编像个被菲利林 [①] 包裹着的圆转盘一样，端着一盘蛋白杏仁饼干在她的办公室里转了个圈，可围着她的那群编辑没有一个接受她的邀请，尽管她们人人都是一副营养不良、面有饥色的样子。

"我不能吃糖。"我辩解说。

佩内洛普·文森特（洛洛）把托盘放在她的办公桌上，扑通一声坐进了椅子。她冲我摆摆手，染过的指甲活像坏疽的颜色，"可以理解，你马上就要结婚了。"

"算啦，我不入地狱谁入地狱！"穿着 8 码连衣裙的阿丽尔·弗格森是我们的副总编，人很好，就是有点缺根筋。她走上前去，用两根手指夹起一块粉嫩粉嫩的饼干。天啊，那颜色真让我不安。呃，阿丽尔。我很想隔空传音告诉她。洛洛只想让那些减肥快把命丢掉的编辑们吃。

洛洛目瞪口呆地注视着阿丽尔将那块两百空卡 [②] 的饼干塞进嘴里。所有人都屏住了呼吸，生怕城门失火殃及池鱼。阿丽尔咽下饼干，开心地说："味道真好！"

"是啊。"洛洛故意拖着话音说，"好了！让我瞧瞧你们都给我准备了什么惊喜吧？"她用鞋跟踩着地板——那是一双圣罗兰 Tribute

---

① 菲利林（Phillip Lim）即菲利林 3.1，是华裔美籍设计师林能平 (Phillip Lim) 于 2005 年创立的时尚品牌。
② 空卡即无营养价值的热量。

系列的凉鞋——稍微转了下椅子，双眼像激光一样盯着埃莉诺，"塔克曼，你说。"

埃莉诺手腕轻轻一挥，将垂在肩膀前面的一堆金发甩到了背后。"好的。前几天我和阿尼聊天的时候，无意中听她说起她的一个朋友以前曾在金融界工作，并说到那个行业至今仍存在很普遍的性骚扰现象。"她冲我点点头，"对吧，阿尼？"我的反应稍微迟钝了些，当我的笑容在脸颊上绽开时，埃莉诺已经继续说了下去，"所以我和阿尼就讨论了一下，你知道，我们社在这方面的态度向来都很谨慎，我们认识到了这个问题并教育人们小心防范。这很好，可是有一点我们需要注意，在当今流行文化中，荤段子大行其道，尤其很多女人也乐此不疲；而我们在谈到性骚扰时却仍是一副板起脸来教育人的姿态，这就显得过于严肃甚至死板了。现在的女人想说什么就说什么，想开什么玩笑就开什么玩笑，这就给人造成一种模棱两可的假象，女人所能容忍的底线究竟在哪里？在工作当中，哪些行为是不可接受甚至违法的呢？我想做一个调查，看看在一切都能拿来恶搞的 2014 年，人们心中的性骚扰是个什么样的概念。"

"非常好。"洛洛打了个哈欠说，"打算用什么标题？"

"这个嘛，我想了一个'2014，你眼中的性骚扰？'"

"不好。"洛洛端详着自己指甲上的一片碎屑。

"性骚扰逸闻。"我说。

洛洛转向我，暧昧一笑，说道："聪明，阿尼。"

我扫了一眼放在腿上的笔记本电脑，屏幕上写着"性骚扰逸闻"几个大字，下面是我为这个题目所收集的资料，"还有，哈佛大学有两位社会学教授写了一本非常好的书，最近就要出版，我们可以参考一下。尤其在关于流行文化如何影响我们的工作环境方面。"这本书的校样就放在我的桌上，是我特意从宣传部门那里要来的，为的就是在向洛洛提出这个创意之前先读一读，做到心中有数。

"好极了。"洛洛点头说，"把相关资料传给埃莉诺，全力协助她做好这个专题。"说到"全力"那两个字时，她额头上的青筋就像一颗愤怒的心脏在微微悸动。我不知道洛洛是否同样心知肚明，埃莉诺是个只会阿谀奉承的平庸之辈。她来自西弗吉尼亚州的某个偏僻小镇，但是如今却混到了纽约。我只能说她是个非常顽强的人，仅此而已。我们之间有许多共同点，所以我用了相当一段时间才弄明白为什么我们两人合不来。那是妒贤嫉能的心态在作祟。我们都克服了常人想象不到的困难才爬到今天的位置，所以我们都很担心出现一山难容二虎的局面，生怕对方把自己挤下去。

"好了，下一个。"洛洛拍着椅子上的扶手，"哈里森太太，你准备了什么？"

我在座位上扭了扭身体，说出了我的备选方案。那是我为正题准备的一个有趣的题外话，做封面文案可能再合适不过；而且这个点子曾经得到过她的赞赏。每次开会之前埃莉诺都要事先和我碰头讨论，确保我们的第一方案足够巧妙新颖。她通常会采纳我最别具匠心的创意，但却以一种十分聪明的方式呈现出来。就好比我发现了一块矿石，而真正点石成金的人却是她。她想让每个人都知道，我那不成熟的点子只有到了她的手上才会变得完美无缺，说不定还能得到美国杂志编辑协会的赞赏。

"美国运动协会最近调整了一些运动的卡路里燃烧值。"我开始说道，"做爱也被涵盖其中，而且其数值比十二年前整整翻了一倍。所以我就想，如果有人亲身实践一下性爱健身法并写点这方面的文章，说不定能吸引不少读者。实践者可以戴上智能手环和心率监视器，实时评估做爱对燃烧卡路里的贡献。"

"妙极了!"洛洛转向我们的执行主编,"从十月份开始我们能不能暂停'谈情说色',换成'性爱健身谈'?"未及对方回应,她又对数字媒体总监说:"马上把这个封面文案放到网上,看看反响如何。"随后她冲我点点头,满意地说道:"干得不错。"

愧悔不已的埃莉诺一直跟着我来到我的办公桌前,一只讨厌的小虫子。不,她太瘦了,恐怕做不了虫子,倒更像一只嗜血的蚊子,尝过一次我血液的味道,便贪得无厌地追着我不放。

"希望你别介意我在会上提到你朋友的事。我知道那是个人隐私。"她说。

桌上的电话机闪着红灯,提示我收到了语音邮件。我提了提裤子,坐下来——杜肯减肥法我已经坚持了一周,如今我坐下时裙子和裤子上的腰带已经不会再紧紧勒着肚子。每当我夜里辗转反侧难以入睡,肚子里翻江倒海,满脑子都是失眠情绪的时候,我就从衣柜里拿出一堆裤子,一件一件试穿到身上,然后站在浴室的镜子前左看右看。我惊讶地发现,2 码的裤子我已经可以不解扣子直接穿上。这小小的胜利给了我莫大的安慰,但仍无法弥补我重新爬回床上之后所受到的折磨——卢克会把他那死沉死沉的胳膊压到我 26 码的腰上,而我则不得不忍受他灼热的鼻息。刚认识时他呼出的空气就这么臭吗?不可能。如果一开始他的呼吸就如此之臭,我是不可能爱上他的。一定是哪里出了问题,也许是他的扁桃体。早上我便向他提到了这件事。这是可以改变的,一切都可以改变。

我轻轻说道:"我当然不会介意,埃莉诺。"

埃莉诺坐在我的桌沿上。她穿了一条白色的宽腿裤,"裤子真漂亮。"她去总编办公室开会时洛洛曾这样赞美。而现在我很不幸地知道了埃莉诺坐在马桶上拉稀时会是个什么样的表情。

"你说她会不会愿意跟我们讲她的经历呢?"她问。

"说不定会。"我说。我的桌面上放着一支绿色的圆珠笔,笔帽已经摘掉。我用胳膊肘轻轻挪动它,一寸一寸,直到笔尖碰到埃莉诺的裤缝。我的眼睛始终盯着她,并慷慨承诺下午就打电话问问我的朋友。

埃莉诺用指关节敲打着我的桌面,她的嘴角几乎深陷进颌骨里。那不是发自内心的微笑,而是虚伪的假笑。"也许我们可以设法给你搞一个附加署名的机会。那对你会大有好处的。"附加署名通常只关照给实习生。前一年我有篇关于避孕和血栓的文章曾在编辑协会的评奖中获得提名,那件事让埃莉诺耿耿于怀。她把大屁股从桌子上挪下,而我则心满意足地欣赏起我的恶作剧成果。绿色的笔油在她裤子上留下清晰的痕迹,就像她的大腿得了严重的静脉曲张。

"的确对我大有好处。"我的笑容也变得诚恳起来,埃莉诺动动嘴,送给我一个"谢谢"的口型,同时像祈祷一样双手合十,仿佛我成了她的恩人,随后才转身离去。

我得意扬扬地抓起电话,进入语音邮箱。听完卢克的留言,我给他打了回去。

"嘿,是你呀。"

我超喜欢卢克在电话中的声音,就好像他在百忙之中偷偷溜出来跟我说悄悄话似的。一直催着订婚的人是我,且方式极为让人讨厌。HBO 电视台的制片人差不多一年前就已经给我发电子邮件,问我愿不愿意参加一部名为《布拉德利之殇》的纪录片的摄制。该片与学校的五名遇难者息息相关,然而我和这五个人都算不上朋友,不过这是一个千载难逢的自我救赎和矫正视听的机会,所以我实在不忍心错过。

但既然要做，就一定要做好。我之所以有上镜的自信，是因为我极具竞争力的优势。在很多女人眼中，我似乎已经拥有了一切：体面的工作，优越的生活，傲人的身材，还有更让人羡慕的——帅气多金的未婚夫。与卢克订婚将使我的地位稳如磐石。只要我嫁给卢克·哈里森四世，就再也没有人敢对我说三道四。多少次，我幻想着自己坐在镜头前，娓娓讲述自己的故事，我用手轻轻拭去脸上晶莹的泪珠，即将属于我的那枚绿宝石钻戒在镜头前闪闪发光。

订婚之前我和卢克已经相恋三年。我爱他，是时候让这段感情开花结果了。是时候了。所以在一次晚饭期间，我严肃地提出了这个问题。"我想等到明年发年终奖时。"他回答说。但他最后还是妥协了，并按照我的手指重新修改了他妈妈的戒指，而我也满心欢喜地同意了参加纪录片的摄制。我知道自己不该跌进过去的圈套，在戴上戒指之前，我什么都不是，我的美梦还没有成真。该死的《向前一步》①。我应该做得比现在更好，我应该成为一个更加自信独立的女性。但我做不到。可以吗？我就是做不到。

"要不今晚陪我的客户吃饭吧？"卢克说。这件事他已经争取了一个星期。我的杜肯减肥法离结束"攻坚阶段"还有两天。两天之后，我可以有选择地吃点蔬菜。花椰菜是甭想了，死胖子！

我把电话贴紧耳朵，"能再等几天吗？"

听筒中只传来卢克朋友们的喊叫声。

回想刚开始交往的时候，我很怕带卢克见我的妈妈。她一定会像狗一样耸动鼻子——好，这回算是钓到金龟婿了——她会亲切地叫我蒂芙，并直截了当地询问卢克的收入，当然，除此之外便再也没有值得她关心的问题了。卢克这时才会如梦初醒，意识到我是那种你在酒

---

① 一本畅销励志书，全名为《向前一步：女性、工作及领导意志》，作者是美国女作家谢丽尔·桑德伯格。

吧里邂逅，上过几次床，最后却不小心爱上了的金发女孩儿。她有着极为中性的名字，还有那么一点点信托基金。但事实却完全出乎我的意料，那天我们与博比还有迪娜·法奈利（我的父母）共进晚餐之后回到他的公寓，他搂着我径直滚到了床上，一边亲吻一边说："真不敢相信，最后竟然是我抱得美人归。"说得好像我身后有一堆等着向我求婚的豪门公子一样。

"算啦。"我说，"今晚就今晚吧。"也许吃点花椰菜也不是什么坏事。

晚餐前，我去社里的时尚衣橱借衣服。我身上的穿着还不够难看，越难看越新潮的服装，就越能让我建立起强大的杂志编辑的气场。

"这个怎么样？"我抽出一条海尔姆特·朗牌子的连衣裙和一件皮夹克。

"你穿越回二〇〇九年了吗？"埃文毫不留情地说。别奇怪，每个时尚杂志社里都少不了一个既毒舌又娘炮的时装编辑。

我咕哝了一句："那你来选。"

埃文翘起兰花指，从一排衣服上缓缓掠过，手指像弹钢琴一样在每个衣架上轻轻一点，最后停在一件米索尼①条纹衬衫和一条带圆点图案的短裤上。他侧过瘦骨嶙峋的肩膀，用十足瞧不起的眼神盯着我的胸部，"算了。"

"滚！"我嗔骂道。随后我靠在陈列饰品的桌子上，朝一条下摆宽大、印着花的衬衣式连衣裙点点头，"那个怎么样？"

埃文用指尖按住嘴唇，注视着那件衣服一动不动，嘴里嗯了半天。

"德里克的版式通常比较修身。"

---

① 米索尼为意大利时装品牌。

"德里克是谁？"

埃文白了我一眼。"就是德里克·林①啊。"

我也冲他翻了个白眼，并从衣架上扯下那条裙子，"我已经减掉七磅了，应该没问题。"

裙子在胸口的位置有一点点紧，埃文替我解开了一个扣子，露出诱人的乳沟，然后他将一根长长的吊坠挂在我的脖子里，左右端详了一阵，说道："还不错。哎，对了，你是用什么方法减肥的？"

"杜肯减肥法。"

"那不正是凯特·米德尔顿用的法子吗？"

我开始对着镜子画眼线，"我选它就因为它是最极端的方法。减肥的法子，越痛苦才越有效。"

"你终于来了。"卢克似乎既生气又松了一口气。对他来说，踩着时间点也相当于迟到。他这种苛刻的时间准则让我十分反感，所以每次我都会晚到几分钟作为抗拒。

我故意慢条斯理地掏出手机查看时间，"我记得你说的是八点吧？"

"没错。"卢克吻了我一下，既像敷衍，又像求和，"你看起来很不错。"

"但现在已经八点四分了。"

"人不到齐他们是不会让我们入座的。"卢克的手掌轻轻按在我的腰上，引着我走进餐馆。难以置信对吗？是不是起了一身鸡皮疙瘩？这么久了，我们还能像热恋时那般甜蜜？

"天啊，我真不习惯这样。"我说。

卢克咧嘴一笑，"我知道。"

---

① 德里克·林是纽约知名的华裔服装设计师。

我隐约注意到站在服务台前的那对夫妇，看上去仿佛在等着被人引见。他们就是卢克的客户和他的妻子。那是个健美匀称的女人，胳膊上依稀可见微微凸起的肌肉；一头蓬松的金发看起来俏皮可爱。我总是先观察别人的妻子，因为我要知道自己面对什么样的对手。她的衣着十分普通：白色牛仔裤，简简单单的坡跟鞋，和一件丝绸般的无袖上衣。上衣是艳丽的粉色，我想在穿上之前她一定思量了片刻——她肤色偏黑，也许深蓝色的无袖上衣更合适，深蓝色总挑不出毛病——她的肩上挎着一个咖啡色的普拉达包，和她脚上的鞋一样的颜色，上下呼应。这比她脖子里刚开始出现的皱纹更能暴露她的年龄。我敢肯定她至少要比我大十岁，由此我长长舒了一口气。真不知道等我三十岁的时候，还有没有勇气面对自己。

"叫我惠特尼吧。"她向我伸出手，炫耀着下午才修好的指甲。她握手的力度非常轻，就好像她在故意告诉我，对她来说，做一个家庭主妇就是世界上最要紧的事。

"幸会幸会。"我回答。自从在哈里森先生那儿学到这句话后，我与人初次见面时便不再说"很高兴认识你"。这些年来，就凭这句俗不可耐的"很高兴认识你"，我向多少人暴露了我那不入流的教养啊，每每想到这里我就不寒而栗。像那些含着金钥匙出生的幸运儿从小所接受的良好教养，其美妙之处就在于它不可能被真正复制。装模作样的人终归会露出马脚，且多半自取其辱。每次当我以为自己已经爬出底层人的泥坑时，就会突然意识到自己在某个方面的做法一直以来都是错误的，于是我又被那些同样处于底层的伙伴给拉了回去。你骗不了任何人。拿牡蛎来举例。我以为只要假装喜爱吃这种又咸又软的东西就足够了，可你知不知道吃过的牡蛎壳要口朝上放在盘子里？诸如此类的小事就能暴露一个人的出身和教养，可见危险往往存在于细节之中。

"这是安德鲁。"卢克介绍说。

安德鲁的手掌巨大无比,我的手轻轻一滑便不见了。而当我终于注意到他的脸时,我的笑容僵住了。

"嗨?"我说。他歪着脑袋,同样饶有兴趣地看着我,"阿尼,对吧?"

"请各位随我来。"女服务员说完便转身向餐馆里面走去,我们四人像被磁铁吸住了一样紧跟在她身后。我走在安德鲁后面,打量着他后脑勺上的斑斑白发,心中的疑惑渐渐变成了期待,如果他是我以为的那个人该多好,这想法多少有些滑稽。

在决定哪对夫妻坐靠墙软座时我们彼此推让了一番,后来卢克建议让女士们坐,因为我们都很娇小(惠特尼笑着说"阿尼,我觉得这是一种恭维呢");至于餐桌嘛,和纽约的许多东西一样,都是迷你版的。这就是为什么每个人最终都会选择离开这里的原因。有了孩子之后便愈发感觉囊中羞涩,你不得不节衣缩食,整日奔波劳碌。过圣诞节时,门厅里还会堆满从杜安里德药店买来的廉价装饰和礼物;某一天,妻子忘了给丈夫准备要带的午餐,大战爆发了,于是他们开始了向韦斯切斯特或康涅狄格转移的漫漫征途。我说到这里的时候,卢克吹口哨提醒我不要那么极端,但这的确是伟大的解脱。心机婊们在多利安或布林克利餐馆坐等未来的丈夫,等到房子的租约到期后便怂恿他们搬到郊外,而后不久,避孕措施便被提上了日程。想当年我对多利安餐馆并不陌生,但我也喜欢这里,餐馆局促狭小,价格高昂;地铁上挤满形形色色的怪人;在富丽堂皇的大厦中工作,身边是一群自己野心勃勃却在鼓动别人清心寡欲淡泊名利的女编辑。"我们让读者用发束缠住她们男朋友的老二,你们知不知道,我现在就恨不得用一根发束把自己勒死!"有一次,洛洛气呼呼地咆哮说。那是九月的一次小组会，到会的编辑没有一个人能提出让她满意的关于吹箫的创意，"这说不定还有点销路。"如果没有那些肉食女 ①，纽约或许会变得轻松许多，人们也不必再削尖了脑袋四处钻营。但纽约之所以引得无数人趋之若鹜，我想它最大的魅力就在于此——它会逼迫着你努力奋斗，争得自己的一席之地。我会不懈地奋斗下去。谁都不能阻止我留在这里。

最后的结果是我和安德鲁坐了面对面，卢克和惠特尼面对面。我们考虑着要不要换过来，但被卢克和他的一个冷笑话给否决了，他说他有的是机会和我面对面吃饭。安德鲁像柚子一样肥大的膝盖不时碰到我的腿，尽管我一直退让，屁股都快贴到了墙上。然而此刻我只想让大家停止无聊的寒暄，停止老掉牙的笑话，好让我有哪怕几秒钟安静的时间可以蹙眉眯眼地问安德鲁："你是他吗？"

"对不起。"安德鲁说，起初我误以为他是为侵占我的空间而道歉，"我感觉你特别眼熟。"他注视着我，嘴唇微微张开，好似在撕碎我的伪装：颧骨如今变得瘦削而突出了！挑染的颜色弥补了我头发原有的灰暗，同时又不至于使它的金色过于单调，"哎呀，我的天啊。"第一次见到我的染色师鲁本时，他用两根手指捏起我的一撮黄毛，像捏着一只蟑螂似的，皱着眉头说。

卢克正在展开他的餐巾，听到安德鲁如此说，他不禁停下了手中的动作，呆呆望着他。

有时候，人们没来由地便能感觉到有大事，甚至是足以改变人生的大事发生，此刻我便遇到了这种情况。我知道，是因为之前我曾经有过两次这样的经历，其中第二次就是卢克求婚。"这听起来可能有

----

① 肉食女：对现代某一类女性的称呼。这类女性多为白领或女强人，她们虽阅人无数，却迟迟不想结婚，一旦看见中意的人，就如饿虎扑食一样主动表达爱意，且完全不顾旁观者的看法。

点不可思议。"我清了清嗓子说，"可我还是想问，您是……拉尔森老师吗？"

"拉尔森老师？"一旁的惠特尼喃喃说道。随后她忘乎所以地叫起来，"他是你的老师？"

离开布拉德利中学后他一定剪短了松软的长发；不过，倘若像拆掉乐高零件一样换掉他那金融男特有的拖把头，再用修图软件把他脸上的皱纹全部消去，然后把他的下巴往外拉长一点，就又能恢复到拉尔森老师原来的样子了。大多数人即便遮住嘴巴，仅从他们眼睛的形状就能判断他们是不是在笑。拉尔森老师兴许是某次笑得过了火，脸上的皱纹卡在一起再也无法复原了。

"世界真小啊。"拉尔森老师感慨万千地笑着说，连他的喉结也跟着一颤一颤，"你现在叫阿尼了？"

我瞥了卢克一眼。真希望我们没有坐在这同一张餐桌上，进行着同一场对话。他的脸色难看得厉害，而拉尔森老师却红光满面。"我实在受不了人们老是问我'蒂芙'两个字怎么写。"我说。

"真是太巧了。"惠特尼的目光在我们三人中间转了一圈，最后落在卢克的脸上，她似乎意识到了什么，"那也就是说，你在布拉德利中学上过——"说到这里她突然顿住，而后恍然大悟般叫道："啊，我知道了，你就是蒂芙阿尼。"

我们谁都不好意思看彼此。幸好这时服务员走了过来，问我们是否接受自来水，当然，她丝毫不知道自己救了我们的场。我们都表示可以接受。

"真有意思，像纽约这样一个遍地污秽的城市，竟然能提供全世界最干净的饮用水。"经验老到的惠特尼轻松转移了话题，化解了尴尬。

我们纷纷点头附和。对，是很有意思。

"什么学科？"卢克忽然问了一句，看没人回答，他又补充说："你教什么学科？"

拉尔森老师将胳膊肘放在桌面支住身体，"荣耀英语。大学毕业后教了两年。那时的我根本不敢想象没有暑假该怎么过。还记得吗，惠特尼？"

两人对视一眼，颇有深意地笑了笑。"哦，我记得。"她抖了抖手中的餐巾，"我巴不得你从那一行跳出来呢。"这个嘛，她的想法无可指责。我也绝不会和一个教师约会。

安德鲁看着我，"不过当时阿尼可是我最好的学生。"

我忙着把餐巾在大腿上摊平。"您太客气了。"我不好意思地说。当年他对我有多失望，我们两个都心知肚明。

"现在她是《女人志》最好的笔杆子。"卢克像个慈爱的父亲一样自豪地说。真是虚伪。卢克以为我不知道？在他眼中，我所谓的"职业生涯"只不过是我们要孩子之前的一个过渡阶段而已。他伸手过来抓住我的手，"她的成就有目共睹。"他在向我发出警告了。卢克不喜欢别人谈论布拉德利中学的事。过去我一直以为他是想保护我，还曾为之感动不已。但现在我已经看出来了，卢克的目的就是希望每个人都忘记我的那段历史。他至今还不愿意我参加那个纪录片的拍摄。他给不出合理的解释，或者他有完全的理由但只是不想冒犯我，但我很清楚他心里是怎么想的：你在自取其辱。在哈里森家族，没有什么比恬淡寡欲的斯多葛哲学更备受推崇。

"唔。"惠特尼用手指轻轻敲打着下嘴唇，她的指甲像芭蕾舞鞋一样粉嫩粉嫩。"《女人志》？我好像听说过呢。"肉食女听说我的工作单位后通常都是这种反应。在我听来那并不是恭维。

"我还不知道你进了杂志社呢。"拉尔森老师说，"太了不起了。"

他冲我露出最迷人的笑。

惠特尼看在了眼中。"我好久没看了。不过在认识安德鲁之前，那可是我的床头读物。大家都称它为女人的《圣经》，对不对？"她的笑容含蓄而优雅，"恐怕以后我从女儿的房间里也一定能够找到这杂志，就像以前妈妈没收我的杂志一样。"卢克礼貌地笑了笑，但拉尔森老师却未动声色。

当话题涉及孩子时，我会自动挂上对应的笑容。"几岁了？"我问。

"五岁。"惠特尼说，"名叫埃尔斯佩思。我们还有个儿子，叫布斯，快一岁了。"她盯着安德鲁，"那是我的小男子汉。"

天啊。"名字起得真好。"我对她说。

侍酒师走到卢克身旁并自我介绍。他问我们菜单上是否有不明白的地方。卢克倾向于白葡萄酒，并就此征求大家的意见，惠特尼双手赞成，她说这么热的天气除了白葡萄酒根本没其他可喝的。

"那我们就喝长相思①吧。"卢克指着菜单上一款标价八十美元的酒说道。

"嘿，我喜欢喝长相思。"惠特尼说。

杜肯减肥法是禁止饮酒的，但和这类女人交往时我必须得喝酒。一杯下肚，我身体里的内啡肽就会成倍激增，唯有如此，我才能逼真地假装出对她的世界感兴趣的样子。她孩子的钢琴课，她的梵克雅宝②生产礼③。我实在不敢相信拉尔森老师居然找了一个最大理想就是在超市里滑购物车的女人。所以当服务员端着酒瓶过来时，我愉快地向他指了指我的酒杯。

"为第一次见到你可爱的妻子，干一杯！"卢克举起了杯。可爱，

---

① 长相思即白苏味浓，是一款源自法国的白葡萄酒。

② 梵克雅宝是法国著名奢侈品品牌，其珠宝一直是世界各国贵族和名流雅士所特别钟爱的顶级珠宝品牌。

③ 生产礼是指新爸爸在新妈妈生下孩子时送给她的礼物。

真够肉麻的。以前的我曾经很喜欢这样的应酬，且不辞劳苦地打扮自己以期获得别人妻子的认可。她们嫉妒的表情能给我带来莫大的成就感。然而如今我已经感到厌倦。厌倦，厌倦，厌倦。我把自己折磨得死去活来难道就是为了这样的生活？一顿二十七美元的烤鸡和一个回家之后陪我滚床单的未婚夫，难道这就是能够使我满足的东西？

"还有你的。"安德鲁对卢克说完了碰我的杯子。

"我还不算是妻子。"我笑着说。

"对了，安妮。"惠特尼叫错了我的名字，这是我最讨厌的事情。"卢克说婚礼会在楠塔基特岛举行。为什么在那儿啊？"

我来告诉你为什么在那儿吧，惠特尼。因为在何处举行婚礼是有大讲究的，而楠塔基特岛的条件得天独厚。那里的光环足以超越一切阶层和全国的任何一个地方，到南达科他州跟那些自以为是的家庭主妇说你从小在美恩兰长大，她们绝对会嗤之以鼻。但倘若你说夏天的时候你到楠塔基特岛度假——而且要强调度假——她们立刻就会对你另眼相看。这就是为什么，惠特尼。

"卢克家在那里有房产。"我说。

卢克点点头，"从小我就经常去那儿。"

"哦，我敢肯定，婚礼一定盛大无比，奢华无比。"惠特尼向我身边靠了靠，我立刻感觉到一股贪婪的气息。空洞，陈腐，仿佛那两片嘴唇已经许久不曾接受过任何东西。她转脸问安德鲁："几年前我们是不是去楠塔基特岛参加过一场婚礼？"

"我们去的是马萨葡萄园岛。"安德鲁纠正道。他的膝盖再次碰到了我的膝盖。葡萄酒像止咳糖浆一样淌过我的咽喉，我发现他变老之后更有魅力了。我有一大堆的问题想要问他，可碍于卢克和惠特尼在场，我无法开口，为此我在心里倒暗暗恨起他们两个坏了我们的好事。

"你老家是在楠塔基特岛吗？"他问卢克。

惠特尼闻言笑了起来，"安德鲁，谁的老家都不可能在楠塔基特岛。"这话说的，恐怕楠塔基特岛一万多本地居民可不乐意答应，不过惠特尼的意思是，像我们这样的人是不可能来自楠塔基特岛的。以前，倘若有一个像惠特尼这样的女人将我视为她的同类——背景和出身相同——我会莫名地激动。那证明我的伪装非常成功。可从什么时候开始，这种认同竟会令我感到愤慨了？当我戴上渴盼已久的戒指，当我住进纽约的特里贝克地区，当我的白马王子——纯种白人——单膝跪地，当我把曾经做过法式美甲的双手伸向这一切而内心依旧坦然的时候，我便能后退一步，重新审视我自己。我并没有什么高贵的血统，可即便如此我也认为，恐怕没有人会对这样的成就感到满意，我是说真正的满意。除非这个人没有灵魂，乐意浑浑噩噩地过日子；或者苟安于现状，不思进取。我想，倘若他们果真愿意捍卫自己的生活，那么大选的最终结果必定相当壮观。二〇一二年总统大选时，卢克和他的家人，他的朋友，以及他朋友们的妻子把票全都投给了米特·罗姆尼①。此人支持反堕胎派，他的那些狗屁观点会使乱伦及强奸案的受害者，以及不适合生产的妇女无所适从，甚至有可能使计划生育联合会②被迫解散。

"哦，那不可能。"卢克当时不以为然地说。

"但就算不可能。"我说，"你们怎么能把选票投给一个有这种立场的人呢？"

"因为我们根本不在乎，阿尼。"卢克叹口气说。我也曾经是个幼稚的女权主义者，"它跟你没关系，跟我也没关系。你知道什么才

① 米特·罗姆尼曾任马萨诸塞州州长，是美国2012年总统大选时的共和党候选人，最终败给了奥巴马。
② 美国计划生育联合会（PPFA）是美国的一个非营利性组织，旨在为美国女性提供包括堕胎在内的生育健康服务。

跟咱们有关系吗？奥巴马的政策。只因为我们是富人阶层，他就要向我们征收重税。"

"这个我管不着，但前一个倒真的和我有关系。"

"你不一直都避着孕吗？"卢克喊道，"堕胎跟你有什么关系？"

"卢克，如果没有计划生育联合会，我的孩子现在恐怕都有十三岁了。"

"我不想谈这个。"说完，他气冲冲地按下墙上的电灯开关，大步走进卧室，并砰的一声关上了门，留下我一个人在漆黑的厨房里默默流泪。

在我们两个的恋爱关系渐入佳境时，我把那一晚的事情告诉了卢克。像这种不堪回首的污点往事，唯一可以开口的时机，就是在他爱你爱得死去活来的时候，因为只有在这时他才能包容你的一切，就算耻辱也变得可爱起来。在讲述那晚之事时，我说出的每一个恶心的细节都使他把双眼睁得更大，但看上去也更加昏昏欲睡，仿佛他一下子无法全部接受，准备稍后再慢慢消化一样。倘若现在问卢克那晚我都发生了什么，恐怕他仍是一问三不知，"天啊，阿尼，我不知道。总之不是好事，对不对？我知道那晚你遭遇了不幸。我明白了。可你也用不着每天都提醒我吧？"

至少他知道那件事很不光彩，没必要时常提起。我最初考虑是否参与纪录片的拍摄时，这便是最令我为难的地方，也是我们争论的焦点。"你没打算谈那晚的事吧？"他说——"那晚"，真是令人欣慰的说法。不过我倒真的考虑过，面对镜头，把佩顿、利亚姆和迪恩（尤其是迪恩）对我做过的事一五一十全都抖搂出来。可问题是，那颗绿宝石戒指还没戴在我的手上，而我希望录制的时候能戴着那个亮瞎人眼的好东西。所以当卢克问起的时候，我就像刚喝了一口龙舌兰又咬了一口酸柠檬一样咧着嘴说："当然不会。"

"我是在拉伊长大的。"卢克说。

惠特尼连忙咽下口中的酒。"我老家在布朗克斯维尔。"她用餐巾轻轻擦着嘴唇，"你上的哪所中学？"

安德鲁笑起来，"亲爱的，你和卢克应该不太可能同时上中学吧？"

惠特尼假装生气地把餐巾丢向安德鲁，"你怎么知道呢？"

卢克笑着说："实际上，我读的是寄宿学校。"

"哦。"惠特尼一副很失望的样子。"那算了。"说完她翻开菜单，就像打哈欠会传染一样，其他人也跟着翻开各自的菜单。

"这儿有什么好吃的吗？"安德鲁问。他的眼镜片在烛光下明晃晃的，所以我搞不清他是在问我还是在问卢克。

"全是好吃的。"卢克和我几乎异口同声，"尤其烤鸡。"

惠特尼皱起鼻子。"我在餐馆里从来不敢点鸡肉吃。听说含砷量太高。"既是家庭主妇，又是《奥兹医生秀》的粉丝。真是妙极了。

"砷？"我一只手按着胸口，并用满脸惊疑之色鼓励她继续说下去。因为内尔的推荐，我读了中国的《孙子兵法》，其中我最喜欢的谋略就是卑而骄之①。

"是啊！"惠特尼似乎对我的孤陋寡闻感到万分震惊，"农民们故意给鸡喂砷。"她噘起嘴，一脸厌恶至极的表情，"好让它们长得快些。"

"那太可怕了。"我故意装作惊讶的样子。实际上我早就看过这方面的研究——真正的研究，而非《今日秀》上那种以讹传讹危言耸听的解释。这家餐馆卖的可不是裴顿农场那些恶心的冷冻鸡胸肉。但我还是说道："这样的话，我就不点烤鸡了。"

"你瞧我，真是罪过。"惠特尼笑了起来，"我们才第一次见面，

---

① 卑而骄之在此处的意思是我方主动卑辞示弱，给敌人造成错觉，令其骄傲自大。

我就毁了你的晚餐。"她用手掌拍了下额头，"我还是闭嘴的好。不过等你将来像我这样整天围着一个不到一岁的孩子转时你就能理解了，遇到同龄人你就会没完没了地说呀说呀。"

"我敢说你的孩子们一定都特别喜欢有你在身边陪着。"我微微笑着，装出无比憧憬的样子。凭她现在的身材，每天恐怕要在健身房做不少于三小时的运动。而且我不信她是一个人带孩子。但倘若你敢问她家里有没有请一个多米尼加保姆，天啊，那你就自求多福吧。这样的人可得罪不起，他们能在背后把《女人志》骂得一文不值。养孩子是实实在在的工作，你最好放尊重一点，免得让她们怀疑你轻视了她们的事业。

"每天能在家里陪着他们是我的福气。"惠特尼刚喝过酒的嘴唇闪闪发亮。她伸手抿了抿，顺势托住了下巴，"你妈妈以前工作吗？"

"不工作。"但是惠特尼，她应该工作的。她应该放弃安心做个家庭主妇的小幻想，为我们那个家出一份力。我不敢说那是否能让她快乐一点，但快乐是件很奢侈的事，我们享受不起。我们家一贫如洗，我妈妈每隔一月就去申请新的信用卡，要不然她凭什么去布鲁明戴尔百货购物呢？我们家房子的劣质石膏板墙上爬满霉菌，但却没钱更换。不过你说的没错，惠特尼。她每天在家陪着我是她的福气。

"我妈妈也是。"惠特尼说，"这对家庭的影响很大。"

我始终保持微笑。就像长跑比赛的最后一程，如果你停下，就再也找不到步伐的节奏。"相当大。"我说。

惠特尼兴致勃勃地理了一下头发。看得出来，她很喜欢我。她用肩膀轻轻碰了我一下，暧昧十足地压低了声音问我："阿尼，你得跟我们说实话，你要去拍那个纪录片吗？"

卢克一只胳膊搭在椅背上，心不在焉地摆弄着他的银餐具，雪白的反光在低矮的天花板上晃来晃去。

"现在还不能说呢。"

"哦，那也就是说你要去咯？"惠特尼用力打了一下我的胳膊，"他们也是这么叮嘱安德鲁的——是吧，安德鲁？"

重复的梦境仿佛再现，我遇到了麻烦，需要打911报警，但我的手指却不听使唤。它们一次次从按键上滑落（我每次拨打的总是那种老式的固定电话），每一次我都能清醒地意识到，你又在做同样的梦了，这一次你一定能成功。只管慢慢来。于是我就想：只要你慢下来，总能做到的。找到9，按下，找到1，按下。就像心急的人想吃热豆腐，这种想快又快不得的感觉实在让人难受。我迫切地想要知道为什么拉尔森老师也参加纪录片的拍摄。什么时间？什么地点？他会说些什么？会谈起我吗？他会替我说好话吗？"我不知道原来你也要去。"我说，"他们想让你说什么？是以旁观者或别的什么身份参加吗？"

拉尔森老师咧了咧嘴，"嘿，阿尼，你知道我不能说的啊。"

大家都笑了，我也只好跟着一起笑。我张开嘴巴，刚要继续追问下去，拉尔森老师又开口了，"我们找时间可以喝杯咖啡，聊聊这事儿。"

"没错！"惠特尼插进来说。她的兴奋之情令我望尘莫及。一个女人如此放心甚至鼓励自己的丈夫与别的女人喝咖啡，而且这个女人比她还要年轻十岁，只能说明他们的婚姻坚如磐石。

"你们是该聊聊。"卢克赞同道，但我却希望他什么都没说。因为和惠特尼相比，他口气中虚伪的成分是如此明显。

从餐馆出来时惠特尼绊了一下。她稳住身体，咯咯笑着说她不常出门。看来她的葡萄酒直接喝到脑袋里去了。

　　拉尔森老师吃过甜点之后就用优步 ①预约了车子，所以此刻路边已经有一辆黑色的 SUV 在等着，准备送他们回斯卡斯代尔他们像情景剧摄影棚一样的家。惠特尼吻了吻我的脸颊，对着空气嘤嘤说道："见到你太高兴了，真的。这世界太小了。"安德鲁和卢克握了握手，并在他肩膀上拍了拍。然后卢克便闪到一边，给我和安德鲁留出道别的空间。我踮起脚在安德鲁的脸颊上虚吻了一下。他伸手去拍我的背，发现直接碰到了我的皮肤，于是立刻像被电到一样抽开身去。

　　我们看着他们的车子一头扎进滚滚车流。我多么期待卢克能够搂住我，让我紧贴他的滕博阿瑟 ②衬衫。如果他真这么做了，就一定能够感觉到我的整个身体都在颤抖。

　　但他没有那么做，只是问了我一句："太怪了，你觉得呢？"我勉强笑笑算是赞同，尽管我的内心早已方寸大乱，尽管我已经知道再也无法回头。

---

① 优步（Uber）是美国的一款打车应用，可以通过手机预约出租车、私家车或与他人拼车。

② 滕博阿瑟（Turnbull&Asser）是来自伦敦的衬衫品牌，也是世界知名的顶级衬衫制造商之一。

第 6 章

　　派对结束后的第二天上午，我和利亚姆以及足球队里的另外两个二年级学生坐上了迪恩家的路虎揽胜。迪恩的驾照早已被吊销（储物箱里塞着一大堆未缴的停车罚单），但这丝毫不妨碍他继续开着车子在街上横冲直撞。啸叫的轮胎向路上的行人发出可怕的警告，倘若他们不想无端变为轮下之鬼，还是趁早跳进灌木丛中躲避为好。我的胃里就像倒了一锅沸腾的水，恶心的感觉此起彼伏。我的身旁有一个空位，但利亚姆上车时却公然无视，径直坐在了迪恩旁边的副驾位置。出门吃早餐之前我在厨房里曾试着和他说话，但结果并不如意。

　　"我不知道最后怎么跑到迪恩房间的，我觉得我应该向你说声对不起或者什么的，因为我并不想和迪恩——"我当时说。

　　"菲尼。"利亚姆笑着打断我，这个昵称是又一个他努力想和迪恩保持一致的地方，"你想多了。你知道我并不介意你和迪恩在一起的。"

　　这时迪恩在外面喊他，他擦着肩膀从我身旁走过。我很高兴厨房里只剩下我一个人，从而让我有时间平复心情。我一直强忍着的泪水在我的咽喉中找到了宣泄口，咸咸的液体像硫酸般滑过我的喉管，那种灼心的痛苦在随后的日子里不断地将我折磨。泪水终于流尽后，另一种更为恐怖的感觉却留存下来。直到今天它仍像头潜伏的野兽，在我看不到的地方伺机而动，只要快乐或自信的情绪胆敢露头，它便出其不意地跳出来把它们撕个粉碎。我居然向一个强奸了我的人道歉，又被他无情的嘲笑所拒绝。这段记忆将是我一生都无法忘却的奇耻大辱。你以为你很幸福？你以为你有什么值得骄傲的？——它会不停地嘲弄我——哈！还记得那件事吗？每到此时我就变得清醒无比。它时时提醒我自己是个什么样的破烂玩意儿。

到达米内拉餐厅，利亚姆再次坐到了迪恩旁边，而将我弃之一旁。四十五分钟的吃饭时间，男生们不管说什么做什么，我都心不在焉地跟着傻笑。对，那两个薄煎饼揉成团看起来的确很像一对睾丸。我使劲地往下咽，免得控制不住吐出来。到结账时，我感觉仿佛已经过去了好几个小时。我终于可以打电话给我的爸妈，装作兴冲冲的样子说我和奥利维亚还有希拉里在韦恩吃了早餐，并要他们来接我。随后我坐在米内拉和隔壁红辣椒餐厅之间的马路边，头几乎垂在膝盖上。我闻到大腿之间传出一股恶心的酸臭味儿，于是妄想症开始发作，我的心脏不安地猛跳起来。我是不是得了艾滋病？我会不会怀孕？这种感觉折磨得我死去活来，就像口渴难耐时一样，只不过我并不需要水。吃饭时我喝了整整一大罐的水，虽然我根本就不渴。多年之后，我仍然饱受这种错觉的困扰。每到这种时候我就大口喝水，仿佛在斐泉①瓶底能够找到解脱，但结果总是我的烦恼和膀胱一起膨胀。我曾就此问过一位心理医生——我每月都会志愿参加她的强奸受害者疏导会，并用我杜撰的故事现身说法（"大街上，一个男人主动帮我拿东西回家，结果他却袭击了我！"），但我会在故事中掺进自己的疑问和担忧，使其变成我个人的疏导会——她说口渴是一种基本的生物本能，"如果你并不口渴但却想要喝水，这说明你有一项非常重要的需求未得到满足。"

四十分钟后妈妈的车才缓缓驶到米内拉餐厅的招牌前。我等着她

① 斐泉（Fiji Water）是从斐济群岛天然自流水的水源处直接装瓶的世界顶级瓶装水。

绕停车场转了一圈，最后停在我身旁。打开车门，就听到她那张席琳·迪翁的破 CD 又在唱着，我闻到一股刺鼻的香草润肤露的味道。我径自爬上副驾座位。至少这里有让我感到安慰的东西，比如她对音乐和美容不敢恭维的品位，都给我带来一种安全的熟悉感。

"奥利维亚的妈妈也在这儿吗？"妈妈问。这时我才注意到她精心化了妆，已经准备好见人了。

"不在。"我砰的一声关上车门。

妈妈用下嘴唇抿着上嘴唇，"她什么时候走的？"

我系上安全带，"不记得了。"

"什么叫不记——"

"拜托你开车好吗？"我声音中的怒气让我和妈妈都吃了一惊。我一只手捂住嘴，低声啜泣起来。

妈妈挂上倒挡，"你被禁足了，蒂芙阿尼。"她加速离开停车场，嘴巴紧闭成了一条细细的线，这条线总是让我恐惧。后来我发现，我和卢克吵架的时候也会做出这个动作，或许我的样子也很吓人吧。

"禁足？"我冷笑道。

"我已经受够你这种态度了！你太没良心。你知不知道为了让你上这所学校我花了多少钱？"说到"知不知道"那几个字时，她用手猛拍了一下方向盘。我突然一阵干呕，妈妈扭头瞪着我问："你是不是喝酒了？"说完她一个向右急转，驶进一个空停车位，并猛踩了一脚刹车，安全带紧紧勒住我的肚子，我终于控制不住吐在了手中，"别吐车里！这可是宝马。"妈妈一边大叫一边侧身过来替我推开车门，当然，顺便也把我推了出去。就在那个停车场上，我把胃吐了个底朝天。啤酒、威士忌、迪恩咸咸的精液——我只恨没有早早把它们吐出来。

到星期一早上时，我的胃里除了胃酸已经空无一物。但胃酸就像那天深夜最后几轮游戏中不期而至的威士忌，热辣辣地烧灼着我的内脏。凌晨三点我就醒了，因为我的心跳声就像一个愤怒的家长捶打他孩子反锁的门一样惊天动地。一定程度上，我还存着一丝侥幸心理。也许我的事没什么大不了的，不就是在派对上胡闹了一次？马克吃了个蛋黄酱三明治，蒂芙阿尼和足球队里的几个男生玩得忘乎所以！仅此而已，要不了多久人们就会通通淡忘。可即便在那个时候，我也没天真到认为事实真会如我想象的那样。

气氛变得微妙起来——大家并没有见了我就急忙躲开，也没有人在我的衬衫上别一个大大的红字。奥利维亚见了我就假装没看见，一些年龄大点的女生会咯咯偷笑着从我身边跑过，有一次她们甚至在远远的地方高声大笑。我知道，她们在议论我。

我走进指导教室，鲨鱼眼扳住桌沿，圆圆的屁股一扭便从座位上站了起来。我还未及坐下，她的两条胳膊却已经搂住了我的脖子。"蒂芙，你没事吧？"教室里的其他人全都假装没听见，甚至假模假样地继续各自的聊天。

"我当然没事。"我微笑的时候感觉脸上仿佛有一层干裂的黏土。

鲨鱼眼捏了捏我的肩膀，"你要是想找人倾诉，我随叫随到。"

"好的。"我瞥了她一眼。

在我自己的课桌前就座之后，感觉一切如常。我把老师说的每一个重点都认真记在本子上。一直到下课铃声响起，同学们像从光线中四散逃窜的臭虫一样离开教室，恐慌这头怪兽才伸伸懒腰，打个哈欠，从它断断续续的睡眠中苏醒过来。随后我漫步在走廊上，感觉却像个受伤的士兵徘徊在敌人的阵地上；两眼之间的红光告诉我，我受伤了，步履维艰。我一筹莫展，只好硬着头皮向前走，同时在心里祈祷着敌人不会发现我，并把我撕碎。

拉尔森老师的教室于我而言就像一条可以藏身的壕沟。亚瑟最近对我不冷不热的，但鉴于当前的情况，他恐怕会对我充满同情。他必须这样。

我落座时亚瑟冲我点头示意。一个郑重其事的点头，意思仿佛是说"我需要马上和你谈谈你干的好事"。这莫名其妙地使我紧张起来，甚至胜过下课之后就要面对的午餐时间。过去几周我通常都和HO坐在一起，而今我却有点无所适从了——只管厚着脸皮去餐厅，然后被她们从平时的座位上赶开，还是识趣一点，自己跑到图书馆去？也许这么做至少能证明我的骨气，说不定她们会因此原谅我，甚至张开怀抱欢迎我。

但如果亚瑟认为这主意不行，那就说明我要面临的情况比我原本想象的还要糟糕。

下课铃响时，我故意慢吞吞地收拾东西。亚瑟在我身旁停了下来，不过在他说话之前，拉尔森老师先开了口："蒂芙？你能留下一会儿吗？"

"我们稍后再说？"我问亚瑟。

他再次点头。"训练后来找我。"亚瑟的妈妈是中学里的美术老师，他们住在壁球场斜对面一栋摇摇欲坠的维多利亚风格的老房子里，那是我们的女校长在五十年代时居住的地方。

我只管点头答应，尽管我根本不可能如约前往，但此刻我没时间向他解释我已经被禁足的事。

中午，学生们一股脑儿涌向了餐厅，英语和人文学科教学楼里从喧闹转入安静。拉尔森老师靠在他的讲桌上，双腿交叉，翘起的裤边下露出一只肤色黝黑、汗毛丰密的脚踝。

"蒂芙阿尼。"他说道，"我没别的意思，只是今天上午我听说了一些事情。"

我等待着。直觉告诉我，在弄明白他的意图之前，我最好保持沉默。

"我是站在你这边的。"他保证说，"如果你受到了伤害，就必须说出来。不一定非得对我说，但你必须得告诉什么人。告诉大人。"

我的双手在桌子底下搓来搓去。温暖的安慰，犹如《探索频道》宣传片里延时镜头下的一朵花，从含苞待放到慢慢展开五颜六色的花瓣，最后怒放在我的眼前。他没有让我叫家长的意思，也不想惊动校方。他在给我一份青少年们最为渴求的礼物：自主。

思前想后，我谨慎地说："我能考虑一下吗？"

走廊里传来西班牙语老师默提兹太太的声音，"对，要无糖的！要是他们没有胡椒博士①，就拿百事的。"

拉尔森老师等她关上门后才继续说道："你让校医看了没有？"

"不需要看校医。"我含糊地说。我怎么好意思告诉他我的真实打算呢？我每天坐 R5 列车到布林茅尔的途中都会经过一个隶属于计划生育联合会的诊所。放学后我去一趟，一切就都搞定了。

"你大可以放心跟她说，她会保密的。"拉尔森老师用手指戳戳自己的胸口，接着说道："不管你告诉我什么，我也会保密的。"

"我没什么可告诉你的。"我故意把话说得不留余地，且流露出一个少女所有黑暗和扭曲的焦虑与不安。

拉尔森老师叹了口气，"蒂芙阿尼，她能确保你不会怀孕。让她帮帮你吧。"

眼前的尴尬情景使我不由想起了一件事。有一天，爸爸走进我的房间，声称要洗衣服，并去捡我扔在墙角的一堆脏衣服。我正躺在床上看书，当我意识到他在干什么时，我大喊了一声："别！"

---

① 胡椒博士是美国七喜公司生产的一种焦糖碳酸饮料。

太晚了。我那条被经血染成红褐色的内裤已经被他拿在手中。他当场愣住，像个手里提着钱袋的银行抢劫犯，而后结结巴巴地说："我……呃……我让你妈妈来。"我不知道妈妈来了又能怎样。爸爸从来就不想要女儿，是不是真心想要孩子我说不准，但如果有个儿子他或许还能接受。他和妈妈认识五个月后便结了婚，婚后数周她就怀了孕。姨妈曾对我说起过："他气坏了。但他来自一个传统的意大利家庭，他妈妈说要是他敢把孩子打掉，就要了他的命。"显然，当医生说我有可能是个男孩儿时，他的确高兴了起来。他们打算给我取名叫安东尼。我不愿想象在我出生之后，当医生不好意思地笑着对他说"哎哟，是个女孩儿"时他脸上的表情。

"我知道怎么做。别担心了。"我告诉拉尔森老师。说完我把椅子向后一拉，把书包挎在了肩上。

拉尔森老师甚至不敢看我一眼，"蒂芙阿尼，你是我教过的最优秀的学生之一。大好的将来在等着你，我可不想看到你自毁前程。"

"我可以走了吗？"我侧着身问他。拉尔森老师遗憾地点了点头。

HO 和腿毛党仍然坐在他们平时的桌子上——他们也不嫌挤。一些圈子之外但又想凑热闹的人只好坐在相邻的桌子上，并把椅子斜过来，好听到他们根本毫无关系的对话中的每一个字。

"菲尼！"迪恩举手和我击掌，这令我如释重负，"你去哪儿了？"简简单单的一句话，赶跑了我唯一的恐惧。利亚姆紧挨奥利维亚坐着。中午的太阳照在奥利维亚漂亮的鼻子上，啤酒棕色的鬈发在阳光下清晰暴露出毛糙的地方。几年后，她也将出落成花一样的美女。搽一点控油洁面粉，定期去一下角质，她纤细的身体简直就是海尔姆特·朗[1]

---

[1] 海尔姆特·朗（Helmut Lang）是美国著名时装品牌。

的活动衣架。细想一下，连我和她站在一起也要自惭形秽。

"嘿，伙计们。"我站在桌子的一头，双手紧紧抓着书包的带子，仿佛那是系在我背上的救生衣，没有它我很可能会沉到水底。

奥利维亚无视我的存在，但希拉里懒洋洋地抬了抬一侧嘴角，没有睫毛的双眼顽皮地瞟了我一眼。从答应迪恩那一刻起我就知道会面对这样的局面。背叛 HO 并不是明智之举，但迪恩同样有着不可违逆的力量。和他以及另外那些男生交往的事根本不受我的左右，至于奥利维亚和希拉里是否会偷偷恨我，那已经无关紧要。即便她们恨我也必定会有所掩饰，这才是最要紧的。

迪恩向左挪了挪，并冲我拍拍身边的空位。我坐下来，我们两个的大腿微微贴在一起。我把一口酸水儿咽下肚子，心想那要是利亚姆的腿该多好。

迪恩偏过脑袋，嘴巴里一股炸薯条的气息喷进我的耳朵，"感觉怎样，菲尼？"

"还好。"我们两个人的腿之间已经渗出一层薄薄的汗。我不希望这一幕被利亚姆看到，我不希望他以为我在他们三人当中选择了迪恩。

"训练后干什么？"迪恩问。

"直接回家。"我说，"我被禁足了。"

"禁足？"迪恩惊讶地喊出了声，"你几岁了？"

在大伙儿的哄笑声中，我涨红了脸，"我知道。我讨厌我爸妈。"

"这和那事儿……没关系吧？"迪恩的声音弱了下去。

"是成绩差的原因。"

"吓死我了。"迪恩摸了下眉毛，"我就说喜欢你是有原因的，但要是我爸妈知道了派对的事，那我可就没那么喜欢你了。"他放肆地大笑了几声。

铃声响了，所有人都站起来，餐桌上给保洁人员留了一堆油乎乎的纸盘子和糖果包装纸。奥利维亚径直走向中庭，从那儿她可以抄近路比别人先到二级代数课的教室。她是个上进的学生，也是个特别神经质的学生——有次化学突击考试她因为得了个 B+ 而大哭了一场，但实际上大部分人连及格成绩都没有拿到。她一心赶路，所以并没有注意到我紧紧跟着利亚姆。

"嘿。"我的头和利亚姆的肩膀刚好持平。相对来说，迪恩的个子就太高了，也太强壮了，像个马戏团里的大猩猩，你要是不好好抱它，它就会撕掉你的胳膊腿儿。

利亚姆看着我，只是笑。

"怎么了？"我也对他笑，但却如坠五里雾中。

他抬起胳膊搂住我的肩膀，我的心顿时暖烘烘的。也许他一如往常，所谓的冷淡疏远只是我毫无根据的臆想。

"你这个小疯子。"

餐厅里已经没什么人了。我在门口停住脚，利亚姆也跟着停了下来。"我能问你件事吗？"我说。

利亚姆微微向后仰起头，嘴里嘟囔了一句"什么？"在家里，当他感觉到妈妈即将命令他打扫又脏又乱的房间时，想必就是用这种口气和他妈妈说话的。

仿佛在讨论什么秘不可宣的阴谋，我压低了声音问："你用安全套了没有？"

"你担心的就是这个？"他明亮的眼睛在眼眶里足足转了一圈，就像此刻他化身成了口技艺人手中的玩偶，被拿起来使劲晃了似的。有那么一会儿，他的眼睑遮蔽了眼眸的湛蓝，我发现他没有我想象中的那么迷人了。我恍然大悟，原来真正使他与众不同的是他的眼睛，那眼眸的颜色甚至可以开发出一款新的绘儿乐蜡笔。

"我该不该担心？"

利亚姆双手扶住我的肩膀，把脸凑到我眼前，我们的额头几乎碰到了一起，"蒂芙，你只有百分之二十三的概率能怀孕。"

唉，他信口胡诌的一个数字竟像鬼魂一样纠缠了我好多年。主管《女人志》事实核查部的那个老顽固甚至连《纽约时报》上提出的权威数据都不愿接受。"你们必须提供最原始的数据来源。"她每月至少会群发一次这样的电子邮件提醒我们。但我很乐意接受这个数字，因为后来我才了解到当晚的情况：利亚姆发现我躺在客房的地板上，从肚脐到大腿上部之间的部位完全暴露在外（佩顿本想给我穿上裤子，但没有成功，索性放弃了）。于是他把我拖到床上，费了很大劲才扒掉我的裤子，随后连我的其他衣服都懒得脱便直接趴在了我身上。他说做到一半时我醒了，并发出愉悦的呻吟，所以他便认为我也是心甘情愿的。就这样，一个夺去我处女之身的人，竟连我的乳房都没有看过。

"反正……"我开始慢悠悠地向前走，"我觉得有必要去趟计划生育联合会，要点紧急避孕药。"

"可是——"利亚姆咧着嘴对我笑，这个可爱的小白痴，"可是现在都已经过了那么久。"

"紧急避孕药七十二小时之内都有效。"整个周末我什么事都没做，就在我家的地下室里偷偷用电脑查紧急避孕药的资料，然后又查如何隐藏我的搜索记录。

利亚姆看了看我头顶墙上的时钟，"我们是在半夜发生的关系。"他闭上眼睛，像心算数学题一样嚅动着嘴唇，"那你还来得及。"

"是。我打算放学就去。圣大卫那儿有一个计划生育联合会的诊所。"我屏住呼吸等待着他的反应。令我大感意外的是，他说："我想想咱们应该怎么去。"

利亚姆最终想办法说服了戴夫，让他开车载我们过去。戴夫同学就像布拉德利中学的专职司机。不过我们本可以坐火车去的，那样就能避免多一个人知道六十四小时前我的人生发生过多么令我难堪的转折。六十四个小时——我只剩下八小时了。

树叶已经开始凋落，车子驶过蒙哥马利大街街口前的减速带时，我透过稀稀拉拉的枝条瞥见了亚瑟家的房子。我现在对他已经没什么感觉了，尤其当坐在前排的利亚姆一次又一次回过头来问我感觉如何的时候。在我心里最隐秘的角落潜藏着一个小小的甚至有些疯狂的念头，我期待我们已经错过了避孕的最佳时机，下个月，我将发现例假没有按时到来。那样我和利亚姆眼下这种同舟共济的关系也将持续下去。因为我很清楚，这种关系结束之时，也将是利亚姆从我身边消失之日。

我们悄无声息地驶入了兰卡斯特大街，从这里便只剩下一条直路。戴夫一个右转，把车开进了停车场，但他并没有找车位停车，而是直接开到了诊所的入口处，然后开了车门锁。

"我开车到四周转转。"我从后排跳下车后，戴夫说。

"别，伙计。"利亚姆紧张地说，他已经和我并肩来到人行道上，"就在这儿等着。"

"门儿都没有。"戴夫已经挂上了前进挡，"好多疯子都想把这里炸掉呢。"

利亚姆砰的一声关上了车门。他肯定没想到自己会那么用力。

偌大的候诊室里，除了靠墙的椅子上坐了几个女人，便再没有别的人。利亚姆找了个离她们最远的座位，坐下后，他嫌恶地在卡其裤上擦着手掌。

我走向接待处，透过一个小窗口问道："你好，我没有预约，但能不能给我安排个医生呢？"

窗口里的女人递出一个笔记板，上面夹了一张表格，"先填表，把病情写清楚点。"

我从一个印有费城七十六人队的麦当劳旧饮料杯中抽出一支钢笔，在利亚姆旁边的位子上坐了下来。他脑袋趴在我的肩膀上，看着表格。

"她怎么说？"

"我得先写明来这里的原因。"

于是我开始填写起来：姓名，年龄，出生日期，性别，地址，还有签名。在"到访原因"一栏中，我潦草地写下了"紧急避孕药"几个字。

轮到"紧急联络人"一栏时，我扭头看着利亚姆。

他耸耸肩，"没问题啊。"随后他从我腿上拿走表格。在"与病人关系"一栏中，他写道："朋友。"

我起身把表格还给接待处的那个女人，此时的我已经泪眼婆娑。"朋友"二字像一把尖刀插进我的肚子，就像将来某一天我想象着捅进我未婚夫身体里的薄如蝉翼的旬牌刀具。

十五分钟之后那扇白色的门方才打开，我听到有人喊我的名字。利亚姆扮出斗鸡眼的样子，并竖起大拇指，仿佛站在他面前的是一个正准备打针的小孩子，而他的任务是转移孩子的注意力。我努力挤出一丝勇敢的笑。

我跟着护士去了检查室，并爬上检查床。又过了十分钟，检查室的门开了，走进来一个女人。她一头金发，长度只到脖子，胸口垂着一个听诊器。她冲我皱了皱眉，问道："蒂芙阿尼？"

我点点头，医生把我的病历单放在柜台上，稍微顿了一会儿。她的眼睛来回浏览着我的资料。

"你什么时间发生的性关系？"

"星期五。"

她盯着我，继续问道："星期五什么时间？"

"午夜前后。"显而易见。

她点点头，取下听诊器放在我的胸口。检查的同时，她给我解释了什么叫紧急避孕药。"紧急避孕不等于堕胎。"她提醒了我两次，"如果精子已经与卵子结合，吃药也没用。"

"您觉得已经结合了吗？"我问。她一定听出了我的心跳比刚才更加剧烈。

"现在我还无法知道。"她很抱歉地说，"只能说，事后越早服药效果越好。"她扫了一眼墙上的时钟，"你现在的时间已经非常危险，不过还有挽回的可能。"她把听诊器伸进我的衬衣，按在我的背上，而后轻声叹了口气说："深呼吸。"如果有另一种人生，她说不定会是布鲁克林的一位瑜伽教练。

检查完毕，她让我先等一等。过去这十分钟，有个问题一直憋在我的嗓子里，想问又不好意思问。直到她伸手去拉门把手时，我才终于鼓起勇气。

"如果自己什么都不记得，算不算是强奸？"

医生张开了嘴，我以为紧接着会听到"天啊"两个字。可她没有出现那样的反应，而是非常平静地、用我几乎听不到的声音说："我没有资格回答这个问题。"之后，她无声无息地走出了检查室。

又过了几分钟，那位与沉稳冷静的上级相比显得格外精力充沛的护士小姐回来了。她胳膊下面夹了一个棕色的纸袋子，里面装满了五颜六色的安全套；一只手上拿了一瓶处方药，另一只手上端了一杯水。

"现在就吃六片。"她抖出六枚药片到我的手掌心，并看着我用水服下，"十二小时后再吃六片。"她看了看手表，接着说道："也就是说，你得把闹钟设在明天凌晨四点。"随后她俏皮地冲我晃了晃那个纸袋，"乐趣总是无处不在，小心没大错。有些在黑暗中还能发光呢。"我接过袋子，里面的套套哗啦哗啦直响，它们仿佛都在嘲笑我。

我从检查室出来时，等候室里已经看不到利亚姆的身影。当我意识到他可能丢下我独自离开时，我的手心里顿时冒出了汗，手里的纸袋子也跟着变得潮湿起来，似乎随时都会破裂。

"跟我一起过来的那个人。"我对接待处的那个女人说，"您看到他去哪儿了吗？"

"好像出去了。"她回答。我瞥了一眼站在她身后的医生，那金色的头发像个爪子一样盘踞在她的脖子周围。

利亚姆果然在外面，正坐在马路边上等着。

"你干什么呢？"我的声音尖锐刺耳，听起来就像我妈妈。

"我在里面实在待不下去，感觉她们都把我当成同性恋了。"他站起来，用手拍了拍屁股上的土，"搞定了吗？"

此时此刻，我倒非常欢迎某个疯子过来扔一颗炸弹。也许只有共同经历一场灾难才能把利亚姆拴在我身边。我幻想着在玻璃和砖头四处横飞的一刹那，他冲过来用身体保护我的情景。起初一切平静，没有尖叫，因为所有人都被惊得不知所措，同时又为自己幸免于难感到不可思议。那将会成为我在布拉德利学到的最重要的一课：人通常只在终于安全的时候才会尖叫。

第7章

"我感觉自己就像到了法国南部!"妈妈举起她的香槟酒杯,兴奋地说。

我差一点就忍住了,可我控制不住。"你喝的是普罗塞克。"我冷笑着说。

"那又怎么了?"妈妈把酒杯放回桌上。杯沿上留下一个醒目的唇印,那颜色粉得令人抬不起头。

"普罗塞克是意大利产的。"

"我觉得像香槟!"

卢克笑了起来,他的父母也愉快地加入进来。每次把我和妈妈从困窘中拯救出来的人都是他。

"此情此景,谁又能分得清自己是在法国还是美国呢?"我们的婚礼策划师金柏莉在一旁说道。妈妈经常管她叫金,我说的经常指的是每一次,而金柏莉每一次也都会不厌其烦地纠正她。说着她夸张地抬起胳膊挥了挥,我们都扭头望向哈里森家的后院,尽管我们已经看过几百遍,但每个人脸上的表情却仍像第一次看到时一样。只见石灰绿色的草地一直延伸到海平面,几杯月黑风高①下肚之后,你会感觉要不了几步就能走到水里,尽管实际上草地与沙滩之间有着三十英尺的落差。一侧的土地上有条破破烂烂的阶梯,一共二十三级,沿着走下去便是大西洋苦涩的海水。我从来不会往水深处走,膝盖就是我能接

---

① "月黑风高"是一款鸡尾酒的名字。

受的最高安全线，因为我总觉得海水中处处隐藏着吃人的大白鲨。卢克认为我的想法幼稚可笑，他喜欢到深处游泳，在泡沫翻腾的海水中只需优雅地轻划几次胳膊，他就能游到很远的地方。游到最后他总会转过身，脑袋像个金色的苹果在水面上一起一伏，并高高举起一条满是雀斑的胳膊在空中挥舞，嘴里大喊我的名字："阿尼！阿尼！"就算恐惧快要把我的五脏六腑撕个粉碎，我也要装出快活的样子同他挥手——倘若我露出一丝一毫的恐惧或担心之意，他必定会朝更远处游去，而且久久待在水中不上岸。如果鲨鱼从水下袭击了他，鲜血像石油泄漏一样染红海面，我想我一定没有勇气前去救他。我害怕丢掉自己的小命，也害怕看到一个残缺不全的身体：腿部自膝盖以下全部失去，血淋淋的肌肉和血管露在外面。听说人的身体像这样被撕裂开时，会散发出甜丝丝的麝香味儿。而且这种味道将久久不去，哪怕过上十年八载也清晰依旧，就像那些麝香分子在鼻腔里安了家，什么时候我快要忘记那恐怖的画面了，它们就会刺激我的神经，提醒我的大脑。

当然，倘若卢克幸存了下来，结果会更惨。抛弃残疾的未婚夫，我会被人骂得狗血淋头。可我无法想象和一个残疾过一辈子会是怎样的感觉，他就像一个活的提醒器，告诉我天有不测风云，人有旦夕祸福。

卢克，英俊潇洒的卢克，他的家人和朋友居然都那么正常，当他搂着我的后腰走进餐厅时，其他人会为我们静默一秒两秒……这从一开始便削弱了我的恐惧。卢克如此完美出众，使我也变得无所畏惧。因为和这样的人在一起能发生什么坏事呢？

我们订婚之后便去了趟华盛顿特区。卢克是在纽约曼哈顿单膝跪地向我求的婚，当时我们正东奔西走地为白血病募捐，十年前，他的爸爸曾经得过这种病，好在最终挺了过来。我们去华盛顿特区是为了看他的一帮朋友，他们全是卢克在汉密尔顿学院时的同学，过去几年，在一次又一次的婚礼中我已经见过了其中的大部分，但唯有一个人我还没有见过，他便是克里斯·贝里。他们都直接叫他贝里——那是个身体修长而且健壮的家伙，长了一口好龅牙，头发软趴趴的，梳成了中分。他和卢克其他那帮狐朋狗友很是不同。我们是在某天吃过晚饭去泡酒吧时遇见的——他没有和我们一起吃饭。

"贝里，给我弄点喝的。"卢克说，他的口气听起来有些蛮横，但也很像开玩笑。

"想喝什么？"贝里问。

"这个他妈的怎么样？"卢克指着他手里标签已经被冷凝水珠浸皱了的百威淡啤说。

"咳。"我笑了起来。一开始是真正的笑，觉得有趣的笑，"别激动嘛。"我把手放在卢克的肩膀上——被绿宝石戒指坠得快抬不起来的那只手。他张开双臂搂住我的腰，把我抱进他的怀里，"我太他妈的爱你了。"他的脸已经被我垂下来的头发盖得严严实实。

"给你，伙计。"贝里递给卢克一瓶啤酒。但卢克却不满地盯着瓶子。

"怎么了？"我问。

"我未婚妻的呢？"卢克质问道。

"抱歉，伙计！"贝里不好意思地笑了，参差不齐的上牙压着下嘴唇。"我不知道她也要。"然后他转向我，"亲爱的，你想喝点儿什么？"

我确实想喝点东西，但我不想让贝里请客，尤其不希望在这种情况下请客。卢克经常和他的哥们儿瞎闹——真的，这些家伙以前可都是出色的运动员，皮肤一个比一个漂亮，既健康又活泼，个个都是开玩笑的高手。什么叫哥们儿，看看他们就明白了。但我惊讶地发现，卢克和贝里之间的交往存在严重的不平等。贝里看起来就像个小弟，不顾一切地想要融入卢克的圈子，因此千方百计地取悦卢克，甚至不惜逆来顺受，委曲求全。没有谁比我更了解这种人了。

"贝里，别跟我未婚夫一般见识，他是个浑球。"我看着卢克，甚至露出恳求的表情：够了，别再跟人过不去了。

但那晚的情形始终没有改变——卢克不停地对贝里发号施令，贝里做得不对时他还要出言数落。卢克酒喝得越多，就越不讲理，我的惊骇简直无以言表。我不由想象起卢克上大学时对这个可怜的贝里颐指气使的情景。看他酒后的蛮横样子，说不定在兄弟联谊会上还占过那些醉酒女生的便宜。卢克应该知道，倘若女孩儿没有在完全清醒的状态下答应和他上床，偷偷和人家发生关系就算是强奸了。或者在他眼中，是否只有把那些晚上去图书馆看书的大一女生拖进灌木丛进行蹂躏才算强奸？天啊，我未来的丈夫到底是个什么人啊？

卢克要贝里开车送我们回家，尽管贝里同样已经醉得分不清东西南北，尽管我们就处在热闹非凡的华盛顿特区，满大街跑着不计其数的出租车。贝里很乐意送我们，但我却拒绝上车，并在大街上又嚷又叫，还骂卢克说让他滚一边儿去，为此引发了一场小小的骚乱。

稍后回到酒店房间，卢克两眼含泪，刚刚几个小时中的恶霸作态一扫而光。他哽咽着对我说："你知道你骂我的时候我有多难受吗？我永远都不会对你说那样的话。"

我勃然大怒，"你对待贝里的那种方式，就是明明白白地让我滚一边儿去的意思！"卢克又摆出当他认为我小题大做时所惯用的表情，好像我是个和他有着严重代沟的中学生。

尽管那件事极不符合卢克的作风，尽管他第二天早上醒来时也深为自己前一天夜里的行为感到内疚，但就是从那个周末开始，卢克在我眼中已经变得不再完美和纯粹。我也不再天真地认为在他身边遇到的永远都是美好的事。如今，我又开始担惊受怕起来了。

我朝嘴里送了一口龙虾芝士通心粉，这已经是我的第三份了。我终于确定了酒席承办人的人选，也就是妈妈向我推荐的那一位。她看了对方的资料，听说这个承办人很受肯尼迪家族的青睐。看来妈妈有时候也很知道如何对症下药，投其所好。

我一直等到离品餐会只剩最后几天时才邀请我的父母。如此一来，若再安排前去楠塔基特岛，时间上仓促不说，花费也更高。他们来这里有三种途径——从肯尼迪机场搭乘捷蓝航空的直达班机，票价不会低于五百美元；或者搭乘捷蓝航空的班机去波士顿，然后转机再飞四十五分钟，只不过转机只能乘小飞机，和小约翰·肯尼迪①在大西洋坠海身亡时乘坐的飞机差不多大；再者就是开六小时的车到海恩尼斯港（我父母从宾夕法尼亚走要花八个小时），然后坐一个小时的渡轮或者坐小飞机到最后的目的地。但我知道，只要我等下去，妈妈就会想方设法赶过来。然而一想到她开着那辆摇摇晃晃的破宝马车一个人去海恩尼斯港，随后又像只无头苍蝇似的搞不清自己该上哪艘渡轮，该在哪里停车，而且随车还带了一堆山寨的 LV 包，我的心里就要多难受有多难受。

爸爸是不会来的，这我事先就想得到。他对我的生活不感兴趣，说实在的，从我记事的时候起，他就对任何人的生活都不感兴趣，包括他自己的。我曾一度怀疑他是不是在外面有了女人，有了一个真正的、让他全心热爱的家。我上中学的时候，有一次他对妈妈说要去洗车。他离开半小时后，我跟妈妈说要去便利店买东西，便也出了门。可是走到一半我才发觉自己忘了带钱包，只好折返回去。途中要穿过一片荒凉的空地，或许是谁家准备盖房才砍掉了原来的树林。在空地上，我看到了爸爸。他坐在方向盘前，目不转睛地盯着一地的烂泥。趁他

---

① 小约翰·肯尼迪是美国前总统约翰·肯尼迪的儿子，1999 年在一次飞行中坠机身亡，时年 39 岁。

没有发觉，我连忙远远退开，撒腿向家跑去。我的心狂跳不止，并绞尽脑汁为我看到的画面寻找合理的解释。最后，我终于意识到没什么好解释的。爸爸就是这样一个让人捉摸不透的人。他没有别的女人，也没有比爱我们更深的第二个家。也许他从来就没有爱过任何人。

卢克主动提出为妈妈买飞机票。对他来说这不算什么，况且他只需要买一个人的——妈妈周五开车进城，用我们的来宾通行证把车停在了我们的车库。

"停在这里真的安全吗？"她不放心地晃了晃手里的钥匙，按下锁车键，车子随即发出几声鸣响。

"安全，妈妈。"我不耐烦地抱怨说，"平时我们就把车停在这里。"

妈妈用舌头舔了舔她那亮晶晶的嘴唇，依旧半信半疑。

我很感激哈里森一家对我妈妈的耐心，尤其在她一门心思想要给未来的亲家留下好印象但结果却适得其反时。我很想告诉他们：我又没那么出众，你们干吗如此容忍她呢？

"谢谢你的建议。"哈里森先生那天早上对妈妈说。此前妈妈提醒他要留心自己的财产，因为那段时间利率又开始上涨了。哈里森先生退休之前曾在贝尔斯登公司①担任董事长一职长达九年，在投资理财方面是个不折不扣的行家，但我不知道他为什么没有在妈妈面前点破这一层。

"小意思。我随时都愿意效劳。"妈妈笑容满面地说。我冲站在她身后的卢克瞪大了眼睛。他手掌向下做了个示意我放松的动作，那样子就像他在合上一辆汽车的后备厢。

在酒席方面，我们选定了龙虾芝士通心粉、迷你龙虾卷儿、山葵牛排、塔塔吞拿鱼、格鲁耶尔芝士意式烤面包（意式烤面包是我大三

---

① 贝尔斯登公司是全球 500 强企业之一，全球领先的金融服务公司，原美国华尔街第五大投资银行。成立于 1923 年，总部位于纽约市，主营金融服务、投资银行、投资管理。

留学罗马时才接触的东西，后来说给妈妈听，此刻她把它当成自己的见识不失时机地炫耀了一番）、牡蛎、寿司以及开胃菜。"那是为了照顾我丈夫那一边的亲戚！"妈妈开玩笑说。身为意大利人，我们甚至不知道意式烤面包的意大利语读法，也真是够了。

我们办的品餐会只限主菜，把蛋糕留到了星期天。"一次准备太多菜我们也吃不完。"金柏莉气喘吁吁地说。她大腿上的肥肉从草坪椅两侧溢了出去。哦，对她来说，再多的菜恐怕也不成问题。

"你能相信他们两个就要结婚了吗？"妈妈像个少女似的两手一拍，激动地对哈里森太太说。我特别讨厌妈妈在我未来的婆婆面前扭捏作态的样子，因为后者是个性情豪爽的女人，不喜欢这种腻腻歪歪的表达。问题是哈里森太太又极懂礼貌，她不忍心打击妈妈的热情。看着哈里森太太手忙脚乱地迎合妈妈高涨的情绪简直是一种煎熬，这进一步加深了我对妈妈的怨恨。

"是很令人兴奋。"哈里森太太竭尽全力表现出狂喜的样子。

下午三点，金柏莉走了，卢克伸了个懒腰，提议大家去跑一会儿步。

但其他人都接受了哈里森先生"躺一会儿"的建议。这也是我最想要的。停止杜肯减肥法后，我整个人都松懈了下来。不再运动，饮酒也不再节制，往往是临睡前的最后一刻才放下酒杯。至于我那已经萎缩的胃更是不能亏待，我不断地塞下各种美食，让它重新膨胀起来。

妈妈和哈里森夫妇返回各自的房间小睡去了，而我则不情愿地和卢克一起穿上了运动鞋。"就跑三英里。"他说，"不多不少，恰到好处。"

我和卢克从车道出去向左拐，刚刚跑上第一个斜坡我就累得上气不接下气。坑坑洼洼的泥土路从我们面前向远处延伸，太阳无情炙烤着我头发分开处裸露的头皮。失算，我本来想戴一顶帽子的。

"你对品餐会还满意吗？"他问。

"蟹肉饼的味道不够好。"我气喘吁吁地回答。

卢克耸耸肩，但丝毫没有放慢脚步的节奏，"我觉得还不错。"

我们继续向前跑去。在我开始每天锻炼两次之前——早上去健身房，夜里跑四英里——我感觉自己的身体还算强壮，至少跑步从没觉得累过。而今肌肉仿佛掉了链子，两条腿前所未有地沉重。我知道这一定是锻炼过度导致精力透支的缘故，不过体重计的数字在缓缓下降，一想到这里，便觉得一切都是值得的。

"你没事吧，宝贝儿？"跑了半英里后卢克问。他已经遥遥领先于我，即便我奋力追赶，左腿肌肉明显被拉疼的时候他也没有放慢脚步。我故意落在后面以示抗议，心想不知道他要甩下我多远才能意识到不对劲。

我停下来，一只手高举过头顶，"抽筋了。"

卢克仍在前面慢慢跑着，"停下来会更严重。"

"还用你说？我以前可是田径队的。"我没好气地说。

卢克的双手攥成拳头放在身体两侧——这是一种不正确的跑步姿势，因为它会耗费更多的力气。"我随便说说而已。"他咧嘴一笑，在我屁股上拍了一巴掌，"加油，你可是幸存者。"

这是卢克最喜欢做的事：提醒我是个幸存者。最让我厌烦的就是这个词，以及它所暗含的意义。幸存者就该继续向前，就该穿上洁白的婚纱，手捧牡丹花，克服一切困难，走进神圣的教堂；而非执迷于无可挽回的过往难以自拔。这简单的三个字消除了一些我无法消除、也不愿消除的东西。

"你继续跑吧。"我面带愠色，冷冷地朝前挥了挥手，"我要回去了。"

"宝贝儿。"卢克失望地叫道。

"卢克，我感觉不舒服！"我攥起两个拳头压在眼睛上，"我长时间节食，刚刚又一下子吃了那么多龙虾芝士通心粉。"

"算了。"卢克终于停下脚步，像个失望的家长一样对我摇头苦笑，"我招谁惹谁了？你爱怎样就怎样吧。"说完他走开几步，"我们回去再见。"

我看着他一溜烟跑远。就像他越来越快的步子一样，龙虾芝士通心粉正在我的肚子里迅速凝结。以前我和卢克从未唱过反调，表面上是因为我向来只做取悦他的事，而从不敢稍有违逆。这听起来可能有些不可思议，但我第一次意识到，在我的余生之中——直到死亡把我们分开——维持这种表面光鲜和谐的任务将落在我一个人的肩上。倘若卢克发现我哪怕一点点的污迹，他也会毫不客气地惩罚我。眩晕的感觉突如其来，白花花的太阳在天空中剧烈地转起了圈，我一屁股坐在地上。

晚饭后，卢克的表姐霍尔茜来了，我们一起喝了点波旁威士忌。

"霍尔茜？"卢克第一次向我提起这个名字时，我不相信似的反问道。而他则莫名其妙地看着我，对我的一惊一乍深感无奈。

霍尔茜家的房子就在我和卢克刚刚跑步的那条土路上。哈里森太太的父母在岛的另一面以及斯康塞特都有房产。你若是骑着自行车到城里去，半路上不遇到几个卢克家的亲戚几乎是不可能的。

霍尔茜带了一个特百惠保鲜盒，里面装满了大麻饼干，全是她从桑卡蒂角高尔夫球场一群比她小不止二十岁的餐馆勤杂工那里讨来的。至于这个高尔夫球场，哈里森一家都是那里的会员。说来也怪，像哈里森太太这种在富贵窝中长大的人，财富于他们而言是再平常不过的东西，平常到甚至不会意识到可以拿它们来炫耀。而另外一些人，像哈里森太太的这位侄女，则显得特别没有安全感，而且他们还非要把这种不安全感暴露在脸上，以及戴在他们腕上的镶钻手表上。霍尔茜三十九岁，做过拉皮的脸庞紧致得犹如包着女人大屁股的露露柠檬瑜伽裤。她至今未婚，关于这一点她的理由是不想结婚，尽管一杯酒下肚她就能对任何一个有可能和她发生一夜情的人投怀送抱，而对方则通常会小心挣开她那像棉花糖一样膨胀的胳膊，把他们僵硬的脖子解救出来。难怪她手上只戴了一枚卡地亚三色戒，她就是用这种方式毁了自己的脸，同时也暴露出她在沙滩上晒太阳的时间要远远多于在跑步机上跑步的时间。但霍尔茜引人注目的地方不仅仅是她那布满雀斑的胸脯和矮矮胖胖的身材。实际上她就是人们嘴里常说的那种"行为偏僻性乖张"的人。当然，这其实是臭婊子的文明说法。

霍尔茜很喜欢我。

和霍尔茜这类女人打交道是我的专长。你一定想象不到我们第一次见面时她那科幻片一样的脸上是什么表情。当时我胆大妄为地说虽然这个家里没人支持奥巴马的政见，但应该没有人会否认他是个非常有才干的人。哈里森先生和卢克以及盖瑞特继续他们的谈话，似乎谁也没有在意我的观点，但我恰巧看了一眼霍尔茜，发现她正目不转睛地盯着我，仿佛在有意等着我的关注。"我们家的人对奥巴马都不感兴趣。"她从牙缝中挤出这么一句话。在这电光石火的一瞬，霍尔茜似乎看到了一个连卢克都未曾发现的我，但我迅速恢复了常态并冲她点了点头，好让她知道我对她的支持表示感激。随后的聊天我一直保持缄默，目光在卢克、盖瑞特和我未来的公公之间转来转去，并不时为他们独到的见解露出着迷和崇拜的神色。随后我们进城喝酒。在出租车上，霍尔茜选择坐在我的旁边。到了酒吧，她问我在哪里剪的头发，因为她想换个发型师。我推荐她去莎莉·赫什伯格美发店找鲁本。霍尔茜胀鼓鼓的嘴角顶着沉重的肉毒杆菌使劲向上翘了翘。你可能会觉得，像霍尔茜这样的有钱人怎么会瞧得起我这种出身低微的人呢？他们应该巴不得时时处处让我难堪才对啊。但如果她真那么做了，就等于承认了自己的审美有问题。所以只要我尊重她，她也就没理由不尊重我，因为这样对她也有好处。总而言之，我没必要嫉妒或者忌惮霍尔茜——她就像一个二十多岁的楚楚动人的小姑娘。

霍尔茜有个弟弟名叫兰德，比卢克小两岁，比盖瑞特小五岁。在她父母的口中，兰德的代号就是"这孩子"，比如他们会说"这孩子能大学毕业简直是个奇迹"，尽管那和奇迹还差着十万八千里，因为哈里森家在葛底斯堡学院捐建了一栋新的宿舍楼，并以他们的姓氏命名。目前兰德正和一帮喜爱冲浪的朋友在塔希提岛上逍遥快活。内尔曾和他交往过一段时间，但除了亲热，两人的关系并没有更进一步，因为她说兰德接起吻来就像个喝醉酒的五岁的孩子，"他的舌头太厚了。"她吐出自己的舌头晃了晃，并情景再现一般恶心得浑身发抖。听说兰德在纽约有个做模特或者演员的女朋友，年方二十一岁。他每次去纽约都和她约会，且一待就是数月。霍尔茜经常假惺惺地抱怨弟弟风花雪月，而我每次都只是静静地欣赏。因为我心知肚明，抱怨是另一种形式的炫耀。实际上，有这么一个花花公子般的弟弟，她比谁都感到骄傲，这能抬高她的身价。

霍尔茜走进来时，我正坐在后门廊的桌子前。她从椅背上撩起我的头发，手指轻轻插进发丝之间，嘴里说着："真是个漂亮的新娘子。"我侧仰起头，她用她那充满毒药的厚嘴唇在我脸颊上亲了一下。我从没让妈妈亲过我，倘若让她看到我与霍尔茜如此亲密的举动，心里一定老大的不平衡，甚至连内尔也要吃起醋来。不过幸运的是，卢克跑步回来之后不久我们就开车送她去了机场。提起那半途而废的跑步，我至今仍耿耿于怀。妈妈是很愿意留下来的——她和霍尔茜见过一次面，再次看到她时，她脖子里已经多了一条仿钻的马蹄项链，那是霍尔茜商场柜台里用的陈列样品——但我和卢克执意给她买了回去的机票，而且比星期天的票价足足贵了三百块。有钱的感觉就是妙不可言，直到我忽然想起，如果没有卢克，这一切都将是痴心妄想。

哈里森先生拿着一瓶罗勒海登威士忌出来，并放在桌上的波旁酒杯和大麻饼干旁。霍尔茜第一次带饼干过来时，没人告诉过我里面掺了大麻，结果我只吃了三块就感觉天旋地转，被人扶到了床上。我像中了邪一样昏昏睡去，梦里更是百转千回不得安稳。直到凌晨两点，我发现自己头顶上方悬着一只蜘蛛，于是尖叫着爬起来（实际上并没有蜘蛛）。我被噩梦吓得小腿抽了筋。我抓着腿又是呻吟又是喊叫，而卢克却在一旁呆呆地看着，仿佛这辈子他是第一次看到这样的情景。第二天早上，哈里森先生一边喝咖啡一边嘟囔着问："昨天夜里你们搞什么鬼？又喊又叫的。"那是他唯一一次生我的气，从那以后，我再没碰过霍尔茜的饼干。

所以今晚，当我把手伸进那个特百惠保鲜盒时，我看到卢克的眼角动了一下。于是我喃喃地说："我就吃一块。"

卢克叹了口气，两个鼻孔几乎缩成了三角形，"随你的便。"

卢克很排斥毒品。他在大学时曾吸过一次大麻，随后直言那样做非常愚蠢。大三时他和他的一个前任女友的确纸醉金迷地过过一段时间。他们曾连续四天每晚都嗑药，随后他的放荡生活便就此终结。

盖瑞特是下午到的，这会儿他已经在吃第二块大麻饼干（前一年哈里森家举办圣诞派对时，我和他曾在洗手间里吸过可卡因。我们两个都发誓要对卢克保密）。哈里森先生和霍尔茜也不例外，他们一小口一小口地慢慢品味。但哈里森太太只喝她的伏特加。我猜在对待毒品上，哈里森太太与卢克的态度是一致的——她不介意别人接触那些东西，只要适度，但自己始终敬而远之。

"你们的蜜月旅程定下了吗？"霍尔茜问。

"定下了。"卢克半是玩笑半是责怪地看了我一眼说。难道就他妈没别的可问了吗？整个婚礼他就只计划了这一件事。

"谢谢你给了我你朋友的联系方式。"我对霍尔茜说。

"哦，这么说你们真打算去巴黎了？"霍尔茜吞下最后一小口饼干，打了一个响嗝。有时候，她会故意做些不拘小节的行为。她认为这能显得她自由洒脱，像男人们一样。当然，这种策略对她来说还是好处多多的。

"回来的时候经过。"卢克说，"我们先飞到阿布达比，过一夜，然后飞马尔代夫，在那儿待七天，之后再飞回阿布达比，然后再去巴黎待三天。其实巴黎根本不在我们的行程之内，但阿尼坚持要去。"

"她怎么可能错过巴黎呢！"霍尔茜冲卢克翻了个白眼，"这可是她的蜜月啊。"

"迪拜在我眼里和拉斯维加斯没什么两样。"我说，并尽量掩饰为自己辩解的语气，"我需要体验不同的文化。"

"巴黎是海滨度假的完美衬托。"霍尔茜重重倒进椅子里，头枕在一只手上，"我很高兴你们没有选择伦敦。"说到"伦敦"二字时，她又翻了翻眼睛。"尤其你们有可能选择在那里生活，所以说——"她粗鲁地用鼻子哼了一声，"——选巴黎没错。"

我说我们还没有决定去哪里定居，不过卢克却歪着脑袋，一脸疑惑地看着他的表姐说："霍尔茜，你大学毕业后不就住在伦敦吗？"

"别提了！"她不无哀怨地说，"那儿到处都是黑鬼。我都怀疑自己是不是被绑架卖成白奴了。"她用一根手指戳着自己的头发，她仅仅做了一次挑染就花了六百块。

盖瑞特咯咯笑了几声。哈里森太太手扶桌子将椅子向后移开，"我滴个乖乖。我得再去倒杯伏特加了。"

"贝琪姑妈，你知道我没有瞎说。"霍尔茜在她身后喊道。大麻饼干使我感觉自己的大脑就像一抔温暖潮湿的土壤，非常适合播下什么种子。而霍尔茜的声音不失时机地飞进来，随即生了根。于是我满脑子就只剩下这一句话。"贝琪姑妈，你知道我没有瞎说。"它一遍又一遍地重复着。

"你妈妈肯定认同我的话，她只是从来不说罢了。"霍尔茜骄傲地对卢克说，后者只顾哧哧偷笑，"说到这儿，我倒想起来了。"她在椅子里扭动身体面朝我的方向。她嘴唇上沾了一块饼干屑，像颗长了毛的黑痣一样微微颤动，"阿尼，你得答应我一件事。"

我假装嘴里塞满了饼干，也就不用急着回答。这种无声的拒绝是在明明白白地告诉她，她的话已经让我感到不舒服了。可悲的是，霍尔茜没有品出这一层意思。

"看在上帝的分儿上，婚礼上千万不要安排我和耶茨家的人坐在一起。"她说。

"这次你又干什么了？"哈里森先生揶揄道。耶茨家和哈里森家是朋友，实际上他们和霍尔茜的父母关系更近。他们家有个和霍尔茜年纪差不多大的儿子，但霍尔茜对那个家伙似乎烦得够呛，仅我就见过好几次她在喝醉之后把那人骂得一文不值。

霍尔茜一手虚捂在心口，自以为很可爱地噘起嘴巴，"您怎么就认定是我干了什么呢？"

哈里森先生向她抛来一个"难道不是吗？"的眼神，霍尔茜顿时哈哈大笑。"好吧，好吧。我是干了些事情。"卢克和盖瑞特嘴里咕哝着准备开口，但霍尔茜立刻接着说了下去，"但我也是出于好心。"

"你干什么了？"我直截了当地问。我的口气似乎比我想要的感觉冒昧了些。

霍尔茜扭头面向我，眼睛里射出近似于挑衅的光，"你知道他们的儿子詹姆斯吗？"

我点点头，我和这个詹姆斯见过一次面，好像是喝酒时。我问他是干什么的，结果那家伙便说我的问题粗鲁无礼。实际上我才不在乎他是干什么的呢，我只是希望他能出于礼貌把这个问题回问过来，那样我就有机会吹嘘一番我自己的工作了。

霍尔茜的下巴几乎缩进了脖子里，她故意含含糊糊地说："我是说，我早就怀疑了。"她晃着手腕，目光沿桌子扫了一圈，确保每个人都领会了她的意图。"而最近有人告诉我说那是真的，他出柜了。"她耸耸肩，"所以我就给耶茨太太送去了鲜花，并表示慰问。"随后她又从嘴角迸出一句话："但结果却发现他并不是真的同性恋。"

卢克扑哧一笑，双手捂住了脸。而他又故意把手指叉开，好让我们看到他的眼睛。"除了你，还有谁能干出这种事儿啊？"他嘟囔着说，所有人都跟着笑起来，除了我。大麻饼干使我精神恍惚起来，我感觉周围似乎布满了神神秘秘的东西。楠塔基特岛迎来了黄昏，我被人们口中所说的"灰姑娘"——毛毯一样厚厚的雾——给催眠了。日落之后，"灰姑娘"将无处不在。

霍尔茜拍了拍卢克的肩膀，"总之，现在她不理我，也不理我妈妈了。就是这么个事儿。我也是好心，只是想表达一下对她的支持嘛！"

卢克听得乐不可支，其他人也都在笑。我以为自己也在笑，可我的脸在浓雾中感觉有点麻木。也许那根本就不是雾，也许我们正遭受一场毒气袭击，而我是唯一意识到危险的人。我找到自己的双腿，站起身，端起酒杯，做出要到厨房续杯的样子，虽然我的杯子里早就该添酒了。我真不该多嘴说出下面的话。我说："别担心，霍尔茜。"所有的笑声戛然而止，大家全都扭头望着站在原地且似乎有惊人之语要说的我，"我们会把你和其他光棍儿安排在一桌的。"进屋之后，我没有像平时那样轻轻把弹簧门送回原位，而是随手松开，任其"哐当"一声合上，像捕蝇草①一样突然、卑鄙。

卢克过了几个小时才回房间，并在床上找到了我。我正在读一本约翰·格里森姆②的小说。在哈里森家，似乎不管什么地方都能找到约翰·格里森姆的书。

"唔，嗨？"卢克俯身过来，一个金色的幽灵。

"嗨。"过去的二十分钟，我好像都在读着同一页。眼前的雾气淡了些，我想起自己干的好事，不知道有多么严重。

"你怎么搞的？"卢克问。

我耸耸肩，继续假装看书，"她说了'黑鬼'。她讲的那一堆东西是我听过的最脑残的言论。难道你就没觉得不妥吗？"

卢克从我手中夺过书，他在床上坐下时，床垫里生锈的弹簧嘎吱嘎吱乱响，"霍尔茜是个二百五。不管她说什么我都不会往心里去，你最好也不要。"

"看来我的心没有你宽。"我瞪着他说，"因为我听着不舒服。"

卢克为难地说："算了，阿尼。霍尔茜说话的确欠考虑。就好比——"他忽然顿住思索了片刻。"就好比你听说谁得了癌症，于是给人家送了花，可结果人家没得癌症。正如她说的，她也是出于好心。"

我目瞪口呆地盯着卢克。"问题不是出在她误听了消息，而是出在她居然把同性恋看得像'绝症'一样。"由于不满卢克的类比，我

---

① 捕蝇草：原产于北美洲的一种多年生草本植物，是一种非常有趣的食虫植物，在叶的顶端长有一个酷似"贝壳"的捕虫夹，且能分泌蜜汁，当有小虫闯入时，能以极快的速度将其夹住，并消化吸收。

② 约翰·格里森姆是美国知名畅销小说作家，尤其擅长法庭法律类的犯罪小说。作品包括《最后的陪审员》《失控的陪审团》《贫民律师》以及《合伙人》等。

在说到"绝症"两个字时，故意用手指给它们加了兔子耳朵，"以至于她要送花并表示慰问。"

卢克双臂交叉抱在胸前，"你看，这就是我一直说的最让我受不了的时候。"

我用胳膊肘撑着向后坐起，被单跟着上移，两个弯曲的膝盖之间仿佛升起一座白色的吊桥。"你受不了什么了？"我厉声质问。

卢克指了指我，"受不了这个，受不了你这种……这种小题大做。"

"她歧视同性恋不说，还公然种族歧视，我倒成了小题大做？"

卢克双手抓着脑袋，仿佛为了躲避什么不堪入耳的噪声。他闭上眼睛，随后又睁开，"我去客房睡。"说完他从床上抄起一个枕头，离开了房间。

我没打算睡觉，所以干脆继续看我的《最后的陪审员》。黎明时分，小说看完了。慵懒的金色阳光透过百叶窗照进房间里。我又打开《失控的陪审团》，读到将近一百页时，我听到了隔壁房间淋浴的声音，还有卢克大声叮嘱哈里森太太他的鸡蛋要煎黄的一面朝上。我可以肯定他那么大声是故意说给我听的。他想让我知道，我们之间现在只隔着一堵墙，他要从客房回来，但不会和我说话。折起页角，并用手指轻轻抚摸着折痕时，我开始恨起自己来。随后当淋浴的嘘嘘声越来越清晰时，我对自己的恨也愈发强烈。我把浴帘一下子拉到最右边，走进了淋浴间。他的手抚摸着我的臀部，我感觉到了他的原谅，还有勃起的下体周围湿漉粗糙的阴毛。

"对不起。"我的嘴唇上聚起颗颗水珠。道歉并非易事，但比道歉更难的事我也做过。我把头埋在他的脖颈之间，此时我的脸又湿又热，就像暴露在盛夏之中的纽约的人行道。

第 8 章

迪恩家的派对过后，妈妈禁足了我整整两个星期。她很喜欢模仿电视剧《老友记》中那些老掉牙的台词，"那简直是胡闹！"而这才是对我真正的惩罚，胡闹。鉴于我在迪恩家派对上的表现，不用妈妈动口，我自己就主动禁足了。

不过，学校午餐桌上还留有我的一席之地，这多半是因为希拉里和迪恩的面子。当我说月底之前我会一直被软禁在家时，其他人似乎都松了一口气。没有我在场，他们便有机会讨论：我的"沦陷"是否会传染给他们？不管出于什么原因，希拉里对我仍旧热情不减。也许因为我的行为在一定程度上支援了她那无聊的叛逆；也许因为我帮她重写了《进入空气稀薄地带》的主题论文并让她得了一个 A+。我不在乎，不管她需要我做什么，我都会去做。

奥利维亚在得知派对的事情后表现得相当冷静，甚至有些不以为然。但值得她生气的事情实在太多，比如我被邀请她却被冷落，而我又对她讳莫如深；比如明知道她对利亚姆有意思，我却仍和利亚姆搞在了一起。"好玩吗？"她快活地问。她快速眨着眼睛，仿佛在为她虚情假意的笑容发电。

"你问我？"我双手一摊，至少这个动作换来了她一副真正的笑容。

在电影和电视中，学校里最受欢迎的女生总是美艳不可方物的。她们前凸后翘，丰满动人，有着像芭比娃娃一样性感的曲线和完美的身材比例；但布拉德利和其他类似的学校却无视这条规律。在奶奶级的人眼中，奥利维亚的确是个美女，"我的乖乖，这小姑娘多漂亮呀。"她的头发卷卷的，看起来格外蓬松，如果拿吹风机对着吹一下，更会炸得满头开花。她一喝酒脸就会变得粉嘟嘟的；鼻尖上密密麻麻布满了粉刺，且油腻得厉害。利亚姆一个人绝不会轻易靠近她，所以奥利维亚倘若真心希望能够吸引利亚姆的注意，不花点心思是不行的。

内尔后来曾经劝过我，能喝啤酒的确容易和男生们打成一片，但我最好还是克制一下这个潜质。积极追求传统意义上的美和地位——精致的金发，匀称健康的皮肤，包包上醒目的黄铜商标——为什么？这很可耻吗？我用了好多年才悟出其中的道理，因为从我十一岁开始，妈妈就会托着我的下巴，给我的嘴唇上点颜色；还因为在圣特里萨山中学，精心打扮的女生不仅不会被人嘲弄，反而会得到大家的追捧。

和我一样，利亚姆也尽量学着接受奥利维亚的鬈发，并努力摒弃古怪、反常等已有的印象，代之以迷人、可爱等舒服的词汇自我催眠。可她那飞机场一样平坦的胸部该怎么办呢？利亚姆又不是瞎子。这件事我不想过多干涉。我发现，这辈子想要为自己争取点什么真的很难。我最怕给别人带去麻烦。要怪只能怪那天夜里以及随后几周里发生的事，但我想那只是我人生的一小部分。让利亚姆陪我去拿紧急避孕药是我这辈子做过的最大胆的事。他在我的登记表上一笔一画地——就像四年级的小学生抄写生字一样——写下了"朋友"两个字，凭此我终于知道自己为什么很少冲动冒险。

奥利维亚还需要一点点时间来确认我的退出并非什么阴谋诡计，而是心甘情愿。派对过去差不多三周后，有一次我在数学教学楼远远的一端看到了她。我向她走过去时，她停下来对我说："你看起来瘦了。"她的话中指责的成分要多于赞美，就算一个十四岁的小女生都知道怎么说这种酸溜溜的话。那言外之意无非就是：这怎么可能？你是怎么做到的？

我心里乐开了花，骄傲地说："全是越野跑的功劳！"然而真相却是另一回事：自从那晚之后，我除了哈密瓜几乎什么都吃不下。跑步的时候我经常心不在焉，成绩每况愈下，拉尔森老师不时冲我大喊："加油啊，蒂芙阿尼！"但言内言外听不出半分鼓励。他已经被我气得快要吐血了。

希拉里邀我周六和她一起到奥利维亚家过夜，那是我禁足中的最后一个周六，但妈妈同意了，这样的结果早就在我意料之中。她说我最近表现不错，可以酌情"减刑"一天。我知道那只是借口。她对希拉里和奥利维亚的父母全都景仰不已，尤其开着一辆捷豹老爷车的奥利维亚的妈妈安娜贝拉·卡普兰，娘家姓科因，是梅西家族的后人。妈妈知道，她不能干涉这种生机勃勃的友谊，她给我交了那么多学费，所图的回报本来就不是教育，而是此类人脉。我心里清楚得很，无非是不愿捅破那层窗户纸，所以听她这么说时，我只管把头扭到一边，就像看到利亚姆搂着奥利维亚瘦骨嶙峋的肩膀时一样，只是一股酸水儿像灵巧的得分后卫冲上了我的喉咙。

周六下午五点，妈妈开车把我送到了奥利维亚家门口。从前面看，她家普普通通，似乎并不符合他们与梅西家族沾亲带故的身份。房前绿树成荫，处处可见密密麻麻的常春藤，你甚至无法看清房子的全貌。然而一旦你从后门进去，就会发现他们家简直大得没边没沿，仅仅一个院子就占地一英亩①，院子里还带游泳池和他们家仆人路易莎住的宿舍。

我在后门上敲了敲。几秒钟之后我才看到希拉里顶着满头已经开

---

① 1英亩约合 4000 多平方米，或者中国市制单位的 6 亩多。

始掉色的头发一摇一摆地向我走来。我在奥利维亚家一次也没有见过她的家人。她爸爸脾气暴躁，这可以解释为什么奥利维亚的手腕上经常青一块紫一块；她的妈妈痴迷于整形，每次来她都恰好处于术后康复阶段。父母二人一个粗野，一个虚荣，这使奥利维亚在我心目中的形象更加魅力四射——一个可怜的富家女。自从和她认识之后，那便是我梦寐以求的人生了。她后来对我做的事，以及发生在她身上的事，都不足以使我改变这个初衷。

希拉里打开门，"来了，妞儿？"希拉里和奥利维亚管每个女生都叫妞儿。我用了好几年才摆脱这种讨人厌的坏毛病。

我的目光不由自主地落在希拉里的肚皮上，她剪短了的 T 恤衫把肚脐堂而皇之地露在外面，活像个存钱罐的投币口。很多人在背后都叫她"猛拉里"，因为她肩背宽阔，身材健壮，像个男人。但我却觉得她那身腱子肉格外迷人。她虽不像奥利维亚那般纤瘦，但身上却也找不到半点多余的肥肉。奇怪的是希拉里并不爱运动，她妈妈假借根本不存在的壁球教练之名给她伪造了一枚带有校名首字母的徽章①，使她轻而易举躲过了上体育课的痛苦。真是不可思议，她好像在世界上出现普拉提②这种运动之前就已经拥有了普拉提身材。

来到这里，我心中一直忐忑不安。因为邀请我来的人是希拉里，而不是奥利维亚。过去两周，奥利维亚已经抓紧了对利亚姆的攻势。我无动于衷，决心就这样将自己心爱的男生拱手让人。如果让我在利亚姆和 HO 之间选择——我们都已经意识到，加上我名字的首字母缩写，HO 现在已经变成了 HOT（性感惹火）——这并不算什么苏菲的抉择，因为我从一开始就知道选择谁友谊会长久些。

① 这种徽章只颁给那些体育运动出色的学生。

② 普拉提：以德国人约瑟夫·休伯特斯·普拉提的姓氏命名的一种运动方式和技能，它主要锻炼人体深层的小肌肉。

"快点。"希拉里一次两级地冲上楼梯。每一次克服重力，她腿上的肌肉就会随着动作灵活地曲张。希拉里无论做什么都与众不同，这是她诙谐性格的一部分。

奥利维亚一个人就占据了豪宅的整个侧翼——这里就像阁楼一样宽敞大气；她的卧房与妹妹的卧房之间隔着一个洗手间，不过目前她妹妹正在上寄宿学校。希拉里有次曾跟我说过，奥利维亚的妹妹长得更加漂亮，在家里也更为得宠。这也是奥利维亚拼命节食的原因。

来到屋里时，奥利维亚正慵懒地靠着床柱，盘腿坐在地板上。她身旁胡乱堆着一袋袋小鱼软糖、星形糖和一瓶伏特加，地上还有一大瓶健怡可乐，看着就像尸横遍野的残酷战场。

"嘿，你来啦，妞儿。"奥利维亚拽着一颗塞到嘴里的小鱼软糖，直到小鱼啪的一声断为两截。而后她伸手去抓伏特加酒瓶，"来喝点儿！"

我们喝着伏特加掺可乐，大口大口地往嘴里塞着糖果。太阳悄无声息地溜过窗口，我们一个个瞳孔放大，但谁都懒得起身打开电灯。

"咱们把迪恩叫过来吧。"奥利维亚提议说。此时我们已经把伏特加喝得差不多了。迪恩是个贪杯的家伙，如果不想惹乱子，最好还是不给他留太多。

肚子饿，加上吃了那么多糖，我脑袋有些晕晕的。奥利维亚咧嘴冲我笑，她齿缝间沾着的糖果屑像圣诞老人的衣服一样红，"只要他知道你在这儿就一定会来。"

要是我对迪恩也有感觉该多好；要是看到他我就满心欢喜，或者想到他射在我舌头上的精液的味道时不会觉得恶心，也许结果就会大不一样了。

"他会来的！"希拉里笑着缩成一团躺在地上，搂着的膝盖一直顶到她的胸部，而后像张摇椅一样前仰后合地晃动起来。从我坐的地方能看到她的内裤。这次的颜色是荧光绿。

"别瞎说了！"我对着伏特加瓶子喝了一口，酒像燃烧的岩浆穿肠入肚，我浑身抖了一下。

奥利维亚已经在通电话，她叮嘱说："等天快黑了再来，免得被路易莎看见。"

倘若我和圣特里萨山中学的女生们在一起，我们大概会对着镜子一边叽叽喳喳，一边兴奋地朝脸上抹胭脂，并用睫毛膏把睫毛涂得像毛茸茸的蜘蛛腿一样。但奥利维亚可不会讲究那些，她恨不得把"邋遢"二字做成一顶皇冠戴在头上，"他们带了40盎司①。"

"都有谁？"我期待着能听到利亚姆的名字。

"迪恩、利亚姆、迈尔斯。"她使劲嚼着一块星形糖，"唉，不幸的是还有戴夫。"

"扫兴的家伙。"希拉里深表赞同。

我说我要去趟洗手间，便跌跌撞撞地穿过走廊。进洗手间后我随手反锁上门，接下来我要做的事比拉屎堵住别人家的马桶更为丢脸：化妆。镜子里的我脸颊通红，我撩了几把水，既给自己降降火，同时也为化妆做好准备。我一个一个地拉开抽屉，想找支眼线笔或润唇膏什么的，结果却只找到一支所剩无几的睫毛膏。我拿刷子在管子里蹭来蹭去，尽量把能沾到的膏体都沾出来。

我已经听得见男生们大步走上楼梯的声音。我望着镜中的自己，"没事。你看上去很不错。"我甚至连灯都没有开，夕阳最后一抹余晖洒在我的脸上，我渴望看到的自信的光彩始终没有出现。

返回奥利维亚的房间时，我见他们坐成一个圈，正津津有味地传

①　40盎司（forty-ounce 或 forty）是美国一种麦芽型啤酒，酒精含量通常高于一般啤酒，且常用40盎司（1.18升）的玻璃或塑料瓶盛装。

着喝一瓶套着湿漉漉的纸袋子的 40 盎司。利亚姆和迪恩之间有个空隙。我毫不犹豫地坐了进去，并大着胆子尽量挨近利亚姆。迪恩把瓶子递给我。我不懂 40 盎司和普通的啤酒有什么差别，便好奇地拉下纸袋看瓶身上的标签：麦芽型啤酒。我连问都没问什么是麦芽型就喝了一口。

我们毫无主题地瞎聊了一个小时，直到我耳朵里听到的声音开始变得模糊。这时奥利维亚宣布已经可以大胆到外面抽烟去了。

我们爬下楼梯，排队穿过厨房，然后一个跟着一个从门口钻出来，秩序井然得就像反复排练过的消防演习。我们在厨房窗户正对着的私人花园里挤成一个圈；一棵矮小但却茂盛的枫树伸出一根根枝条，像在等着我们拥抱。这时我还没有意识到我们刚刚穿过的只是他们家的第二个厨房。"那是仆人的厨房。"奥利维亚解释说。但即便是仆人的厨房也比我们家的厨房大出许多。奥利维亚说她爸妈很少到房子的这一侧来，所以只要我们不大声喧哗，他们是不会发现的。

迪恩从一包烟中掏出一根大麻烟卷儿，先用打火机在烟卷儿肚子上烤了一会儿，然后叼住一头，点燃了另一头。

烟卷儿在我们手中按顺时针方向传递，奥利维亚和希拉里都在我的前面，但她们俩谁都不会抽，一个个呛得死去活来；男生们一边翻着白眼，一边小声催促她们快点传给下一个，生怕烟卷儿在传到自己手中之前便已经烧完。

自从八年级在利亚家抽大麻的那个夜晚之后，我就再也没有碰过这种东西。麻醉的快感会悄无声息地突然袭来，好似一张无形的斗篷将你蒙头盖住。那种感觉让我恐惧，就像我身体里的每一根血管都饱胀起来，颤动起来，我会认为那种亢奋的状态将久久不去，再也无法恢复正常。然而，想要盖过希拉里和奥利维亚的欲望比恐惧更为强烈。我接过烟卷儿，燃着的一头就像初夏时的萤火虫。为了让利亚姆对我刮目相看，我故意把烟雾深深吸进肺里，随后才缓缓吐出，烟雾仿佛一条优雅的灰色丝带在他面前缭绕上升。

"看来我得多认识几个教会学校里的女生。"利亚姆睡眼迷离地说。

"我听说她们会咬人的。"奥利维亚声音低低地说，好像她对自己的笑话没有信心似的。但她的话引起了一阵哄堂大笑，她连忙嘘我们安静下来。对爸爸的恐惧暂时压倒了她一直小心维护的自尊心。

迪恩拍了一下我的背，"别担心，菲尼。你是个例外。"

当痛苦显而易见时，天底下最尴尬的事莫过于无法控制自己的反应。我大笑了一声，而这笑声与我表情的强烈反差使这尴尬的场面更加难以收拾。

大麻烟抽到只剩下小小的烟屁股时，利亚姆说他要去下洗手间，随即独自进了屋。我心里犹豫着要不要趁大家正在聊天的机会跟他过去。此时我开始尝到刚才那种鲁莽行为所带来的苦果了，我为什么要把烟在肺里憋那么久呢？我的心跳越来越快，这时我忽然发现，奥利维亚不见了，她是什么时候溜走的？我居然没有注意到。我透过火红的枫叶和围在窗口的树篱向厨房张望，但厨房里空无一人。

"好冷啊。"我说，意识到这一点时我竟恐慌起来，以至于整个身体都在瑟瑟发抖，"咱们回屋吧。"我需要动起来，需要把精神集中在迈动的双脚上，集中在扭动冰凉门把手的手上，集中在任何东西上都行。因为此刻我颤抖的身体就像那种塑料制的发条玩具，一双脚上顶着两片烈焰般的红唇和两排光秃秃的白牙，振动着从桌子的一头走到另一头。

"我们再多待一会儿吧。"说话的人是迪恩。他伸出一只胳膊将我拉进他怀里。我赫然发现身旁只剩下迪恩一个人。其他人都去哪儿了？

"等等。"我低下头，额头顶着迪恩的胸口，只为避开他向我凑过来的嘴巴。

迪恩用手指勾住我的下巴，轻轻用力向上抬。

"我真的很冷。"我嘴上虽然不愿意，但行动上却已经屈服。迪恩湿湿的嘴唇压到我的嘴上时，我咽了一口口水。仅此而已，我心里想。暂时委屈一下自己吧，免得尴尬。

我玩弄着迪恩厚厚的舌头，但我很清醒自己的双手正按在他的胸口，并试着把他推开。可不知什么时候，我的手已经往上移动，攀上了他毛茸茸的后脖颈。

迪恩的手指摸索着去解我卡其裤的扣子。事态还没有严重到需要立刻阻止的地步，此时如果我忽然抗拒，恐怕以后和迪恩连朋友都没得做了。于是我分开我们的嘴唇，并尽可能表现得从容淡定。

"咱们到里面去吧。"我微微喘息着说，我想我的声音应该是充满诱惑的吧，但我们两个都知道，到屋里去他就更没有得逞的机会了。

太晚了，我的这点小心思在迪恩面前简直如同透明一般，显然我大大低估了他。他抓住我裤子上的扣子用力拉扯，我的腰被拖向前去，双脚离了地。我身子一斜倒了下去，结果手腕着地，我疼得像只受伤的小狗一样发出一声惨叫。

"闭嘴！"迪恩低声喝道。他跪在地上，给了我一个耳光。

即便在以前，我没来布拉德利中学，也没现在这么与众不同时，我也不会允许任何人打我的脸。他温热的手掌仿佛打醒了我。我开始叫喊起来，声音尖厉刺耳，连我自己都感到惊讶。身体在应激条件下会不受大脑控制地做出一些举动，比如释放出一些气息，发出一些声音，只是在现代生活中我们发现这一点的机会并不多。然而那晚被迪恩摁在地上奋力挣扎时，我发现了。当时我又抓又叫，腋窝下很快就汗津津的。这样的情况我是第一次遇到，但却并非最后一次。

迪恩终于解开了扣子，我的裤子被扒到了屁股上，这时，屋子前厅里的灯突然亮了，我们随即听到奥利维亚爸爸的喊声。紧接着奥利维亚从后门冲出来，尖叫着让我快跑，再也不要回来。奔向大门时，我听到迪恩气喘吁吁地跟在我后面，拉门闩的时候，我的双手抖个不停。

"闪开！"他把我挤到一边，取下挂钩，把大门开了一道缝。迪恩从门缝里蹿出去，但他并没有立刻跑掉，而是站在那里撑着门好让我也逃出去。跑在黑黢黢的车道上时，我听到身后传来急速而凌乱的脚步声，那是其他几个男生，他们全都跑向戴夫停在街边的林肯领航员。

来到大路上时，我转身向右跑去。我不知道前面通往哪里，但向右可以远离戴夫的车子，以及车头对着的方向。我马不停蹄地向前跑，直到奥利维亚家的灯光完全消失。天很黑，我随时都有倒在路边的可能。我的肺里充斥着夜间寒冷的空气，我的心脏狂跳不止，仿佛下一秒就可能从胸口蹦出来。我怎么会累成这个样子？好像这辈子我连一英里的路都没有跑过。我可是学校越野长跑队的呀，而且是自愿加入的。

应该说，我已经深入美恩兰腹地。这里的大厦豪宅灯火辉煌，但全都远离公路，自鸣得意地躲在茂密的林木之间。感觉到身后有汽车驶来，我连忙躲进路边的灌木丛，屏气敛声，透过红里泛黄的树叶向外窥望，直到确定那不是戴夫的领航员才敢放心地喘口气。肾上腺素使我从抽完大麻的恍惚中清醒过来，但从我踉踉跄跄的步态来看，彻底摆脱伏特加的控制至少还需要几个钟头。也就是说，我还要再过几个小时才会意识到我的手腕已经肿大了两倍，且一直在随着我剧烈的心跳不停悸动。

我心里已经有了计划：去蒙哥马利大街，然后径直到阿伯路，从那儿右拐我可以到亚瑟的家。我会像电影里追求心仪姑娘的少男一样，拿石子儿砸他的窗玻璃。他会收留我的，他必须收留我。

我从一条路走上另一条路，每一次拐弯我都觉得那条路会把我带上主街，可结果却是一次次的失望。我一度灰心丧气，看到陡坡顶上驶下的车灯也索性不再回避。不过从车灯的形状和高度判断，那辆车一定圆润、低矮，显然不是戴夫开的 SUV。

车子在坡底停住，我小跑着来到车窗前，问司机怎么去蒙哥马利大街。开车的是个长着妈妈脸的中年妇女，她看到我时惊恐地张大了嘴巴，脚下一踩油门，她的奔驰车尖叫着向前冲去，瞬间消失在无边的黑夜之中。或许她在急着参加朋友的晚宴，我毫不怀疑，酒酣之时她一定会把途中的这段小插曲添油加醋地讲给她的朋友们听。在她的故事中，我也许会以车匪路霸的形象出现，而她则九死一生地逃过了一劫。

如同漫无目的地瞎转悠，我已经没有了时间的概念。也许过了很久，也许只过了几秒钟，我突然发现一个转弯，随后便看到一排街灯，大约四分之一英里远的地方有间瓦瓦加油站。我立刻想到了便利店和里面的人，心里不由急躁，于是便迈开双腿奔跑起来，并按照拉尔森老师教的方法：双手放松置于身体两侧，"攥着拳头跑步只会浪费力气。"他举着拳头向我们解释说，"而你们跑步时要尽可能地保存体力。"

我慢跑到加油站的荧光灯下。在黑暗中待久了，突然来到光亮中眼睛却有些受不了，我不得不用手遮着，仿佛在躲避刚从乌云背后钻出来的太阳。用肩膀顶开便利店的门，我立刻就感受到了里面的温暖，而由于进入了一个有限制的空间，我很快也闻到了自己身上的臭味儿。

我在离柜台还有几英寸的地方站住，希望这样不会熏到收银员。

"蒙哥马利大街，是出门儿向右吧？"我吃惊地发现自己的声音居然有些含混。

收银员不悦地从他的填字游戏上抬起头。随后他眨了眨眼，这一眨，仿佛让他换了一张脸。

"小姐。"他用手捂着胸口说，"你没事吧？"

我摸了摸头发，感觉上面全是土，"我没事，只是绊倒了而已。"

收银员伸手去拿电话，"我还是报警吧。"

"别！"我连忙上前一步。他吓了一跳，后退一步，手里依然抓着电话。

"你冷静点！"他喊道。这时我才意识到他也很害怕。

"拜托了。"我说。他的手指已经按下了数字9，"我不需要警察，我只想请你告诉我怎么去蒙哥马利大街。"

收银员左右为难，双手紧紧握着电话，指关节上的皮肤已经变得煞白。"你离那儿还远着呢。"最后他终于说。

身后传来开门声，我一动不动地站在原地。因为我不想让别的顾客看到我狼狈的模样。"你能不能告诉我怎么走？"我低声说。

收银员缓缓放回电话，虽然他去找地图了，但脸上却依旧是半信半疑的表情。

这时，我听到有人叫我的名字。

站在我身后的人是拉尔森老师。他揽住我的肩膀，领着我走出便利店；随后三下两下把副驾驶座上的外卖袋清理干净，便催着我上了他的车。

被拉尔森老师撞见之后，我向他彻底投降了。于是我全部的秘密再也不用隐瞒。所有的谎言——我告诉每个人的，甚至告诉自己的。

泪水在我的脸颊上颤抖，一颗泪珠滚落下来，被一道细细的伤口从中间劈开。在午夜的黑暗中，也许伤口看着更像一道钢笔印。我开始向拉尔森老师讲述我的经历。故事开了个头，便再也停不下来。

拉尔森老师给了我一张毛毯盖在身上，给了我水，还给了我一个冰袋用来敷脸。他本想送我去医院，但这个建议让我好一通歇斯底里，最后他只好答应带我去他的公寓。实际上，他处理此类情况显然得心应手——送我去安全的地方，抚慰我，让我清醒过来——当时我并不觉得奇怪，但现在却非常好奇。他是成年人，当然知道该怎么做，但当时我未能意识到的是，他只是个资历尚浅的成年人；二十四岁虽然无法和十四岁相比，但他和我们的差别并没有想象中那么巨大。往前数不到两年，拉尔森老师还曾和他的兄弟们在康奈尔大学的碧碧湖里裸泳；他也是同学当中唯一一个泡上大一女神的人。即便从外表看我们的年龄也相差无几。如果我化化妆，换条裙子，完全可以堂而皇之地陪他回公寓，谁也不会怀疑我们是一对儿刚刚约会归来的小情侣。

我都不知道自己已经走到了纳伯斯。从奥利维亚家跑出来，我徒步至少走了七英里的路。此刻差不多已是凌晨一点，拉尔森老师刚从马拉扬克那边的酒吧里出来，正要开车回家。这里到布拉德利中学还有很远的距离，他跑到这里喝酒是因为他的大部分朋友都在这一带，如果不是因为早上还要赶到学校，他也会选择住在这里。至于为什么会在瓦瓦加油站停车，他说是为了买些吃的。他还拍着自己的肚子说："最近我吃零食太厉害了。"我知道他在故意逗我笑，所以我便礼貌地满足了他的心愿。

我并没有觉得拉尔森老师有多胖，不过当我们回到他的公寓，我有机会环顾他家的客厅，欣赏挂在墙上的照片时，我惊讶得连披在肩上的毯子都差点掉在地上。我发现以前的他也像利亚姆和迪恩一样健美匀称。肩部肌肉一看便知是在健身房里特别练过的，只是那杨柳细腰泄露了秘密，倘若没有仰卧推举，那里恐怕早已堆满了脂肪。自从拉尔森老师做了我的教练并开始掺和进我的事情之后，我已经不再把他当成现实生活中见过的最帅的男人而日思夜想，然而这些照片又勾起了我入学第一天时暗暗滋生的一些小情愫。我立刻把毯子裹得更紧了些，仿佛突然之间我觉得自己毛衣的 V 领开得太低了。

"给你。"拉尔森老师出现在门口，手上的碟子里装了一片湿答答的墓碑比萨①。

我顺从地吃了起来。我一再坚持不让拉尔森老师为我做什么，因为我根本没有胃口，但当我把那块微波炉加热过的、中间还有些生冷的比萨咬在嘴里时，强烈的饥饿感瞬间便向我袭来。我吃完一片，又接着吃了三片，才心满意足地靠在长沙发上。

"感觉好点了吧？"拉尔森老师问。我冷冷地点点头。

"蒂芙阿尼。"他在我旁边的一张懒人休闲沙发椅中向前探着身子。这个位置，他大概是思虑再三之后才坐下的，"我们得谈谈接下来该怎么办了。"

我把脸埋进毛毯，比萨重新给了我哭的力气。"求求你。"我呜咽着说。求求你不要告诉我的父母，不要告诉学校，你就当是我的朋友。我们大事化小，小事化了。

"也许我不该告诉你这些。"拉尔森老师叹气道，"但类似的事件我们以前就遇到过，也是迪恩。"

我用毛毯擦了把脸，抬起头来，"你说什么？"

"他已经不是第一次性侵女学生了。"

---

① 墓碑比萨是美国一个知名的速冻比萨品牌。

"企图性侵。"我纠正他说。

"不。"拉尔森的语气非常坚定，"三周前他在他家里干的事，以及今晚他干的事，已经都和企图没关系了。"

尽管所有的事都已尘埃落定，我离开布拉德利，去上大学，后来又去纽约，我得到了所有我想得到的东西，但自始至终，只有拉尔森老师一个人对我说过这样的话：那件事，所有那些事都不是我的错。我甚至在妈妈的眼睛里都看到过短暂的犹豫。你给人吹箫了，应该不止于此吧。怎么可能你说什么就是什么呢？既然你愿意参加那种全是男生的派对，又喝了那么多酒，那你肯定是期望发生点什么的。

"我爸妈永远都不会原谅我的。"我说。

"不。"拉尔森老师很肯定地说，"他们会的。"

我向后靠去，头枕着沙发背，闭上了眼睛。走了那么远的路，我的双腿又酸又疼。我本来在长沙发上已经快要睡着了，但拉尔森老师坚持要我睡在他的床上，把沙发让给了他。

他咔嗒一声轻轻关上了门，我随即钻进他那深红色的、已经有些旧的羽绒被。拉尔森老师的床上有股成年人的味道，就像一个父亲。我很想知道在我之前，这张床上曾经睡过多少别的女孩儿。拉尔森老师爬到她们身上时，会不会温柔又略显不自然地亲吻她们的脖子？因为我想象中的做爱就是那个样子。

半夜里，我尖叫着醒来。实际上我自己并没有听到尖叫声。但我想动静一定很大，否则拉尔森老师也不会急匆匆地冲进来。他打开灯，站在床头大声喊我的名字，努力把我从噩梦中叫醒过来。

"没事了。"看到我的目光集中在他脸上，他低声说道，"没事了。"

我把被子一直掖到下巴下，浑身上下裹得严严实实，只留一个脑袋在外面，就像妈妈从前在海边往身上埋沙子一样。"对不起。"我不好意思地小声说。

"不用道歉。"拉尔森老师说，"做噩梦很正常，你肯定是急着想从梦中醒过来。"

我前后晃了晃脑袋，"谢谢。"

拉尔森老师穿着一件紧身 T 恤，露出迷人的肩部轮廓。他转身准备出去。

"等一下！"我紧紧抓着羽绒被。我不敢一个人待在房间里。我的心脏像打嗝一样在胸腔里剧烈颤抖，这是眩晕的第一个征兆。我不知道它还能挺多久，但万一它突然停止了跳动，我需要有人在旁边为我求救。"我……我睡不着。你能陪陪我吗？"

拉尔森老师扭头看着蜷缩在床上的我。他的脸上有种我无法理解的忧伤。"好吧，我睡地板上。"

我高兴地点头答应。拉尔森老师去了客厅，回来时手上多了一个枕头和一条毛毯。他把东西在床边铺好才去关了灯。而后他又蹲在地上稍微调整一番，找到了最舒适的位置。

"快睡吧，蒂芙阿尼。"他倦怠地说。但我没有听他的话，甚至没有尝试着入睡。我就那样醒着躺了一晚上，他安详的呼吸使我相信一切都会好起来的。那时我还不知道，未来还有更多的不眠之夜等着我呢。

早上，拉尔森老师用微波炉给我烤了一个速冻百吉饼。他家里没有奶油芝士，只有半根一头还沾着面包屑的黄油棒。

虽然经过一夜的休息我的脸已经消肿，但那条细细的红线还依旧醒目地留在脸上。不过真正让我痛苦的却是手腕，于是拉尔森老师决定去便利店为我买绷带和牙刷。稍后他打算开车送我回家，而且他答应会帮我向我的爸爸妈妈解释。我很无奈地同意了。

他出去后，我拿起他的电话，打回了家里。

"嗨，亲爱的。"妈妈说。

"嗨，妈妈。"

"哦，对了。"妈妈一惊一乍地说，"差点忘了，几分钟前，迪恩·巴顿打电话找过你。"

我靠在厨房的柜台上，"是吗？"

"他说有要紧事，嗯，等等，我找找当时记的便条。"我听到妈妈东翻西找的声音，勉强克制着自己没有大声催她快点，"什么，亲爱的？"

"我没吭声啊。"我不耐烦地说，可随后我才明白她是在跟爸爸说话。

"对，在车库的冰箱里。"短暂停顿之后，"就在那儿。"

"妈妈！"我冲着电话嚷道。

"你急什么，蒂芙阿尼？"妈妈说，"你又不是不了解你爸爸。"

"迪恩到底说什么了？"

"我找到便条了。他说要你尽快给他打电话，讨论关于化学课的事儿。他还留了电话号码。当时他的声音听起来很紧张。"电话那头传来一阵清脆的笑声，"他肯定喜欢你。"

"把号码告诉我吧。"我从拉尔森老师的抽屉里找到一张便利贴和一支钢笔，记下了号码。

"回头我再给你打电话。"我说完就要挂机。

"等等，蒂芙阿尼，我什么时候去接你？"

"我回头再打给你。"

挂了电话，我立刻拨通迪恩的号码。我需要在拉尔森老师从便利店回来之前搞清楚迪恩想干什么。

铃声响了三次之后，迪恩接了电话，开口便冷冰冰地喊了一个"喂"。

"菲尼！"发现是我后他的口气完全变了，"你昨天夜里跑哪儿去了？让我们好找。"

我撒谎说去了我一个队友家，而且她家就在奥利维亚家附近。

"那就好，那就好。"迪恩放心地说，"对了，昨天晚上的事，我很抱歉，真的。"随后他又不好意思似的笑了笑，"我喝多了。"

"你动手打了我。"我的声音极轻，甚至连我自己都怀疑是否说出了声，直到迪恩那边有了回应。

"真的对不起，菲尼。"迪恩的声音仿佛噎在了喉咙里，"我特别后悔那么做。你能原谅我吗？你要是不肯原谅，我会活不下去的。"

迪恩的话里有种不顾一切的绝望，我自己也有同样的感受——要是这一切从来都没有发生过该多好。然而整件事该去何从，还要看我们自己。

我咽了口唾沫，"好吧。"

迪恩的呼吸在我耳边听起来异常沉重，"谢谢你，菲尼，谢谢。"

打发掉迪恩，我又给妈妈打电话，并告诉她说我自己搭火车回去。

"对了，妈妈。"我说，"家里还有消炎药膏吗？我睡觉时被奥利维亚家的小狗挠了一下脸。"奥利维亚家根本没有养狗。

拉尔森老师回来时，我已经穿好衣服，并准备好了谎话。我坚持要搭火车，坚持说他不了解我的父母，所以还是我自己回家跟他们解释为好。

"你确定？"拉尔森老师问。他的语气表明，我的话他一句也不相信。

我带着歉意点了点头，"11:57 有趟车从布林茅尔出发。现在出门的话应该还能赶上。"说完我把头扭到一边，避开他失望的脸，同时也为了避开他的目光。有时候我不禁想，会不会就是这个决定引发了后来的一系列事件？或者正如圣特里萨山中学的修女们所说的，该发生的事迟早会发生，上帝决定着每一个人的命运，早在我们出生之前他就已经知道我们将面临怎样的人生。

第9章

我没有对卢克撒谎。我告诉他说从楠塔基特岛回来之后我就会给拉尔森老师发电子邮件。这些天来，我总是在不经意间就想起他：我幻想着我们两个人肩并肩坐在一个昏暗的酒吧里，在我向他坦白了我第二个见不得人的秘密——我不确定自己是否真的想要嫁给卢克——之后，他的脸上关切和欲望的表情各占了一半。他会吻我，一开始动作比较克制拘谨，这是因为他有家室——他的妻子，还有他的孩子，布斯和埃尔斯佩思。但是很快，他的眼睛里就只剩下了我。

可幻想的情节到这里便戛然而止了。拉尔森老师绝不会对我做那种事，甚至我自己也没有那个意愿。我马上就要结婚了。这是每个准新娘都会经历的情绪阶段——恐慌。我以此征求妈妈的意见，坦承也许我对即将到来的婚姻并没有做好十足的准备，但妈妈说恐慌是很正常的事。"像卢克这样的男人可不是随随便便就能遇上的。"她警告我说，"别没事找事，蒂芙。你不可能再找到像他这么好的男人了。"

拉尔森老师之所以吸引我，是因为他几乎见证了我过去的一切。他见过我像流浪狗一样跌入人生谷底时的样子，但他依旧愿意支持我，想方设法帮助我。他为我设想了一个连我自己都没有想过的未来，并鼓励我朝着那个方向奋斗。那便是信仰。成长阶段，我以为信仰就是相信耶稣为众生牺牲了自我，只要对此笃信不疑，将来死了之后便能见到耶稣。但是如今，信仰对我有了不同的意义。它表示某个人在你身上看到了你看不到的东西，而且他会永不放弃地鼓励你，直到你也看到为止。我想要的，以及我怀念的，正是这种感觉。

"你要它干吗？"当我问卢克要拉尔森老师的电子邮箱地址时，卢克这么问道。虽然没有多心，但也并无半点兴奋之意。

"你说我要它干吗？"我气冲冲地顶了一句，就像平时面对胆敢质疑我的那些实习生一样。我只不过是要一个电子邮箱的地址，这有什么好奇怪的呢？"隔了那么多年还能见面，这件事本身就特别不可思议。况且他也参加纪录片的拍摄。我想知道我们会不会同时去录制，也想知道他会说些什么。"卢克的脸色一点也没有松动，所以我故意夸张地说："所有的事，卢克。我想跟他谈所有的事。"

卢克的胳膊重重砸在沙发上，嘴里抱怨说："他是我的客户，阿尼。我不希望你们之间搞得太复杂。"

"你误会了。"我叹气道，随后失望地走回卧室，轻轻关上门。第二天我又问卢克要电邮地址时，他发给了我，但除了一个地址，他一句多余的话都没有对我说。

把拉尔森老师的地址输入到收件人一栏，一时间我犹如舞会皇后附体，给他写了一封热情洋溢又生机勃勃的信："真不敢相信我们居然以这样的方式重逢！世界真是太小了，你说呢？也许找时间我们可以在一起聊聊，我感觉我们应该有许多许多可聊的东西。"

邮件发出之后，我刷新了八次页面，直到看见拉尔森老师的回复。我迫不及待地打开信，脸颊被莫名的期待烧得滚烫。

"要不一起喝咖啡？"他在回信中问道，"那样你会不会感觉舒服些？"我接连翻了几个白眼，恐怕足以燃烧掉我刚刚吃下的那几颗葡萄所产生的卡路里。咖啡？他还把我当学生看待呢。

"我觉得喝酒可能会让我们两个都舒服些。"我写道。

"你还跟小时候一样顽皮。"他回复说，"小时候"那三个字简直让我火冒三丈。不过，他同意了我的建议。

到了该见面的那一天，我穿了一件大号的 T 恤连衣皮裙和一双露出脚趾的靴子去上班，心想顽皮的人在盛夏时节应该就是这样的打扮。

"你看上去漂亮极了。"洛洛在走廊上遇见我时称赞道，"你额头上打肉毒杆菌了吗？"

"这是你对我说过的最好听的话了。"我说，洛洛不出所料地咯咯笑了几声。我以为这只是平平常常的寒暄，可没想到洛洛放慢了脚步，直至停下来，而后往回走几步，把我叫进角落里说："你那个关于'情色报复'的提案实在太棒了。真的。"

那个点子我着实经历了一番艰难的游说。我用了整整六页的篇幅来报道那些成为前男友报复对象的女性受害者，并指出隐私法和性骚扰法中不完善的地方；从而证明目前在法律上，她们几乎处于孤独无靠的境地。

"谢谢。"我笑容满面地说。

"真让人刮目相看，你简直是个全才。"洛洛继续说道，"不过我觉得把它发表在……嗯，你懂的 [1]……上面，会比发表在这里更有影响力。"她努力向上扬着眉毛，可碍于沉重的额头，试了几次都失败了，最后只好放弃。

我也顺着她的意思演下去，"这是篇即时文章。我可不能拖太久啊。"

"哦，我想应该是用不着拖的。"她咧嘴笑着，抹着香奈儿唇膏的嘴唇下面露出一排被咖啡染黄了的牙齿。

我立刻调出和她一样的表情，"这可是好消息。"

洛洛冲我晃了晃她那黑乎乎的指甲，"回见。"

---

[1] 此处暗指《纽约时报杂志》，洛洛有望到那里任职。

这似乎是好兆头。

透过缭绕的烟雾和蒸腾的酒气，拉尔森老师强健的后背犹如海市蜃楼一般模糊缥缈。对于穿着希尔瑞铅笔裙的女白领和口袋里装着结婚戒指的银行业者们，酒吧是他们疏解烦恼心情的最好去处。我迂回着从他们中间穿过，高跟鞋有节奏地发出响声，仿佛唱着一首重复的歌："自然点，自然点，自然点。"

我轻轻拍了下他的肩膀。也许他刚刚把领带解了下来，也许这天他根本就没有系，衬衣领口微微张开，露出脖子下面一小片皮肤。这是非常少见的，所以我当时的震惊程度简直和第一次看到他穿牛仔裤时不相上下。显然，我对眼前这个男人的了解还肤浅得很。"对不起！"我嘴角微启，露出一丝歉疚的笑容，"被工作上的事耽误了。"我吹开卡进嘴巴的一缕头发，或许这能让他看出我的疲惫。瞧，虽然我日理万机，但还是于百忙之中为你抽出了时间。

当然，这只是演戏。7:20 左右我便已经开始在《女人志》杂志社的洗手间里准备起来了。我喷了除臭剂，刷了牙，漱口水在嘴里含了半天，直到两眼流泪才吐出来。随后的化妆更是煞费苦心，因为我要化出无妆的效果。我 7:41 离开办公室，比计划晚了一分钟，按照计划我要在 8:07 到达熨斗区①的酒吧。"迟到的时间不长不短，刚好能让他知道，他对你来说并不是最重要的。"内尔说。

拉尔森老师的嘴悬在他的平底玻璃杯边缘。"我该罚你去跑几圈。"他抿了一小口，这时我看见他的威士忌已经下去了不少，方才意识到他已经热了身。

想象着拉尔森老师对我发号施令，大喊着让我"跑快点，跟上，

---

① 纽约曼哈顿熨斗区，得名于这里的熨斗大厦（旧称福勒大厦）。

蒂芙阿尼，不要敷衍"，我只觉得后脖颈上像针扎一样难受。我在他旁边的凳子上坐下，并尽量不让他看出我的心虚。至少现在还不行。

我把一缕头发挽到耳后，对他说："你知道吗？我现在每周至少做一次你教我们的爬坡锻炼。"

拉尔森老师笑了笑，尽管他眼睛周围已经布满皱纹，但他的脸还保留着年轻时的孩子气，丝毫没有受到鬓角上那些白发的影响，"去哪儿？我记得纽约可没有什么斜坡。"

"我知道，哪儿都比不上米尔克里克。我在特里贝克，所以只能在布鲁克林大桥上跑。"我调皮地叹气说。我们两个谁都知道，就算布鲁克林大桥旁边的一个单间，也好过布林茅尔破旧的豪宅。

酒吧招待看到我，冲我点了下头，意思是问我喝点什么。"伏特加马丁尼。"我说，"不加冰。"我只有想向别人炫耀我的编辑身份时才喝马丁尼，那样看着比较炫酷。而实际上我并不像我看上去那样嗜马丁尼如命，或许一大包巧克力椒盐饼干倒更合我的胃口。然而当我需要快速进入微醺的状态时，马丁尼总是我的不二之选。有时候它甚至会让我误以为自己已经累得睁不开眼了。

"瞧瞧你。"拉尔森老师后仰着身体，将我全身上下尽收眼底。我特意为他打扮成了今天这个样子：性感的皮裙，故意露给他看的黑钻耳钉。我从他眼睛里同时看到了鼓励、欣喜和认可。尽管这复杂的神色转瞬即逝，但它的意义却非比寻常，就像我们不小心碰到了火炉子，身体里会产生势不可当的连锁反应，"我就知道你能大有作为。"

虽然早已心花怒放，但我表面上仍然不动声色，"什么作为？混成酒鬼？"

"不，这个。"他伸出双手，仿佛要隆重介绍我一样，"你现在就是大街上那种成功女人中的一员了，人们看到你们会情不自禁地想知道你们是谁，做什么工作。"

我的酒已被送到了面前，我端起来潇洒地喝了一口。我需要它来稳住神儿，以免接下来的话显得没着没落，"我的工作就是写文章教人们吹箫。"

拉尔森老师不好意思地偏过头，"别胡扯了，蒂芙。"

从他嘴里叫出的我的名字，以及他语气中的失望之意，就像迪恩的手又一次打在我的脸上。我喝了一大口酒，嘴唇上沾满了伏特加，努力从沮丧中恢复过来，"自己的学生说出这种话让你受不了了？"

拉尔森老师双手搓着酒杯，"我不喜欢你这么自轻自贱。"

我用胳膊肘支着吧台，朝他的方向旋转凳子，且故意摆出兴致勃勃的样子给他看，"咳，哪有的事儿。就算我没有新闻工作者的正直，最起码我还有这点敢于自嘲的幽默。放心吧，我没事的。"

拉尔森老师注视着我，他洞察一切的目光几乎令我难以自持，"你看起来的确很不错。大概我只是想确认一下吧。"

马丁尼的酒劲儿还没有上来，而我也没有准备好开始谈正事儿。我以为我们会慢慢来，说几个成人段子，嘲笑一番我的职业；拉尔森老师会说尽管我现在默默无闻，但将来必成气候，因为我有出色的悟性，这也是他妻子所缺少的。我是不是也感觉卢克在某些方面有所欠缺呢？对，对，我会伤心地说，也许还可以洒几滴眼泪。他从来都不理解我，真正理解我的人少得可怜。然后意味深长地看拉尔森老师一眼，好让他知道他就是那少得可怜的人中的一个。

"好啦，好啦。"我笑着说，"纪录片的事快把我烦死了。"

拉尔森老师也随着我笑起来，我顿时松了口气。"我知道你的意思。"他说。

"我很担心，"我说，"但又特别想参加。"

拉尔森老师似乎并不理解，"你担心什么？"

"因为我不知道他们是怎么操作的。我可知道编辑的本事。"我靠近他，并压低声音，仿佛我要破例告诉他一个别人都不知道的天大秘密。"我是说文字有很大的可操纵性。我可以不做任何调查，但只要我知道自己想要什么样的结果，剩下的就是搜集材料的事了。我给《今日秀》打电话，如果他们没有合适的材料，我就给《早安美国》打。"

"原来这就是你们的行业秘密。"拉尔森老师眯着眼睛，仿佛在我坚不可摧的防护罩上发现了一个窥视孔。

我得意地笑了笑，"我的意思是说，我对他们不放心。"

拉尔森老师向前倾着身体，肩膀与我持平。他的呼吸中充满乐加维林①的味道。"这个我同意。但我觉得你没必要担心。他们感兴趣的是你那些不为人知的故事。也就是说——"他恢复原来的姿势，也带走了所有充满泥煤味儿的热气，我顿时有种跳进冰凉海水中的感觉，"谁都不能保证会出现什么情况。你需要知道的是，不管他们说你什么，你这里是怎么想的才最为重要。"他把手按在心口上说。如此一本正经，如此鸡汤的话倘若从别人口中说出，我定会百般奚落一番。可坐在我面前的是拉尔森老师，所以我要牢牢记住他的话，每当我对自己产生怀疑时就搬出来鼓励自己，教育自己。

我玩弄着酒垫儿湿了的一角，"拉尔森老师，你不用费心安慰我。"

拉尔森老师叹了口气，那样子就像他刚刚听说了什么噩耗，"蒂芙，天啊。这可难住我了。"

可恶的是，我居然不争气地哭丧起了脸，那会让我看上去又老又丑。我立刻用手扶住额头，好遮住这可怕的一幕。

拉尔森老师弯下腰，从我的手掌下面寻找我的眼睛。"嘿。"他说，

---

① 乐加维林是一种单一麦芽苏格兰威士忌。

"别这样，我不是有意让你不高兴。"随后他一只手按住了我的后背，稍微靠下了一点，但力度刚刚好。而我两腿之间的奇怪感觉，如此绝望，使我期盼它迅速消失；同时又如此奇妙，让我对它恋恋不舍。

我不自然地对他笑了笑。成熟稳重的人谁都喜欢，"我发誓我不是笨蛋。"

拉尔森老师也笑了起来，他的手在我的后背往上升了升，像个父亲般揉了几下。可惜我又会错了意。不过我总算发现了一个秘密：他喜欢我颓丧的样子。

"你打算怎么办？"拉尔森老师问。他完全抽回了手，并坐直身体。"九月份回去参加录制？"

一个逻辑上的问题，阐明的机会并不多，"是啊。你呢？"

拉尔森老师在凳子上扭了扭，做了个鬼脸。那凳子对他来说小得可怜，想坐着舒服恐怕很难，"一样。"

酒吧招待走过来问我们要不要再来一杯。我热切地点了点头，但拉尔森老师婉拒了。我趁机不动声色地将话题拉近了些。"惠特尼支持你去吗？"我略微失望地问，"因为卢克并不热心。"

"卢克不希望你去拍纪录片吗？"看得出来，拉尔森老师觉得很不可思议，我心里美滋滋的。

"他认为那会勾起我的伤心事。而我们目前正在计划婚礼，所以有点不合时宜。"

"不过看得出来，他很关心你。"

我摇了摇头，为有机会揭露卢克的圣人假面而激动不已，"他连话都懒得和我说，更受不了我的歇斯底里。他巴不得我这辈子都不再提布拉德利中学的事。"

拉尔森老师的手指轻柔地在酒杯沿儿上转着圈，我仿佛又能感觉到他把创可贴贴在我遍布泪痕的脸上，就像那天晚上在他的公寓里那样。贴好之后他还说了一句"好了"。

他对着自己的空酒杯说："向前看不代表不能谈论过去，或者不会为过去感到痛苦。我想，这种痛苦应该是很难消除的。"他几乎害羞地望了我一眼，以确定我是否同意他的观点，卢克从来不会做出这种贴心的举动。不，卢克只会像老板一样命令我调整心态，把我人生中最残酷的那一页彻底翻过去。我为什么要去拍纪录片？别人怎么看我跟我有什么关系？哼，你卢克人见人爱，当然可以说得那么轻巧。

"我并不是要怂恿你干什么。"拉尔森老师说，"对不起。"他的道歉让我意识到自己正皱着眉头。

"不。"我眨眨眼睛，把卢克从我的脑海中赶出去，"你说得没错。谢谢你。从来没有人对我说过这样的话。"

"我敢肯定他尽了最大的努力。"拉尔森老师伸手来拉我，我激动得浑身僵硬，他颇费了点力气才抓住我的手，并像维多利亚时代绅士们请女士跳舞一样把我的手抬向半空。"显然他非常爱你。"他抚摸着我手指上的证据，轻轻捏了捏那颗硕大的宝石，随后抬眼看着我说。

这是说出心声的最好时机，"但我想要的是一个懂我的人。"

拉尔森老师将我的手轻轻放在吧台上。我不知道他是否注意到我因为他的话而加速的脉搏，"那是双方面的，蒂芙。你得给人懂你的机会。"

我将头枕在手上。说出了自从上次邂逅以来我在脑海中已经演练过无数次的那句话。"拉尔森老师。"我说，"你就那么不愿意叫我阿尼吗？"

"你是想问你能不能叫我安德鲁吧？"他的嘴唇微微拱起，和我每次在教室前面想象他时的样子毫无二致。这样的男人抢是抢不过来的，而我又不顾一切地想要得到他，这种需要就像饥渴的感觉一样发自本能，且极为野蛮，"答案是，你当然能。"

安德鲁的衬衣口袋突然像钢铁侠的心脏一样发起了光。他掏出手机，我在屏幕上看到了一个"惠"字。省略掉的"特尼"二字犹如泼向我的一盆冷水，我顿时有些绝望。"不好意思啊。"他说，"我忘了看时间了，待会儿我还要和惠特尼共进晚餐呢。"

妈的！醒醒吧，阿尼，他当然要去和妻子共进晚餐！你想什么呢？难道指望在熨斗区这么一个乌烟瘴气的小酒吧里你们两个会情意绵绵地互相表白？然后又怎样？你们手牵着手去酒店开房间？你怎么满脑子都是这种肮脏的念头？

"我想跟你说几句话。"我说。至少安德鲁的目光从手机上移开了。"这些话我已经在心里憋了很久。我想对你说声对不起。关于当年在马赫校长办公室里，我说话不算话，让你难堪的事。"

"蒂芙，你没必要道歉。"

他又不叫我"阿尼"了，但我此时已经不再介意。"不，我有必要道歉。此前我一直没有告诉你，实际上……"我低下头，"那天早上在你家，我和迪恩通过电话，也就是你出去买东西的时候。"

安德鲁思考了片刻，"他怎么会知道你在我那里呢？"

"他并不知道。"于是我把当时如何给家人打电话，如何说自己一个人回家，如何发现迪恩找我的事全都解释了一遍。"我天真地以为星期一我仍然可以像往常那样去上学，什么问题都不会有。"我轻蔑地哼了一声，"天啊，那时的我真是个白痴。"

"迪恩才是白痴。"安德鲁将手机放在吧台上，目不转睛地注视着我说，"那件事全是迪恩的错，跟你没关系。"

"可是我让他逃脱了惩罚。"我充满鄙夷地对自己叹了口气，"因为我害怕如果不那么做，从此在学校里就再也不会有人理我了。这件事我现在想起来还觉得恼火。"上大学期间，当听说某个大一女生被某个曲棍球队员给欺负了之后却忍气吞声的时候，我发现自己变得怒不可遏。我哀其不幸，又怒其不争。在色拉台前排队的时候，我碰巧站在那个被欺负的女生后面，那时我真想大声疾呼：*别便宜了那帮浑蛋*！可当我看到她在色拉上面放了一堆菜花时，我的心仿佛突然被一颗破拆球给砸了一下，因为从来没有女生会在色拉上放菜花。这使我不由想到那是否是她儿时最喜欢的蔬菜，她的妈妈是否会在她兄弟姐妹们的齐声反对下仍然做给她吃。我只想张开双臂从后面抱住她，将我的脸紧紧贴在她散发着肥皂味儿的金色头发上，然后告诉她说："我懂。"

因为我自己同样做不到。按照我和拉尔森老师事先商量好的计划，周一上午他要做的第一件事就是去校长办公室，告诉马赫校长迪恩·巴顿又犯了事儿，而且这次还牵扯到另一个叫利亚姆·罗斯的新同学。我还没有走到指导教室时，校长助理德恩太太便在走廊上找到了我，并命令我立刻到校长室去。我步履沉重地走过学生休息室，穿过只有寥寥几个学生在吃早饭的餐厅，爬上行政楼的楼梯。拉尔森老师站在马赫校长办公室的角落里，很绅士地将唯一一把椅子留给了我。我回避着他的目光，但我能感受到他那充满鼓励的微笑中所包含的期待。当我面对所有问题都矢口否认时，我就更没脸看他的眼睛了，只能低头盯着我的史蒂夫·马登鞋。鞋帮上被雨水浸了一道白印儿，不知道妈妈有没有办法把它刷掉。

"你当真没有什么事要报告吗？"马赫校长气喘吁吁地问我，他甚至无意掩饰自己如释重负的轻松心情。毕竟巴顿家最近出资帮学校扩建了餐厅。

　　我微笑着说没有。我脸上的伤痕在遮瑕霜下若隐若现。马赫校长虽然明明注意到了，但却假装什么也没看见，只是假装得不够专业。

　　"怎么回事？"回到走廊上时，拉尔森老师问我。

　　"这件事能不能就这样算了？"我一边走一边恳求道。他大概想伸手抓住我的胳膊好让我停下脚步，但我们两个心知肚明，他办不到。我越走越快，只想尽快逃离他的失望。因为那气息就像廉价的古龙香水充斥了整个走廊。

　　时隔这么多年，如今，安德鲁看着我，就像你看着自己胸口新冒出来的一个雀斑。它是什么时候出现的？碍不碍事？"蒂芙，对自己不要那么苛刻，更不要妄自菲薄。"他说，"你只是想快点熬过去。"在酒吧柔和的灯光下，我从他宽阔英俊的脸上找不到半点瑕疵。"你已经做得非常好了，而且你对待生活的态度很真诚。不像我们认识的有些人。"

　　我想他指的一定是迪恩。尽管有时候我感觉自己和他并没什么两样，只是我不愿意承认罢了。

　　我们安安静静地坐了一会儿，谁也不说话。灯光使我们的轮廓变得朦胧，但也照出了我们的窘迫。我眼角的余光发现酒吧招待再次注意到了我们。我心里默念着让他走开的咒语，但他还是问道："还要点其他的吗？"

　　安德鲁伸手插进裤兜里，"结账。"我刚要的那杯马丁尼闪着奇幻般的光，仿佛是对我无声的嘲笑。

　　"也许改天我们可以一起吃个饭？"我试探着说，"等那个周末我们都回母校的时候？"

　　安德鲁翻出一张卡片，从吧台上滑给我，笑着说："好啊。"

　　我也微微一笑，"谢谢你请我喝酒。"

"真抱歉我不能陪你多喝几杯。"安德鲁晃了晃腕上的手表，并冲它使了个眼色，"时间太紧张了。"

"没关系。我就一个人坐在这里继续喝我的酒。"我悲壮地叹了口气，"享受别人对我的注目和议论。"

拉尔森老师笑起来，"难怪你对我这么客气。蒂芙，我为你感到骄傲。"

卧室的门关着，下面的门缝中也看不到光亮。卢克一定提早上床睡觉了。我脱掉连衣皮裙，在空调前站了一会儿。

我洗脸，刷牙。锁好门，关掉灯。我的衣服全都丢在沙发上，只穿着内衣内裤——我今天特别挑了一套上好的，以防万一——蹑手蹑脚地溜进卧室。

我拉开一个抽屉时，卢克醒了。

"嗨。"他小声说道。

"嗨。"我解开胸罩的扣子，任其自然掉在地板上。以前刚脱掉内衣卢克便会催我上床，但现在他已经没什么感觉了。我匆匆穿上一条平角短裤和一件小背心。

我钻进被窝。卧室里似乎特别的冷，角落里的窗式空调嗡嗡直响。灯关着，但屋里的一切仍能看得清清楚楚，这要拜灯火通明的自由塔所赐。高盛集团庞大的总部大楼里，无数金融骄子仍在对着电脑指点江山。在余光中，我看到卢克睁着眼睛。

即便深夜的纽约，你也很难找到一扇漆黑的窗户，这是我热爱这座城市的另外一个原因——时时刻刻都能感受到来自外界的光线，它们使我安心，让我相信周围总是有人醒着，如果有不幸的事件发生，我总能找到可以求助的对象。

"有什么收获吗？"卢克问。他的声音平得如同西侧高速旁边的跑道。

我小心翼翼地回答说："和他聊过之后感觉好多了。"

卢克翻了个身，用对着我的后背表明了他的态度，"我只希望这件事快点过去，一切就又能恢复正常了。"

我知道卢克怀念的正常是什么，我知道他喜欢的阿尼是什么样子——那个能够陪他在"鸡笼"酒吧整夜狂欢的阿尼。那家酒吧位于楠塔基特岛，它之所以闻名遐迩，是因为每天夜里它的门口都会排起长长的队列，数不清的漂亮姑娘穿着五颜六色的裙子在寒风中瑟瑟发抖。酒吧里有个招待，人们都叫她拉拉，实际上她的真名叫莉兹。只因她长得像年轻版加偏瘦版的女星德尔塔·伯克，而且喜欢穿迷彩服，鼻子上还挂着鼻环，看着很像女同的样子，所以那些公子哥们就给她取了个"拉拉"的绰号，而且他们还自以为很聪明。

卢克朋友们的妻子在拉拉旁边时都会感到不自在，但我没有那种感觉。所以在我们的圈子里就有了一个长盛不衰的玩笑话——让阿尼去点喝的，至少能赚一杯免费的"美好人生"（一种把树莓伏特加、雪碧、红莓汁和红牛兑在一起的饮料），因为拉拉喜欢她。卢克也喜欢拉拉——因为她像一面镜子，替他照出了我和别的女孩之间不同的地方，尽管那些女孩儿戴着耀眼的珍珠耳环，穿着巴塔哥尼亚羊绒衫，看起来很漂亮，但却毫无性感可言。卢克喜欢的类型，是即便和女同志面对面也不会觉得忸怩不安，并能大大方方与对方打情骂俏的女孩子。

"这不是我的阿尼·伦诺克斯吗？"拉拉只要一看到我就会这样说，"几个人要低糖的？"

我便伸出手指告诉她有几个姑娘想要加雪碧和红牛的"美好人生"，

于是拉拉狡黠地一笑，并说："马上就来。"

拉拉去准备酒水的时候，卢克会撩开我耳根处一缕湿湿的头发，凑近我的耳边问："她怎么又叫你阿尼·伦诺克斯？"

我总是歪着脑袋，把几乎整个脖子露在他面前，"因为阿尼·伦诺克斯是同性恋啊。如果我是同性恋的话，她就能上我了。"

拉拉把我们的酒放在吧台上时，卢克的楠塔基特岛红色短裤下面已经支起了帐篷，端起酒杯走回朋友们中间时，我不得不贴身走在他的前面，免得被人看见不雅的画面。

"带柠檬的是低糖的。"我对姑娘们说，这当然是谎话，而我的脸上通常会露出虐待狂一样满足的笑容。对付那些穿着 26 码白色牛仔裤、举手投足矫揉造作又难伺候的贱货，拉拉总是反其道而行之的。

连续几杯下肚，我们便不惧外面的冷空气。楠塔基特岛昼夜温差很大，即便在盛夏时节，太阳落山之后气温也能骤降到 50 甚至 40 华氏度[①]。随后我们会叫辆出租车，一起回卢克的家。卢克家的房子很大，卧房又充足，就算把他的全班同学都叫过来也不至于无处可睡。深夜，不睡觉的人聚在一起抽大麻，玩啤酒乒乓球，或在厨房里用微波炉加热一些乱七八糟的东西给喝醉了的人吃，但这其中从来不会包括我和卢克。我们总是一回家就上床大战的，身体甚至还没有挨着被单，我的裙子就已经被掀到了腰上。很早以前我们就决定了的，不管外面天气多冷，去"鸡笼"酒吧时我必须要穿裙子，这样回到家后方便直奔主题。

卢克趴在我身上时的表情总是令我神魂颠倒。那凸起的血管，流向脸颊的血液充盈在雀斑的空隙之间，使所有的雀斑仿佛一下子全都不见了一样。在那样的夜晚，他不会为了让我攀上巅峰而克制自己，

① 50 华氏度相当于 10 摄氏度，40 华氏度相当于 4.4 摄氏度。

就好像那是专属于他的性的仪式。不过，我的高潮每次也总能如约而至。那是因为我脑子里总想着别的让我兴奋的画面。差不多两年前的一个夜晚，拉拉跟着我进了洗手间，并一把将我按在墙上。她的嘴唇出人意料的柔软，还有点紧张。我开始回吻她时，她用她那肉墩墩的大腿在我两腿之间一上一下地顶撞，那情景总能带给我无限的回味和遐想，以及难以形容的刺激。

我曾犹豫要不要向卢克坦白这件事。之所以犹豫，不是因为该不该的问题或别的自以为是的理由，而是因为我不确定他听到之后会是怎样的反应——兴奋？恶心？迁就他该死的感情，这是我和卢克之间最无奈的现实。

最终我决定保持沉默。如果拉拉和凯特·阿普顿[1]长得更像些；或者，如果她没有选择在我像被遗忘在冰箱角落里的一罐牛奶一样开始变质的时候吻我，说不定我会告诉卢克。

所以，当卢克紧闭双眼发出最后一声咆哮时，我也和他一道攀上了快乐的顶峰。做爱之后，我喜欢男人留在我身体里一段时间，但卢克总是很快就疲软下去，随后便翻身躺到我一旁，喘息着说些如何如何爱我的情话。

尽管只靠自己的奋斗我可能一辈子也无法改变自己的地位，但我还是努力争取着。然而无论我多么努力，恐怕都无法改变我在别人眼中傍大款的形象。我注定要成为世人常说的花瓶妻[2]。只不过，我这个花瓶稍微有些与众不同罢了。

---

[1] 凯特·阿普顿：1992 年出生的美国当红模特，也是维多利亚的秘密的品牌代言人。

[2] 花瓶妻：成功男人娶一个比自己年纪小的漂亮女人做妻子，这样的妻子就像花瓶一样美丽，适合摆在家里，或者带出去撑面子，因此被人称为花瓶妻。

第 10 章

从马赫校长的办公室出来，我的心里异常平静。也许我让拉尔森老师失望透顶了，但此时我无暇考虑他的感受，因为我很清楚下一步该干什么。去找奥利维亚，为我惹的麻烦向她道歉，想尽一切办法争得她的谅解。我认为这并不会太难，因为此时迪恩正想方设法地讨好于我。奥利维亚一定会遵从迪恩的意愿，不与我为难，这一点我很有把握。

我本想在午饭之前找到她。我来到厕所里她最喜欢的隔间外面，趴在门下向里窥探。可惜我运气不佳。下一个机会是午饭时，这意味着我要在其他人落座之前和她搭上话。想必这应该不会有什么问题，因为奥利维亚通常都是第一个在桌子前坐下的人，原因很简单，她从来不排队。我看见她仍坐在平时的位置，干着她最喜欢但却很容易让别人受不了的事：将小鱼软糖从尾巴处撕开，之后团成团丢进嘴里。她右侧嘴角处有个半月形的瘀伤，我忽然感觉一阵恶心。我真希望自己可以堂而皇之地认为那全是她爸爸的暴行造成的，但我已经是个十四岁的自私的小女生了。那处瘀伤就是我的葬礼。

"利维。"我叫了她的昵称，希望这能缓和她对我的恨意。

"什么？"她疑惑地问，仿佛不确定是不是有人在叫她一样。我在她旁边坐了下来。

"周六的事我很抱歉。"我忽然想起迪恩的话，于是又补充说，"喝酒之后我不该抽大麻的，那会让我变成神经病。"

奥利维亚扭过头，脸上露出奇怪的笑容。她的笑实在是太诡异了，多少年后这情景仍然历历在目，一次又一次害我在半夜里惊醒。"我没事。"她指着我脸上被遮瑕霜草草掩盖着的伤痕说，"我们同病相怜。"

"我操！原来你在这儿，菲尼。"迪恩端着装满了三明治、薯条和苏打水的午餐盘来到我身边。他把餐盘重重放在桌子上，"他妈的怎么回事？我们不是说好的吗？"

我说我不明白他的意思。

"我他妈刚从马赫校长的办公室出来。"他说。随后他又对着桌子周围的众人大声宣布说，因为周末的"某件事"，他得到了校长的警告，而且很可能无法参加这一周与哈弗福德学院的比赛。这则消息立刻在众人间引起了轩然大波。

"扯淡！"佩顿气急败坏地骂道。利亚姆也恶狠狠地点点头，尽管他并不踢足球。

"不过。"迪恩抿着嘴说，"只要比赛之前不再发生别的事，我就仍能继续参赛。"

（我一直都后悔当时没有接上一句：只要你接下来的两天不再强奸任何一个女生就谢天谢地。）

迪恩不屑地看了我一眼，"我以为咱们之间已经说好了的。"

"不是我干的。"我呜咽着说。

"今天早上你没去过校长办公室吗？"迪恩问。

"我是去过，但那不是我自己要去的。"我说，"是拉尔森老师和校长把我叫过去的。我别无选择。"

迪恩眯起眼睛打量我，"要是你什么都没说过，他们怎么会叫你呢？"

"我不知道。"我被他追问得快有些招架不住了，"可能是他们自己想当然吧。"

"想当然？想什么当然？"迪恩一脸狞笑，胸口一起一伏，"他们又不像大卫·科波菲尔①那样会读心术。"周围响起一片哄笑，迪恩双臂抱在胸前，不可一世地看着我。倘若被取笑的对象不是我，像这样的情景我是必定会加入进去的。就好像迪恩知道谁是大卫·科波菲尔并能拿他说上一句俏皮的话是件非常了不起的事情，"你滚吧，蒂芙阿尼。去找你的拉尔森老师吧。"

我环顾四周。奥利维亚、利亚姆和佩顿脸上全都带着得意的笑。希拉里倒是没笑，但她把头扭到了一边，不愿看我。

我转身向餐厅外走去。经过最后一根横梁时，我看到头顶的牌匾上耀武扬威地写着：**一九九八年，巴顿家族捐建。**

我以为拉尔森老师应该不会在当天的训练中为难我，毕竟我是个受害者，毕竟事情已经过去，但他比我想象的要气愤得多。我是队里唯一一个没能在七分三十秒内完成一英里跑测试的人，结果大家全都跟我一起被罚跑圈儿。我恨他。最后一圈我是走着完成的，尽管拉尔森老师曾经吓唬我们说跑步之后如果不做肌肉拉伸运动，小腿会越来越粗。训练结束之后拉尔森老师让我留下，但我说妈妈要提前接我回家，自顾自地走了。

平时我一般自己搭火车回家，但那天妈妈开车来接我，所以我们便有机会先去逛逛普鲁士国王购物中心里的布鲁明戴尔百货。

训练之后我从不在更衣室的淋浴间洗澡。事实上那里根本没人用过，大家都嫌那里脏得恶心。不过那天我不得不破个例，因为我不想穿着汗津津的衣服去逛商场试衣服，况且天气还很冷。花洒中喷出的

① 大卫·科波菲尔是美国著名魔术师。

水有股难闻的铁锈味儿，仿佛从建校之日起管子里的水就没有流动过，我只好以最快的速度冲了一遍身体。洗完之后，我裹上浴巾，光脚走向我的储物柜。地板上湿漉漉黏糊糊的，我踮起脚尖，尽量减少皮肤和地板的接触面积。转过墙角时，我居然看见了希拉里和奥利维亚。她们两个并不需要参加任何训练，也不用上体育课，而且之前我在更衣室里也从未见过她们。

"你们两个干什么来了？"我尽量用和善的语气问。

"嘿！"希拉里首先回应，她古怪的喉音比平时活泼了些。上次化学课之后她又换了发型，头发呈半圆形高高固定在头顶，其中一缕略微褪色的金发独树一帜，看着像王冠上的尖顶，"我们正找你呢。"

"找我？"我的音调不由自主升了上去。

"对。"奥利维亚说道。更衣室里的灯光和实验室一样昏黄，所以她鼻子上看起来就像撒了一层黑米，"你……呃……你今晚打算干什么？"

只要是你让我干的事，什么都行，"我打算和我妈去逛商场。不过要是你们有事的话，我可以改天再去逛。"

"不。"奥利维亚不安地瞥了一眼希拉里，"没事，我们可以改天。"说完她转身就要走。我慌了。

"不，真的。"我在后面喊道，"没什么大不了的，我可以跟妈妈说改天再去逛街。"

"没关系，蒂芙。"希拉里转身说道，她的侧影像极了日本武士，奇异的眼睛里闪过一丝懊悔的神色，"改天吧。"

说完两人匆匆地去了。该死的。一定是我太迫不及待，把她们吓跑了。我怒气冲冲地穿上衣服，随便梳了几下头发便离开了更衣室。

我坐在体育馆外面的马路边等妈妈。亚瑟不知道什么时候走到我身边，把书包往地上一丢，也坐了下来，"嗨。"

"嗨。"我几乎害羞地说。我们两个已经有很长一段时间没说过话了。

"你没事吧？"

我点点头，没有丝毫敷衍的意思。奥利维亚和希拉里的举动让我满血复活了。我相信还有机会。

"真没事？"亚瑟瞥了一眼天上的太阳，眼镜后面，他的双眼被照得眯成了一条缝。他的镜片很脏，看起来又像故意为之，就像在某面废弃的墙上画的涂鸦，"我已经听说了。"

我扭头看着他，"听说什么了？"

"这个嘛。"他耸耸肩，"我是说所有人都已经知道迪恩家派对的事了。以及利亚姆、佩顿和迪恩都干了些什么。"

"你听得倒挺仔细。"我揶揄道。

"还有避孕药的事儿。"他又补充说。

"天啊！"我绝望地叫道。

"他们都认为你是故意破坏奥利维亚的派对，因为你嫉妒她和利亚姆好上了。"

"大家都这么以为？"我把脸埋在两膝之间，几缕湿漉漉的头发垂在我的胳膊上，像蛇一样，凉凉的。

"是真的吗？"亚瑟问。

"难道人们就不好奇这是怎么来的？"我指着脸上的伤痕，洗澡之后我已经懒得用遮瑕霜掩盖。

亚瑟耸了耸肩，"摔的？"

"对，摔的。"我轻蔑地哼了一声，"迪恩还救了我呢。"

我看见妈妈的红色宝马车慢慢驶进车道。在一片黑色灰色的小轿车和 SUV 中间，它显得分外引人注目。太正常了，蒂芙阿尼·法奈利的妈妈要是不开这么一辆俗不可耐的车子倒奇怪了，有什么样的女儿肯定就有什么样的妈。可见她的粗鄙是遗传的。

"我该走了。"我对亚瑟说。

清晨，脆弱而明亮，在寂静中徐徐降临。我兴奋地穿上前一天晚上妈妈为我买的那件崭新的黑色短大衣。衣服是在香蕉共和国①买的，而且它不像布鲁明戴尔的衣服一样打折。但妈妈觉得我穿上它显得特别时髦，所以心甘情愿掏这个钱。不过结账时她一半刷了信用卡，一半付了现金，而且还再三叮嘱我不要告诉爹地。天啊，她说"爹地"那两个字时当真把我恶心坏了。

去学校的途中，我意气风发。希望，像个又大又闪亮的气球在我胸中膨胀。希拉里和奥利维亚并没有抛弃我。我仍有回旋的余地，况且今天的我看起来那么时髦。

然而刚一走进学校，我就感觉到了异样。有种说不清的情绪像脉搏一样激荡着校园，连走廊都活了起来，随着它一起跳动。那天上午，一小撮新生、二年级学生和一些无所事事的高年级学生聚集在校门口，一个个伸长脖子看着什么。我走近学生休息室，这里只准学生进入，而且这是一条谁都不得干涉的硬性规定，即便家长和老师也必须尊重。如果他们需要找人，则只能站在门口喊那人的名字，而绝不能擅自进入。

这一次当我走近时，人群竟然动了起来。他们像电影里的慢镜头一样，为我分开了一条宽敞的通道。

"天啊。"艾莉森·卡尔霍恩说。她也是个新生，我入校第一天

---

① 香蕉共和国是 GAP 集团旗下的成衣品牌，比较偏向贵族风格，设计款式较为流行新颖，同时属于中高价位，是美国大众普遍接受且喜欢的品牌之一。

时她对我相当冷落，但当她看到我和奥利维亚还有希拉里走到一起时，便又对我百般讨好。此时她正装模作样地捂着嘴笑。

走到休息室的分界线时，我终于看清楚是什么东西引起了围观。只见我跑步时穿的短裤——正是我昨天训练时穿的那条——被钉在了远处墙上的公告栏里，下面还有一行手写的字：看看什么叫烂货（臭不可闻，闻者后果自负）！字是用大大的空心体写的，颜色鲜艳，风格活泼，就像面包店为癌症儿童募捐时挂出的招牌。这样的字体只可能出自女孩子的手。这时我猛地想起前一天希拉里和奥利维亚在更衣室里的奇怪举动，不由恍然大悟。

我又原路从人群中挤了出去。路对面就有一个厕所，我钻进去，把自己关在小隔间里。想起昨天发现自己来例假时的情景，我还大松了一口气呢，避孕药总算起到了作用。不过由于没有防备，我照样去参加了训练，结果跑步时漏了出来。当我脱下短裤时，裤裆里已经被染上了一片棕红。我不敢想那东西看上去会有多肮脏、多恶心；更不敢想经血混合着汗水会散发出怎样的恶臭。希拉里和奥利维亚突然热情的态度让我如坠五里雾中，结果在收拾东西的时候，居然没有注意到漏掉了短裤。

厕所的门开了，进来的人聊得正起劲儿，我没头没尾地听了几句。

"真是活该。"

"得了，你不觉得这样做很卑鄙吗？"

我小心翼翼地爬到马桶上，把双腿也收了上去。

"迪恩太过分了。"另一个人说，"闹着玩也得有个度，万一她也像本·亨特那样自杀可怎么办？"

"本当同性恋是身不由己的事儿。"第一个女生说，"可她呢？没人逼她当婊子。"

她的朋友笑起来，而我则强忍着没有哭出声。外面传来水声，还有用纸巾擦手的声音，随后门吱呀一声打开又关上，厕所里恢复了宁静。

我一辈子都没怎么旷过课。即便现在工作了，也连病假都几乎没有请过一次。天主教女生的基本操守全都刻在了我的骨头上。但这一天我受到的打击非同小可，违反校纪又怎样？我已经不在乎了。我只关心眼前的事，这是我从未遇到过的奇耻大辱，我已经被气得快喘不过气了。我老老实实地在厕所里等待，手指不停把玩着一缕头发（据《女人志》的身体语言专家说，这是一种自我安抚的行为），直到第一节课的铃声响过。我又多等了五分钟，以确保自己在走廊上不会遇到任何掉队的家伙。感觉时候差不多了，我蹑手蹑脚地从马桶上下来，动作像蜘蛛侠一样轻，而后慢慢推开厕所的门，小跑着穿过走廊，溜出了后门。我坐上火车，在第 30 大街车站下车。随后像个孤魂野鬼似的在城里瞎转悠。快从停车场出来时，我听到有人在身后喊我的名字。是亚瑟。

"我记得好像还有点儿千层饼的。"亚瑟在嗡嗡作响的冰箱里四处搜寻。

我扫了一眼炉子上的时钟：10:15，"我不饿。"

亚瑟用屁股关上冰箱门，他双手捧着一个热焙盘，里面沾了一层黄黄的芝士。他切了一大块千层饼丢进盘里，然后放进了微波炉。

"哦，对了。"他舔了舔手指上的番茄酱，随即蹲下来开始翻他的背包，"这个给你。"丢过来的是我的短裤。

短裤像纸一样轻，可当它砸在我的大腿上时，我喉咙里却发出了一声闷响，就像肚子上被人猛踹了一脚。

"你怎么拿到的？"我把短裤像餐巾一样在大腿上摊开。

"又不是《蒙娜丽莎的微笑》。"他不以为然地说。

"什么意思？"

亚瑟拉上背包的拉链，对我翻了个白眼，"你没去过卢浮宫吗？"

"卢浮宫是什么？"

亚瑟很无语地笑了，"我的妈呀。"

微波炉叮了一声，亚瑟起身去看。趁他背对我的工夫，我连忙闻了闻手里的短裤。我必须知道别人闻到了什么。

那是一股难以形容的臭味儿。剧烈、原始，直冲鼻腔，像可怕的疾病一样霸占你的整个肺部。我把短裤揉成一团塞进背包，懊丧地用一只手托住脑袋，无声的眼泪沿着鼻梁轻轻滑下。

亚瑟在我对面坐了下来。看到我哭，他并没有阻拦，而是把一团热腾腾的沾满红色酱汁的肉塞进嘴里。他一边嚼一边说："等我吃完之后让你看点东西，保证能让你高兴起来。"

亚瑟只用了几分钟就把那块千层饼吃得干干净净。他把盘子拿到水池边，连冲都懒得冲一下便丢了进去。随后他甩了甩手，走向厨房角落里的一扇门。我一直以为那扇门后是个壁橱或者放餐具的柜子，可亚瑟开门之后，我却看到一个黑乎乎的长方形的门洞。后来我才发现亚瑟家的老房子里从来就不缺门——它们通向后楼梯间；通向壁橱；通向堆满书报、角落里摆着印花软沙发的房间。亚瑟妈妈的娘家一度也曾相当有钱，但多半被套在信托基金上，而因为复杂的法律判决，他们很可能谁都别想花那些钱。芬纳曼先生八年前抛弃了亚瑟和他的妈妈，芬纳曼太太深受打击，但却装作无所谓的样子。"倒省了一个人的饭！"每当有人对她的遭遇表现出同情时，她就会这么说。亚瑟出生后不久，芬纳曼太太就在布拉德利中学找了份工作，她知道自己指望不上芬纳曼先生，那个男人每天中午才起床，家里的事也从来不操心；因此她的这份工作至少能在经济上保证儿子的生活和成长。在美恩兰，并非每家每户都富得流油，也并非每个人都挥霍无度。不过与我家乡的人相比，这里的人的消费意向截然不同。教育、旅行、文化——这才是他们认为值得花钱的地方，而绝对不是绚丽花哨的车子、响当当的名牌或奢侈的个人享受。

然而在美恩兰，即便来自一个曾经富有但后来没落的家庭，也比来自一个新近才富有起来的家庭更受人尊重。正因为此，亚瑟才不把迪恩放在眼里。亚瑟拥有的财富能产生比最新款的奔驰S级轿车更高的回报，这财富便是知识。他懂得很多不可思议的事情，比如盐和胡椒要一起放，牛排要煎到四分熟。他知道泰晤士广场是世界上最肮脏卑鄙的地方，知道巴黎共分为二十个行政区。凭着他的关系和成绩，要不了多久，他就能进入哥伦比亚大学，他妈妈的娘家曾在那所学校有过遗赠。

亚瑟扶着门把手，扭头问我："你来不来？"

走近门口，我向里面望了望，几步之外便是一团漆黑。我一向不喜欢黑。即便现在我睡觉时仍会开着走廊里的灯。

亚瑟在墙上摸索了一会儿，终于找到开关，"啪"，孤零零的一盏灯泡应声而亮。他一脚踏进门里，荡起一团尘烟。我们刚一进家他就脱了鞋，他的双脚有些浮肿，皮肤成熟匀称，且像婴儿的皮肤一样富有光泽。

"我们家地下室可不是这样的。"我在他身后说。地板是灰色的混凝土，墙皮已经开裂，露出蓬松的橙色的内部结构。地下室一侧乱七八糟地堆了一堆东西——不用的家具、整箱的唱片、落满灰尘的书、已经发霉的《纽约客》杂志。

"让我猜猜。"亚瑟扭头冲我一笑。在昏黄的灯光下，他脸上的粉刺变成了紫色，"你们家地下室一定铺了地毯。"

"是啊，那又怎么了？"

亚瑟没有回答，继续向墙边的那一堆东西走去。我提高了嗓门儿。"铺地毯怎么了？"

"太俗气。"他头也不回地说。此时他正艰难地穿过一堆箱子。因为这句话，从此以后我只住在铺着硬木地板的房子里。

亚瑟蹲在地上，身体被箱子挡住，很长一段时间我都只看到他头顶上明晃晃的头发。"天啊。"他笑着嚷道，"你瞧这个。"站起来时，他把一个鹿头像祭品一样举在半空。

我立刻皱起眉头撇起嘴，"求你告诉我那不是真的。"

亚瑟盯着那动物的眼睛瞧了一会儿，仿佛在鉴别真假似的。"当然是真的。"随后他说，"我爸爸猎到的。"

"我不喜欢打猎。"我直言不讳地说。

"但你却喜欢吃汉堡。"亚瑟把鹿头丢进一个敞开的箱子里。一根鹿角指着天空，像根通向巨人世界的豆茎，"只不过你让别人替你干了那些下流活儿。"

我双臂往胸前一抱，心里很是气不过。我的意思并不是反对打猎，而是反对将打猎作为一种消遣运动。但我不想和他在这个问题上继续争下去。我们下来才几分钟，可我已经觉得浑身发冷，还一股子霉味儿，就像皮肤在潮湿的泳衣下面休眠了几个小时。"你到底想让我看什么？"我催促他说。

亚瑟弯腰在另一个箱子里翻找起来，他每抓起一样东西就拿到眼前看一看，确认不是他要的东西后再丢到一边。"啊哈！"他手上仿佛拿了一本《百科全书》类的东西，并挥手示意我过去。我叹了口气，沿着他刚刚蹚出来的路走上前去。一直走到他身边我才看清那原来是一本年鉴。

亚瑟掀到封底内页，让年鉴斜着朝向我，于是我看到了他粉红指甲旁边的字：

亚：

我不是同性恋，你也甭指望我把你当什么好朋友，所以你最好有多远滚多远。

巴

我连读了三遍才搞清楚"巴"指的就是迪恩·巴顿，"这是哪一年的？"

"一九九九年。"亚瑟舔了下手指开始翻页，"六年级。"

"以前你和迪恩是朋友？"

"他曾经是我最好的哥们儿。"亚瑟贱兮兮地笑了笑，"你瞧。"他停在一页抓拍的贴图：那是他们在午餐时打闹的情景，在超级星期六做鬼脸的情景，还有和布拉德利中学的吉祥物——巨大的绿色鳄鱼——摆出各种姿势合影的情景。页面左下方的角落里有张已经模糊的照片，看样子似乎已经保存了很多年。欣赏老照片时我们很容易有种恍如隔世的感觉，看着懵懂无知的自己，有时甚至能涌上一股两股骄傲之情。照片中的亚瑟和迪恩已经浑身发白，干裂的笑容恐怕得猛搽润唇膏才能抚平。那时的亚瑟身体结实，不像现在这么笨重。不过，那时的迪恩简直弱不禁风。他搭在亚瑟短粗脖子上的小细胳膊似乎稍微碰一碰就会断成几截。单从照片看，人们会以为他是亚瑟的弟弟。

"拍过这张照片后的那年夏天，那小子像上了化肥似的猛长起来。"亚瑟解释说，"他块头一大，人也跟着越来越浑蛋起来。"

"我还是不敢相信你们以前是朋友。"我凑近照片，眯着眼睛仔细辨认。不知道圣特里萨山高中部的女生们会不会对利亚说同样的话。呀，真不敢相信你和蒂芙阿尼曾是朋友。她们的怀疑会沦为笑话的——*那是一种恭维，利亚*。如果她们现在还没有说过这种话，那么也要不了多久了。

亚瑟"啪"的一声合上年鉴。我吓了一跳，因为他差点夹到我的鼻子。"所以不要以为你是第一个见识迪恩·巴顿有多浑蛋的人。"他若有所思地用拇指抚摸着封皮上的金色大字，"为了不让人们记得他在一个基佬的家里睡过觉，他什么事儿都干得出来。"

他把年鉴夹在胳膊下。我以为到此为止了，但角落里的某个东西引起了他的注意。他又挤过几个箱子，丢下年鉴，弯腰去拿他的新发现。由于他背对着我，所以我看不见他到底拿起了什么，只听到他莫名其妙地轻笑几声。待他转过身时，手里却赫然端着一把长长的轻型步枪，且枪口正对着我。他把枪举起来，肉乎乎的脸颊贴着枪柄，手指钩在了扳机上。

"亚瑟！"我吓得魂飞魄散，不由自主地向后退去，但该死的箱子让我失去了平衡，倒下时，我的手正好按在一个破游泳奖杯上。天杀的，正好是那晚迪恩打我时被我不小心扭到的那只手。我疼得哇哇直叫。

"我去！"亚瑟把枪像拐杖一样拄在地上，乐得弯下了腰，"别激动。"他笑得差点把自己呛死，脸憋得通红，"枪里没子弹。"

"这他妈一点都不好笑。"我狼狈地从地上爬起来，揉着生疼的手腕。

亚瑟笑得眼泪都流了出来，他擦了下眼睛，连连叹气，但还不忘笑完最后一声。我瞪着他，他却没皮没脸地冲我翻白眼，"我不骗你。"

他握住枪管，把枪柄递给我，"里面没子弹。"

我不情愿地伸手去接，枪柄已经被亚瑟抓得湿乎乎的。我们就那样同时抓着一杆枪保持了几秒钟，犹如接力赛中传递接力棒时被照相机定格的瞬间。然后亚瑟松了手，整支枪的重量全落在我的一只手上。它比我预想的要重些，枪管坠着垂下去，砸在水泥地面上。我只好伸出另一只手抓住枪身，把它重新端了起来，"你爸爸怎么把它放在这儿了？"

亚瑟盯着黑洞洞的枪口，他的眼镜片儿在颤抖的灯光下看起来雾蒙蒙脏兮兮的。我差点就学电影里的样子，打几声响指，唱歌似的吼上一句"家里有人吗？"可这时他突然撅起屁股，故意让一只手腕像断了似的耷拉下来。"怎么把它放在这儿？"他的声音像羽毛一样轻飘飘的，"为了让我像个男人啊，洒瓜。"他故意把"傻瓜"说成"洒瓜"，逗得我忍不住笑出了声。我不知道该做出什么样的反应，也许笑才是他最想要的吧。

直到将近十二月，气温才开始凶猛起来，驱走了夏天最后的一丝暖意。可尽管如此，我按响亚瑟家门铃的时候，运动文胸下面的汗水仍如小溪一般向下流淌。拉尔森老师走后，最近几周女生曲棍球队的教练一直由另一个女人代理，可这位代理教练什么都不懂，所以干脆要求我们每天跑五英里了事。她只想把我们支开一个小时，好让她有机会和布拉德利的体育指导员打情骂俏。那指导员是个已婚男人，有两个上初中的孩子。我通常跑三英里之后就抄近路穿过树林，到亚瑟家抽会儿烟。贝瑟尼教练或许未曾注意到我没有和其他队员一起返回，或许她根本无所谓。我比较偏向后者。

亚瑟把门打开一条缝，宽度只够伸出他那张脸。就像《闪灵》里的杰克·尼克尔森，只不过我眼前的这张脸上布满了粉刺。

"哦，是你啊。"他说。

"除了我还能是谁？"连续几周我每天训练时都会来这串个门儿，说起来，这个习惯还始于我旷课那天。毫不意外，我被学校抓住了；爸爸妈妈对我禁足，这更没什么大惊小怪的。爸妈问我为什么旷课，是什么要紧事儿让我这么大胆。我对他们说，我就是特别想去吃和平比萨店的伏特加通心粉比萨。"馋到这份儿上？"妈妈叫起来，"你怎么了？怀孕了吗？"妈妈的四个脸角都耷拉了下来。她知道高中生怀孕是常有的事儿，只是她不敢想象这种事要是发生在她自己女儿身上该有多丢脸，她恐怕打死都不愿意带着她十四岁的女儿去逛孕婴店。

"妈！"我愤愤不平地嚷道，尽管我没有半点理由这么做。可她想得也太离谱了。

那天在休息室外发生的事，我想校方一定有所怀疑。他们肯定认为有人公然破坏了学校的道德秩序，不过亚瑟在他们搞清楚事情的来龙去脉之前就拿走了我的短裤。他们没有证据，而我更是打死也不会去报告。

比我一落千丈的名声更糟糕的事情是拉尔森老师走了，没有任何解释地走了。"他另谋高就了。"这是校方给我们的说法。关于那晚我在拉尔森老师家过夜的事，我只向亚瑟一个人说过。当我说我和拉尔森老师睡在同一个房间时，他的眼珠子差点从镜片后面蹦出来。"我去！"亚瑟惊叫道，"你们上床了没有？"

我鄙夷地白了他一眼，亚瑟倒是乐得跟什么似的。"我开玩笑的。他有女朋友，而且特别漂亮。听说是阿贝克隆比费奇的品牌模特。"

"谁告诉你的？"我气急败坏，心慌得想要蹲下来。我忽然感觉自己只是个被拉尔森老师可怜过一次的窝囊废。

亚瑟耸耸肩，"大家都这么说。"

虽然我被禁足，但父母只大概知道我长跑训练结束的时间，所以我仍然可以神不知鬼不觉地去找亚瑟玩。平生第一次，我觉得住在离学校很远的地方，每天需要搭火车回家是件很幸运的事。"有时候训练要一个半小时，有时候两个小时。"我告诉妈妈，"具体要看我们跑多少英里。"她信以为真，所以我每天回家之前只需在布林茅尔车站用脏兮兮的付费电话打给她说"我坐 6:37 的车回去"就可以了。而实际上训练早已结束，抽大麻之后的兴奋劲儿也慢慢平静下来。我把电话放回支架，看着 6:37 的列车呼哧呼哧冒着白烟驶入站台，而我已经分不清到底是我走得慢，还是周围的一切都和我一样慢。

亚瑟的视线越过我的肩膀，望向我身后的壁球场以及更远处的停车场。那里聚了一群等待训练结束后接孩子的保姆，他们破旧的本田车随着 Y100 电台里的音乐一起瑟瑟发抖。

"经常有人来按门铃，按了就跑。"亚瑟说。

"谁啊？"我不耐烦地问。

"你说是谁？"他责难似的看着我，好像那些人是我带过来的一样。

"你能不能先让我进去？"一颗汗珠又从运动文胸里溜出来，像个观光客似的，沿着我的肚皮慢条斯理地滑向内裤。

亚瑟拉开门，我猫腰从他的胳膊下钻了进去。

跟着亚瑟上楼，一连爬三段楼梯，脚下咯吱咯吱响个不停。夏天时亚瑟从卧室搬到了阁楼。这里要多简陋有多简陋，既没有什么家具，也没有护墙板。说什么都不像卧室，倒更像是流浪汉的窝棚。第一次来他家时我就觉得匪夷所思，搓着一身的鸡皮疙瘩问他为什么住在这里。他把手伸出窗外，在窗台边一根锈迹斑斑的管子上敲了敲，几片黑色的粉渣像烧焦了的雪花应声飘落。"这里没人，清静。"他说。

亚瑟搬上阁楼时并没有带多少东西，就连衣服都留在原来的卧室。所以每天上学之前他都要下去换衣服，原卧室实际上也就成了他的更衣间。但有一样东西他格外看重，并摆在"床头柜"——一堆课本——上最醒目的位置。那是他小时候和他爸爸的合影。照片里也是夏天光景，他们在海边开怀大笑，眼睛望着肮脏的褐色的海面。不知道是谁，在相框周围粘满了色彩柔和的贝壳。有一次我曾拿起来欣赏，还打趣说："这看起来挺像幼儿园时的手工作品。"结果亚瑟一把从我手中夺过去，"别碰！这是我妈妈给我做的。"

那宝贝相框下面就放着他的布拉德利中学年鉴，我们倒是从中获得了不少乐趣：翻出 HO 和腿毛党们当年的班级照片，一张一张涂个遍，真是痛快。尤其用他们中学时的模样篡改小时候的样子，更是其乐无穷：让他们穿上背带裤；让他们的头发卷得跟狮子狗一样；让他们一个个皮包骨头，缺胳膊少腿，丑得惊天动地。

当然，这种事都是吃饱喝足之后才干的。我们经常先抽一会儿烟，什么时候抽到两腿发软了，就疯疯癫癫地冲下楼梯，到厨房里大吃一通。芬纳曼太太五点才下班，下班后往往还要多留一到两个小时处理些琐事，在她回来之前，整个家里都是我和亚瑟的天下。我们的安排天衣无缝，这么多天过去了她仍然没有半点察觉。

有些人遇到压力会吃不下饭，继而身形消瘦，衣带渐宽。最初发生那些烂糟事儿的时候我以为自己也会是那副德行，但结果却出乎我的意料。对"我会变成什么样"的忧虑终抵不过对"我怎么变成这样"的无奈。苦心经营七个星期争来的风光一夜之间烟消云散，这种失落的情绪使所有吃的东西都变得前所未有地美味诱人。

亚瑟早几年前就已经看破了这一切，所以才会与我一拍即合。我们合起伙儿来，想方设法用吃的填补我们精神上的空虚。我们最拿手的是用微波炉把能多益①做成硬巧克力饼干。这种吃法甚至在能多益出现之前就已经有了。第一次在他家橱柜中看到这东西时，我问："这是什么？"亚瑟耸了耸肩说："欧洲人的玩意儿。"我立刻肃然起敬地做了个鬼脸。或者，我们直接把一卷饼干面团丢进烤盘，不摊平，也不切开，放进炉子里烤到外皮焦黄，而里面还是生的，就像没煎熟的荷包蛋，然后拿勺子挖着吃。这学期初妈妈给我买的衣服如今全都开始向我抗议。卡其裤的裤腿被我越撑越大，就像佩顿伏在中间时我叉开的双腿，不管多么努力跑步也缩不回去了。

这天我们又从楼梯上蹿下来跑进了厨房。亚瑟胳膊下面夹着年鉴，就像我未来婆婆夹着的香奈儿手包。亚瑟说他想吃玉米片。他双手把橱柜的门大大地拉开，样子活像个乐队指挥。

"你真是个天才。"我垂涎欲滴地舔着嘴唇说。

"你的意思是天才吃货？"亚瑟扭过头，涎着脸看了我一眼。我笑得前仰后合，干脆躺在了地板上。他家厨房里铺着老掉牙的瓷砖，要是妈妈看到了一定会误以为那是文物。想到这里，我笑得更厉害了。

"快点，蒂芙阿尼。"亚瑟提醒我说，"你时间不多了。"他指了指炉子上的时钟，已经5:50了。

破罐破摔的念头打消了我所有的顾虑。我爬起来，开始从冰箱里拿出馅料——明晃晃的橙味芝士，鲜红的辣酱，还有一小桶看着就让人舒服的酸奶油。

我们静静地准备食物，把玉米片全都蘸上酱汁，然后把盘子端到铺着毡布的早餐桌上。坐下之后我们依然不说话，两个人好像铆着劲儿，目标空前一致地对着那些沾了最多芝士的玉米片。不一会儿工夫，盘子里已经空得连渣子都不剩。亚瑟起身从冰箱里拿了一盒带薄荷巧

---

① 能多益是意大利费列罗公司生产的一种榛子酱。

克力屑的冰淇淋，又找来两把勺子插进松软的表层，随后他把冰淇淋放在我们两个中间。

"我越吃越胖了。"我从盒子里挖了一大块巧克力出来，于心不忍地说道。

"想那么多干吗？"亚瑟把勺子塞进嘴里，又慢慢拔出，勺子里的冰淇淋已被舔得干干净净。

"我今天在走廊上遇到迪恩了，他说'瞧你都肥成什么鬼样了？'"冰淇淋我最喜欢盒子角里的部分，因为化得快，用勺子挖时特别方便。

"该死又有钱的白人渣子。"亚瑟把勺子猛地插进冰淇淋，"你根本就不了解他。"

我舔了舔沾在后槽牙上的一团巧克力，"不了解什么？"

亚瑟蹙眉盯着冰淇淋，"没什么，当我没说。"

"怎么老说半截话？"我愣了一下，"现在你不说也得说了。"

"你只管相信我好了。"亚瑟低下头，从镜框上面看着我，他脖子下面堆起一层一层的褶皱，"你还是不知道为好。"

"亚瑟！"我板起了脸。

亚瑟重重叹了一口气，好像特别后悔提起这一茬，但我看出来他是故意卖关子。越是秘密的东西，保守秘密的人就越想与人分享。当然，你也更需要努力让她放下负担和顾虑。那样她就不会因为背叛了别人而过分内疚——她能怎么办呢？她是被逼着说出来的呀。看，这样的理由还是很充分的嘛。我之所以用"她"，是因为这通常都是女人之间的小把戏。现在回想当时的情景，我发现亚瑟并不擅长此道，于是我猛然意识到关于亚瑟的性取向或许另有文章。因为从女人的角度看，他的行为不仅不够自然，甚至有些做作和夸张。这不由不让我怀疑他是不是把所有人都耍了？他会不会只是在扮演别人硬安在他身上的同性恋的角色？

"我觉得在所有人当中……"我一字一顿地说，"我是最应该知道的。"

亚瑟举起双手，做出一个全世界都认识的"停止"手势。他装不下去了。"好吧。"他不情愿地答应道。随后他把勺子插进冰淇淋，双手按在桌上，仿佛在考虑如何开口，或从何说起，"有个男生，叫本·亨特。"

这个名字我在秋季周五舞会那天晚上听说过，当时我和HO还有腿毛党偷偷溜到了空场，他们喝啤酒，我在一旁看。奥利维亚一脸厌恶又饶有兴致地说亚瑟给本吹过箫，佩顿补充说本曾试图自杀，从他不无惋惜的口气听似乎没有死成。奥利维亚说的那一部分我自始至终都不相信，她这个人为了引人注意是什么话都敢说的。可即便如此我也没好意思把那件事告诉亚瑟。因为我有种说不清道不明的感觉，这事儿有可能是真的，无风不起浪嘛，可我又不想纠结这件事的真假。亚瑟已经够怪咖的了，想象着他跪在地上把另一个怪咖的老二含在嘴里？那场面太震撼，我受不了。在学识上，亚瑟是我的指南针，不是一头发情的动物。他不像我。

所以我假装从未听说过本·亨特这个名字。

"本·亨特是谁？"我说。

"迪恩逼得人家自杀。呃……"亚瑟向上推了推他的眼镜，镜片儿上顿时又多了一个指纹印儿，"虽然结果是自杀未遂。"

我也把勺子留在了冰淇淋里。温热湿润的勺柄慢慢下沉，直至勺尖陷进那犹如绿色流沙一样的奶油，"怎么会这样？一个人得干出什么事才会逼得别人自杀啊？"

亚瑟不屑地瞥了我一眼，"那还不简单？成年累月地折磨他们，然后再用最下流的手段让他们名声扫地——"他扮了个鬼脸，"这事儿很恶心，你确定想听吗？"

"你能不能少说点废话？"含在嘴里的冰淇淋汨汨地滑下喉咙。

亚瑟又叹了口气，宽宽的肩膀垂得更低了。"你知道凯尔西·金斯利吗？"我点点头。我们在一起上历史课，"八年级的时候她办了一次毕业派对。她家是个大户，起码有三英亩——游泳池、网球场什么的一应俱全，总之地很大。开派对的时候，迪恩、佩顿还有足球队里的其他几个猪头也去了。当时他们已经是高中生，参加那种派对听起来就离谱，可佩顿喜欢凯尔西。他是典型的老牛喜欢吃嫩草。"亚瑟朝我努了努下巴，仿佛在暗示我就是一个活生生的例子。"他们怂恿本跟他们一起到林子里，说是有大麻抽。"他舀起跟高尔夫球差不多大的一团冰淇淋填进嘴里，再次开口说话时，舌头已经变成了绿色，"我不知道本为什么相信他们。换作是我是打死也不会去的。佩顿那些人，都是些什么东西嘛！他们把本按在地上，撩起他的衬衣，然后迪恩——"亚瑟咽下冰淇淋，被激得脑袋直哆嗦。

"迪恩怎么了？"

亚瑟揉了揉太阳穴，缓缓舒口气，而后扬起眉毛看着我说："迪恩在他胸口上拉了一坨屎。"

我咣当一声靠在椅背上，双手捂住了嘴，"这太他妈恶心了。"

亚瑟用勺子挖了一堆冰淇淋出来。"早跟你说过。"他耸了耸肩，"他们松手之后本就跑了，一下子失踪了将近二十四小时，最后有人在城郊广场附近一家来爱德药店的洗手间里发现了他。他在店里买了一把刀片，然后——"亚瑟用右手比画了一下，同时龇着牙，仿佛能切身感受到那种疼痛一样。

"但他没有死是吧？"我发现自己正紧紧抓着手腕，使劲按压着并不存在的伤口。

亚瑟摇了摇头，"其实动脉比我们想象的要深一些。"他似乎非常骄傲自己知道这一点。

"那他现在在哪儿呢？"

"在某个机构里面。"亚瑟耸耸肩，"其实仔细想想，这件事才仅仅过去六个月。"

"你和他联系过吗？"我问，并凑近了观察他的反应。

亚瑟像摊煎饼一样揉了揉自己的脸，然后冲我轻轻摇了摇头。"我喜欢那家伙，不过他问题不少。"说着他把年鉴放到桌子中央，冰淇淋则被他推到了一边。我的勺子倒了下去，消失在盒子里。

"为了本，咱们再拿迪恩出出气吧？"他翻到我们最中意的那一页，提议说。我们已经给迪恩画了一对儿猴子的耳朵，而且还在他微笑着的脸上写了"猴屁股"三个字。最初我想写"尖嘴猴腮"，但亚瑟改成了"猴屁股"。

其他页上也有我们的杰作。奥利维亚尤其受我们青睐，我在她鼻子上画满了圆点，并写了"我想祛黑头"，亚瑟在旁边加了句"还想隆胸"。

不过亚瑟对佩顿的青睐更胜过奥利维亚。那本年鉴是三年前的，当时我们上六年级，佩顿上八年级。我们对他的篡改简直毫无违和感。佩顿初中时长得比现在还要秀气。我们在他脑袋两侧各画了一根辫子；尽管那是我的手笔，但每次翻到他这一页时，我仍要眨巴几次眼睛，提醒自己他并非真是一个女生。"爆我的菊花。"亚瑟写着。最近他又加上了一句："一边干我一边使劲勒我的脖子。"对此他解释说，有一次他和佩顿一同坐公共汽车，佩顿用围巾勒住他的脖子死死不放，一直到脖子里勒出了一道黑印儿才松手。"为此我穿了一个月的高领毛衣。"他愤愤地说，"你也知道我有多怕热。"

亚瑟在迪恩的嘴巴旁边引出了一个思维泡泡，里面写道："尊敬的迪恩·巴顿先生今天又想出什么无耻点子了？"还没有来得及写下答案，门开了，我们听到芬纳曼太太喊了一声亚瑟的名字。亚瑟连忙抓起桌上的大麻烟斗，塞进了口袋。

"妈，在厨房里呢。"他喊道，"蒂芙阿尼来了。"

我在椅子上不安地扭了扭，便见芬纳曼太太走进了厨房，边走边从脖子上解下长长的毛线围巾。"你好啊，亲爱的。"她对我说。

"你好，芬纳曼太太。"我笑着答应，但愿我脸上没有瘾君子的倦容。

猛地从寒冷的室外走进温暖的室内，芬纳曼太太的眼镜上布满了水汽，她摘下来，用衬衣的内里擦拭着，"留下来吃晚饭吧？"

"哦，不了。"我推辞道，"谢谢你。"

"我们家可是随时欢迎你的，亲爱的。"她重新戴上眼镜。镜框后面，她那双眼睛格外的慈祥明亮，"随时哦。"

拉尔森老师早就警告过我们这一天，讨论完《进入空气稀薄地带》，紧接着将是长达两周的语法课。当时他的这一宣布在班里引起了怨声一片，但拉尔森老师却坏坏地咧着嘴笑，而且那笑容说不出的灿烂。我想他撩起女朋友漂亮的金发准备温柔地亲下去的时候，应该也会露出这种笑容吧。

鉴于我在圣特里萨山中学已经被烦死人的语法课折磨过一遍，所以这消息特别让我失望；可与此同时，我又莫名其妙地志得意满起来。尽管放马过来吧！九月份的时候我曾这样想道。动名词短语、现在分词、名词修饰语——让那些菜鸟们膜拜我吧。然而如今，拉尔森老师已经不在，我那争强好胜的劲头也弱了下去，不过我还是很感激曾经有过这么一个自我陶醉的机会。

前来顶替拉尔森老师的人是赫斯特老师。她身材矮小，和一个十岁的小男孩差不多，衣服——卡其裤和领尖带纽扣的粉色衬衣——恐怕要到盖普童装店才能买到。从后面看，她很容易被人误以为是某个高年级学生令人讨厌的小弟弟。她的女儿在布拉德利读高中，据说已经被达特茅斯学院提前录取。我还听说她长着一个尖头大鼻子，眼睛周围满是紫色的粉刺，因此我感觉她应该是一个不爱惹麻烦的书呆子。但由于多年来被排斥在帅哥美女的圈子之外，使她变成了一个尖酸刻薄的小八婆。她的妈妈，坐在教室的最前面，一只脚压着另一只脚，从一开始就喜欢跟我过不去。

她最先开始找我的碴儿，是某天有人把上午年鉴集会时剩下的甜甜圈带进了教室。赫斯特老师把甜甜圈全都一切两半，尽管我们一共有十一个甜甜圈，而学生只有九个，每人分一个还有剩余。我以为她那么做是想让大家有机会尝到不同的口味，于是我就拿了半个波士顿奶油的和半个糖粉的。

"蒂芙阿尼。"赫斯特老师不满地叫道，"啧啧，给其他人留点儿。"

她损人的手段就是如此高明，如此不动声色，足以引起一部分学生偷笑，但却不至于落下人身攻击的口实。荣耀英语课上的学生，背景都不差，家里差不多都有一个出身常春藤名校级别的妈妈，这些学生并不是她最好的听众（如果是化学课，她的话恐怕会刻薄一百倍），但即便如此也仍能让她称心如意。

所谓爱屋及乌，恶其余胥；因为赫斯特老师对我百般看不顺眼，结果连和我关系亲密的亚瑟也不免遭殃。亚瑟是班里才学最出众的学生，有时候就连老师都难不住他。但他从来不知道什么叫低调，颇有些恃才傲物的意思，如此一来，他就成了比我更加醒目的靶子。

一天上午，赫斯特老师唾沫四溅地在前面解释什么是同位语短语，亚瑟随手在一张纸片上写了个例句传给我——我们经常这样传纸条，哪怕在餐厅里，因为在纸条上可以畅所欲言——"赫斯特太太，新来的那个傻不拉叽的老师……"看到这里，我连忙一巴掌拍到嘴上，好拦住那呼之欲出的笑声，可惜一缕高频从鼻孔里钻了出来。全班同学都愣住了，赫斯特老师不紧不慢地扭过头，仍然杵在黑板上的红色马克笔渗出了一些颜料，看起来就像中枪后伤口里流出的血。

"我看不如这样吧？"她用马克笔指着我说，"你来替我上课好了。"

换作任何别的学生，都能听出这是羞辱人的节奏，他们肯定会双臂一抱，你爱咋咋地，我打死也不上去。宁可下课之后被请去校长室，也不愿当着全班同学的面被你戏弄。可我毕竟是从天主教学校里出来的，对老师的敬畏似乎已经深入骨髓，所以老师让我干什么，我一定就去干什么。我站起来，像个僵尸一样向教室前面走去。我很明显地感觉到了亚瑟侧目而视的眼光。

赫斯特老师将马克笔塞进我的手里，随即退到一边，为我腾出地方。

"要不先举个例子吧？"她语气温柔得像有钱人家的保姆，"我说你写。"

我举起马克笔，停在半空，等着。

"蒂芙阿尼。"

我从抬起的胳膊下面瞄了一眼赫斯特老师，等着她说例句。

"你倒是写啊。"赫斯特老师柔声说，"蒂芙阿尼。"

我乖乖写下了自己的名字，此时的我，感觉头顶已被厚厚的乌云所笼罩。

"尼"字的最后一笔刚写完，赫斯特老师便继续了，"逗号。"

我听话地加上标点，等待着后面的同位语短语。

赫斯特老师又发话了："一只卑贱的贸鼠①。逗号。"

我不知道教室里随即而起的一片哗然到底是因为赫斯特老师的话，还是因为亚瑟那句气势磅礴的"去你妈的！"我只看见亚瑟站起身来，绕过桌角，一步步逼近了赫斯特老师。而眼看一个身高六尺二寸，体重三百磅的大黑牛冲向自己，赫斯特老师的脸上一阵红一阵白一阵绿，好看极了。

"亚瑟·芬纳曼给我马上坐回到你自己的位子上去！"赫斯特老师一口气喊到底，连标点都省了。亚瑟走到前面，像保护主人的狗一样横在我和赫斯特老师中间，后者被这阵势吓得倒退了一步。

亚瑟用手指着赫斯特老师的脸，"你他妈以为你是谁啊？贱人？"赫斯特老师似乎给镇住了。

"亚瑟。"我伸手去拽他的胳膊，发现他马球衫下面的皮肤简直热得烫手。

"鲍勃！"赫斯特老师突然尖声叫道。随后一声接着一声，像疯子一样声嘶力竭，"鲍勃……鲍勃……鲍勃……"

鲍勃·弗里德曼，对面班级的英语老师，闻声一脸茫然地冲了进来，拇指和食指还捏着一个已经啃到芯儿里的苹果核。"怎么了？"他嘴里含着一口苹果说。

"鲍勃。"赫斯特老师颤抖着吸了口气。尽管鲍勃瘦骨嶙峋，但他的到来还是很快让赫斯特老师挺直了腰杆，"帮我把这位芬纳曼先生送到赖特先生的办公室。他居然敢威胁我。"

亚瑟不屑地笑了笑，"实话告诉你吧，你就是一个疯婆子！"

"嘿！"弗里德曼拿苹果核指着亚瑟，随即大步走上前去，只是半路上被一个书包绊了下脚，跟跄了几步，差点跌掉眼镜。他连忙把

---

① 贸鼠：美国俚语，指一有空就喜欢到商场里漫无目的闲逛的年轻人。

眼镜往鼻梁上推了推，一只手悬在亚瑟背后，却迟迟不敢往下放。我们都听说过，学校规定老师们每年都要参加性骚扰座谈会。所以他们轻易不敢碰我们的身体，"走。跟我到赖特先生的办公室。马上。"

亚瑟不耐烦地哼了一声，冲背后弗里德曼先生那只悬空的手耸了耸肩膀。随后看也不看弗里德曼先生一眼便大步走出了教室。

"谢谢你，鲍勃。"赫斯特老师拉了拉衬衣的下角，郑重其事地说。此时她平坦的胸部才稍稍有了一点点轮廓。弗里德曼先生点点头，转身追赶亚瑟而去。

好几个学生被这场面惊得目瞪口呆，有的捂着嘴，有两个呆子甚至还差点挤出几滴眼泪。

"很抱歉我们的课堂受到了干扰。"赫斯特老师勉强镇定下来，故作严厉地说。但她用板擦擦掉我的名字并命令我回到座位上时，我明显看到她的手在发抖。不管怎么说，至少从那以后，她再也没有找过我的麻烦。

那天我在学校里一直没有见到亚瑟。训练结束后，我沿老路去他家。地上铺了一层薄薄的落叶，叶片干枯发黄，一脚下去便粉身碎骨。沿路走来，喳喳之声不绝于耳。

敲门之后，亚瑟并没有来开门。我使劲敲了一次又一次，百叶窗都被震得瑟瑟发抖，可始终没有看到亚瑟的影子。

第二天亚瑟还是没有现身，我估计他大概要停课到下周才回学校了。然而中午吃饭的时候，当我在一贯属于我（现在则专属于我）的餐桌前坐下时，却看到鲨鱼眼两眼婆娑。她趴在我耳边悄声说亚瑟被开除了。

"开除"这两个字带给我的震惊和恐惧与"癌症"或"恐怖袭击"差不多，"他们凭什么开除他？他又没干什么。"

"可能他们已经忍无可忍了吧。"鲨鱼眼眨了眨眼睛，一颗泪珠瞬间出现在眼角。我饶有兴致地盯着它从她脸颊的一侧而非前面滚落下来。她用手轻轻拂去，就像拂去一只爬行的蚂蚁，"毕竟他在学校有不良记录。"

"不良记录？"我一头雾水地问道。

"哦。"鲨鱼眼在位子上扭了扭，"我以为他跟你说过呢。"

"我什么都不知道。"着急之间，我不由提高了声调，鲨鱼眼连忙在嘴唇前竖起一根手指，示意我收声。

随后她压低了声音告诉我："具体我也不清楚，因为我不在场。不过去年他因为在生物课上踩鱼的事儿被停过课。"

根据亚瑟对赫斯特老师龇牙瞪眼的样子，我不难想象当时他抬起大脚向躺在地上苟延残喘的鱼身上踩去的情景。他肯定知道自己需要多大的力度才能一脚毙命，免得鱼滑到一边，"他干吗要踩鱼？"

"还不是那些家伙。"鲨鱼眼失望地摇摇头。她那样子已经活像个为音乐电视上的暴力情节感到忧心忡忡的母亲。"迪恩。他们故意激他的。"她手指按住太阳穴，把皮肤向后拉，眉眼顿时有了韩国人的感觉，"可怜的亚瑟。有了这些不良记录，他恐怕再也进不了哥伦比亚大学了，就算他们家有捐赠也不行啊。"

那天下午，五英里的任务我刚跑出一英里就假装抽筋，并示意其他女生不用管我，继续她们的训练。随后我折返回学校并直奔亚瑟的家，前后总共才用了七分钟。

这一次，我按着门铃不松手，直到房子被亚瑟的脚步声震得摇摇欲坠。他拉开门，不温不火地看着我。

"亚瑟！"我冲他吼道。

"别激动。"他转身便开始上楼，"来吧。"

我们坐在他的床上，他把大麻烟斗递给我。

"没有挽回余地了吗？"我问。

亚瑟张开嘴巴，吐出一大口浓烟，"没有了。"

"该开除的是迪恩那种渣子。"我咕哝道。

"学校的餐厅可不是随随便便就拿他家族的姓氏命名的。"亚瑟在床帮上轻轻磕了磕烟斗，让里面的烟草疏松一些。他又递给我时，我摇头拒绝了。

"咳，我要是有种的话，早就能让学校把他开除了。"我说。

亚瑟喉咙里咕噜了一声，猝不及防地从床上站起来。床垫一晃，我差点失去平衡。"怎么了？"我惊讶地问道。

"可你没有。"亚瑟说，"你没那么做！所以就别在这儿自己埋怨自己了。"

"你是不是因为这个生我的气了？"我捂住肚子。我已经不想再让任何人生我的气了。

"该生你气的人是你自己！"亚瑟吼道，"你有机会给他苦头吃，但你却没有，因为你——"他忽然一阵狂笑。"因为你以为你能挽回一切。"说完他又大笑起来，"真他妈见鬼！真他妈见鬼！"他不断地重复着，就像那是他听到的最有意思的话。

我忽然感觉周围的一切都似乎静止不动了，"见鬼，见鬼，见什么鬼？"

亚瑟充满怜悯地叹了口气。"你还不明白吗？从一开始你就是受害者。可你——"他双手在头发里抓来抓去，松开时，一撮撮头发直挺挺地竖起来，活像个刺猬，"我怀疑你就是个瞎子，要不然怎么就看不出来自己是头蠢猪？"

相比这样的羞辱，我宁可让迪恩的手在我的脸上摸一万遍。至少他想要的，以及他想要却得不到的是这个世界上最本能和原始的东西。无论怎样也不至于使我对自己作为人的本质进行反思。显然亚瑟眼中的我与我一厢情愿假想的他眼中的我完全是两码事，这个结果令我痛不欲生。原来我们并不是无话不谈的朋友、同学或者与腿毛党和 HO 分庭抗礼的盟友。我只是被亚瑟捡起来的一件废物。万般无奈，我只好奋起反击，而且我只知道一种方法。

"行，你牛。"我扯着嗓子嚷道，"至少迪恩对我有点意思。至少我还有机会。不像你，单恋人家整整三年。"

亚瑟的脸只是微微地抽搐了一下。我一度以为我也会哭，他曾经是拉尔森老师之外唯一保护过我的人。说真的，我不希望我们两个反目成仇，然而在我有机会阻止这种情况继续恶化之前，亚瑟的脸色突然变得冷若冰霜，叫人害怕。我知道，一切都晚了。"你说什么呢？"他厉声问道。

"你心里清楚。"我把金色的马尾辫甩到肩后。我漂亮的头发，迷人的胸部，所有给我惹来这一大堆麻烦的东西，此刻忽然成了我保护自己的唯一武器。"你谁都骗不了。"我的双眼扫视着房间，看到了亚瑟桌子上的那本年鉴。于是我像只兔子一样从床上跳起来，拿起它，翻到我们最常光顾的那一页。

"不信咱们就瞧瞧。"我找到了迪恩的照片，"爆我的菊花。干到流血。"几乎每一张迪恩的照片上都有一个箭头从他的脸上指到页底，箭头后面都有亚瑟潦草的笔迹，类似的话他写了很多。"哦，这个更经典，'割掉我的鸡巴'。"我抬头看着亚瑟，"你大概每天夜里都抱着这东西睡觉吧，你个死基佬？"

亚瑟冲向我，一把将年鉴从我的手上夺了过去。我想抢回来，可是脚下没站稳，差点摔了一跤。我向后趔趄了几步，脑袋撞到了墙上。这丢脸的失误让我恼羞成怒，但却又禁不住捂着撞疼的地方哭了起来。

"你有没有想过？"亚瑟吼道，我们之间小小的混战激怒了他那深藏在脂肪下面的心。"我之所以不想上你，不是因为我是同性恋，而是因为你肮脏得让人恶心！"

我张着嘴，试图为自己辩护，可亚瑟打断了我，"你该把你那两个奶子割掉——真正干成大事儿的人没那样的胸器。"他双手抓住自己胸前的两坨肥肉，使劲晃了晃。

如果此时我仍在老老实实地训练，恐怕这会儿已经跑上了新圭尔夫路的小山坡，即便那样，我也不会像现在这样喘得如此厉害。我瞅准机会，抓起放在床头柜上的那张亚瑟和他爸爸在海边大笑的照片，转身就往外跑。我听到亚瑟也跑下楼梯追我，但和恐怖片里不同，追我的"凶手"又肥又笨，还因为抽过大麻而晕晕乎乎。我跑到门口，把背包往肩上一挎；在亚瑟跑到一楼之前我就已经到了外面。我不敢停留，继续向前奔跑，直到我发现追在后面的亚瑟停了下来，弯着腰拼命喘气儿。我不理他，一口气跑了将近半英里才发现我正跑向罗斯芒特车站。这和我想去的地方简直南辕北辙。不过这样也好，亚瑟恐怕不会想到来这里找我。我放慢速度，从跑变成了走。我低头看着手里的照片，发现那上面有亚瑟渴望得到的幸福和快乐，一时不忍竟考虑送还回去。但我转念又想到他的爸爸是个浑蛋，我带走这张照片说不定还算是帮了他一个忙呢。也许这能帮助他向前跨出重要的一步，彻底改掉现在这副惹人厌的德行。我在路边停下来，给它找了一个安全的保护——用文件夹夹住，免得弄掉相框上那些恶心的贝壳。

　　几天后我发现，亚瑟转去了汤普森高中，那是位于拉德诺镇的一所公立学校。二〇〇三年，汤普森高中总共三百零七名毕业生中，只有两人进入了常春藤联盟大学。至于亚瑟有没有可能成为这两人中的一员，就全看他的造化了。

第 11 章

如果我现在仍是二十二岁，刚刚大学毕业，正眼巴巴地等着一份工作，那么看到这封电子邮件时，我一定会欢天喜地地打电话给内尔，然后把邮件的内容大声读给她听，"天啊天啊，你快听听！"

亲爱的法奈利女士：

　　本人是类型媒体的人事协调员艾琳·贝克。最近《光辉》杂志需招聘专题总监一名，如果您有意向，可以前往面试。不知本周您是否有空？

　　我希望能有机会请您喝杯咖啡，当面详谈有关事宜。这个职位的薪酬还是很优厚的。

致以诚挚的问候

艾琳

然而我却关掉了邮件。我并不急着回复，因为我对这个职位丝毫不感兴趣。没错，专题总监与高级编辑相比的确是更上了一层楼，我的收入也能大幅度增加，可目前我并不需要担心收入的问题。既然洛洛把《纽约时报杂志》的机会甩到我面前——就像一只家猫丢下一只没有脑袋的老鼠——那我还有什么必要从《女人志》跳槽到一个和它几乎没多大差别的杂志社呢？除非我脑袋被门挤了，否则他们给再多的钱我也不去。

尽管在《女人志》期间我已经不知道写过多少关于男人生殖器的文章，但这无关紧要，因为《女人志》这三个字的知名度能带给我一种保护，就像我和卢克订婚一样。当我跟人说我在杂志社工作时，他们就会问我在哪家，于是我便乐此不疲地微微仰起脖子，用最好听的声调回答："《女人志》。"言外之意——听说过吗？就像那些自鸣得意的哈佛高才生。"哦，我在剑桥市①上的大学。""哪所大学？""哈佛？"行了，我们听见是哈佛了。我就喜欢这种一步到位的熟识感。上中学时我已经解释累了，那时的我就像一个乡巴佬和一堆王侯贵族混在一起——"我家在切斯特·斯普林斯，那里不算太远，我家也不是特别穷。"

我退出邮箱。回头再给这个艾琳·贝克随便回封信就好了，无非还是那些屁话："万分感谢您的来信，但抱歉的是，我对目前的职位非常满意，暂时没有跳槽的意向。"

我绿色的指甲轻轻敲着桌面，心想此刻不知道内尔走到哪儿了。不过虽然没有看见人，但几分钟后我便知道她已经到了。餐厅门口的人齐刷刷地把头扭到了同一个方向，这是我发现的第一个信号。第二个，则是内尔那一头耀眼的金发。

"抱歉抱歉！"她先把自己在座位里安顿好。内尔个子高，两条大长腿在桌子下面通常委屈万分。因此她索性直接在走道上跷起二郎腿，一只靴子上又细又尖的鞋跟在半空荡来荡去。那是她晚上才穿的靴子，"我搭不到车。"

"从你那里到这儿是一条直线，怎么不坐地铁？"我说。

"地铁是给打工仔坐的。"她咧嘴冲我一笑。

"贱人。"

---

① 此处指美国马萨诸塞州剑桥市，该市为哈佛大学所在地。

　　服务员走过来，内尔点了一杯红酒。我杯里的红酒已经被干掉了一半。我已经尽量省着喝了，因为正餐期间我只允许自己喝两杯。

　　"彼此彼此。"她嘟起嘴飞了我一个吻。

　　言归正传，"我都快饿死了。"

　　"我知道。真见鬼。"内尔翻开菜单，"你吃什么？"

　　"塔塔吞拿鱼。"

　　内尔浏览着像祈祷书一样小巧的菜单，蹙起了眉，"在哪儿呢？"

　　"开胃菜下边。"

　　内尔忽然傻笑起来，"我一辈子都不打算结婚，想想真是美呀。"

　　服务员端来了内尔的红酒，并问我们点什么餐。内尔要了个汉堡，她是个反社会的家伙。反正吃不了几口，阿得拉就会把她的注意力转移到别的地方去。我真希望这种药对我也有效，可每次吞下内尔的蓝色药片，我的胃口该怎么好还是怎么好。我减肥的出路只有一条：纯粹的、严格的自律。

　　放下菜单，服务员说："事先提醒您一下，这个菜的分量很小。"他用拳头比了比。

　　"没关系，她是要结婚的人。"内尔冲他挤了个眼。

　　服务员立刻露出一脸惊喜状。他是个同性恋，长得倒是娇小可爱。说不定下班之后就会立刻投入某个彪形大汉的怀抱。接过我的菜单时，他说："恭喜哈。"听到这话，我感觉就像拿冰块直接放在裸露的牙齿神经上一样。

　　"怎么了？"内尔惊讶地问。我紧皱的眉头形成了一个大大的 V 字，这是我要哭的前兆。

　　我用手捂住眼睛。"我不确定自己还想不想结这个婚了。"天啊，我终于说出来了。大声地说出来了。这坦白犹如从山坡上滚落下来的一颗石子，如此微不足道，谁也不会相信紧随其后的将是一场铺天盖地的、毁灭性的雪崩。

“好吧。”内尔噘起嘴，平心静气地说，“这想法是最近才有的吗？多久了？”

我从齿缝间蹦出三个字，“很久了。”

内尔点点头。她双手虚抱着她的红酒杯，目光注视着那红色的液体。餐厅里光线昏暗，看不出她的眼睛是蓝色的。有些女孩儿需要光，需要叫人看见她们清澈的眼眸，而后你才会发觉，哦，她很漂亮。但内尔不是那一类。

“如果取消婚礼……”她说。我看见她的鼻孔猛地张开，“如果卢克将来成了你最熟悉的陌生人，你会是什么感觉？”

“你在背台词吗？”我生气地问。

内尔歪着脑袋看着我，金色的头发垂在一侧肩膀上，像冬天挂在屋檐下的冰柱一样闪着光。

我叹了口气，思考了片刻。

前不久的一天晚上曾经发生过这样一件小事。有个小肚鸡肠的家伙在酒吧里以为我在他前面加了塞儿，开口就骂我是个臭婊子。

“去你妈的！”我粗鲁地骂道。

“好暴的脾气，不过我喜欢。”他脖子里的链子在灯下银光闪闪。鱼鳞一样的皮肤，不少地方皱皱巴巴，一副未老先衰的恶心样。

我伸出宝贵的无名指，“你看起来还算可爱，不过本小姐已经订婚了。”

我很难形容当时他脸上的表情。我手上的戒指似乎拥有神奇的力量，保护着我免受别人的骚扰和伤害。

我对内尔说：“恐怕会伤心欲绝吧。”

"为什么会伤心欲绝呢？"

因为当你二十八岁，住在特里贝克一栋配有看门人的大厦里，吃饭都去意大利餐厅，计划着将要在楠塔基特岛举行的婚礼，而新郎是出身豪门的卢克·哈里森，你会觉得人生一片光明。而如果当你二十八岁，单身，你没有内尔那样俊俏的脸蛋儿，为了省出电费钱，你只能在 eBay 上买山寨鞋子穿，好莱坞甚至能把你的不幸人生拍成一部催泪大片。

"因为我爱他。"

爱他，听起来多么天真，但我了解内尔，我这么说就是要追求最好的感动效果。

"多感人呀。"她说。

我点头致歉。

随之而来的沉默似乎是在嗡嗡之声中度过的，就像我宾州老家后面的高速公路，因为久而久之耳朵习惯了车水马龙的声音，便以为那就是寂静。我唯一一次感觉到它的嘈杂，是我第一次请一位圣特里萨山中学的同学到我家过夜时。"那是什么声音啊？"利亚皱着眉头问我。现在利亚已经结婚生子，还经常把孩子从头到脚穿得跟粉色棉花糖一样，拍了照片发到 Facebook 上去。

内尔双手握在一起，最后恳求道："你知道吗？别人并没有你想象的那样在乎你。"她笑着说，"这话听起来可能不大入耳。但我的意思是，你一门心思要向别人证明的东西，很可能只是庸人自扰。"

果真如此的话，那就意味着要退掉订金，我衣橱里的卡罗琳娜·埃莱拉结婚礼物定会大发雷霆的。手上少了这个四克拉的宝贝，拍纪录片又有何意义？我拿什么证明自己的价值？"不。"

内尔乌黑的眼睛直勾勾地盯着我，"我看就是。你该好好想想这件事，认真反思一下。免得一步走错，贻误终身。"

"真是可笑。"我挑衅似的笑着说，"是谁说要我学会利用生命里的每个人的？"

内尔的嘴唇微微张开又合上。我想她大概在品咂着这句话。转眼之间，她脸上的表情就从失望变成了惊愕。"因为我以为这一切——"她气恼地挥了挥双手，意为将我所说的一切涵盖其中，"——都是你想要的。我以为你真心想和卢克在一起。我以为这样的结果能让你感到幸福。"她一只手捂着脸，激动地说："天啊，阿尼，如果这么做不能让你幸福，你就千万不要做。"

"喂。"我两只胳膊一叠趴在桌上，仿佛两道屏障将她隔离在外，"我叫你来是希望你能说几句安慰话，不是让你来给我上课的。"

内尔坐直了身体，像个神气活现的拉拉队长。"好吧，阿尼。卢克是个好男人。他是真心喜欢你并接受你的。他可不希望你变成一个他不认识的人。老天爷，你得感谢他给了你现在的生活。"她不服气地瞪着我说。

我们可爱的服务员捧着一个面包篮再度出现。"不好意思打扰两位。"他喃喃说道，"不过，你们要面包吗？"

内尔几乎妩媚地冲他笑了笑，"我要。"

显然，服务员被她的笑容迷得快要找不着北了。他脸上仿佛绽开了几朵桃花，双眼放光，熠熠生辉。内尔无论对谁吹一口仙气儿，谁就会立马变成这种痴痴呆呆的傻样。当他伸出胳膊为我们整理桌面，并把面包篮放到桌子中央的时候，不知道他是否感觉到这两个女人之间的空气正像河面上的冰层一样噼啪裂开。

又几周过去了，纽约的夏天已经渐行渐远。但九月里，暑气似乎还没有全消。按照日程，录制工作即将开始，不管我是否做好了准备。我又去试了衣服，女裁缝师看着我的腰和6码紧身胸衣之间的空隙，惊得目瞪口呆。当初订这件衣服的时候我就有所犹豫。6码？"结婚礼服的分码和平常衣服不同。"导购小姐向我介绍说，"在香蕉共和国那样的服装店你可能只穿2码甚至0码，但结婚礼服却需要6码或8码。"

"不要8码的。"我说，并希望我惊骇的表情能让她知道我从来不在香蕉共和国那种地方买衣服。

星期四晚上，我开车去美恩兰的"家"。录制第一天安排在周五。摄制组没有拿到在校内拍摄的许可，这倒使我放下心来，虽然我自己也莫名其妙。布拉德利不允许出现任何关于学校的负面新闻，而我的故事正是他们日防夜防生怕出现在媒体上的对象。这也就是说，纪录片的视角将更大程度上倾向于我。我很想知道除了安德鲁，摄制组还要采访谁。我问过，但他们秘而不宣。

出发前一天，我去时装店来了次大扫荡：深色涂层牛仔裤，希尔瑞丝绸上衣，靴筒适中的小山羊皮靴。我从社里研究配饰的主编手上借了条漂亮的项链：精致的玫瑰金链，中间镶钻的一段闪闪发亮。在镜头前会显得既别致又有品位。下午我特意去做了头发，让发卷儿看起来既简单又奢华。

我正把一件黑衬衣叠起来放进旅行包时，听到了卢克将钥匙插进门锁的声音。

"嗨，宝贝儿。"他喊道。

"嗨。"我答应着，但声音小得他根本听不到。

"你在家吗？"卢克的菲拉格慕皮鞋踩在地板上时发出清脆的声音，那声音越来越近，直到他的身影出现在我敞开着的门口。他穿着一套海蓝色西服，瘦瘦的裤腿闪闪发光，一看就是上等的面料。他双手扶着门框，探身向前，舒展开宽阔的胸膛。

"战果辉煌啊。"他冲床上的一堆战利品点了点头。

"放心，不用花钱。"

"不，我不是那个意思。"

卢克看着我把一堆衣服从床上转移到敞开的旅行包里。

"你感觉怎么样？"

"很好。"我说，"只要看着好看，感觉就会好。"

"你什么时候都好看，宝贝儿。"卢克笑着说。

我没心情玩笑。"你要是能跟我一起去该多好。"我叹了口气。

卢克深有同感似的点点头，"我知道，我也想去。只是我觉得错过了这次和约翰见面的机会，下一次就不知要何年何月了。"卢克本来早就打算要与我同行的，但几周前他得知他的朋友约翰要从国外回一趟纽约。听说那人一直在印度或其他什么鬼地方拯救孤儿，总之是非常高尚的事业。相比之下，他让我感觉自己的所作所为就像个没心没肺的充气娃娃。约翰只在纽约逗留两天，随后就返回印度至少再待一年，所以他连我们的婚礼都无法参加。这次他要带着未婚妻回来，那也是一个志愿者，名叫艾玛，二十五岁。她美丽的名字和令人羡慕的年龄让我很是受伤。我打死都不敢相信，再过两年我就三十岁了。

"二十五？"我嗤之以鼻地问卢克，"什么鬼？网上订的童养媳吗？"

"夸张，二十五岁也不小啦。"卢克反驳说。他自知说错了话，赶紧加了一句："我是说，结婚的话也不算小了。"

我知道约翰在卢克心里的分量。尽管现在我和内尔的关系有了点小裂缝，但倘若她从地球的另一边回纽约过两晚，我也会放下一切去见她的。这无可厚非，我也没有生气的意思，但让我不舒服的是卢克居然表现出一副大难得脱的样子。这种心痛的感觉我是无法欺骗自己的。于是我赌气之余便给拉尔森老师发了封邮件："在美恩兰一起吃饭吧？"心里想着，卢克，这都是你逼我的。

"虽然不能陪着你，但你要记住，我爱你哦。"卢克说。我爱你哦。为什么听起来像个问句？"一定会非常成功的，宝贝儿。只管实话实说。"他突然笑了笑，说："真理必叫你得以自由！唉，那片子我已经好久没看过了。金・凯瑞[1]最近有什么新动作吗？"

我很想告诉他那句话并非出自《大话王》，而是出自《圣经》。我很想认真一回。我眼看就要独闯龙潭，可能够保护我的却只有手上这个几克拉重的绿玩意儿。这怎么行呢？然而我没心情和他抬杠。"他又演了一部《超级魔术师》，还挺有意思的。"

遇见导演亚伦时，我问他替我订了哪间酒店。没想到他吃惊得差点把下巴掉在地上，"我们以为你会住到家里去。"

"我家离这儿还很远呢。"我说，"要是能在附近订个酒店会方便许多。拉德诺酒店就行，我觉得那儿的价格挺公道的。"

"我得查一下看有没有这个预算。"他说。但我一点都不担心。他会想办法的。虽然没有人跟我说过，但我认为对我的采访将是他们这部纪录片中至关重要的一环。关于那次事件，毕竟我的视角不可或缺。这是其一，其二便要归功于我的胸部。亚伦的眼睛有意无意地在上面停留，我自然全看在眼里。

自从上大学以来，我几乎就没在我童年的卧室里睡过。即便有也是极为偶然，必定屈指可数。每年暑假我都出去实习，大一时去了波士顿，第二年去了纽约。平时的节假日，我一般都去内尔家。在她家

---

① 金・凯瑞：美国喜剧演员，《大话王》是其代表作品之一。

睡觉，我每次都睡得既安稳又踏实。

然而回到老家却是截然不同的一种体验。通常我总是整夜整夜地合不上眼，拿着一本无聊的八卦杂志战战兢兢直到天明。我的房间里没有电视，那时大学还没有开始为学生提供手提电脑——当然，如今大学提供手提电脑就像健康中心免费发放安全套一样——我的房间，我的那个家，就像一个装满了往事的深不见底的矿井，张着黑洞洞的大口想要把我吞掉。我唯一用来打发时间，消除焦虑的方法就是读詹妮弗·安妮斯顿、布拉德·皮特和安吉丽娜·朱莉的三角恋故事。对我而言，肤浅和毫无价值的东西，恰好可以用来对抗荒凉和黯淡无光的回忆。这两样倒是令人欣慰地水火不容。

后来长大些了，我的收入也渐渐多了起来。有一天我忽然发现自己也住得起酒店了。而理由更是现成的，我每次回家都会带上卢克。在我们家，爸妈从不允许我们睡在同一个房间，即便现在我们已经订婚，这个惯例依然没有打破。"我一想到你们两个睡在同一张床上就觉得不舒服，除非你们结了婚。"妈妈一脸庄重地说。而看我嬉皮笑脸，她只能又是叹气又是瞪眼。

直到最后一刻我才告诉妈妈卢克不陪我回来。妈妈再三要我回家去住，但我很平静地解释说，制作公司已经在拉德诺酒店给我开了豪华客房，而且住酒店更方便，这儿离布拉德利中学只有五分钟路程。

"恐怕得十分钟吧。"妈妈纠正说。

"那也总好过四十分钟啊。"我气呼呼地说。随后我又觉得过意不去，便提议说，"周六晚上我们一起吃晚饭吧？卢克掏钱，他因为临时取消行程挺内疚的，想补偿咱们。"

"他可真懂事。"妈妈感叹说，"你挑地方吧？"随后她又加了一句，"不过我喜欢阳明轩餐厅。"

就这样，星期四晚上，我拖着疲惫的身躯爬上了卢克的吉普车（我们的吉普车，他无数次纠正过我）。纽约的车牌，纽约的驾照，这些都令我无比骄傲。每当我转动方向盘，路灯灯光就会照到我手指上那个璀璨的小玩意儿，它反射出的光华绚丽多彩，足以晃瞎行人的眼。从纽约到费城，用《欲望都市》里凯莉·布雷萧的话说，"也就是走几步路、坐一程出租车、搭一趟地铁、再坐一程出租车的事儿。"然而在我看来，这两座城市之间的距离要远得多。费城，感觉就像另一个空间，一个让我同情的人的人生。她曾经那么天真，对未来的一切毫无防备，而那未来不仅令人心碎，更是危险重重。

"我们首先需要你陈述自己的姓名、年龄，以及发生……"亚伦笨拙地搜索着合适的字眼，"发生那件事时你的年龄。最好提到具体的日期。呃，也就是二〇〇一年十一月十二日，告诉大家当时你几岁。"

"我要不要再扑点粉？"我烦躁地问，"我鼻尖上好像明晃晃的。"

化妆师走过来，仔细瞧了瞧我脸上的妆容，"很好，没什么问题。"

我坐在一张黑凳子上。我身后的墙也是黑色。星期五的录制在演播室进行，地点在宾夕法尼亚州梅迪亚一家星巴克的上面。演播室很宽敞，但整个地方充斥着一股烧煳了的咖啡味儿。我就要在这里讲述我的故事，而星期六早上，当学生们还沉浸在睡梦中时，我们会到布拉德利中学外围拍几个镜头。亚伦希望我能指出当年的一些"名胜古迹"。我猜大概是那些见证了我人生巨变的地方如今都出了名的缘故吧。

"就当是只有你和我在聊天。"亚伦说。他想一气呵成地完成录制。我负责陈述，从开始到结束，中间不作停顿，"情感的连贯性非常重要。如果你觉得自己快要哭了也没关系。只管说下去。发现你跑题的时候我可能会适当插几句话，把你带回到主题上。但我们的宗旨，是让你不间断地完成陈述。"

我很想告诉他我不会哭，但很可能会觉得恶心。趴在马桶上吐出大堆透明的黏稠状液体；坐车的时候把手伸出窗外，长久以来这就是我应对焦虑的方法（"这很正常，没什么可担忧的。"伤痛辅导顾问曾这样安抚我的父母）。我深吸了一口气。胸部一起一伏，丝绸衬衣上的扣子跟着拉紧又松弛。

"按照我说的，咱们先从最基本的资料开始。"亚伦按着耳朵里的耳塞，低声说，"片场请保持肃静。"随后他又看着我，"前三十秒我们进行声音测试。先不要说话。"

亚伦看着表倒计时，整个摄制组——大约十二人——安静了下来。我第一次注意到他戴了结婚戒指。金的，似乎太粗了些。他老婆会不会是个飞机场？否则他为什么老喜欢盯着我的胸部看呢？

"收到？"亚伦问，其中一个音效师点头示意。

"好极了。"亚伦拍了下手，从摄影机前退到了后面，"好了，阿尼，当我们说'开始'的时候，你就先做自我介绍，姓名，年龄。哦，对了。至关重要的一点，你得报自己八个月以后的年龄，因为节目那时候才播出——"

"我们做杂志也是这样。"我紧张地说道，"以刊物上市的时间为准。"

"没错！"亚伦说，"还有别忘了说明二〇〇一年十一月十二日事件发生时你的年龄。"他冲我伸起一个大拇指。

八个月后我就二十九岁了。真让人受不了。但我很快就想到了让我欣慰的事。"八个月后我就不用现在的名字了。"我说，"要不要提前用我的新名字？"

"绝对的。"亚伦说，"这个问题提得太好了。要不然我们还得重拍一遍呢。"他从我跟前退开，又冲我伸了伸大拇指，"你会非常上镜的，你看起来漂亮极了。"

这阵势，搞得好像我要参加早间脱口秀一样。

亚伦冲一名工作人员点点头。当他喊出"第一次"时，整个演播室里安静了下来。他打了一下板，用食指指着我，做了一个"开始"的口型。

"嗨，我是阿尼·哈里森，今年二十九岁。二〇〇一年十一月十二日事发那天，我才十四岁。"

"停！"亚伦喊道。继而他立刻放缓口气对我说："你不用说'嗨'，直接说'我叫阿尼·哈里森'就行。"

"哦，好。"我眼珠子一转，"是，那听起来的确怪怪的。不好意思。"

"不用道歉。"亚伦格外宽宏大量地说，"你做得很好。"我发誓我看见一个女工作人员翻了个白眼。她一头鬈发包围着一张窄窄的脸，颧骨特别突出，也许和奥利维亚不相上下。

第二次喊停之前，我录得极为顺利。"我是阿尼·哈里森，今年二十九岁。二〇〇一年十一月十二日事发那天，我才十四岁。"

停。亚伦手舞足蹈地赞美我的表现。那个女人绝对又翻了个白眼。

"咱们多来几条你报名字的镜头，可以吧？"

我点头答应。片场肃静下来，亚伦打了个开始的手势。

"我是阿尼·哈里森。"

亚伦伸出手指数了五个数，而后指着我再来一遍。

"我是阿尼·哈里森。"

停。

"感觉怎么样？"亚伦问。我点了点头说："挺好的，挺好的。"

他整个人像打了鸡血似的越来越兴奋，"接下来你就直接开讲。只管告诉我们事件的经过。简单地说，就是告诉我事件的经过。你不需要一直面对镜头，就假装我是你的朋友，而你向我娓娓道来你的故事。"

"明白。"我费了九牛二虎之力才挤出一丝微笑。

片场安静下来，打板器像铡刀一样落下。一时间，什么都不存在了，只剩下我的讲述。

第 12 章

如果不是因为小鱼软糖，我不会出现在那里，出现在令人胆战心惊的旋涡的中央。在来布拉德利中学之前，我对小鱼软糖根本没有感觉，但它们是奥利维亚常吃的东西，而她的身材是那么纤瘦。理性地说，我明白奥利维亚的瘦并非因为她把小鱼软糖当零食吃，而是因为她把它们当主食吃，且是她唯一的主食。这已经无关紧要。咀嚼的欲望，以及强烈的味道刺激嘴角的快感，曾吸引着我一次、两次甚至第三次走进餐厅。没有什么能打消我的念头。没有什么能阻止我。昔日的朋友们坐在离收银台最近的那张桌子上，他们阻止得了我吗？不能。我的裤子如今已经越来越紧绷，我不得不借用一个硕大的衣夹允作纽扣（我的腰围已经又增了一两英寸），但这仍然挡不住我的脚步。

我穿过食品区的前厅，经过熟食案台，又依次走过热菜区、色拉台和饮品站——我在那儿看到了泰迪，他正对着制冰机骂骂咧咧，说它一年到头没几天是能用的——然后加入结账的队伍。和药店里一样，糖果、巧克力和口香糖之类的东西一般都放在收银台旁边。收银台前排了两队人。不知道怎么搞的，我竟然差点撞到迪恩身上，因为我们两个不约而同地都想排在人少的那一队后面。不过我二话不说就把位置让给了他——反正那一队离他的餐桌近，我还不愿意排在那里呢。我看着迪恩随着队伍慢吞吞地向前移动，他每走一步必在地上拖着脚，一副等得不耐烦的样子。从背后看一个人，看他走路的姿势，总能给人不一样的感触，于我却总是有种莫名其妙的亲近感。也许这是因为人的背面不像正面那样风雨不透，时时防范——慵懒的肩膀和背部松弛的肌肉，那是你能看到的一个人最坦诚的一面。

正午的太阳光从左侧穿过中庭射进餐厅。迪恩脖子上金色的发卷儿闪闪发光。我好生奇怪，为什么他别的地方的头发粗糙灰暗，而脖子那里却金光闪闪？正这么想着，我看见迪恩的身体突然斜着飞向了半空。

迪恩跳起来干什么？这是我的第一反应。即便看到餐厅里新近扩建的部分，也就是我被驱逐出去的那个区域已经烟气腾腾，我心里还徘徊着这个疑问。

我趴在地上，尚未复原的手腕再一次遭了大罪。有人从我跟前跑过去时踩到了我的手指，我疼得大叫。从身体上，我感觉自己应该在尖叫；我也能感到喉咙的颤动，可我听不到任何声音。有人抓住我受伤的那个手腕，把我从地上拉起来。我的胸口膨胀欲裂，似乎唯有大声尖叫才有可能纾解，可我只叫到一半就开始剧烈地咳嗽起来，浓烟钻进我的肺部，让我感觉自己这辈子都别想好好喘一次气了。

拉着我手腕的人是泰迪。我跟着他沿我们刚刚来的路往回跑，穿过入口进入餐厅老区。上午 11:51，熟食台前已经排起长队。我感觉掌心里有股热乎乎黏糊糊的东西，我低头看去，原本以为会看到血，结果却是我一直攥在手里的小鱼软糖。

餐厅里黑烟弥漫，我们已经不可能从平时进来的路出去。泰迪和我原地转了好几个圈，看起来就像我们在为才艺大赛排练舞蹈一样。我们跟跄着蹿上通往二楼包间布伦纳·鲍肯厅的一段楼梯，那里我只去过一次，就是入学考试的时候。

现在回想起当时的情景，我脑海中仍是一片死寂。当然，火灾报警器肯定在头顶尖锐地鸣叫着，周围也一定充斥着惊恐的尖叫和凄惨的呻吟。后来我听说，当时的希拉里已经疼得无暇顾及自己的形象，她往日刻意装出来的沙哑嗓音不复存在，而是像个娇滴滴的小女孩儿一样躺在地板上浑身发抖，嘴里不停地哭喊着"妈妈，妈妈"。她的眼镜支离破碎，玻璃渣子像钻石一样在她毛糙蓬乱的头发里闪闪发光。她的左脚依然穿着史蒂夫·马登靴，只是已经从她的腿上脱离了出去。

奥利维亚躺在她旁边，一动不动。她已经死了。

泰迪猛地推开门，豪华橡木桌下面已经躲了其他的人。马赫校长平时请那些为学校捐赠达到白金级别的学生家长们吃牛排时，就坐在这张桌子前。鲨鱼眼、佩顿、利亚姆，还有安斯莉·切斯，一个高三女生，演校园剧夸张得要命。真是绝了，藏在桌子底下的人覆盖了各个年级和各种出身。这条同舟共济的可怕纽带将会把我们永远联系在一起。

我记忆中出现的第一个声音是安斯莉的喘息。那时我们躲进包间还不到半分钟，他就进来了。安斯莉惊慌失措地念叨着："啊，上帝呀；啊，上帝呀。"他手里提着枪，枪口很随意地朝着地面，在与我们眼睛持平的位置晃来晃去。当时我并不知道他拿的是一把英特拉泰克 TEC-9 冲锋枪。只是觉得它看起来像一把缩小版的机关枪。我们一个个用颤抖的手捂紧了嘴巴，心里焦急地恳求着安斯莉也能闭上嘴。不过，他终归会找到我们的。这里并不是什么理想的藏身地。

"砰！"他的脸突然出现在高雅的爪形椅腿中间。一张瘦小苍白的脸，周围的头发蓬松、乌黑、柔软，富有生气，像婴儿的一样。

安斯莉惊慌失色，哭喊着向另一头爬去，从桌子下面钻出时撞倒了一个椅子。他的脸从桌沿下消失，我们只看到膝盖以下的两条腿。尽管已是十一月，但他却穿着短裤，小腿上的皮肤洁白又光滑。我多希望我们中间能有人追出去救她——她已经被哈佛大学提前录取了，她不能死——可是，后来我经常这样对别人说："我们都吓傻了！事情发生得太突然，太快了！"

枪声远没有安斯莉倒地的声音那么令人心惊胆战。"妈呀！"利亚姆惊叫道。他就在我旁边，抓着我的手，像情人似的看着我。硬木地板上铺着一块大大的东方地毯，可从安斯莉的脑袋撞上去的声音判断，它似乎并没有我们想象中的那么厚实。

鲨鱼眼把我拽进她的怀里，我能感觉到她硕大的乳房像言情小说封面上的一样呼之欲出。他的脸又一次在椅腿中间出现了。

"嗨。"他微笑着说。那笑容与生活中所有能给我们带来快乐的东西都不相干：寒冬之后一个温暖的春日；新郎第一次看到新娘，她兴奋的脸庞白里透红。他把枪口指向我们，手臂从右往左缓缓移动。我们每个人都是他的目标，瑟瑟发抖的人群中不由发出一阵低沉的呻吟。枪口移向我时，我盯着地板，努力不让自己发抖，至少不要让自己成为最恐惧的一个，以免引起他的注意。

"本。"鲨鱼眼小声哀求说，"求求你。"她的手指几乎要刺破我的皮肤，钻进我的肉里；她的腋窝汗津津的，罩在我的肩膀上，也就是这一刻，我记住了本的名字。

"去你妈的！"枪口此刻并没有瞄准我们任何一个人。长长的一段沉默，空气似乎都凝滞下来，桌下所有人的心都提到了嗓子眼上。接着他的表情突然舒缓开来，就像因为吸到蜡油而瞬间绽放的火焰，"哟，太好啦。这不是佩顿吗？"

"本。"佩顿浑身直哆嗦，连地板都跟着一起抖动起来，"哥们儿，你别——"佩顿再也没能多说出一个字。多么悲哀的遗言。他英俊的脸蛋儿正面挨了一枪。佩顿的一颗牙齿崩到我面前，洁白如玉，方方正正，活像一粒芝兰口香糖。

　　这一次，枪口更低，离我们更近。枪声吓得利亚姆躲到了我和鲨鱼眼的后面，离佩顿远远的，但仍在桌面之下。泰迪一直缩在桌子的另一头，抱着一根椅子腿，仿佛抱着妈妈的大腿并央求她不要在星期六的夜里出门。我的两只耳朵仿佛全都关上了门，我伸手摸了摸其中的一只，感觉湿湿的。一滴血滴在地毯上，像冲击波一样在纤维中蔓延开去。这是地板上唯一一滴我的血。

　　本蹲在地上歇了一会儿，欣赏着他的杰作。椅子支撑着佩顿的尸体，使他保持坐的姿势，双臂像稻草人一样伸在两边。他脸上鼻子以下的部位已经全被打飞。身下一摊鲜血，氤氲冒着热气，像寒夜里的笑。

　　利亚姆躲在我背后，湿漉漉的嘴巴贴着我的肩膀，因此他没有看到接下来发生的不可思议的一幕。但我们其他人全都看得清清楚楚，且谁都不敢相信那是真的：本站起身，我们看到他那两条洁白的小腿越走越远，向左一转，踏上了后面通往一楼的楼梯，那里是语言教学楼，楼上是布拉德利以前寄宿时代的学生宿舍，现在成了处罚留校学生的地方。

　　我不知道自己一口气憋了多久，总之此刻我像刚刚跑完一次越野赛似的大口大口喘了起来。"他是谁？"我对着鲨鱼眼的胸部说，"那人是谁？"我又问了一遍，尽管我知道他的名字。

　　"安斯莉怎么样了？"利亚姆挂着哭腔问。他的声音听上去像个外国人，尖锐，可怜。这场突如其来的灾难彻底剥掉了他平时故作高冷的假面具。他只需扭头看一眼便能知道答案了。因为我就是这么做的。安斯莉的脑袋像个棺材一样大张着口。

　　"这他妈简直就是科伦拜恩惨案①重演了！"泰迪在桌子的另一头

---

① 指发生在 1999 年 4 月 20 日的科伦拜恩高中枪击案。当日两名高中生手持武器冲进学校，打死十几名师生，并有数十人受伤，最后两名枪手饮弹自杀。

嗫嚅说道。那次枪击案发生时，我们都还在上初中。我不知道当时的布拉德利是什么情景，但在圣特里萨山中学，我们围在图书馆里那台破电视机前收看新闻报道，直到丹尼斯修女拔掉插头并威胁我们说如果不马上返回教室，每个人都将受到一次记过处分。

餐厅里的烟雾蔓延过来，我意识到大家必须快点离开这里。然而可怕的是，要想离开，我们只能沿着本出去的路。

"有没有人带手机？"那时候，高中生可不像现在一样人手一部手机，不过被逼在这个房间里的人倒是都有。可那又有什么用呢？手机都装在书包里，大家逃命的时候，没有一个人顾得上拿自己的书包。

"我们怎么办？"我看着鲨鱼眼，想必她一定有办法。可她始终没有开口，于是我说："咱们得离开这儿！"

谁都不愿从桌子底下爬出来。可烟雾越来越浓，且伴随着令人恶心的头发烧焦和其他物品烧化的恶臭味儿：聚酯书包、塑料餐盘、从阿贝克隆比费奇买来的人造纤维。我把右手边的椅子推出去，泰迪也在另一头做着同样的事。我们四个人从桌子底下钻出来，站起身。包间角落里有个气派的自助餐台，我们在那里聚到了一起。餐台只有及腰高，但对我们而言却也是一道令人安心的屏障。

我们争论了起来。利亚姆主张原地不动，等待警察营救，而且他坚信警察已经在赶来的途中。泰迪希望尽快离开。火势蔓延迅速，晚了怕所有人都将葬身火海。房间一面墙上有个很大的窗户，阳光直射进来，照在桌子上，桌下躺着佩顿和安斯莉的尸体。泰迪将一把椅子搬到窗口时，椅子腿撞到了安斯莉的肩膀。他爬上椅子，拼命想把窗户推开，但窗户纹丝不动，而他已经是我们中间最有力气的人了。

"我们得逃出去！"泰迪坚持说。

"说不定他正在外边等着咱们呢！"利亚姆说，"科伦拜恩那两个家伙就是这么干的！"他在餐台上使劲拍了一巴掌，骂道："该死的同性恋！该死的同性恋！"

"闭嘴！"我吼道。在警铃大作的情况下，也只有吼叫才能让人听到，"他恐怕就是因为你们的歧视才行凶报复的！"

利亚姆看着我，仿佛畏惧万分的样子。我当时并不明白这一点有多重要。

"只要我们和她在一起，他就不会伤害我们的。"泰迪指着鲨鱼眼说。

利亚姆不屑地笑了笑，"他也不会伤害你。所以你才想出去！"

"不。"泰迪摇头说道，"我和本并不是朋友。但他喜欢贝丝。"我已经很久没听人叫过鲨鱼眼的真名，泰迪这么一说我倒愣了一会儿才明白他在说谁。

"我和本已经很久都不来往了。"鲨鱼眼抽噎着，并用胳膊在鼻子上擦了一把，"况且……他已经不是以前的本了。"

一把椅子突然翻倒，响声把我们四个吓得挤成了一团，直到听见一声呻吟我们才分开。

"天啊！"鲨鱼眼惊叫道，"佩顿。"

他拼命呼吸着，空气仿佛变成了液态。我和鲨鱼眼绕过餐台，爬到佩顿旁边。他正试图从桌子底下爬出来，手漫无目标地抓挠着空气，手指僵硬，仿佛刚从没干的灰泥中抽出来。他想说话，可他已经没了嘴巴，原来嘴巴的部位，在汩汩冒着鲜血。

"拿条毛巾或布之类的！"鲨鱼眼冲泰迪和利亚姆喊道，他们还像照片一样待在角落里呢。

两人立刻行动起来。他们在自助餐台下东翻西找，我听见餐具的碰撞，叮叮当当响成一片；终于，他们找到了几片亚麻布餐巾丢了过来，那餐巾上面绣着葱绿色的"布拉德利中学"字样。

我和鲨鱼眼各将一片餐巾敷在佩顿漂亮但却已经残缺不全的脸颊上。血和肌肉组织立刻将餐巾吸在了下颚的位置，餐巾像变魔术一样瞬间被染成红色。那情景惨不忍睹，而因为他的下半边脸已经支离破碎，所以看起来诡异而恐怖。可因为他是佩顿，当时的我们并没有感到害怕，甚至盯着他的脸看的时间长一些，你会觉得并没那么怪异。但倘若没有亲眼所见，仅凭想象是无法理解他的情形有多么糟糕的。

佩顿低吟了一声。我抓住他依旧在挥舞的手，指引他摸到地板，并轻轻捏着他的手指。

"没事的。"鲨鱼眼安慰道，"下周你还要参加大赛呢。"可她转眼就哭得更厉害了，"下周你一定会赢得比赛的。"

谁都知道布拉德利球队必输无疑。佩顿呜咽着，捏了捏我的手。

我不知道我们在那里坐了多久。我们一直跟佩顿说话。我们告诉他他的父母是多么爱他，他们需要他活着回家去，所以他必须要挺住。挺住！你很坚强！你做得很好！我们不停地鼓励他，尽管他的手在我的手中已经变得冰凉，尽管他已经不像之前那样吃力地呼吸，因为没过多久，他就几乎已经无声无息了。

然而与此同时，餐厅里的火苗已经蹿到了楼梯上，也许马上就会烧到走廊外面。再不当机立断，我们很可能会被困在布伦纳·鲍肯厅，谁都休想逃出去。

"他妈的警察怎么还不来？"利亚姆哀号起来。十分钟之前听到警笛声时，我们曾激动地欢呼雀跃。

"我们得离开这儿！"泰迪说。他看了一眼佩顿，立刻又把目光移到了别处，并用手掌跟揉了揉浮肿的眼睛，"对不起各位，我知道你们都很难过，也很害怕。但我们不能留在这儿等死！"

"可他还活着呢。"我低头看着佩顿。从他被自己的血呛住的那一刻起，我便让他的头枕住了我的大腿。此刻我的胯部已经被血浸透，而我的大脑却不合时宜地将上一次他趴在我两腿之间的记忆抖了出来，那感觉就像在半夜时突然打开了一盏灯，将你从沉睡中惊醒过来。至少那一次佩顿是睁着眼睛的，清澈，懵懂，他以为自己正干着什么好事。

"蒂芙阿尼，要是现在不赶紧走，我们都得死在这儿！"泰迪焦急地说。

鲨鱼眼恳求道："你能背上他吗？"

泰迪走过来，我们全都帮忙，甚至包括利亚姆，但佩顿的身躯像石墩一样沉重，我们根本无能为力。

房间里越来越热，也越来越呛人。泰迪最后一次恳请我们。

四个十几岁的高中生，像幼儿园的小孩子过马路一样，手拉着手排成一行，偷偷溜进了走廊。在此之前，利亚姆在自助餐台里又翻找了一遍。他在寻找任何可以拿来防身的东西。最后，他递给我们每人一把牛排餐刀。

"我妈妈说遇到强奸犯时永远不要拿刀反抗。"我对利亚姆说。我被熏得头晕眼花，甚至没有意识到此时此刻说这样的话是多么可笑，"因为他们很可能会把刀夺过去，反过来伤害你。"

"他可不是强奸犯。"鲨鱼眼低声说。

"哦，对不起。"利亚姆说，"难道她该说'变态同性恋杀人犯'？"

虽然大部分餐巾都被用来包佩顿的脸，但剩下的也足够我们每人一条。于是我们把餐巾绑在嘴上，充当口罩。

离开之前，我最后望了佩顿一眼。他微微浮动的胸口似乎在叹气，也许那是一声再见，或一声恳求：我还活着。把他一个人活生生地丢在那里等死，我心中的痛苦可想而知。而这种内疚的感觉是如此强烈，且阴魂不散地围绕着我，毫无疑问，它必定要改变我的整个人生。

我们以最快的速度跑过走廊，左转，找到了楼梯井。我们冲开门时，小小的队列断了线，因为谁都不知道前面会遇到什么，谁都不想冲到最前面，所以一时间手忙脚乱。

不过庆幸的是，楼梯上空空荡荡。我们如释重负般扯下脸上的餐巾。

"你怎么看？"鲨鱼眼问，"上还是下？"

"我说上。"泰迪说，"他应该没有上楼。"旧寄宿宿舍通往另外一处楼梯，从那儿下去就是数学教学楼，那里有个出口。

"好主意。"利亚姆赞同说，泰迪微微一笑。子弹穿过他的锁骨时，他脸上仍然保持着这样的笑容。血飞溅到他身后的墙上，就像我们在当代艺术课上鉴赏过的杰克逊·波洛克的名画。

我只知道子弹是从上面射下来的。我没命似的朝楼下跑，在楼梯的转角处我和鲨鱼眼还有利亚姆撞在一起。子弹打在楼梯栏杆上，金属与金属碰撞发出尖锐的叮当声，那是我从未听到过的恐怖之音。

一楼的门通往语言教学楼。鲨鱼眼转动门把手并推开门，虽然只是刹那间的一个连贯动作，但在我看来却犹如这辈子我经历过的最漫长和最要命的等待。或许短短的一两秒钟就足以让本追到我们跟前。门破旧不堪，弹性也不好，我们冲进去之后它仍然保持敞开的姿态，这倒给本节省了时间和力气。他身形一晃便钻了进来。本体格偏瘦，动作矫健，如果参加越野田径队倒不失为一个好苗子。

利亚姆慌不择路，跑向右边一个空教室寻找庇护。虽然他是出于自保才那么做的（我并不怪他），但却无意间变成了一种舍己为人的高尚行为，恰恰是他的这个选择，为我带来了活命的机会。

"你为什么不跟着他呢？"每当讲到这里，总会有人这么问我。

"因为——"被人打断总是让我不悦；因为不管打断我的白痴是

谁，他都无法理解当时的情形。本离我们近在咫尺，我甚至可以听到他与众不同的呼吸，急促而均匀，就像某些肺部已经专为奔跑而进化过的动物，"他就追在我们身后。我知道他很可能已经看到了我们，并追上我们，到时候我们会被他逼进死角，而事实上也的确是那样。"

"你是说利亚姆？"亚伦问。

"对，利亚姆。"

"好吧，我们继续。"

我和鲨鱼眼狂奔着穿过语言教学楼，大步冲上台阶，最后来到通往餐厅的大门前。哈罗德老师一直警告我们说关着门会造成火灾隐患，然而这一次所幸门是关着的，所以大火才被隔绝在餐厅老区，所以火势才会向二楼的包间布伦纳·鲍肯厅蔓延，也就是我们刚刚逃出的地方，那里还留着佩顿和安斯莉的尸体。从门口到餐厅新建区域有条路畅通无阻，头顶的洒水器已经开始喷水，餐厅里的火势明显弱了下去。只要穿过餐厅，通过一个出口就能到达中庭。我和鲨鱼眼马不停蹄地冲了过去。

然而跑到腿毛党和HO平时坐的那张餐桌前时，我们同时刹住了脚。地上的水已经有脚踝那么深，洒水器还在持续喷着，我们湿淋淋的头发贴在脸颊两侧。看到亚瑟的一刹那，我差点把心脏吐了出来。

亚瑟，站在碎砖和尸体中间，挡住了我们的出口。他的脸上全是水，他爸爸的猎枪平端在手上，就像走钢索的人手里拿的平衡杆。迪恩倒在一台翻过来的收银机上，他的右胳膊——离爆炸最近的那条胳膊——血肉模糊，白色的肌肉露在外面，不知从什么地方流出的血已经变得像柏油一样黑。

"原来你在这儿。"亚瑟冲着我说。他的笑容令我毛骨悚然。

鲨鱼眼叫了声"亚瑟"，便哭了起来。

亚瑟不以为然地看着她。"贝丝，你出去。"他用猎枪指着她向自己身后晃了晃，那里便是中庭。她自由了。

然而鲨鱼眼无动于衷，亚瑟微微弯下腰，平视着她奇异的眼睛说："我说真的，贝丝。我喜欢你。"

鲨鱼眼扭头看看我，呜咽着说了声"对不起"，便踮起脚尖，小心绕过亚瑟。听到亚瑟怒气冲冲地对她喊"你他妈道个什么歉"时，她立刻飞也似的向外跑去。我看着她，想象着她踏上枯草的感觉。随后她忽然掉头向左，朝学校的停车场飞奔而去。再后来她便从我的视野中消失了，只听到她发现自己还活着时疯狂的尖叫。

"你过来。"亚瑟用枪召唤着我。那杆枪就像一根长长的女巫的手指。

"为什么？"我不中用地哭了。我恨自己，恨自己知道死到临头时我会出现怎样的反应。我知道我做不到大义凛然，视死如归。

亚瑟举起枪，对着天花板开了一枪。我和迪恩同时叫出了声。火灾报警器还在尖厉地响着，或许是愤慨于人们的不闻不问。"过来！"亚瑟咆哮着。

我老实照做了。

亚瑟用枪指着我，我恐惧地哀求起来。我说我很抱歉拿了他和他爸爸的照片，我会还给他的。我把它完好无损地锁在我的储物柜里（事实上并不在那儿）。我们可以去取。我不知道该怎么办，只是想方设法地拖延，因为我很清楚他要干什么。

亚瑟恶狠狠地瞪着我，他湿漉漉的头发耷拉在眼前，但却懒得将它们拨到一边。"接着。"他说。起初我以为大限将至，他接下来就要动手了。可我马上就发现亚瑟不再是拿枪指着我，而是要把枪递给我。

"难道你不想亲自动手？"他看了眼迪恩说。恐惧，已经使他那大猩猩般强壮的身躯走了样，让他变成了一个我从未见过、也从未伤害过我的人，"难道你不想亲手把这浑蛋的老二给崩了？"此刻我离亚瑟更近了些，可以清楚看到他嘴角上白色的硬皮。

我天真地以为他真的要把枪给我，所以便伸手去接。"等等。"亚瑟收回了手，"我改变主意了。"

然后他近乎优雅地转了个身，在迪恩两腿之间开了一枪。迪恩发出鬼哭狼嚎般的一声惨叫，血和水像艾波卡特中心①的喷泉一样在他面前喷起。

牛排餐刀在亚瑟肩胛骨下面的部位划了一下。但刀口很浅，且斜向一边，就像我们拿开信刀拆信封一样，怎么进就怎么出，毫不费劲。亚瑟转身面对我，嘴唇上翘，嘴里说道："哟嗬？"我调整身体重心，那是爸爸教我的投球姿势，这是他这辈子教给我的唯一派上用场的东西了。我一把将刀插进了他脖子的一侧，亚瑟朝一旁踉跄了几步，发出一阵仿佛极力要把胸口的痰清理出去的声音。我追上前去，拔出刀，又刺了下去。我知道我扎到了他的胸骨，刀没入胸口时我听到了骨头断裂的声音，这次我未能拔出刀。但那无关紧要，因为我已经不需要了。亚瑟含含糊糊地说了些什么，听起来像"我只是想帮你"，但更多鲜艳的血从他的嘴角溢了出来。

这就是我通常选择结束故事的地方，在亚伦面前我依然如此。

但实际上还有一件事我对谁都未曾提起。那是当时我在想：他们现在总该原谅我了吧。亚瑟跪在地上，上半身的重量眼看就要带着他扑倒在地。也许在最后一秒钟，求生的本能占了上风，他忽然意识到倘若向前扑倒，刀势必会插得更深。于是他奋力挣扎着向后仰，但

---

① 艾波卡特中心是迪士尼乐园的一个主题公园，又叫未来世界或明日世界，以未来科技、创新和世界文化为主题。

大腿上紧绷的肌肉限制了他，结果他整个人向一侧倒去，砸起一大片水花。他一只胳膊伸出去，枕在头下，一条腿叠在另一条腿上面，膝盖微微弯曲。在健身房锻炼大腿时，或者当我尝试摆出同样的姿势整理我的挎包时，我都会想起亚瑟。"再做十个！"教练斩钉截铁地说。当我抬起腿时，肌肉颤抖着濒临崩溃，放弃的欲望空前强烈。"坚持十秒钟，你就能做成任何事，任何事！"

第 13 章

"太棒了！"亚伦高兴地拍起手，掌声打破了演播室里的寂静。工作人员纷纷伸着懒腰，开始活动起筋骨。"喝一杯去？"有人说。我默默擦了把脸。

亚伦走过来，双手合十，"谢谢你这么坦诚的讲述。"

我急于擦掉写在脸上的故事，因而只含糊地说了句"不客气"。

"你这会儿大概需要喝点什么吧？"亚伦悄悄捏了下我的胳膊，动作很温柔。但我还是让他清晰感觉到了我的紧张和防卫。他连忙退开了。

亚伦让我想起了大学时曾交往过的一个唯利是图的律师。那家伙会跳霹雳舞，有一次他曾问起我佩顿脖子里的肌腱以及他慢慢合上的眼皮儿——他眼睛里的光是慢慢消失的吗？他是不是知道自己快要死了？他是不是已经接受了命运？曾经我以为，将自己人生中所有残酷的乃至血淋淋的经历与对方分享，那也是一种爱。如今，我已经有了截然不同的认识。

亚伦清了清嗓子。"去喝点东西吧。"他僵硬地笑了笑说，"不过别忘了，明天早上七点我们会给你的酒店房间打电话。"那是发型师和化妆师起床的时间。随后他们会收拾起头刷和卷睫毛夹，我们一起开车去布拉德利中学取一些外景镜头。

"知道了。"我起身整理了一番衣服便往外走去。几乎已经快到门口时，亚伦又叫住了我。

"哎！说实话。"他说，"我已经矛盾了一个下午到底要不要问你了。"

我瞪了他一眼，希望他能知难而退。

但他向前凑过身体，告诉我了一件完全出乎我意料的事。这件事让我舌尖上重新泛起了熟悉的酸味儿。说完之后，他仿佛投降似的举起双手，说道："当然，合不合适全得看你。"

我让他在沉默中煎熬了一会儿。"这是恶作剧吗？"我把两条胳膊往胸前一抱，问道，"搞个大新闻什么的？"

亚伦大吃一惊，甚至露出很受伤的样子。"阿尼，我的天啊，当然不是。"他稍微压低了声音，"你知道我是站在你这边的。我们全都是。"他抬手在演播室里挥了一周。"你这样想我也能理解，毕竟经历了那么可怕的事情。我的乖乖，如果换作我，也会不相信任何人的。"他的一句"我的乖乖"让我听起来倍感温暖，这样的话似乎应该出自一位爷爷之口。"但我希望你能相信我。这不是恶作剧。我永远都不会骗你。"他后退一步向我微微鞠了个躬，"不如你考虑一下吧？整个周末都是我们的时间。"

我按着嘴唇，再次端详起他手上的结婚戒指。这一次我看到了诚恳，而少了轻浮。或许是我误会了亚伦。我不由反思起这些年来我看别人的心态，难道我错了？那我还误会过什么呢？

推开演播室的门，我走进凉爽宜人的九月。夏天结束是大快人心的事。我讨厌夏天，一直以来都是。这听起来或许有些奇怪，因为很多难忘的记忆都停留在夏天，但只要我感受到空气中的第一丝凉意，看到枯黄的叶子片片飞落，就总能高兴得浑身发抖。秋天，永远都是我重新开始的时候。

几名工作人员正把摄影机和其他器材搬上一辆破旧的黑色厢型车，我和他们挥手道别。原本我打算拍张照片发给内尔，并写上"像不像强奸犯专用车？"但我想起上次吃饭时她看我的眼神，那夹杂着失望与厌恶的眼神毁掉了她美丽的脸，于是便放弃了拍照。我把拉德诺酒店的地址输入吉普车的导航仪。高中时我很少到这一带来，而且从那以后我连回家的次数都少之又少。过去我经常走的那些路，现在只朦朦胧胧地给了我一些似曾相识的感觉。我来过这儿，可是什么时候来过呢？这种困惑使我感到骄傲。它意味着这里已经不再是我的家。纽约才是。美恩兰，不是你抛弃了我，而是我抛弃了你。

从停车场里缓缓倒车出来；我现在开车比过去小心翼翼多了。我像那些把头发染成蓝色的老太太一样，双手紧握着方向盘，把车开上了门罗街。包里，我的手机振动了几次，但我得先停下车才能查看。几年前，洛洛让我们全都和奥普拉签了保证书，承诺不在开车时接打电话或收发短信。阻止我伸手去拿手机的并非我的誓言，而是我签名上面的数据：驾车时发短信使发生致命车祸的风险增加了二十倍。"这怎么可能？"我曾询问我们事实核查部的马丁。马丁是个较真儿的人，我们还曾经因为我的一句文案吵过架，我当时写的是："你的人生离不开这样一支润唇膏。"

结果他提议说："要不然我们换个说法吧？它一不是吃的，二不是水，所以严格来讲，它并不是人生离不开的东西。"

"你在跟我开玩笑，对不对？因为你这话真的很搞笑。"

"呃，至少应该把'离不开'那三个字换掉。"

可当我质疑起那个二十倍的数字时，他却郑重其事地点了点头说："这个数据没错。"

窗外传来一声巨响，我吓得手一抖，车子也跟着剧烈晃动了一番。

我伸手摸摸后脑勺，看自己是否受伤。强忍着狂跳的心脏，我方才意识到那声巨响是路左边的建筑工人们引起的，那里是一大片建筑工地。有时候，尤其在我等地铁或过马路时，头或肩膀上会突然出现一阵幻痛，于是我便伸手去摸，以为会看到满手的鲜血。人们不是常说吗，被枪击的人往往意识不到自己被枪击了。

右前方有家瓦瓦加油站若隐若现。我猛打一把方向盘便开了过去。驶进停车场时可把导航仪里的那个女人给搞糊涂了。"继续向左行驶，继续向左行驶。"她连声指责我说。我在显示屏上戳了又戳，直到她把嘴闭上。

伸手到包里，掏出手机。卢克并没有给我发短信。我打开邮箱，看到拉尔森老师——不，是安德鲁发来的邮件，说的是星期天一起吃午饭的事儿。"今天比我预想的要更加难熬。"我写道，"是否有时间吃顿便饭？"我顿了顿，知道自己有点强人所难，但还是接着写道："和平比萨店？"为了安德鲁，我不介意吃点碳水化合物。

和平比萨店是我们高中时候的一个据点。马赫校长是该店的忠实粉丝，经常成为他们的月度明星顾客，所以我们也经常能在冷饮机旁边看到他竖起大拇指的照片。有一次迪恩在马赫校长的脸上写了一行字："山无棱，天地合，也要吃比萨。"当然，尽管谁都知道那是他干的，可他并没有因此惹到任何麻烦。

我点击发送，等了五分钟，虽然我也不知道什么时候能收到回信。我决定返回酒店。也许等我到酒店时他就会打电话了。

拉德诺酒店坐落于美恩兰的中心地带，号称这里的一颗明珠——举办婚礼的最佳地点——而实际上却只不过是个万豪酒店的山寨版。它有一座面积颇大的停车场，背靠一条繁华的高速公路。

在我之前的那个住客一定是个烟民，而且抽烟很不小心。我们杂志的美容版主管曾在《今日秀》上痛批过三手烟的危害，她指的就是那种潜藏在丑陋的沙发面料中的烟气，而且很明显，这种烟气对皮肤的伤害最大。通常情况，我定会像个矫情的小贱人一样打电话到前台要求换房，然而今天，这房间里那股陈腐的气息却让我觉得格外安心。我想象着一个女人，一个像我一样的游子，蜷缩在窗边的印花扶手椅中，优雅地抽上一口烟，烟头一明一灭，与她眉目传情。我自作主张地认定她到城里是为了参加葬礼。她与她的父母关系也不怎么好，所以才宁可住在酒店也不住在家里。我与她突然有种同是天涯沦落人的亲近感，顿时觉得不那么孤单了。而孤单正是我此刻的处境，星期五的傍晚六点，TBS电视台正播放着《一吻定江山》的最后一幕。我捧着一个装满了温热伏特加的咖啡杯，小冰箱里的巧克力豆像费城某处的妓女一样勾引着我。说起费城某处，我自然想到的是希拉里曾经在她后腰上文了一只蝴蝶的那个地方。

给安德鲁发信已经过去一个小时，我邮箱中只收到几封团购邮件，有推荐抽脂术的，有广告去角质的，有介绍瑞典式按摩的，有宣传肌肤再生的，还有相亲的。另有一封来自萨克斯百货，他们特意为我挑选了一双周仰杰牌的蛇皮短靴，售价一千一百九十五美元。然而我看了并没有太激动的感觉。

我查了查明天的摄制日程表，想看看在发型师和化妆师到来之前是否有时间去跑步。我不指望今晚能睡个安稳觉，尤其在这里。我忽然想起一件事，于是立刻放下咖啡杯，绕过床头柜。哈，果不其然，我找到了，一本破旧得有些发黄的电话簿。

拉尔森，拉尔森，拉尔森。我在心里念叨着，翻到L目录下，并用深红色的指甲划过一个个人名，直到看见"拉尔"字样。

我一共找到三个姓拉尔森的，但只有一个住在哈弗福德的格雷士小巷。有一次在跑步时安德鲁曾指过他家房子的位置，所以我才记得这个地址。

我瞥了一眼房间里的电话。心想倘若用这个号码拨出去，万一接电话的人不是安德鲁，我就可以直接挂掉。因为他的父母很可能在家，且惠特尼在也说不定。天啊，那种可以把来电号码和资料显示在电视屏幕上的电话系统在哪儿呢？我已经告诉过安德鲁我住在这家酒店。如果他们一家人正在看 PBS 的电视节目，我电话打过去时，屏幕上便会出现拉德诺酒店的名字。万一他妈妈先他一步接到了电话，即便我及时挂断了，他也能知道打电话的人是我。我对安德鲁的父母一无所知，但我想他们应该都是学者，白发苍苍，手里端着红酒杯，透过镜片用一种尊敬的语气低声议论着奥巴马政府遇到的能源危机。我想也只有那样的知识分子才能教育出像安德鲁·拉尔森这样的儿子。他出众的人格俘获了我的心，使我成为他疯狂的仰慕者。

伏特加打开了清晰的记忆通道，因为我瞬间便回想起中学时一个同学在我家留宿时教我的小窍门儿。在号码之前先加拨 *67，就能屏蔽电话 ID。我决定先拿自己的手机试验一次。我抓起房间的电话，先拨这个密码，随后拨我的区号 917。这个区号也是我骄傲的资本之一，它证明我已经不再是一个宾夕法尼亚人，而是一个纽约人了。

手机屏幕上显示"未知号码"，我满意地笑了笑，没想到这招儿居然管用。

俗话说，酒壮尿人胆。借着伏特加的酒劲儿，我又大胆地想，即便他父母接到了电话也不必急着挂断。我的请求合情合理，正大光明。星期天的摄制安排有所变更，我无法按照约定和安德鲁吃午饭，因此不管怎么说，我都只是希望趁我们都在这里的时候吃顿饭而已。这并非谎话。如果我答应亚伦的提议，摄制日程就真的会改变。

我首先按下了 *67。

短暂的间歇，随后我才听到熟悉的拨号音，几英里之外的拉尔森家，应该已是铃声大作。

"这里是拉尔森家。"对方铿锵的话音能把你的头盖骨震成两半。

"你好。"我站起身，并开始来回踱步。但我忘记了电话线的长度，结果话机被我拉到了地板上，连我手中的听筒也被扯了下来。"见鬼！"我吓了一跳，连忙蹲下身去捡。

"喂？"声音从地板上传来，"喂？"

"你好。"我捡起话筒再次说道，"对不起，请问拉尔森先生在吗？"

"请讲。"

"不好意思，我找安德鲁·拉尔森。"

"我就是。您是哪位？"

我想挂机。可惜我没有当机立断，否则事情就简单多了。该死的肌肉记忆，我的手习惯性地抓紧了听筒。"我是阿尼·法奈利。我找您的儿子。"为了让他老人家放心，我又加了一句，"我是他以前的学生。"

老拉尔森对着话筒喘了几口粗气。接着说："天啊，姑娘，我还以为是骚扰电话呢。"说完他自己笑了起来。听筒里一片嘈杂，"请稍等。"

他放下电话，背景中传来含混不清的说话声。令人痛苦的静寂之后，我听到小安德鲁·拉尔森说："蒂芙阿尼？"

我忘记了所有的故作姿态和准备再三的借口。我只把真相告诉了他。今天很难熬，我很孤单。

安德鲁并没有带惠特尼一起回来过周末。听他这么说时，我高兴得屏住了呼吸，满心希望他能建议我们去喝一杯，而不是按照我的提议到和平比萨店，但他却说："和平比萨店？我已经好几年没去过了。四十分钟后见面可以吗？"

我放下电话，总觉得心有不甘。比萨。这个时候，太阳还高高挂在天上。可这也没什么不合适的。宽慰和失望狭路相逢，我感觉它们势均力敌。

回酒店后我第一时间就先卸了妆，并尽量不去注意荧光灯照出的地方，以及眼角和嘴角皱纹中藏着的粉底。二十八岁，多亏了我那光滑的橄榄色皮肤，所以才会经常被人误以为刚刚大学毕业，但这样的状况还能持续多久，谁都说不准。我曾见过衰老像迅速扩散的癌细胞一样彻底改变一个人的容颜。那是用上全世界的抗衰药也无法阻止的。

我又开始忙碌起来——润色隔离霜、遮瑕霜、古铜粉饼、睫毛膏、唇彩。卢克总觉得我的化妆包重得不可思议。"这些玩意儿你都用得上吗？"有一次他问我。那也算是一种恭维吧，因为答案是用得上。

爬上卢克的吉普车时已经是6:50。从酒店到布林茅尔只有两英里，但我开车则需要十四分钟，简直是龟速。我并非有意想迟到，而是我实在担心自己好运已经到头。说不定正开着车呢，老天爷手指一动，另外一辆豪华SUV便冲上了我的车道并与我迎面相撞，方向盘将我的胸骨撞成碎片，或许其中一片会钻进我的心脏或肺里。什么大难不死必有后福，什么天将降大任于斯人，纯粹是无稽之谈。我的确从枪击案中逃了出来，但这并不代表我比那死去的五个人会有更大的作为，或要代替他们去完成伟大的事业。每当我情绪低落的时候，每当安斯莉洞开的脑袋在我眼前挥之不去的时候，每当我度日如年，仿佛看不到希望的时候，我就会这样提醒自己。

我不知道安德鲁开什么车，所以也就无法在进入停车场之前先搜寻确认他是否已经来到。空腹喝下的那一杯伏特加给我平添了不少勇气，但焦虑的感觉依旧强烈。店里几乎是年轻人的天下，桌子下面显然藏不住他们细长躁动的双腿，所以他们多半像内尔那样把腿伸到走道里，桌子旁能看到不少放倒在地的弹簧单高跷。没有安德鲁的影子。所以我退到一个角落里等着。

我似乎特别无所事事，连胳膊怎么放都让我头疼——折叠着？一只手托着另一个胳膊肘？终于，门开了，一阵清凉的空气将安德鲁送了进来。他穿了一件帅气的针织衫和一条质地优良的牛仔裤，一看就知道是巴尼百货某个风度翩翩的设计师的手笔。

我冲他挥挥手，他向我这边走了过来。

安德鲁轻轻吹了声口哨。"这里都快被挤爆了。"我点头赞同，期待着他能提议到别的地方去，可他接着却说："我看咱们还是赶紧排队吧。"

上高中那会儿，如今司空见惯的比萨还是种时髦的玩意儿。通心粉芝士比萨、培根芝士汉堡比萨、伏特加通心粉比萨——那曾经是我的最爱。而如今在我眼中，它们只是一层又一层的碳水化合物。难怪我现在胖得像猪一样。

我把这话说给了安德鲁，他一通大笑。"你可从来都不胖。"他拍着自己的肚子说，"我就是另一回事了。"这倒是实话。当初他也曾风流倜傥。我到现在还不敢相信安德鲁做我的老师时才二十四岁。更不敢相信那晚在他的卧室里，当他把我从噩梦中叫醒而我又央求他留下来陪我时，他才二十四岁。他在同意之前脸上曾经露出哀伤的表情。长久以来我一直以为那是因为他为我的遭遇感到难过，但现在我怀疑另有别的原因。也许他为我们之间巨大的代沟感到忧伤。如果我们的年龄差小于五岁，说不定就是另外一种结果了。

透过玻璃隔板，我看到馅饼上的配料都比我这些天吃的饭还要多。我的胃打起了哈欠。

我点了一份玛格丽塔风味的。我想这个选择应该还算安全。安德鲁点了一份地中海色拉风味的。

店里没有空桌子，但空着的椅子倒有不少。好歹这也是我和安德鲁的一次约会，我可不想就这么浪费掉，尤其身边还有几个骨瘦如柴的小年轻，不时咯咯笑着，大腿上铺着餐巾，为的是遮挡不合时宜的勃起。我冲门口点了点头，"要不到外面坐吧？"

门前有两张长凳，但都已经坐了人。我和安德鲁只好绕到一侧，坐在马路边，把纸碟子小心翼翼地放在大腿上。地上的碎石透过牛仔裤戳着我们的皮肤。

我咬了一口，不由感叹："哦，天啊。"

"比不上纽约的口味吧。"安德鲁说。

"最起码比减肥餐好吃。"我伸出一根手指说。

安德鲁点点头。"惠特尼也是爱到发狂。"一颗圆溜溜的洋蓟从他的比萨上滚下来，噗的一声掉在地上。我想起了安斯莉的脑袋，不得不把纸碟子往膝盖上放了放。在我眼里，番茄酱看起来就像血。这种情况时有发生，通常伴随着佩顿临死前的样子。有时候我整天都能看见他脸上一片狼藉的惨状，结果任何红色的食物都让我恐惧，包括肉类。克制着这个念头，我用餐巾捂住嘴，逼自己强行咽下刚咬的那一口。

"今天很不好过，对不对？"

安德鲁坐得离我不远，但又不会近到大腿挨着大腿的程度。那天早上他大概没有刮胡子，古铜色的颈肩上又多了一层金色。天啊，看他一眼就能让人难以自持。

"不是因为我不得不重提那件事。"我说，"那我根本无所谓。

但我很在乎人们是否相信我。"我双手撑着地，向后仰着身体，在纽约的街头我绝对不会做出这样的动作。"录制结束的时候我挨个儿看了看现场的工作人员，心想，*他们真的相信我吗？我不知道该怎么让人们相信我。*"我看着公路上川流不息的车子，"我愿意做任何事情。"我深吸了一口气，藏在心底的绝望像忽明忽暗的烟头。它使我有能力干一些我不想干的事。而且倘若我不严加克制自己，我锋利的刀刃很可能会不小心深深地伤害到卢克，从而将我与我苦心经营的生活割裂开来。然而当我站在安德鲁身旁，看见自己的脑袋才刚刚到他的腋窝处，我不由想，他的块头可真大，要控制这样强大的一个身体肯定很难吧？不知道他是否值得我叛离我一心向往的上流社会。

"你已经在努力了。"安德鲁说，"方式就是说出你的所见所闻。如果人们还是不相信你，那你也没什么可遗憾的，因为你已经尽力了。"

我乖乖点了点头，但却并未心悦诚服，"你知道最让我抓狂的是什么吗？"

安德鲁咬了一口比萨，比萨中的油像条亮晶晶的小溪沿着他的手腕流下去。眼看就要流到针织衫的袖口，他连忙伸嘴过去咬住，牙齿几乎都要陷进皮肉。嘴巴离开之后，我看见白色的牙印慢慢缓过血色。

"是迪恩的粉丝。"我说，"我讨厌他们甚至胜过迪恩。尤其那些女的。你根本想象不到他们至今还时不时给我发些乱七八糟的东西。"我模仿中西部教堂里某些膝盖上长毛的双下巴修女的语调说："你的所作所为上帝全都知道，你欠上帝一个回答。"我撕开比萨的外壳，愤然骂道："一群自以为是的王八蛋。"可我立刻被自己粗俗的脏话吓了一跳，不禁后悔不迭。我爆粗口的时候总能惹得卢克乐不可支。但我不能让安德鲁看到我这个样子，在他面前，我必须要楚楚可怜，弱不禁风，这才对他有效，"对不起，我只是觉得委屈，他们根本不知道迪恩对我做过什么。"

安德鲁喝了一口汽水，"那你为什么不告诉他们呢？"

"这件事……"我长叹一声，"这件事我妈妈不希望我和别人谈起。卢克也是。当然，他知道那几个家伙的下场，但我不想让他父母知道那天夜里发生在我身上的事情。那是件非常丢脸的事。"我找到一片没有沾上任何红色酱汁的比萨皮儿，小口咬着。"但这不仅仅是为了我的妈妈和卢克。我自己也有点犹豫要不要旧事重提，尤其这件事还牵扯到利亚姆。常言道，死者为大，如果我说出去了，势必会引起轩然大波。"我看着一群十几岁的青少年，手里拿着星巴克的杯子，互相打闹着从人行道上走过。我还是他们这个年龄时，咖啡在我们眼中像汽油一样难喝，可现在已经成了我午餐离不开的东西，"一个十五岁的高中生被追进一间教室里，当胸挨了一枪。即便在我看来也是很难以置信的事。我不知道。他父母遭受的打击还不够大吗？"

安德鲁叹了口气，"这件事确实需要慎重考虑。"

我双手扳着小腿，"如果你是我，你会怎么做？"

"如果是我。"安德鲁弹掉落在大腿上的碎屑，换了个姿势，膝盖正对着我，"我想总有办法让你既能说出真相，又不至于诋毁死者。而且我不会放弃揭露迪恩真正面目的机会。"他的膝盖不小心碰到了我的大腿，他连忙缩了回去，"你有权利获得世人的尊重。"

我放开闸门，任眼睛里泛起泪花，且故意扭头让他看到。这并不难，我的胸口就像吸满水的毛巾，拧着，拧着，"谢谢你。"

安德鲁冲我微微一笑。他的牙齿上沾了一点芝麻菜。哦，我更爱他了。

我鼓起勇气说道："想不想开车去布拉德利看看？"实际上这想法由来已久，只是一直不敢开口罢了。但眼看着天色渐晚，安德鲁的比萨也吃得差不多了，我实在不甘心就这样让他走掉。安德鲁答应得十分爽快，倒让我不禁怀疑他是不是一直在等着我邀请他。想到这里，我的心跳得更厉害了。

安德鲁提出由他开车。他有一辆宝马，但却表现得若无其事，这种世家公子才有的恬淡是我无论如何都装不出来的。车后排放着几根高尔夫球杆，中控台上有个空的星巴克纸杯。安德鲁伸手去拿却够不着，便对我说："帮我递一下，可以吗？"把杯子递给他时，我看到杯子一侧潦草地写着"惠特尼"三个字，杯身上还印着"拿铁"和"脱脂牛奶"等字样。我实在想不到恰当的词汇来形容安德鲁这位枯燥无味的妻子了：惠特尼喝的居然是星巴克的脱脂拿铁咖啡。

安德鲁把咖啡杯扔进附近的一个垃圾桶，随即坐上了驾驶位。发动汽车，音响中传出心灵蒙蔽合唱团怪诞的歌声。没想到他居然听如此老掉牙的电台。同样的街道，我不知穿梭过多少次；同样的老歌，我不知道听过多少回。很久以前，这样的情形——我和安德鲁紧挨着坐在他的车里——恐怕会引起不少人的关注。如今依然，只是关注的原因会有所不同。

开车前往布拉德利用不了多长时间。左转进入兰卡斯特大街，再次左转进入罗伯茨北路，接着右转入蒙哥马利大街。布拉德利的学生们在拿到驾照之前经常步行去和平比萨店。我和亚瑟也经常如此。

左侧是广阔的足球场，空旷无人，还残留着夏天的绿色。安德鲁打了转向灯，我们耐心等待着转弯的机会。随后我们沿着足球场的看台，经过了以前我经常抄近路去亚瑟家的那条小路。芬纳曼太太并没有搬家，尽管她的儿子在负有盛名的布拉德利中学残忍杀害了自己的多名同学。枪击案之后，媒体哀声一片。"这样一所名校怎会发生如此惨案？"那是他们第一次表达了公众的心声。在人们心里，校园枪击案似乎只应发生在中产阶层聚集的中西部城市，那里没有大商场，没有常春藤名校的遗产，而枪支却像圣诞礼物一样触手可得。我们的车在马路边停了下来，安德鲁扭头问我："要不要直接闯进去？"

我透过车窗望着布拉德利中学教学楼上一排排黑洞洞的窗口。大多时候，我进入布拉德利时都会有种强烈的恐惧感，包括现在，这就像条件反射。但安德鲁犹如一张网，将恐惧挡在了外面。我朦朦胧胧地意识到，卢克也曾经带给过我同样的安全感，即我们第一次见面时——那使我相信我的心中还有希望和温暖，所以连睡觉都是可能的——当安德鲁向我伸过手时，我在座位里吓了一跳。"抱歉。"他微笑着说，手指摆弄着我的安全带扣，"有时候容易卡住。"

"哦，不好意思，我刚才走神儿了。"我结结巴巴地说。随即我便听到咔嗒一声，胸口被勒着的感觉顿时消失了。

体育中心没有锁门。"我们来啦，布拉德利！"我喃喃说道。安德鲁低声附和着，为我撑开了门。发生那么严重的事件，布拉德利本该加强安保措施的，可校方顶住了州政府和媒体的压力，拒绝安装金属探测器和雇用武装保安。学校管理层认为，这只是一次偶然事件，没必要搞得风声鹤唳草木皆兵，又是检查又是搜身的，学生们难免会人心惶惶。他们的决定得到了学生家长们的支持，因为很多家长本人也毕业于布拉德利中学，谁都不愿看到塞林格第一任妻子的母校变得和公立普通高中一样没有格调，谨小慎微。

我们沿着楼梯进入篮球场。"你那种鞋是不允许进入篮球场的。"安德鲁冲我脚上的小山羊皮平底靴点了点头，也就是带有笨重的银色鞋跟的那一双，说完抬脚走上了围着球场的地毯。

我毫不理会，踏上抛光的枫木地板。我的鞋顿时在场上留下了清晰的鞋印，安德鲁停下来，看着我拖着鞋跟在球场上画了一道模糊的白线，那刺刺啦啦的摩擦音让人耳朵难受得想要抓狂。他从地毯上跳到我身边，用他粗大的休闲皮鞋的鞋跟在我的鞋印旁边又加了一笔。

从体育馆出来我们便来到了科学教学楼前。看到那张裱着黄铜边儿的元素周期表，我会心一笑。"你还记得哈登先生吗？"哈登先生是我们的高等化学老师。他长着一撮小胡子，会不自觉地抽搐；因为性格古怪，大家都觉得这个人很变态，就以"哈勃"称呼，勃意为勃起。

"你是说哈勃老师？"安德鲁咧嘴笑着问，这一笑仿佛将他离校后的十四年时光尽数抹了去。

我停下脚步，"你也知道我们给他起的绰号？"

"蒂芙，老师们也这样叫他。这个绰号叫得太响，已经取代他的真名了。"他仰起脸，用下巴对着我，看起来像只骄傲的公鸡。

我的笑声沿着空荡荡的走廊传下去，飞上通往旧教学楼的七级台阶。我们拾级而上，右边是餐厅，左边是英语楼。想起我和鲨鱼眼还有利亚姆跑散后穿过这里的情形，耳边仿佛仍能听到跳弹的声音，心下不由戚戚然。

电脑实验室出现在我们的右侧，从前不起眼的一个破地方，如今成了 iPad 的世界，就连那充满未来风的支架都令人心向往之。实验室里乌漆墨黑，玻璃上映出我们的影子，正鬼鬼祟祟地向外窥探。

安德鲁抓着窗格，"不敢想学生们在背后会怎么说我。"

"我们没说什么。大家都喜欢你。你走的时候我们都伤心死了。"

玻璃中的安德鲁低垂着头，"巴顿家的人，行事太卑鄙。"他望着玻璃倒影中的我。"反正当时我已经决定辞职了。刚毕业那会儿对工作没什么概念，教书只是一个暂时性的选择。不过——"他抿着嘴，若有所思，"如果我在的时候发生那件事，也许我会继续留在学校，至少多留一年，帮助你们几个渡过难关。"

这种可能我倒是从来都没有想过。原来拉尔森老师的离开与迪恩不无关系，意识到这一点，我对迪恩的恨意又加重了一分。

我们沿着走廊继续向前，来到学生休息室的入口。我跨步进去，这里还是一如既往地让我感到陌生。我很少来这个地方，即便升入毕业班之后。这里有它自己的专属密码，即便你是成年人也不例外，尤其对于在学校里受排挤的学生，在这里更是不受欢迎。并不是说我在布拉德利的几年连个朋友都没有。至少我有鲨鱼眼。我们的关系十分亲密，可惜上大学之后就渐渐疏于联络。为此我还特别遗憾。在田径队中我也有几个关系不错的女同学，至今每年都会通几次信。此前我对跑步情有独钟，但后来却成了一种折磨，成了取悦卢克的工具。目前奔跑所能带给我的唯一安慰，是让我可以暂时忘却高傲的自尊。

安德鲁在门口止步不前。他高高的个子只要一伸手就能摸到拱门的天花板。他前倾着身体，胸膛大大地张开，挡住了我的路。刚刚进入青春期时我也经常玩这种游戏。那时我的胸部已经开始发育，总想吸引男生们的注意：不管参加怎样的派对，来到潮湿的地下室门口时，我总要先大略地瞄一下人群，看看哪一个男生高大威猛，有足够的力量占有我。不管此人是谁，不管他脸上长了多少粉刺，只要他块头够大，有可能做伤害我的事，他就是我的目标。后来我渐渐认识到自己的这种心态——我喜欢有能力伤害我但却不会伤害我的人。在这方面，卢克已经让我彻底失望。但我知道安德鲁不会。

"你有没有想到过亚瑟？"我问他。

安德鲁将手插进口袋，只留拇指在外面。《女人志》的身体语言专家曾告诉我，把手插进口袋是表示害羞的意思，除非他把拇指留在外面，那就是自信的标志了。"实际上，经常想。"他说。

我点点头，"我也是。"

安德鲁向休息室内走了几步，缩短了他与我之间的距离，我胸口如小鹿乱撞，脑袋几乎一片空白，耳朵里突然嘈杂得一塌糊涂，像快要遇险的飞机一样，到处都是报警的蜂鸣声。只要他想，他随时都可以越过这条线。这个地方已经把我钢铁般的决心磨成了粉。白昼的光已经偃旗息鼓，窗外灰蒙蒙的，只有房间里白色的墙在提示着周围的界限。我们恍如置身于一部黑白电影。"想起他时你都会想些什么呢？"他问。

我考虑着这个问题，眼睛却打量着他胸膛的轮廓。"我会想到他的绝顶聪明，简直像个天才。亚瑟对人的理解我是绝对望尘莫及的。他能读懂人的心，真希望我也有那样的本领。"

安德鲁又向前走了几步，直到站在我面前，与我近在咫尺。他把胳膊支在高高的窗台上，嘴角微扬，"你以为自己不能读懂人心吗？"

"我一直在努力。"我开心地笑起来。这算是调情吗？

"你很踏实，蒂芙。"他指着我的肚子说，"这一点永远不要怀疑。"

我低头看着他的手指，距离我的身体只有几英寸。"你还知道别的吗？"我问。

安德鲁等着我继续说下去。

"他是个很有趣的人。"我望着窗外的中庭说道，"亚瑟很有趣。"我曾这样对卢克说过一次，可他对我居然产生了几丝怕意。

安德鲁蹙起眉，在记忆中搜索着亚瑟的身影，"他的确有那个潜质。"

"可我一点也不觉得难过。"我平静地说，"我那样对他是不是很过分？可我却一点不觉得难过。或者说我一点感觉都没有。"我平伸出手掌，从左向右划了一下——我的感觉就是如此平淡。"回想杀死他的情景时，我的心里竟连一点波动都没有。"我深吸一口气，又一下子吐出，就像吹凉烫嘴的食物，"我的好朋友说这是一种创伤后的自我保护反应。也就是说我还没有从惊吓中恢复过来。因此为了保护自己不受伤害，我下意识地屏蔽了所有情感。"我摇了摇头，"我真希望这是真的，可我并不那么认为。"

安德鲁的眉头越皱越紧，他静静等待着我继续说下去。见我沉默下来，他问："那你觉得是什么原因呢？"

"也许……"我紧紧咬着嘴唇，"我原本就是个冷酷的人。"未及他开口，我下面的话也脱口而出，"我自私无情，对我无利的事自然也就没有感觉了。"

"蒂芙。"安德鲁喝止了我，"你并不自私。你是我见过的最勇敢的人。在你那个年龄经历那些噩梦般的事情，不，你不只是经历，你是死里逃生。你幸存了下来，不仅没有被吓倒，反而活得比很多人都要好，这是非常了不起的。"

我努力忍着眼泪，同时又担心接下来的话会吓到他，"我有胆拿刀刺死自己的朋友，却没有勇气承认自己不想嫁给卢克。"

安德鲁脸上的表情让人难以捉摸，"你说的是真的？"

话出口之前我是经过深思熟虑的。当然，我现在还有机会收回，并随口编个理由敷衍过去，这是我以前惯用的做法。但是今天，我笃定地点了点头。

"那你这又是何苦呢？为什么不把事情说清楚啊？"安德鲁明显的焦虑使我的心情更加矛盾。在某种程度上，我以为每个人都会对这种事持保留态度。

我耸了耸肩，"这不是显而易见的吗？我害怕。"

"害怕什么？"

我盯着安德鲁身后的某个地方，试图想个恰当的理由解释。"和卢克在一起，有时候我会觉得……觉得特别孤独。而且这并不是他的错。"我用一根手指挠了挠眼角，"他无可挑剔，只是他从来都不理解我。可我后来又想，我有那样不堪回首的过去，能指望谁来理解我呢？我不是那种容易满足的人，也许这就是我最好的归宿。因为和他在一起还是有很多好处的，至少很保险。"

安德鲁皱起眉头，"保险？"

"我脑袋里有个根深蒂固的念头。"我用手指点了点自己的太阳穴，"只要我嫁入哈里森家，就再也没有人能伤害到我。作为蒂芙阿尼·法奈利，我似乎处处都会受到排挤，被人瞧不起。但作为阿尼·哈里森，不会。"

安德鲁稍稍弯下腰，直视着我的眼睛说："我可不记得有谁瞧不起蒂芙阿尼·法奈利。"

我以拇指和食指画出一英寸的宽度，"真的有。在他们眼里我才这么大。"

安德鲁叹了口气，然而紧接着他那时髦的针织衫就蹭到了我的脸，他的手指钻进了我脑后的头发里。有件事我很懊悔，那就是认识至今，我们几乎谁都没有碰过对方。他的气味、他的皮肤对我来说都是那么陌生。我忽然为卢克，为惠特尼，以及他那有着漂亮名字的孩子们感到莫名其妙的悲伤。所有能将我们隔开的心都在这悲伤面前瑟瑟发抖，轰然倒塌。

安德鲁曾经上课的教室里，陈设没有大变。照样三张长桌头抵头，老师的位置在教室最前面。但过去那种油布课桌和劣质的椅子已经统统被现如今这种豪华光亮的金属桌凳所代替。而且看上去还似乎都是名牌，即便放在我的公寓也不会让人觉得突兀。其风格正应了哈里森太太所说的不拘一格的折中主义。我趴在桌子上方，看着桌面上自己失真的映像：下巴又尖又长，两只眼睛恨不得相隔几丈远。上高中时，只要脸上长了痘痘，我就喜欢不停地照啊照，看它是变得更大了还是更小了，凡是能映出人影的地方我全都用上——教室的窗玻璃，餐厅里罩着熟食的玻璃橱窗。如果当初有这样一张光可鉴人的桌子，我上课恐怕就更难集中精神了。

安德鲁漫步走向当年他自己的位置，饶有兴味地打量着他的继任者们的小玩意儿。

"你知道吗？弗里德曼老师还在学校任教呢。"安德鲁说。

"是吗？"我想起那天他到我们班拖亚瑟出去的情景。赫斯特老师明明怕得要死，却硬要装出若无其事，"他总是呆呆笨笨的样子。"

"没错。"安德鲁转身靠在课桌上，仍像从前上课时那样，一只脚搭在另一只脚上，"鲍勃是个非常聪明的人，当老师有点大材小用了。所以他才不怎么跟学生们打交道。"安德鲁摸了摸额头，"他比我们这些普通的老师都要高一个层次。"

我点点头。此时，外面的天色已经更暗。不过英语和语言教学楼面对主街，在路灯和布林茅尔学院艺术系教学楼灯光的照耀下，倒也依旧亮堂。

"所以大家都喜欢上你的课。"我说，"你和我们在同一个层次，感觉更像同龄人。"

安德鲁笑起来，"我都不知道这是好事还是坏事。"

我也跟着笑。"当然是好事。"我又低头扫了一眼哈哈镜一样的桌面，"有个年轻老师感觉很好，我们中间只差了几岁。"

"我不知道自己能帮上什么忙。"安德鲁说，"那么恶劣的事情我还是头一次遇到。也许我上高中的时候也有这种事，只不过我没有注意到罢了。"他想了一会儿，又接着说："但我觉得，如果有的话，我应该会注意到。像布拉德利，我刚来就注意到这里有很多地方都不正常。而你……"他朝我点点头，"你根本没机会发现这些。"

这我可不乐意。每个人都有机会。只不过我把自己的机会搞砸了。"刚进这个学校时我也是呆呆的。"我说，"但如果硬要我找出它的好处，那就应该是我在这里学到了如何保护自己。"我用手背扫着桌面，"不管你信不信，其实亚瑟教会了我很多东西。"

"但你付出了怎样的代价啊？比这好的学习途径实在太多了。"安德鲁说。

我苦笑道："如果有其他的途径，我一定会非常欢迎。但我能做的只是在已有的条件下尽自己的最大努力。"

安德鲁低着头，仿佛在苦苦思索如何将自然历史博物馆和霍尔顿对改变的恐惧联系起来。"既然你对我坦诚相见。"他清了清嗓子，"那我也就不瞒着你了。"

他身后的位置有一片格外明亮的光，使他在我眼中只剩下一个没有脸、没有表情的轮廓。我的心怦怦直跳，他一定有非常重要的事要宣布。我们的关系，我们之间微妙的化学反应——看来并非我一厢情愿，"你想说什么？"

"那次晚餐，我们并不是偶然重逢。"他紧闭着嘴巴，鼻孔粗重的呼吸清晰可闻，"我早就知道卢克是你的未婚夫。是我怂恿他安排那次晚餐的，那样我就有机会见到你。"

希望像温度一样直线上升，"你怎么知道的？"

"我已经不记得是谁告诉我的了，总之是我的一个同事，一个知道我曾在这里教过书的同事。他说卢克和一个从布拉德利毕业的女孩子订婚了。卢克也在我面前提起过你，不过他用的名字是阿尼，所以我死活想不到是谁。我在 Facebook 上查过。"安德鲁做出一个打字的动作，然后像个害羞的女孩子那样双手捂着脸，继而一阵大笑，"天啊，实在太丢脸了，我查了卢克的 Facebook，在他的相册中看到了你。我甚至不敢相信那是你。"

已经入夜，天空再也没有明显的变化。教室里有了夜晚的宁静和黑暗。不知道是什么东西忽然挡住了路灯的灯光，他的背后随之暗了下来，虽然只是短暂的一瞬，但我却有机会完完全全看到了他的脸。而从他的脸上，我看到了恐惧和不安。

我们望着窗外，一辆射出银色灯光的小汽车在学校大门口外停了下来。驾驶室车门打开时，门上的"保安"二字被分了家。司机下车之后，迈着方步朝学校里走来。

我的心仿佛在胸口上蹿下跳，这是头晕的先兆。我不愿承认这是恐慌症发作。只有害怕坐飞机的人，还有神经有问题的人才会得恐慌症。他们心中的魔不管是什么，都无法与我的恐惧相提并论——在餐厅死里逃生之后，我无时无刻不在提心吊胆中度过。我知道不幸随时随地都有可能降临在我的头上。看到保安的车，轮到我开始不安了，"他是冲咱们来的吗？"

安德鲁摇摇头，"我不知道。"

"他到这儿来干什么？"

安德鲁还是那句话，"我不知道。"

保安的身影消失在教学楼内，远远地，我们听到关门的声音，还有一句"有人吗"的回声。安德鲁将手指按在嘴唇上，并示意我靠近他。他把桌子旁的椅子挪到一边，随后，让我意想不到的是，我们竟一起钻到了桌子底下。安德鲁蜷缩起庞大的身躯，给我腾出地方。

我们膝盖抵着膝盖，安德鲁又将那把挪开的椅子恢复到原位，将我们严严实实地挡在桌下。随后，他咧嘴冲我一笑。

此时此刻，我已经感觉不到自己的心跳。这是不同于恐慌症的又一个特征——没有勇敢的心悸，只有悲哀的白旗——几分钟后，我确定无疑地感觉到有人走进了教室。我们之前看到的果真是保安的车子吗？近几年来，《女人志》刊发过大量文章提醒女性朋友们，坏人有可能装扮成警察、水管工甚至快递员的模样骗取人们的信任，从而靠近你，上你的车，进你的家门。而他们的目标永远是你，目的无外乎强奸、折磨和杀戮。我的视野似乎在不断缩小，直到变成一个不起眼的针孔。就像关掉老式电视机时，屏幕在彻底变黑之前出现的那个小光点。我很清醒地知道自己当时已经忘记了呼吸，甚至连心跳都骤然停止。那是我失去意识之前的最后时刻，我的脑细胞在持续燃烧，直至成为灰烬，而我也将在黑暗中轰然倒下。

一道光突然扫过教室前面，有人清了清嗓子，说道："有人在屋里吗？"

他的声音低沉冷静。就像本发现我们藏在桌底下时说的那样。"砰！"如此平淡，甚至可以换成任何别的字眼，"嗨""不""好"都行。拉尔森老师捂着他的嘴，从他眼角皱起的细纹我可以判断，他在极力忍着不笑。我的屁股开始颤抖起来——为什么是屁股？也许因为我并非站着，发抖的本该是两条腿，但此时支撑着我的却是屁股。

灯光消失了，我们甚至能听到远去的脚步声。但我知道那人还在，我能感觉到他。他故意大声跺脚假装离去，却又偷偷摸摸地溜回来，等着我们——两个自以为没被发现的傻瓜——从桌子底下钻出来。他这是跟本学的吗？布拉德利一直淡化那件事，好像我们的担忧纯属多虑。但我们始终相信一定会有人再次效仿。

拉尔森老师悄悄说道："我想他已经走了。"我摇摇头，绝望地睁大眼睛注视着他。

"怎么了？"拉尔森老师不明所以，开始推开挡着我们的椅子。

我一把拉住他粗粗的手腕，使劲对他摇头，恳求他不要出去。

"蒂芙阿尼。"拉尔森老师看着我的手，脸上露出震惊的神色，我知道，这下我们完蛋了，"你怎么凉得像冰一样？"

"别动。他还在。"我只能用口型告诉他。

"蒂芙阿尼！"拉尔森老师挣脱我的手，爬了出去，而对于我像疯了一样再三示意他回来的举动则视而不见。他扶着椅子站起身，而我则往桌子底下更里面的地方爬过去。我已经准备好迎接热乎乎的枪口，以及拉尔森老师遍地的脑浆。可我只听到了三个字，"他走了。"

拉尔森老师蹲在地上，弯下腰，看着我像只困在笼子里的猫一样蜷缩在桌下。他蹙起眉，仿佛若有所悟，仿佛准备好了随时为我哭上一场。"他走了。我们没事了。就算被他逮到也不能把我们怎么样。"可我一动不动，他低头叹了口气，声音中突然充满了同情，"蒂芙，对不起。该死，我没想到这会让你想起……对不起。"他伸出一只手，并用目光恳求我拉住它。

和安德鲁在一起的整个时间，我都戴着一副受害者的面具，心想那就是他想看到的我的样子。当我伸出手去，我的胳膊僵硬颤抖。他不得不拽住我的手肘才把我拉出来；而我的下半身更是不听使唤，双腿无力，连站立都困难。他只好让我靠着他的胸膛，勉强支撑着身体。我们就那样紧挨着站了很久，即便在我的双腿恢复知觉后也没有分开。两个人贴在一起却什么都不做，这才是最危险的部分。终于，他的手试探着搂住了我的腰。接下来，我们便接吻了。于是，在此之前所有的恐惧和不安，一下子全都烟消云散了。

第 14 章

在我的记忆中，医院是绿色的。绿色的地板，绿色的墙壁，警官的眼底是中空的坏疽。阵阵干呕，我在马桶里吐了些黄绿色的东西。冲水的时候我又想起妈妈经常提醒我要穿干净内裤的话。"为什么？这还用问吗，蒂芙阿尼，万一你遇到车祸呢？"并不是说我此刻脱掉的内裤不干净，只是它的款式有些旧，而且胯部还有个小小的洞，虽然不算什么，但却无法阻挡几根阴毛从内裤后面探出头来。此时的我，还不习惯在别人的注视下宽衣解带。

"全都要脱吗？"

"全都要脱。"

我把破内裤揉成一团，塞进我的卡其裤的裤腿儿中，而后才将裤子装进透明的证物袋并递给那名女警官。说实在的，她看上去比彭萨克尔警官还有男人味儿，是个典型的女汉子。证物袋中已经有我的 J Crew 羊毛衫和维多利亚的秘密小背心，上面全都血迹未干，闻起来有股怀旧和熟悉的味道。我在什么地方闻过那种味道呢？也许在清洁用品店。或者在马尔文的基督教青年会，那是我第一次学游泳的地方。

塑料证物袋里装着我的衣服，还有三名遇难学生的 DNA，不管谁收到这个袋子，无疑都将在我的卡其裤裤腿儿中发现我的内裤。这藏东西的手段并不高明。但真正让我忐忑不安，甚至让我绝望的并非内裤本身，而是它不得不像件展品一样经过一个又一个人的手。我实在已经厌倦了被人看到任何使我难堪的东西。

我穿上薄薄的病号服，踮起脚尖走过病房，坐在病床上；同时双臂抱肩，尽量护住胸部。由于没戴胸罩，一对儿乳房显得格外大，格外奔放。妈妈坐在床边的椅子里，慑于我的多次警告，她不敢靠近，更不敢碰我，只是坐在那里低声啜泣。我心里乱糟糟的。

"谢谢。"女汉子警官对我说，不过她的语气中可听不出丝毫感激之情。

我盘起腿，故意藏起双脚。我已经一个星期没有刮腿毛了，我可不希望让任何人看到我脚踝上黑乎乎的汗毛。医生也是个女人（男士禁入。就连爸爸都得在走廊里等着），她走过来给我做检查。我一再声明自己没有受伤，但莱维特医生说，人在惊吓过度的情况下，有时候即便自己受了伤也意识不到，她只想确认我不是那种情况。有这个必要吗？我真想对她大吼一通，别把我当成打破伤风疫苗的五岁小孩儿。我可是刚刚在别人胸口上捅了一刀啊。

"对不起。"女汉子警官挡在莱维特医生前面说，"不过我得先取证，要不然检查会破坏证据的。"

莱维特医生退到一边，"好吧。"

女汉子警官提着她的取证工具箱向我走来，我竟突然怀念起莱维特医生了，如果只是被她检查一番就完事该多好。我到现在还没有哭过。为什么会这样？我看过很多集《法律与秩序》，所以知道这很可能是惊吓过度的原因，可即便知道这一点似乎对我也没有任何助益。我应该哭的，而不是想着晚饭吃什么，或想着经历如此恐怖的一天后，妈妈如何会对我言听计从，所以想去哪儿吃就去哪儿吃。那我们该去哪儿吃饭呢？想着想着，我的口水都快流了出来。

女汉子警官从我的指甲缝中提取到少许皮屑，这一部分倒是相安无事。可当她开始解我病号服的扣子时，眼泪便止不住地汹涌而出。

我抓住女汉子警官香肠一样肉嘟嘟的手腕，喊道："不要！"这两个字我听过无数遍，起初我以为是女汉子警官在命令我，可很快我就意识到，喊叫的人是我自己。我正奋力挣扎并试图把她推开，好像那一刻她不再是一名警官，而是变成了迪恩。我对她又踢又打又咬。我的病号服完全敞开，硕大的乳房肆无忌惮地左摇右晃。后来我发现妈妈也扑到了我的身上，我的裸体被她看了个精光。我的胃一阵抽搐，忍不住再次翻身呕吐起来。我看见一些秽物溅到了女汉子警官黑色的裤子上，差一点不厚道地笑起来。

醒过来时，我有种时空错乱的恍惚感。我以为自己之所以进医院，是因为在利亚家吸了太多的大麻。为此我内疚不已：一定有很多人对我恨之入骨吧。

睁开眼睛之前，我先伸手在身上摸了摸。当我知道已经有人替我扣上了病号服的扣子，且身上还盖了一条厚厚的毯子后，不由松了一口气。

病房里静悄悄的，一个人都没有。窗外已是薄暮冥冥，是吃晚饭的时间了。我想去贝尔图奇餐厅，这是我在昏睡之前就决定了的。此时此刻，我只想吃他们的佛卡夏①和芝士面包。

我用双肘撑着坐起来，肱三头肌颤抖得厉害，若不是这样的时刻，我甚至都忽视了它们平时的作用。我的嘴唇间起了一层膜，连舌头都舔不破，我不得不拿手背蹭了蹭。

门突然开了，妈妈走了进来。"呀！"她吃惊得后退一步。她手里端着一杯咖啡，和一块儿不怎么新鲜的糕饼。我甚至还没到喝咖啡的年龄，但现在她手里的两样东西我却都想要。我已经饿得前胸贴后

---

① 佛卡夏是一种意大利扁面包，上面通常会撒上香草或其他食材，与比萨有些类似。

背了。"你醒了。"妈妈说。

"现在几点了？"我的声音听起来粗哑不堪，好像生病了一样。我试着吞了口口水，但嗓子并不疼。

妈妈从衣袖中晃出她的冒牌劳力士，"六点半了。"

"咱们去贝尔图奇餐厅吃晚饭吧？"我说。

"亲爱的。"妈妈弯腰在床边坐下，但她没忘了我的警告，所以身体绷得直直的，"现在已经是早上六点半了。"

我又望了望窗外，由于她的提醒，薄暮冥冥顿时变成了晨光熹微的景象。"已经早上了？"我不敢相信似的重复道。我头晕眼花，还有种想哭的冲动。这种糊里糊涂如坠雾中的感觉几乎快把我逼疯了。"你怎么让我睡在医院了？"我不满地问妈妈。

"莱维特医生给你开的药，还记得吗？"妈妈说，"是帮助你安定情绪的。"

我斜眼看着她，努力在记忆中搜索，可我什么都想不起来。"不记得了。"我捂住脸，无声地哭泣起来，尽管我自己也不知道为什么哭。

"嘘，蒂芙阿尼。"妈妈低声说道。我看不见她，但我能想象出她手伸到一半又缩回去的样子。最后她无力地叹了口气，"我还是把医生叫过来吧。"

妈妈的脚步声逐渐远去。我忽然想到本那双洁白得让我想吐的小腿，它们在我眼前晃了晃，消失在浓烟之中。

妈妈回来了，但带来的却并不是莱维特医生。这个医生没穿白大褂，而是穿着一条褪色的牛仔裤，下面露出纤细的脚踝和崭新的白色运动鞋。她头上扎着短马尾，看起来像是家里有园子的那种女人——时常戴着软趴趴的草帽在园中照料她的西红柿苗子，干完活儿后就在门廊下给自己倒杯柠檬水作为犒赏。

"蒂芙阿尼。"她开口说道，"我是珀金斯医生，不过我希望你叫我安妮塔。"她的请求平静而坚决。

我双手捂着脸颊，擦去脸上的油脂和泪水，点头说道："好的。"

"有什么需要的吗？"安妮塔问。

我吸了口气，"我现在最需要的就是刷牙洗脸。"

安妮塔郑重地点了点头，仿佛我要做的是一件性命攸关的事，"稍等一下，我马上帮你拿东西。"

五分钟后，安妮塔拿来了一把旅行牙刷和一管水果味的儿童牙膏，还有一块多芬香皂。她扶我下床。我不介意安妮塔碰我的身体，因为她不像是那种随时可能精神崩溃，反倒需要我来安慰的人。

走进洗手间，我首先把水龙头打开，让哗哗的流水声掩盖安妮塔和妈妈的对话。他们必定在谈我的事，但我不想听。小便之后，我先洗脸，然后刷牙，含着甜丝丝的牙膏在水槽里吐出长长的一条黏液。黏液挂在我的嘴唇上始终不断，我只好用手来帮忙。

洗漱完毕出来时，安妮塔问我肚子饿不饿。天啊，我都快饿死了。我问妈妈咖啡和糕饼哪儿去了，她说爸爸吃了。我瞪了她一眼，随即爬上床。

"你想吃什么，我去买。餐厅里有百吉饼、橙汁、水果、鸡蛋，还有麦片。"

"百吉饼吧。"我说，"抹点儿奶油芝士。外加一杯橙汁。"

"不知道他们有没有奶油芝士。"妈妈说，"可能只有黄油。"

"只要卖百吉饼的地方肯定有奶油芝士。"我怒气冲冲地说。

如果在平时，妈妈听到我这种无礼的语气定会骂我不知好歹，但今天当着安妮塔的面，她却假装没听见，还故意露出一副眉开眼笑的高兴样儿，转身便向外走去。她后脑勺的头发上有一个明显的凹痕，那是靠在医院的椅子上睡觉时留下的。

"我能坐这儿吗？"安妮塔指着病床旁边的椅子问。

我无所谓地耸了耸肩，"可以。"

安妮塔本想将双腿放在椅子下面，可惜椅子太小，她只好也像常人一样跷起二郎腿，双手相扣扳着膝盖。她的指甲是淡紫色的。

"在过去这二十四小时中你经历了很多难以想象的事情。"安妮塔说，但她的说法并不全对。二十四小时之前我才刚刚起床；二十四小时之前我还是个充满厌学情绪的顽劣女生。直到十八小时之前我才知道脑浆是什么样子，才知道人的脸在没了皮肤和嘴唇，没了青春痘之后是什么样子。

尽管我对她的话持保留意见，但我还是点了点头。安妮塔说："你想和我谈谈吗？"

我很欣赏安妮塔坐在我旁边，而不是站在我对面俯视着我，好像我是一具泡在药水中的等待解剖的死尸。几年之后我才知道，这是一种获取他人信任的心理学上的小伎俩。我在《女人志》上还就此写过一篇小文章，教育女性朋友们说，遇到某些棘手的难题，如果你希望自己的另一半和你坦诚相见，那么就要注意提问题时你们两人的位置，尽量不要面对面地说，我的建议是在他开车的时候说，因为这时你们肩并着肩，他会更愿意敞开心扉。

"亚瑟死了吗？"我问。

"死了。"安妮塔的回答不带任何感情色彩。

我早已知道答案，可从一个与亚瑟素不相识的人口中听到这个消息，我还是震惊万分。真不敢相信，仅仅几个小时之前他还活蹦乱跳呢。

"死的人还有谁？"我鼓起勇气问。

"安斯莉、奥利维亚、西奥多、利亚姆和佩顿。"我一直不知道泰迪的真名叫西奥多。"哦，还有本。"她加了一句。

我等着她继续补充，但她却闭口不语了。

"迪恩呢？"我问。

"迪恩还活着。"安妮塔说。我盯着她，目瞪口呆。我逃出来时还以为他已经死了呢，"但他伤得很重。这辈子恐怕都别想走路了。"

我把毯子拉到了嘴边，"别想走路？"

"子弹穿过腹股沟，伤到了一截脊椎。目前他正在接受最好的治疗。"安妮塔说，"他能活着已经算走运了。"

我一口唾沫刚咽到一半便打了个嗝，上下对冲引得我胸口一阵疼痛，"本是怎么死的？"

"自杀。"安妮塔说，"他们两个早就计划好的。所以你用不着为自己做的事情感到内疚。"我不敢告诉安妮塔，我既不内疚，也不难过。我心里什么感觉都没有。

妈妈这时出现在门口，一手拿着一个圆圆的百吉饼，一手拿着一盒橙汁，"他们有奶油芝士。"

妈妈显然是按照她自己的口味抹的百吉饼，那上面的奶油芝士少得可怜，可我已经饿坏了，连埋怨的心情都没有。真奇怪，我怎么会这么饿呢？这和平时有点不一样。往常吃过早餐几个小时，也就是上历史课的时候肚子会咕咕乱叫；而现在这种饥饿的感觉已经不仅仅限于肚子里，而仿佛蔓延到了全身。实际上，我的肚子一点也没有觉得难受，倒是四肢虚弱无力。下巴似乎是连着心的，所以遇到食物时嚼得格外卖力。

我咕咚咕咚喝下橙汁，但每一口似乎都使我口渴的感觉更为强烈。我把盒子捏扁，连最后一滴也挤进嘴里。

妈妈问我还想不想要别的东西，可我什么都不想。百吉饼和橙汁仿佛使我瞬间复活，它们给了我力量去面对过去这十八个小时内发生的惨剧。无情又无形的现实不断膨胀，充斥了整间病房。记忆带着我回到任意我想去的地方，那里的一切都浸透了悲伤。

"我有个不情之请。"安妮塔微微前倾，双手扶着膝盖，用恳求的目光望着妈妈，"您能让我和蒂芙阿尼单独聊一会儿吗？"

妈妈耸耸肩，挺直了身体，"这恐怕要取决于蒂芙阿尼。"

我没有意见。此刻我需要向人倾吐，但为了不伤害妈妈的感情，我柔声说道："没事的，妈妈。"

我不知道妈妈期望我做出怎样的回答，但显然我的话让她大为意外。她从我腿上收起空了的橙汁盒子和餐巾纸，一本正经地说："很好。我就在外面守着，有什么事尽管叫我。"

"您能把门带上吗？"安妮塔在妈妈身后说道。妈妈只好无奈地照做，只是门紧紧贴在门挡上，她颇费了点力气才让它们分离，看着她失落的背影，我心里有种说不出的滋味儿。终于，门在她身后慢条斯理地合上了，可惜还没有合严她便松了手。她以为我已经看不到她，但我的目光始终没有离开她的背。她抬头望着天花板，而后双臂紧紧搂住自己瘦弱的肩膀，无所事事地前后晃动起身体。从她咧开的嘴角我不难判断，她在偷偷地哭。该死的，我真想把爸爸喊过来，让他抱抱她。

"我感觉你不大喜欢你妈妈。"安妮塔说。

我默不作声。此刻我对妈妈又充满了保护的欲望。

"蒂芙阿尼。"安妮塔说，"我知道你遭了不少罪。而且远远超出一个十四岁的孩子所能承受的范围。可即便如此，我还是想问你几个关于亚瑟和本的问题。"

"昨天我已经把所有的事都告诉彭萨克尔警官了。"我不满地说。

确信迪恩没命之后，我就逃出了餐厅，而且基本上是沿着贝丝的逃跑路线。只是我没有像她那样一路尖叫，因为我不知道本在什么地方，所以很怕引起他的注意。其实当时他已经饮弹自尽了，只是我无从得知。后来我就看到了特警队，他们猫着腰，枪口全都指向我。我一度以为他们在瞄准我，结果吓得转身就要往回跑。幸亏一个警察追上我，并护送着我挤过一群大眼瞪小眼的围观者和一些来不及换下遛狗服就跑过来的妈妈；她们一个个歇斯底里，难以自控，见我出来，便一齐围上来，七嘴八舌地嚷嚷着不同的名字，向我打听她们孩子的安危。"我杀了他。"我的声音显得异常微弱。救护人员想给我戴上呼吸面罩，但被警察拦住了。他们想了解更多的详情，我对他们说是本和亚瑟干的。"亚瑟·芬纳曼！"我不由喊叫起来。他们一遍又一遍地问我是哪个本，哪个亚瑟。可我竟然不记得本姓什么。

"我知道。"安妮塔说，"他们非常感谢你提供了那些情况。但我想问的并不是昨天惨案的经过。我想对亚瑟和本有一个清楚的了解和认识，并试着理解他们作案的深层原因。"

我突然对眼前这个安妮塔感到紧张起来，"你是警察吗？我以为你是精神科医生。"

"我是个犯罪心理学家。"安妮塔说，"偶尔和费城警方一道做些咨询工作。"

这听起来似乎比警察还要吓人，"那你到底是不是警察？"

安妮塔微微一笑，眼角露出三道清晰的皱纹。"我不是警察。但坦白地说，你向我提供的任何情况我都会和他们共享。"她在椅子上不安地扭了扭，"我知道你已经为警方提供了一些非常重要的信息，但我还是想和你谈谈亚瑟，谈谈你和他的关系。我知道你们以前是朋友。"

她上下打量了我一番，速度快得就像浏览一张报纸。见我毫无反应，她又说道："你和亚瑟以前是朋友吗？"

我无奈地双手在床上一拍，"他被我气坏了。"

"这样啊，有时候好朋友闹点矛盾也是正常的。"

"我们以前是朋友。"我不太情愿地说。

"他因为什么生你的气呢？"

我把毛毯上的一根线头揪在手中绕来绕去。要想说清整件事的前因后果，我很难避开迪恩家的那一晚。但那一晚对我而言是永远都不能触碰的禁区，"我偷了他的照片……他和他爸爸的合影。"

"你为什么要偷他的照片呢？"

我拼命把脚趾向前伸，仿佛这样做能释放我心中的怒气。这种情况就像有时候妈妈打听我朋友的事一样。她问得越多，我的嘴也闭得越紧；她越想知道什么，我就越是对什么讳莫如深，"因为他对我说了些伤人的话，我只是想报复他。"

"他说什么了？"

我把手中的线头攥得更紧了，周围的线全都皱缩在一起。我不能告诉她亚瑟说了什么，因为那样我不得不提到迪恩。还有利亚姆和佩顿。如果妈妈知道了那晚的事一定会杀了我的，"他因为我开始和迪恩以及奥利维亚那些人混在一起而生我的气。"

安妮塔若有所思地点了下头，好像理解了一样，"也就是说，他觉得你背叛了他？"

我耸耸肩，"我猜是吧。他不喜欢迪恩。"

"为什么？"

"因为迪恩总跟他过不去。迪恩对本也特别刻薄。"突然之间，我心里有了打算，也许只有这样做才能让自己全身而退。我必须想办法转移人们的视线，否则他们会一挖再挖，最终还是会牵出十月份的那个晚上。因此我慷慨地说："你知道迪恩和佩顿对本做过什么吗？"

安妮塔黑色的眼眸中闪出好奇的光。我把我所知道的一切都告诉了她。

安妮塔对我提供的信息似乎非常满意，一再感谢我不说，还大赞我"勇敢率直"。现在我随时都可以回家了。

"迪恩也在这家医院吗？"我问。

安妮塔正在收拾自己的东西准备离开，听我这么一问倒停了下来，"我想应该是吧。你想见他？"

"不想。"我说。可随后我又动摇了，"也许想吧。我也不知道。会不会不合适？"

"你想听我的意见？"安妮塔说，"我觉得你应该回家，和家人待在一起。"

"我今天必须去上学吗？"

安妮塔奇怪地看了我一眼。这是又一个非常重要的表情，只是我后来才明白她的意思。"学校要暂时关闭一段时间。现在我也不知道他们打算怎么完成这个学期的课程。"

安妮塔走路好像不抬脚，运动鞋在医院光亮的地板上摩擦得吱吱作响。妈妈走回病房，这次爸爸跟在她的身后，他看上去百般不乐意待在这个地方——和我们两个疯娘儿们待在一起。

奇怪，离开医院后，在街上重新看到那些行色匆匆的人，我竟有种难以形容的伤感。男人们西装革履赶着去上班，女人们则急着送孩子去公立学校上学。因为错过了蒙哥马利大街和莫里斯大街交叉口的红绿灯，他们不免抱怨几句，心想这下恐怕要迟到了。我忽然意识到自己并没有那么特别，人们并不会因为我而停止他们的生活。是啊，地球离了谁都照样转。

　　妈妈浑身发抖开不了车，所以只好让爸爸来开。"你们看啊。"她伸出骨瘦如柴抖个不停的双手作为证据。

　　我爬进车子，真皮座椅在薄薄的病号服下显得又硬又凉。在上大学之前，这套病号服会一直收藏在我的衣柜里。心里难受的时候我就把它穿上，在屋里走来走去。直到后来内尔说我这种做法有点变态，我才把它扔掉。

　　我们在布林茅尔医院的停车场上兜了好几个圈子才找到出口。爸爸很少开车出门，结果一路被副驾上的妈妈烦得快要疯掉。"不对，博比，左转，左转！""老天，迪娜，你能不能安静会儿？"公路渐渐远离了风景优美的城市，窗外原本目不暇接的精品商店和豪华汽车逐渐退出了舞台。视野之内只剩下偶尔遇到的一两家麦当劳和一些简单的零售店。空气中有种恐慌的因子在不停蔓延。如果布拉德利一直不复课怎么办？那我就没必要留在美恩兰。我需要布拉德利。在这里经历了那么多事，我可不想再回到圣特里萨山中学，过那种半死不活的日子。

　　"我还会继续留在布拉德利上学吗？"我问。妈妈的肩膀仿佛忽然被某种无形的东西压了下去，上身显得更加佝偻。

　　"我们也不知道。"妈妈这样说的同时，爸爸却给出了截然不同的回答，"当然不了。"

　　妈妈撒谎的时候，侧面总是非常严厉。"博比！你答应过的。"这一点我得到了她的真传。

　　我坐正身体，窗玻璃上额头抵住的地方留下一片菱形的污迹。那块多芬香皂一点都不祛油，"等等，答应什么？"

　　两人谁也不说话，全都目不转睛地盯着前方。这令我更加紧张起来。

　　"喂！"我大声说道，"你们答应什么了？"

　　"蒂芙阿尼。"妈妈或许也感到头疼，她轻轻揉捏着鼻梁。"我们还不知道学校会做出什么决定。你爸爸答应的，是先等等看校方怎么决定，然后我们再做决定。"

　　"在这件事上我有没有发言权？"我承认，说这话的时候我太把自己当回事儿了。爸爸突然左转并猛踩了一脚刹车。妈妈猝不及防，上半身向前栽去，但被安全带紧紧勒住，闷闷地哼了一声。

　　爸爸转过身，露出满脸青筋。他恶狠狠地瞪着我，并用一根手指指着我吼道："没有。你没有发言权！"

　　"博比！"妈妈大惊失色。

　　我躲在后排的角落里。"好。"我低声说道，"好吧，全听你们的。"我眼角下的皮肤不知道什么时候擦破了，泪水滑过时蜇得生疼，就像有人拿酒精擦我的脸。爸爸意识到他仍旧用手指着我，便慢慢地收回去，放在了两腿之间。

　　"蒂芙阿尼！"妈妈侧过身，一只手摸着我的膝盖，"天啊，亲爱的，你脸色怎么这么白，你没事吧？别害怕，你爸爸不是那个意思，他只是有点心烦意乱。"我一直都觉得妈妈很漂亮，但吃苦受累的日子已经把她变得丑陋不堪，让我认都认不出来了。她抽噎了几次，嘴唇轻轻嚅动着，寻找合适的话安慰我。终于，她开口说道："这个时候，其实大家心里都很乱。"我们在沉默中坐了一会儿，等待妈妈平静下来。其他车辆风驰电掣般从我们身旁经过，而我们的车子像个摇篮一样，在原地摇晃。

　　回到家后，我们又遇到了另一个僵局。妈妈希望我回自己的房间休息。她从安妮塔那里拿了一瓶镇静药，以防万一我出现歇斯底里的情况。同时她还说我需要什么她都会给我送到房间里去——吃的、喝的、纸巾、杂志……如果我想修指甲，她甚至还能给我提供指甲油。可我不想憋在房间里，我想看电视。我需要让电视节目，让那些无聊的脱口秀和垃圾肥皂剧来提醒自己，世界依然存在着，和过去一样普通、愚蠢。看杂志也能起到同样的作用，可当你做完最后一页的纵横字谜，结果却只是发现自己是个让男人们望而却步的控制狂，那这个咒语也就不灵了。我需要的是持续不断的麻木。

爸爸回来后径直钻进主卧房。二十分钟后他出来时，已经刮过了胡子，换上了卡其裤和那件难看的黄色衬衣——偶尔他到学校接我时，我总是祈祷他千万别穿这件衣服。

"你要去干什么？"妈妈问。

"去上班啊，迪娜。"爸爸拉开冰箱门，拿了一个苹果。他咬了一口，牙齿刺破果肉，不由让我想起刀划过亚瑟背部时的情形。我把脸扭到一边，"你以为我要干什么？"

"我觉得今天咱们一家人应该待在一起。"妈妈说，尽管有些底气不足。突然之间，我多么希望自己出生在美恩兰的一个大户人家，兄弟姐妹叔叔阿姨共享着同一个显赫的姓氏，且全都相离不远。家里数代同堂，永远热热闹闹生气勃勃。

"你以为我不想啊。"爸爸用嘴咬住苹果，从门厅衣橱里取出外套穿在身上，"我会尽量早点回来。"出门之前，他还不忘对我说了句安慰话。真谢谢了，我的亲爸。

爸爸关上门时，好像整座房子都在摇摆振动。妈妈等房子站稳了才开口说："好吧，你要是想躺在沙发上也没关系，但我建议你不要看新闻。"

新闻。得亏妈妈这么一提醒，否则我还真没想到这一茬儿。现在除了新闻，我什么都不想看了。于是我挑衅似的盯着她问："为什么不能看？"

"因为看了只会让你心烦。"妈妈说，"他们会播——"她忽然顿住，紧紧绷住了嘴，"反正那些画面对你没好处。"

"什么画面？"我追问道。

"别这样，蒂芙阿尼。"妈妈恳求说，"你就不能乖乖听我的话吗？"

我假装顺从，上楼洗了个澡，换上干净的衣服。随即便下楼准备看看新闻，但妈妈正在冰箱里翻找东西。我们家和别人家有所不同的是，厨房的中央有一个大窗户，这样即便坐在餐桌前也能看到客厅里的电视。我不想惹妈妈唠叨，就调到了音乐电视频道。

几分钟后，我听到妈妈在厨房里走来走去的声音，嘴里还嘟囔着家里没有吃的之类。"蒂芙阿尼。"她说，"我要去趟超市。你有没有什么让我捎的？"

"平常那种番茄汤。"我说，"还有芝士小饼干。"

"喝的呢？汽水怎么样？"

她明知道自从我开始跑步之后就不再喝汽水那类饮料了，拉尔森老师说除了水，其他东西只会让我们渴上加渴。我翻了个白眼儿，用她勉强能听到的声音说："不要。"

妈妈走到沙发跟前，像瞻仰棺材里的死者一样低头看着我。她找来一条毯子，在空中抖开。毯子徐徐下降，完美地罩住我的身体，"我真不忍心把你一个人留在家里。"

"我没事。"我喃喃说道。

"我走了之后你可千万不要看新闻啊。"她恳求我说。

"我不看就是了。"

"我知道你一定会看的。"妈妈说。

"那你还说这么多干什么?"

妈妈叹了口气,在我对面的一张小沙发上坐了下来,只听那沙发垫发出长长的一声呻吟。她拿起遥控器说道:"既然你横竖都会看,我倒宁可你跟我一起看。"这就好像我第一次抽烟时一样。"万一你有什么问题还可以问我。"她又加了一句。

妈妈把电视从音乐频道调到了NBC。果不其然,倘若在平日,此时的《今日秀》应该在测试最新上市的吸尘器呢,然而今天却被《校园枪案再现》的新闻节目占据了屏幕。主持人马特·劳尔就站在布拉德利中学破旧的教学楼前,他身后是被餐厅大火烧黑了的部分。

"美恩兰是美国最富裕的地区之一。"马特说,"今天早上我遇到的很多人都对这件事万分震惊,谁都没有想到这里会发生如此严重的事件,然而这一次请您务必相信媒体,因为他们说的是真的。"镜头从他身上移开,转为学校的航拍画面,而马特则在画外公布了一串冷酷的数字,"这次枪击案共造成七人死亡,包括两名枪手和五名受害者。其中一名受害者死于餐厅的爆炸。据警方调查发现,枪手将自制的管状炸弹装在书包内,放置在一张餐桌旁边,而这张餐桌通常是学校里几个比较出名的学生就餐的位置。警方透露说原本至少有五颗炸弹,但只有一颗被引爆,倘若全部炸弹都被引爆,后果不堪设想。九名学生受伤入院,但均无生命危险。只是个别学生可能要面临截肢的命运。"

我倒吸了一口气,"截肢?"

泪水使妈妈的眼睛显得更大了些,"你瞧,我说的就是这种情况。"

"谁?谁要截肢?"

妈妈用颤抖的手摸了摸额头,"因为大都是些不认识的名字,听过之后我就忘了。不过有一个我记住了，是你的朋友希拉里。"

我在毯子下面伸了伸腿，因为它缠得我难受，我恨不得把它一根线一根线地撕开。橙汁在我的肚子里仿佛一下子沸腾起来，"她怎么了？"

"我也不清楚。"妈妈呜咽着说，"有可能是脚。"

感觉不对劲时我就起身向洗手间跑去，可还是晚了。我吐得满地都是绿色的黏糊糊的东西，看着让人恶心，刺鼻的腥臭味儿顿时充满了整个屋子。妈妈说不碍事，她会用清洁剂清理干净。现在最重要的，是我必须休息。她给我吃了一片安妮塔开的药，让我只管睡一觉。

蒙眬中，我好几次听到妈妈与人通电话。我听见她说："谢谢您的关心，不过这会儿她正在休息。"

随后我犹如跌进了黑色的泥潭，不论怎么挣扎都无法脱身，试了很多次后，我放弃了，任凭自己在泥潭中陷下去。直到入夜时分，我才总算穿透黑色的迷障，真正清醒过来。此时我做的第一件事就是问妈妈之前在和谁说话。

"一些人打电话来问你的情况。"妈妈说，"其中有你的英语老师——"

"拉尔森老师？"

"嗯。还有另一个学生的妈妈。他们好像弄了个连锁呼叫什么的。"

学校已经无限期停课。妈妈说还好我不是毕业班的。"想想看，学校摊上这么大的事情，还怎么递大学申请啊？"她不无同情地说。

"拉尔森老师有没有留下电话号码？"

"没有。"妈妈说，"不过他说会再打过来的。"

晚上，电话再也没有响过。这一夜我就睡在沙发上，一脸茫然地盯着电视屏幕，听一个名叫贝弗莉的四个孩子的妈妈吵架似的推荐一款减肥 DVD。她说她尝试了各种方法，只有 DVD 上的减肥方法让她成功找回了自己昔日的身材。客厅里的灯一直开着。我们家房屋的格局另外一个与众不同的地方，是二楼的走廊为单侧开放式。一共有四间卧室与走廊相连，卧室门正对着走廊栏杆。因此不管谁从哪间卧室走出来都能看到我蜷缩在一张淡色的床单下面。爸爸曾气急败坏地从卧室里出来过几次，埋怨客厅里的灯光能从门缝下面透进卧室，害得他睡不着觉。终于，我告诉他说我宁可听他埋怨也不敢关灯，因为只要周围变成一片黑暗，恐怖的场景就会不停地在我眼前闪现。之后他再也没有从卧室里出来过。

太阳开始露头，我才昏昏沉沉地睡去。再次醒来时，电视已经关了，而我却到处都找不到遥控器。

"你爸爸拿走了。"妈妈在厨房听见我东翻西找时，大声说道，"不过他上班之前出去给你买了一大堆杂志。"

我看什么杂志向来都是妈妈说了算。不过她给爸爸列了一个长长的单子，让他照着全部买来，其中甚至包括一些我长大之后才会被允许看的杂志，比如怎样勾引男人之类的。我知道，这只是一种小小的补偿，因为他们要禁止我看电视。那些杂志我至今还保存着，统统装在一个箱子里，放在我童年时睡过的小床下面。是它们让我萌生了到大城市里去的愿望，任何一座大城市——穿上时髦的高跟鞋，过优越体面的生活。在那些世界中，一切都是优越体面的，一切都是美好的。

慵懒的午后，妈妈在短沙发上小憩，我躺在长沙发上研究烟熏妆的画法。这时，门铃响了。

妈妈一骨碌爬起来，责难似的看着我，好像是我吵醒了她一样。我们四目相对，彼此愣了几秒钟，直到门铃声再次响起。

妈妈将手插到发根处，一边向后梳一边抖了抖头发；随后她又用手指在眼睛下面轻轻拍了拍，除去沾在上面的睫毛膏。"见鬼！"站起身后她抖了抖脚，仿佛这样做能让她清醒过来。可惜没用，走向门口时她仍然踉踉跄跄。

我听到门口一阵窃窃私语。妈妈说："当然可以。"回到客厅时，她身后跟了两个一脸凝重的男人，他们的西装和地下室里的棕色沙发差不多一个颜色。

"蒂芙阿尼。"妈妈摆出一副女主人的口吻，"这位是……"话没说完，她用手揉着太阳穴，不好意思地对那两个人说："真对不起，两位，我这脑子不够用了，你们怎么称呼来着？"她的音调由高到低急转直下，而且看起来似乎要哭的样子，"唉，遇到这种事……"

"没关系。"瘦一点的那个年轻人说道，"我是迪克森侦探。"他冲身边的搭档点了下头，"这位是文西诺侦探。"文西诺侦探和我的许多亲戚有着相同的肤色。他们每年通过大量的运动，期望得到一身令人羡慕的古铜色，可惜却个个面有菜色。

妈妈提醒我说："蒂芙阿尼，你能不能站起来？"

我合上那篇讲烟熏妆的文章，乖乖站了起来，"又有人死了吗？"

迪克森侦探两道淡黄色的眉毛蹙在一起。如果不是因为它们像猪鬃一样杂乱无章地竖在他脸上，你恐怕会误以为他没有眉毛。"谁也没死。"他说。

"哦。"我打量着自己的手指甲。在烟熏妆之前，我看的是关于指甲的文章，他们说指甲上有白色斑点是缺铁的征兆，而铁又是头发浓密闪亮所不可或缺的元素，所以缺铁是很可怕的事情。还好，我的指甲上没有白斑。"我爸妈不让我看电视新闻，所以我不知道现在是什么情况。"我瞥了两位侦探一眼，那意思很明显：你们能相信吗？

"他们也是为你好。"迪克森侦探说。妈妈自鸣得意地冲我一笑,那样子让我好想把手里的杂志扔到她的脸上。

"我们能不能找个地方坐下来谈谈?"迪克森侦探问。

"没什么事吧?"妈妈尴尬地用一只手捂住了嘴,"对不起。我的意思是没出什么别的事吧?"

"没有,法奈利太太。"文西诺侦探清了清嗓子说。他脖子下面泛着绿色的皮肤十分松垮,只要脑袋一动或者张嘴说话就会跟着晃来晃去。"我们只想问蒂芙阿尼几个问题。"

"我在医院的时候已经和警察说过了。"我说,"还有那个精神科医生。"

"是心理学家。"迪克森侦探纠正说,"这我们都知道。我们只是想核实几件事,还希望你能够帮忙。"他尖尖的眉毛微微弯曲,一副求人办事的脸色。需要我帮助的人太多了。

我看了一眼妈妈,她点了点头,"好吧。"

妈妈问两位侦探需要点什么——咖啡、茶,或者点心?迪克森侦探要了咖啡,但文西诺侦探却摇摇头说:"我不用了,谢谢你,法奈利太太。"

"叫我迪娜吧。"妈妈说,但文西诺侦探并没有像多数人那样对她报以感激的微笑。

只剩下我们三人在餐桌前对坐着。妈妈往咖啡机里加了些咖啡豆,机器搅拌时的轰鸣惊天动地,我们不得不提高了嗓门儿说话。

"蒂芙阿尼。"迪克森侦探开始了,"我们知道你和亚瑟的关系。在事件发生之前,你们闹过矛盾。"

我像小鸡啄米一样频频点着头,"对,对,对。他很生我的气,我从他家里拿了一张照片。现在还在我这儿呢,你们要是——"

迪克森侦探举起一只手示意我停下，"我们来这儿实际上并不是为了谈亚瑟。"

我不解地眨了眨眼睛，"那你们要谈什么？"

"迪恩。"迪克森侦探观察着我的反应，"你和迪恩是朋友吗？"

我看着踩在厨房硬木地板上的脚指头。以前我经常穿着袜子在地板上滑来滑去，且张开双臂模仿冲浪的姿势。后来有一天，一根三英寸长的木屑刺穿了袜子，扎进了我的脚底，从那之后我就再不敢玩那种游戏了。"算不上。"我回答说。

"但从某种程度上来说，你们的确是朋友，对吧？"文西诺侦探插进来说。这是他第一次开口对我说话。由于离得很近，我发现他的鼻子是向左歪着的，就像一疙瘩黏土还没干的时候被人拧了一下。

"应该可以那么说吧。"我赞同他的推断。

迪克森侦探瞥了一眼文西诺侦探，"最近你是不是也在生迪恩的气？"

我扫了一眼在刺耳的研磨声中竖起耳朵听我们说话的妈妈，"嗯，是有点儿。"

"能告诉我们为什么吗？"

我注视着自己的双手，和那十片健康的指甲。奥利维亚再也不用担心自己是不是缺铁了。我忽然想起最后一次见她时她涂了绿色的指甲油。当时我们在上化学课，她伏在桌子上，一丝不苟地记着笔记。希拉里一直都涂绿色的指甲油，一定是她怂恿奥利维亚涂的，因为奥利维亚不是那种喜欢化妆的女生。或者，那只是为了表明她们对足球队的支持。我糊涂了，心想如果人死的时候还涂着绿色的指甲油，且在死前也没有遇到过什么事，没有洗头，也没有做任何会伤到指甲的事，那么手上的莎莉汉森指甲油会不会也像牙齿和骨骼那样在肉体腐烂之后继续留存呢？这就是奥利维亚，在我心里只剩下绿色的指甲。迪克森侦探又问了一遍。

"蒂芙阿尼。"妈妈喊道，她同时关掉了研磨机，因此使得她接下来的话显得格外大声，"快回答侦探的问题呀。"

就像在温暖的浴缸中能够变大四倍的洗澡玩具，我的眼泪也忽然膨胀起来。那天晚上的事恐怕再也瞒不下去了。我为什么会觉得只要自己不说就神不知鬼不觉了呢？我抬手揉了揉眼睛，长叹一声道："有太多原因了。"

"要不要让妈妈回避一下？也许那样你更容易开口？"迪克森温和地问。

"不好意思。"妈妈将咖啡放在迪克森侦探的胳膊肘旁，"回避什么？有什么不能当着我的面说的？"

律师来到时，阿德摩尔警察局的窗户已经暗了下来。在昏黄的走廊灯光下，那人自我介绍说叫丹。迪克森侦探坚持认为我们不需要律师，而因为他一直友好和善的态度，妈妈几乎相信了他。但给爸爸的办公室打过电话之后，她又改了主意。律师是爸爸的一个同事推荐的，那人的女儿今年夏天曾因酒驾被逮捕，当时辩护用的就是这个人。不过我和妈妈对他的印象都不怎么好。他衣着邋里邋遢，裤腿皱得就像斗牛犬脖子下面的皮。

在阴森寒冷的审讯室，丹（妈妈曾嗤之以鼻地说："哪个有本事的律师会叫丹啊？"）希望首先听我讲述一遍事情的经过，然后才允许侦探开始问讯。这里真的很冷，他们故意调低温度，好让你一分钟都不愿在这里多待，所以便会早早坦白一切。侦探们这会儿都回家吃晚饭了。

"所有的细节都很重要。"丹卷起袖子说。那是一件要多难看有多难看的深蓝色衬衣，我猜多半是买二送一时商家给的便宜货。他的外套已经脱下，搭在椅背上，只是他没有注意到衣服的左肩已经从椅背上滑了下来，只剩下右肩勉强挂着才没有落地，"从转到这个学校开始，你遇到的每一件事，涉及的每一个人，我都要知道。"

连我自己都不敢相信刚刚转入布拉德利时我有多么春风得意。迪恩、奥利维亚，学校里最引人瞩目的男生女生都争着和我做朋友；可是万万没想到我的好运消失得那么快。我很快就讲到了迪恩家的那一晚，说到佩顿时，当时的情景更是历历在目。"口交？"丹问。在无情的荧光灯下，我看上去一定又黑又丑。"对。"我含糊地说。我把当晚的事情原原本本地叙述了一遍，我如何梦游般地走来走去，中间几次醒来，先是看到佩顿，后来是其他人。还有那晚在奥利维亚家发生的事，我也告诉了他，包括我脸上伤痕的来历。我非常不想把拉尔森老师牵涉进来，可丹说过不能有任何隐瞒。

"在拉尔森老师公寓里的那一晚……"丹清了清嗓子，他看起来似乎和我一样浑身不自在，"他有没有对你……"

我盯着他愣了一会儿才明白他的意思。"没有。"我矢口否认，"拉尔森老师永远都不会……做那种事。"我毫不掩饰对那种事的恶心。

"但拉尔森老师知道轮奸的事，对吧？他可以佐证你的话？"

这是第一次有人用"轮奸"来定义我的遭遇。当时我并不知道其他那些行为也可以被定义为强奸。"是的。"我回答说。

丹把这些情况全都记在了他的小笔记本上，然后他停下笔，"现在咱们说说亚瑟。"

他是否心情沮丧意志消沉？他是否吸毒？（"不。"我说，"他只吸大麻，大麻算吗？""大麻也是毒品啊，蒂芙阿尼。"）仔细回想，他有没有说过任何能够暗示他要行凶的话？

我耸了耸肩说："我知道他有枪，就是他在餐厅里拿的那一把。"

丹很长时间都没有眨一下眼睛，我差一点就学着广告里的样子在他眼前晃晃手并喊上一声"哟呼——"了。"你是怎么知道他有枪的？"他问。

"他让我看过。在他家的地下室里。那是他爸爸的枪。"丹的眼睛仍旧一眨不眨。"不过看的时候里面没有子弹。"我强调说。

"你怎么知道？"丹问。

"他故意拿枪指着我。是闹着玩的。"

"他拿枪指着你？"

"他也让我拿过。"我说，"要是有子弹的话他应该不会让我碰，万一我不小心……"我话到一半又不说了，因为丹的脑袋几乎垂到了胸口，好像坐飞机时睡着的样子。"你怎么了？"我问他。

丹头也不抬地说："你碰过他的枪？"

"只一下下，也就一两秒钟的事儿。"我飞快地转动脑筋，想弄明白自己的行为到底有什么不妥之处，"然后我就还给他了。"丹依旧没有抬头看我一眼。"怎么了？有什么不妥吗？"我心急地问。

丹用双手各顶住鼻子的一侧，支撑起整个头部的重量，"有可能。"

"为什么？"

"因为如果他们在枪上发现了你的指纹，结果会非常非常麻烦。"

头顶上的灯闪了闪，噼噼啪啪响了几声，就像夏天的夜晚某只不幸的小虫撞在上面被烫死了一样。我明白了丹的意思。妈妈知道这件事吗？爸爸呢？"他们会不会认为我也牵涉其中了？"

"蒂芙阿尼。"丹说，他的声音高亢得令人吃惊，"你知不知道自己到这里干什么来了？"

我和丹"密谈"之后——这是迪克森的说法，就像他是我的足球教练，而我是他集全镇人的期望于一身的明星四分卫——便可以上厕所，并去见我的爸爸妈妈。他们并肩坐在审讯室外面的一张长凳上。爸爸双手捧着脑袋，仿佛不敢相信这就是他的人生，仿佛只要他闭上眼睛睡一觉，睁开眼时就是另外一番光景。妈妈一条腿压着另一条腿，穿着长筒袜的一只脚从轻浮的高跟鞋里几乎退出了一半。我早跟她说过不要穿高跟鞋到警察局这种地方，可她偏不听。她还劝我化妆来着（"出门儿前涂点睫毛膏吧？"）。我没有理会，关掉厨房的灯便径直上车等着去了，只留下她一个人在黑暗中眨着眼睛。

我们走近时，爸爸起身和丹握手。

我问妈妈："你们知不知道他们怀疑我和枪击案有关系？"

"没有的事，蒂芙阿尼。"妈妈说，可她的声音又尖又细，没半点说服力，"律师只是希望把各种情况都考虑在内。"

"丹说他们在枪上发现了我的指纹。"

"我说如果，如果。"丹强调说。这时妈妈尖叫了一声："什么？"丹吓得肩膀轻轻抖了一下。

"迪娜！"爸爸吼道，"小点儿声。"

妈妈用一根指头指着爸爸，亮晶晶的指甲因为愤怒而微微晃动。"你别管我，博比！"说完她缩回手，攥成拳头塞到牙缝之间。"这都是你的错。"她呜咽着，紧紧闭上眼睛，泪水在扑着厚厚粉底的脸颊上冲出了两道沟，"我早告诉过你。蒂芙阿尼需要那些衣服，那样就不会被人欺负了。你看现在结果怎么样？"

"就因为我不给她买衣服，这事儿就成我的错了？"爸爸大张着嘴巴，露出发黑的臼齿。他对牙医没什么好感。

"拜托！"丹的声音虽然很低，但却透着不可抗拒的威严，"这里可不是吵架的地方。"

"你简直不可理喻。"爸爸嘟囔道。妈妈却只是甩了甩她那喷满定型剂的僵硬的头发,自己到一边生闷气去了。

"我不知道他们有没有发现她的指纹。"丹说。"但蒂芙阿尼向我透露说亚瑟曾让她摸过他的枪,而且——"他强调似的挥动双手,"那把枪正是枪击案中使用的那一把。"

妈妈看我的眼神,有时候会让你为父母们感到特别悲哀和难过。他们总以为非常了解你,可当发现事实并非如此时,他们就会感觉像是受到了无情的嘲笑。在告诉丹我在迪恩家那晚的遭遇之前,我曾问他会不会把这些事说给我的父母听。"如果你不希望我说,我可以替你保密。"丹说,"这是委托人的个人资料。但是,蒂芙阿尼,事情照此发展下去是不可能瞒得住的,所以最好还是提前告诉他们。"

我摇了摇头,"我说不出口。"

丹说:"如果需要,我可以替你开这个口。"

亚麻地板上传来清脆的脚步声,迪克森侦探到了。我们都停下来等着他说话。"你们谈得怎么样了?"他向手腕上扫了一眼,尽管他并没有戴表,"咱们开始吧?"

我不清楚具体时间,但当我和丹并肩坐下,迪克森侦探坐在我们对面,文西诺侦探坐在角落的时候,我的肚子开始咕噜咕噜叫了起来。

桌子和亚瑟的眼镜片一样脏兮兮的,桌面上仅放了一杯水(我的)和一台录音机,后者位于正中央。迪克森侦探按下一个按钮,说道:"二〇〇一年十一月十四日。"

"已经是十五日了。"文西诺侦探敲了敲他腕上的手表,"十二点零六分。"

迪克森侦探纠正了时间后继续说道:"问讯双方包括迪克森侦探、

文西诺侦探、蒂芙阿尼·法奈利和她的律师丹尼尔·罗森伯格。"丹的全名让我对他增加了不少信心,我心里忽然踏实了很多。

没了条条框框的程序和限制,我又把我的经历从头到尾一口气复述了一遍,包括每一个最粗俗下流的细节。当着几个中年男人的面袒露自己最觉羞耻的性秘密,这种感觉真是生不如死。

和丹不同,迪克森和文西诺侦探自始至终也没有打断过我一次,于是我暗暗耍起了小聪明,心想或许漏掉个别部分也无关紧要,可当我这么做时,丹轻轻戳了我一下,提醒我说:"还记得吗?那天晚上你在瓦瓦加油站遇到了拉尔森老师。"

全部讲完之后,迪克森侦探在椅子上伸了个懒腰,大声打了个哈欠。他保持着那个姿势——双腿分开,胳膊伸在脑袋后面——盯着我看了一会儿。"看来。"他最后说,"事情的经过就是迪恩、利亚姆和佩顿三个人在迪恩家开派对的那天晚上侵犯了你?而后来在奥利维亚家的那一晚,迪恩又想侵犯你,对不对?"

回答之前我看了一眼丹,他点点头,我才说道:"是的。"

"是这样的,蒂芙阿尼,我没有听明白呢。"文西诺侦探轰然一声靠在墙上,胸膛几乎缩到了他的啤酒肚上。他浑身上下到处都是黑乎乎的汗毛。"我不明白的是,既然迪恩侵犯过你——"他很无礼地笑了笑,"那你为什么还要从亚瑟的枪口下救他呢?"

"我是为了救我自己。"

"可亚瑟是你的朋友啊。"文西诺侦探的声音很欠揍,好像在故意提醒我,"他应该不会伤害你吧。"

"他曾经是我的朋友。"我瞪着桌子,眼珠一动不动,直到桌面在我眼中变得模糊。"但我很怕他。他生着我的气呢。我拿了他爸爸的那张照片……你们可能想象不到他有多生气。实话告诉你们,他从家里一直追着我跑到了外面。"

"咱们往回倒一点吧。"迪克森侦探扭头警告似的瞥了文西诺侦探一眼，"说说迪恩和亚瑟的关系吧，你知道的有多少？"

我一下子便想到了亚瑟房间里的年鉴。他们的微笑，他们认真热情的脸。仅从那些照片谁都想不到结果会是这样。"他们上初中时是好朋友。"我说，"亚瑟告诉我的。"

"他们是什么时候闹僵的？"迪克森问。

"亚瑟说是在迪恩成了学校的红人之后。"我耸耸肩。都是老掉牙的往事了。

"亚瑟有没有流露出想报复迪恩的念头？"

"没有。"我说，"好像没有。"

文西诺又插话进来，"蒂芙阿尼，'好像没有'是什么意思？"

"没有，行了吧？他没有露出过那种念头。"

"从来没有吗？"迪克森温和地问，"好好想想。"

"我的意思是，平时说几句坏话没什么大不了的。但他从来没说过要带着他爸爸的枪去学校轰掉迪恩的老二。"说到"老二"两个字时，我差点笑出声来，但我马上把它憋了回去，没承想却憋出一个响响的嗝。我极力忍住笑，那种痛苦就像葬礼上默哀之时听到有人放了个屁一样，能把人憋出内伤。

"我的委托人已经累了。"丹说，"要不让她回家睡一觉吧。别忘了她才十四岁。"

"奥利维亚·卡普兰也是。"文西诺侦探说。

听到奥利维亚的名字我浑身一震。我来回抚摸着满是鸡皮疙瘩的胳膊，问道："希拉里怎么样了？"

"她截肢了。"文西诺只说了这四个字。

我哆哆嗦嗦地喝了一口水。审讯室里似乎更冷了，水从肺部中间穿过时，我打了个寒战。"她不会有事吧？她还会回布拉德利吗？"我望着迪克森，问出了自从离开医院之后就一直让我放不下的两个问题。也许他知道答案，"布拉德利中学不会关闭吧？"

"你希望它关闭吗？"迪克森身后的文西诺答道。

我不知道该如何让文西诺侦探相信那是我最不愿意看到的结果。我不能再回到以前的学校，以前的生活，尽管那里距美恩兰只有几英里。可这短短几英里的差距无异于耶鲁大学之于西切斯特大学；它意味着长大之后你是去纽约过体面人的生活，还是回老家，像个乡野村妇一样吃没吃相站没站相，摸着自己的大肚子，肚子里的孩子左蹬一脚右蹬一脚。于是我双手在桌面上摊开，真心实意地说："我只是希望一切都能恢复正常。"

"哦。"文西诺仿佛明白了一样举起一根手指，"那些得罪过你的人全都报销了，现在可以恢复正常了，是不是？"他脸上露出一丝狞笑，挖苦似的伸手指着我，就像凡娜·怀特①向观众展示获胜者的最终奖品——崭新的丰田凯美瑞轿车，"看啊，伙计们！这是世界上最幸运的女孩儿了。"

丹瞪着文西诺说："侦探先生，您的话有些过分了吧？"

文西诺侦探不以为然地将双臂抱在胸前。"对不起。"他不屑地说，"我很忙，没工夫考虑蒂芙阿尼·法奈利的感受。"

丹懒得理他，扭头问迪克森："您要问的话都问完了吗？"他轻轻拍了拍我的后背，"我的委托人现在需要回家休息了。"

休息。尽管说起来容易，但恐怕从今往后我再也别想睡个踏实觉了。

---

① 凡娜·怀特是美国著名演员和电视节目主持人，她主持的大型竞猜节目《幸运之轮》在美国可谓家喻户晓。

来到外面的走廊，丹要求和我单独说几句话。他说第二天一早他就会到我家去，把我说不出口的事情告诉我爸妈。第二天是星期五，所以我倒希望他下周一再来，免得整个周末我都得和爸爸妈妈窝在家里，他们看见我已经够烦的了。然而丹说如果等到周一，消息泄露的可能性很大，我恐怕不想让爸妈从《费城询问报》上知道我的事情。"既然无可避免，我们还是赶早不赶晚吧。"丹一手扶着我的肩膀，而我则低着头，看着他那双如同橡胶一样的假皮鞋。

"你表现很好。"丹说，"他们两个是一个唱红脸一个唱白脸。文西诺显然就是唱白脸的，他故意想激怒你，还好你没上他的当。这就很好。"

"他们好像怀疑我和亚瑟是一伙儿的。"我说，"怎么会这样呢？"

"你多心了。"丹说，"就像你妈妈说的，他们只是要把所有可能都考虑在内。"

"我还得来这儿吗？"

"有可能。"丹冲我笑了笑，那意思显而易见。有些事他也无可奈何，只能用微笑鼓励你勇敢面对。

为了让我好好睡觉，妈妈又给我吃了一片安妮塔开的药。我本想留着待会儿再吃，等她和爸爸睡着了好偷偷浏览一番各个频道的新闻。我可以让电视机静音，只看字幕；但妈妈坚持让我当着她的面把药吃下去。就好像我吃的不是安眠药，而是维生素片（他们后来发现人对维生素片也像海洛因一样容易上瘾）。

不到十五分钟我便睡着了，而后便是各种稀奇古怪的梦境接踵而至。我梦见自己头顶上长出了一颗成熟漂亮的覆盆子。我想方设法用头发将其盖住，可每次我从镜子前经过时，总能看到它圆滚滚的身体。

很快，更多的覆盆子冒了出来，一个长在我的发际线处，一个长在耳畔。**我要把它们揪掉，这恐怕会很疼，我心里想。**通常在这时我就该惊叫着醒来了，可安眠药麻木了我的本能，因此我只是抽动了一下，继而向着更深更诡异的梦境走去。

我发现自己置身于一群人中间。我只知道他们是我的同学，但却一个也认不出来。我们站在一个码头边，周围呈现出一片浅灰和暗黄，看上去很有旧时的感觉，仿佛出自二十世纪之初纽约城的一幅素描画。我听到了一些声音，起初像窃窃私语。"亚瑟还活着。"后来变成一阵令人兴奋的缄默。"亚瑟还活着？"我问，却不知道在问谁。

人群骚动起来，所有人都开始移动，仿佛在寻找亚瑟的下落。我试着往外挤，却丝毫也无法突破人群的障碍。我知道，像这样挤成一团是永远也找不到亚瑟的，我们必须散开。

随后我便出现在人群之外，亚瑟站在我面前，笑着。甜蜜的笑，就像他在看《老友记》时被钱德勒①的某句俏皮话逗得乐不可支。他一直都特别喜欢钱德勒。

"你还活着？"我吃惊地问，可亚瑟依然笑个不停。

"嘿！"我在他胸口打了一拳，"你还活着？怎么不告诉我？"我又打了一拳，力量更大，他的笑就像疯了一样，我希望他停下。这一点都不好笑，"你怎么不告诉我？"

"别生气。"亚瑟抓住我的拳头，微笑着说，"我在这儿呢，别生气。"

刚醒来时我难受极了。随后又不禁困惑——我已经醒了，还能发生什么坏事呢？刹那间我便头晕眼花起来，就像星期六的早上你急匆匆地准备去上学，可忽然间又恍然大悟，啊……今天是周末啊。周末暂时失去了它的魔力。对我来说，所有东西都失去了魔力。

---

① 钱德勒是美剧《老友记》中的主人公之一。

厨房里传来做饭的声音，电视机上的时间显示为下午 12:49。丹说他今天上午要来的。他已经来过了吗？难道在我噩梦缠身大汗淋漓的时候他已经把事情全都告诉了我的爸爸和妈妈？

毯子大部分堆在上半身，我的腿和脚全都露在外面。我翻了个身，一股暖融融臭烘烘的气息升腾而起。"妈妈？"我喊道，并迫不及待地等着她的回应。我可以通过她的声音来判断她愤怒的程度。

我听到妈妈光脚走在厨房地板上的声音，可当她走进铺着地毯的客厅时，便立刻悄无声息了。"你总算醒了！"她双手一拍说，"那药的效果也太猛了，是不是？"

从语调判断，她绝对还不知道那件事，"丹来过了吗？"

"他打过电话，不过我让他下午再来，因为你一直没醒。"

我使劲吞咽，却发现舌头沾在上颌的时间太久，不大灵便了。我慌了，再次往下咽口水。"爸爸呢？"

"哦，亲爱的。"妈妈说，"他上班去了，最近他很忙，说不定周末还要加班呢。"

"加班？"在我的记忆里，爸爸从来没在周末加过班。从来没有。

我暗地里松了一口气，但妈妈却误以为我很失望，"放心吧，他一定会提前回来的。"

"丹什么时候来？"

"很快就来。"妈妈说，"要不你先洗个澡？"她把手放在鼻子前左右扇动了几次，故意笑着说："你闻着……可真是提神醒脑啊。"

也许我闻着就像此刻的奥利维亚。我几乎要这么说。一股腐臭味儿。我和她差不了多少。

我洗澡向来慢吞吞的。平时该上学时，爸爸总是敲着洗手间的门问我："怎么还不出来？你在里面干什么呢？"我也不知道自己在里面干什么，和别人一样啊，只是我用的时间更长些。

星期二以来我一共只洗过两次澡，时间加起来还不抵平时的一次。我总能听到奇怪的声音，所以一次又一次拉开浴帘，以为自己会看到亚瑟的鬼魂站在外面，怒气冲冲地看着我。

背上的沐浴露泡沫还没冲干净我就关掉了花洒。"妈妈？"我大声叫道。每当我疑神疑鬼吓到了自己，有时候最好的解救方法就是听到妈妈不耐烦的吼声。"别喊了，蒂芙阿尼。"

我又开始叫妈妈，这一次声音更大。可外面却没有半点回音。我用浴巾裹住身体，一路滴着水走到门口，拉开门，喊道："妈……妈。"

"老天爷，我在打电话呢！"她的声音说明了一切。

我悄悄溜进我的房间，在地毯上留下一行湿湿的脚印。我从机座上小心翼翼地拿起电话，轻轻放在耳边。这台分机是我再三央求之后才装上的。我还像《我所谓的生活》[1]中的瑞安妮一样在电话柄上贴了闪闪发光的粉色贴纸。

我拿起电话时刚好听到丹在说话："……她们在学校有矛盾？"

"没有。"妈妈很不以为然地说，"最近她还在奥利维亚家留宿过呢。"

"我认为那就是迪恩打她的那一晚。"丹说，"她睡在安德鲁·拉尔森家。"

"她的越野跑教练？"妈妈惊呼道。我和丹都听到了她擤鼻子的声音。"这死丫头居然有这么多事瞒着我。"我紧紧攥着浴巾，"这死丫头，她怎么能干出这种事？"

---

[1] 《我所谓的生活》是1994年在美国ABC频道播出的一部青春剧，瑞安妮是主人公之一，由于剧情太灰暗和情绪化，又因当时较低的收视率，该剧只播出了19集便被ABC电视台取消了。

"迪娜，小孩子涉世未深，做点出格的事很正常，对她不要太苛责。"

"得了吧。"妈妈气呼呼地说，"我也上过高中。像蒂芙阿尼这么成熟漂亮的女生，应该比谁都清楚和一群男生喝那么多酒会惹来什么麻烦。我们家的规矩她不是不知道。"

"即便如此，"丹回答说，"她终归是个孩子，是孩子就难免会犯错。蒂芙阿尼会为她自己的过失付出难以想象的惨痛代价。"

"警方知道这些事吗？"无疑，妈妈已经快疯了。这样丢脸的事情发生在像我们这样有着所谓"规矩"的家庭，实在难以想象。

"昨天晚上蒂芙阿尼已经告诉他们了。"

"那他们是怎么想的？难道他们怀疑蒂芙阿尼和那两个枪手合谋为自己报仇？"妈妈鄙夷地发出一声"哈！"仿佛她听到了世界上最荒谬的事。

"我觉得这是一种可能。"丹说。显然他并没有觉得这种推测荒谬可笑。我能想象妈妈脸上震惊的表情，"问题是他们现在没有任何证据可以证明这种推测。"

"那把枪呢？蒂芙阿尼碰过的那把。"

"我还没有得到这方面的消息。"丹说，"但愿结果会对咱们有利。"

"那万一不利呢？"

"即便在枪上发现了蒂芙阿尼的指纹，也不足以指控她参与了犯罪。如果亚瑟还曾经让别人看过那把枪，说不定上面还会有其他人的指纹呢。如果真出现这种情况，蒂芙阿尼的事儿就更好办了。"

妈妈对着话筒长长呼出一口气。"谢谢你打电话过来。"她说，"希望这些烂糟事能快点过去。"

"会过去的。"丹说，"他们只是要掌握每一个细节罢了。"

妈妈再次感谢丹之后便说了再见。我握着听筒，确定他们两个全都挂机之后方才从耳边移开，此时听筒上已经蒙了湿漉漉的一层汗水。我用浴巾擦了擦才小心地放回机座。

"蒂芙阿尼！"妈妈的声音在房子里左拐右拐，传到我耳朵里时已经断断续续。我没有答应，任由水珠从身上滚到卧室的地毯上——绿松石颜色的地毯，是妈妈让我挑的——她总是数落我不要把湿毛巾丢在上面，说那样容易发霉，那只不过是多了一个让她恨我的理由。

妈妈说她没有我这样的女儿。我哭了，但她自此一句话也不再多说。我们两个陷入令人煎熬的冷战状态。学校复课的事依然杳无音信。我整天蜷缩在沙发上，电视机一直开着，除了吃饭、洗澡或者上洗手间，我几乎不挪窝。冷战的积极后果之一，便是再也没有人命令我关掉新闻。

枪击案过去七天后，布拉德利已经不再是人们关注的热点话题，即便提到也并没有什么新的进展。无非是些哭哭啼啼的采访视频，受访对象多为离餐厅爆炸最近的学生和他们的家长——当然，实际上他们离爆炸现场还远着呢，否则也不会完好无损地出现在镜头前了。偶尔会有某个记者提到警方正在调查其他参与者的可能性，但也只是略略带过，并没有给出具体名字和细节。

因此到了星期一下午，当迪克森侦探打电话通知妈妈我们需要立刻带上律师去警察局时，我对各个电视台简直窝了一肚子的火。他们什么新情况都没有提供给我，搞得我去警局时心里七上八下。

丹和我们在警察局碰的头。他仍然穿了那套很没品的西装。如果不是因为我和妈妈正在冷战，我一定会问她，律师是高收入行业，可为什么丹却穿得这么寒酸。当年我对律师的认知完全来自电影《铁钩船长》中的罗宾·威廉姆斯。他扮演的就是一位一心挣钱但却疏于照顾孩子的律师。

迪克森和文西诺侦探将我和丹领进审讯室时，爸爸还在赶往警局的路上。这一次，文西诺手里拿着一个厚厚的文件夹，脸上挂着狡黠的笑，一副志得意满的样子。

"蒂芙阿尼。"我们对面而坐后，迪克森侦探首先开口说，"最近还好吗？"

"还行吧。"

"那就好。"文西诺横插一脚说道。但是没人理他。

"我们理解最近几天你承受了不少压力。"迪克森说。他的口气，他的身体语言，他奇怪的眉毛，总之他身上的一切都透露出和蔼可亲的意思，"所以我们想给你一个机会，倘若上次谈话之后你又想起了什么重要情况，现在就可以跟我们说了。"他的手指在脑袋前晃了晃，仿佛那些重要的情况从来都是转瞬即逝的。

我看了眼丹。灯光下，我们两人全都显得格外无助。不管文西诺拿着的文件夹中装了什么，他似乎都把它当成了宝贝。"侦探先生们，咱们还是打开天窗说亮话吧。"丹说，"蒂芙阿尼把该说的已经全都说了，倒是你们好像遮遮掩掩的。"

我低下头，绞尽脑汁思索着。我真的全都说了吗？

迪克森用下嘴唇包着上嘴唇，点了点头，好像他承认这是实情，但却不得已要试探一下我们。"还是让蒂芙阿尼回答我吧。"他说。于是三人同时充满期待地望着我。

"我不知道。"我说，"我的确已经把所有重要的情况都告诉你们了。"

"你确定吗？"文西诺问。他冲我晃了晃手中的文件夹，好像我应该心知肚明那里面装着什么。

"是的。但如果有什么遗漏的话，也绝对不是我故意的。"

文西诺啪的一声将文件夹放到了桌上。文件夹的第一张硬皮被震得弹开，露出了里面的一堆彩色复印件。迪克森有意慢吞吞地将那些从布拉德利年鉴上复印下来的图片摊到我和丹面前。

文西诺用他那参差不齐且微微发黄的指甲捣着每一张图片，并念出我和亚瑟写在上面的字。"割掉我的老二。""塞到我嘴里。""安息吧 HO。"最后一个是我写的。拉尔森老师让我们根据一张写有"安息吧泰德"字样的坟墓的图画写一个万圣节俳句，那只是个很普通的家庭作业，可不知为什么却给我留下了深刻的印象。所以后来我就写在了奥利维亚的照片上，亚瑟看到时还不怀好意地笑了笑。

"这是你的笔迹，对吗？"迪克森问。

丹连忙看着我说："蒂芙阿尼，不要回答这个问题。"

"她回不回答都一样。"文西诺说着冲迪克森点了点头。他手上已经拿起了另一份文件。

我和亚瑟过去经常传递的纸条。不管在教室还是在别的地方，即便可以用嘴说的话，我们也统统用文字来表达。有些内容很无聊，比如说马赫校长如何如何像旅鼠，艾莉莎·怀特变得怎么怎么放荡。纸条上的笔迹是用黑色墨水写的，和年鉴上三叶草绿色的笔迹相同，至于为什么用绿色——现在想想十分幼稚可笑——是为了表达我对布拉德利中学的忠诚。但不管什么颜色，他们还是一眼就能认出我的笔迹。以前在天主教学校时，修女老师们担心文学作品中处处可见的性暗示扰乱我们的心智，很多时候都把文学课让给了语法和书法课。因此我的书法还算不错，年鉴上每一页都能看到我龙飞凤舞的字体，每一横，每一竖，都代表着我的 DNA。

你看见希拉里今天的头发了吗？

恶心死了。快洗个澡吧，小可人儿。她下面那里一定能熏死一头牛。我都怀疑她有没有女人那玩意儿。初中时很多人都传言说她其实是个男的。至少也是个阴阳人。真不敢相信迪恩还上过她。

迪恩和希拉里？什么时候的事啊？我记得她还是个处女呢。

拉倒吧。这事儿谁都知道。迪恩的老二是见谁捅谁（别见怪哦，没说你）。他这种家伙将来就算娶了美国小姐做老婆，也挡不住他跑到星期五餐厅里干一个肥猪似的女服务员。他留在世上就是个祸害，没有他，世界会更加美好。你要是同意我的话就举手跟老师说去洗手间。

你绝对想不到现在有人在厕所里干什么。

你最好快点告诉我，再过三分钟就该下课了。

佩姬·帕特里克正在验孕。

还有另外一张纸条，是不同的日子写的。纸条顶上有日期，那是我最先开始的，因为我在学校里有这个习惯——不管写什么，哪怕是胡乱写的一张纸条，也要在右上角留下日期。

二〇〇一年十月二十九日
今天迪恩在走廊里撞到我了，他说我肥得不像样。我真打算考虑

转学了。

（假的！我才不想转学。我这样说是为了让亚瑟安慰我，让他告诉我布拉德利比圣特里萨山中学到底好在哪儿。他每次都不辱使命。"怎么，难道你怀念足球妈妈训练营了？"）

你至少每周都会说一次转学的事。转个屁啊，咱俩都清楚你也只是说说而已。

我替你干掉他们得了，这主意怎么样？

漂亮。你打算怎么干？

我有我爸爸的枪啊。

万一你被抓起来呢？

我这么聪明，不会被抓到的。

我不知道该如何让眼前这两位侦探理解，这就是我们说话的方式。我们年轻、残忍。有一次，巴士拉着足球队去参加客场比赛，一个新加入的队员吃橘子片时不小心被噎到，可周围的人既没有帮他，也没有替他求助，迪恩、佩顿还有其他人看着他涨红的脸和暴突的眼珠哈哈大笑（后来幸亏协理意识到了问题的严重性，立刻对他实施了海姆立克急救法）。此后好几个星期，迪恩那几个家伙把这件事当成笑话讲了一遍又一遍，他们笑得前仰后合脸红脖子粗，可那个差点被橘子噎死的男生远远看着他们幸灾乐祸的样子，气得直想哭。

"我几乎可以肯定，只要我们看看你们的年鉴，就能知道这些字是你写的，只不过你在年鉴上用了绿色的笔。"文西诺侦探心满意足地拍着他的大肚子，好像他刚刚吃了一顿超级大餐。

"你们得有搜查令才能查看蒂芙阿尼的东西。要是你们有的话，恐怕早就用上了。"丹靠在椅子上，嘲弄似的看着文西诺说。

"那只是开玩笑。"我轻声说。

"蒂芙阿尼！"丹警告我不要开口。

"是吗？"迪克森侦探说，"你最好还是让她说。因为就在咱们谈话的同时，搜查令已经在审批了。"

丹冲我眨了眨眼，似乎在犹豫不决。最后他点点头，叹了口气说："告诉他们吧。"

"那只是开玩笑。"我又说了一遍，"我以为他是说着玩的。"

"那你呢？"文西诺侦探问。

"我当然也是。"我说，"我们只是说说而已，可我从来没有当真过。永远都不会。"

"虽然我已经高中毕业很多年了。"文西诺开始踱起了步，"可是小姑娘，我们上学的时候可从来没有开过这种玩笑。"

"你们两个口头上有没有讨论过……这个计划？"迪克森侦探问。

"没有。"我说，"我的意思是，我没觉得有。"

"什么叫没觉得有？"文西诺问，"有就是有，没有就是没有。"

"我只是……没怎么注意。"我说，"他喜欢拿一些事情开玩笑，有时候我也会，但我从来都是说过就忘掉的，因为我只是嘴上说说，从来没有当真过。"

"但你知道他有一把枪。"迪克森说。我点点头。"你是怎么知道的？"他接着问。

我看了丹一眼，他冲我做出首肯的姿态。"是他让我看的。"我说。

迪克森和文西诺交换了一下眼色。他们似乎非常意外，两人脸上的怒色顿时全都消了。"什么时候的事？"迪克森问。于是我把那天下午在亚瑟家地下室的事告诉了他。墙上的鹿头，年鉴，他拿枪指着我，我摔倒扭了手腕。

文西诺侦探在角落里直摇头，暗影落在他的脸上，仿佛一片青肿的瘀伤。他嘴里嘟嘟囔囔："他妈的小王八蛋。"

"亚瑟有没有说过，哪怕是开玩笑说的——"迪克森做出一个加引号的手势，"他要找谁的麻烦？"

"没有。我以为他的目标是我。"

"你瞧，有意思吧？"文西诺用他那脏兮兮的手指甲刮着下巴，"因为迪恩说的和她恰恰相反。"

我张嘴刚要说话，丹抢先了一步，"迪恩说什么了？"

"迪恩说亚瑟把枪给了蒂芙阿尼。并说她报仇的机会来了，她可以亲手——请恕我转述那位年轻人的话——把那浑蛋的老二给崩了。"文西诺在一只眼睛下面挠了挠，扮了个鬼脸。"他说蒂芙阿尼伸手去接枪了。"

"这我从来也没有否认过！"我怒不可遏地说，"我本打算用那把枪对付亚瑟，而不是迪恩。"

丹连忙提醒我："蒂芙阿尼——"可与此同时，迪克森一拳砸在桌子上，把年鉴中的几张纸片震到了空中，它们飘飘悠悠，左摇右摆，在迪克森喊出那句"你撒谎"之后很久才落到地上。他的脸红得像猪肝一样，也只有天生金发的人才能红到这个地步，"从一开始你就没有说实话。"他也一样，原来自始至终他都戴着伪善的面具。

最后，我怀疑谁都没有说过实话。所以从那时起，我也开始撒谎了。

　　事件发生整整十天之后，终于要举行受害者的葬礼了，听说第一个将是利亚姆。几小时后，一封电子邮件群发给了布拉德利大家庭中的每一员。没错，从这时起他们开始称呼我们为"布拉德利大家庭"。尽管我是个害群之马，但也同样收到了邮件。

　　妈妈也收到了，她还问我要不要去买一套黑色的礼服。对于她可笑的提议我只能一笑置之，"我才不去。"

　　"你必须得去。"她把嘴唇抿得像草叶一样薄。

　　"我就不去。"我再次严正说道。我坐在沙发上，脚穿袜子放在咖啡桌上，袜子上沾满了头发和线头。从警局回来已经三天了，可我还没洗过一次澡，也没有戴胸罩。我已经堕落成了一个邋遢鬼。

　　"蒂芙阿尼！"妈妈吼道。她深吸一口气，双手捂住脸颊，且用一种非常通情达理的语调说："我们从小是怎么教育你要懂事的？不去怎么像话？"

　　"我凭什么要去参加他的葬礼？他强奸过我。"

　　妈妈惊叫道："不许说这种话。"

　　"不许说哪种话？"我笑道。

　　"他已经死了，蒂芙阿尼，而且死得很惨。即便他生前犯过一些错，那他也只是个孩子。"她捏着鼻子吸了一下鼻涕，"人死为大，你不能再这么说他。"她的音调越来越高，到最后一个字时已经变成了哭腔。

　　"你甚至连见都没见过他。"我用遥控器对着电视机，关掉了电视，这是我能做出的最庄严的举动。我踢掉盖在腿上的毯子，瞪了妈妈一眼，径直上楼钻进我已经阔别整整两天的卧室。

　　"你不去也得去。要不然我就不再出钱供你上布拉德利中学。"

妈妈在身后吼道。

利亚姆葬礼那天早上，电话响了。我抓起来说了声："喂？"

"蒂芙阿尼！"对方直接叫出了我的名字。

我手指缠着电话线，激动地叫道："拉尔森老师？"

"我一直想给你打电话。"他急匆匆地说，"你怎么样？还好吗？"

电话里传来咔嗒一声，继而听见妈妈的声音："喂？"

"妈妈。"我气愤地叫道，"我已经接了。"

三个人同时陷入了沉默。"哪位？"妈妈问。

电话里传来清晰的男人清嗓子的声音，"法奈利太太，我是安德鲁·拉尔森。"

"蒂芙阿尼！"妈妈厉声道，"把电话挂了。"

我紧紧缠着电话线，"为什么？"

"我说了，把电话挂——"

"没事的。"拉尔森老师说，"我打电话来只是想确认蒂芙阿尼过得怎么样。再见，蒂芙阿尼。"

"拉尔森老师！"我尖声叫道。可拉尔森老师已经挂断了电话，耳朵里只听到妈妈的怒吼和嘟嘟的拨号音，"你不要再打电话到我家来了！她才十四岁！"

我也毫不客气地吼了回去："我们之间什么事都没有！我说过了，什么事都没有！"

各位谁能想到最恶心的部分？尽管我一万个不情愿去参加利亚姆的葬礼，尽管我对妈妈的逼迫恼怒万分，但到了不得不动身的时候，我却仍然希望自己能漂漂亮亮的。

　　我用了一个小时来打扮自己。光是睫毛就平均每根花了四十秒钟；我把它们向上卷曲，高高翘起，于是便有了完全清醒的样子。爸爸要去上班（有时候我觉得他的工作就是坐在一间空旷的办公室里，对着死机的电脑愁眉不展），因此只有我和妈妈去参加葬礼。当然，我们又开着她那辆明亮的樱桃红色的宝马车，每次都要使劲轰油门儿暖气才能开，结果遇到红灯就得急刹车，两个人常常一起向前栽去。

　　"我希望你能知道。"妈妈松开刹车，一缕暖风吹入车内，"对于利亚姆的所作所为我并不会原谅，也不可能原谅。但你也要对自己的行为负起责任。"

　　"求你别再说了。"我恳求道。

　　"我的意思是，只要你喝了酒，就随时随地可能遇到类似的——"

　　"我知道！"我们驶上了高速公路，从这里开始车子的发动机才稳定下来，车里也暖和起来。

　　过去在圣特里萨山中学时，我经常去的那座教堂非常漂亮。但利亚姆的"追悼会"不在教堂举行（没有葬礼，每个人都举行一场追悼会）。利亚姆是贵格会教徒，我们要去的地方是一个礼拜堂。

　　我的迷惑已经使我忘记了对妈妈的愤怒。于是我打破沉默说道："我以为贵格会教徒都住在他们自己的社区里，还有他们从来都不相信现代医学之类的玩意儿。"

　　尽管生着闷气，妈妈还是微微一笑，"你说的那是孟诺教派。"

　　贵格会的礼拜堂是一栋单层的木板房，灰灰白白，被一片高大的橡树包围着，树上零零散散还挂着几片红的黄的叶子。尽管我们提前了四十五分钟来到，但草地上已经停了一长排闪亮的黑色轿车，妈妈不得不把车停在了山坡顶上。下坡时她总想拉着我的胳膊，但我狠心抽开并大踏步走在了前面，听到她的高跟鞋在身后发出毫无节奏的声响，我的心里倒有种解恨的痛快感。

直到走近入口，我才看清人群，他们中有电视台的记者，已经摆好了摄影机；还有我的同学们，他们三五成群地抱在一起互相安慰。这场面使我不由自主地放慢了脚步，好让妈妈赶上我。

"人可真多啊。"妈妈喘着气说。看见一群衣着时髦、脖子里挂着醒目项链的女人，妈妈下意识地摸了摸她那个硕大的十字形吊坠。即便在明媚的阳光下，那上面的仿真钻石也毫无光彩。

"走吧。"妈妈说着便走上前去。她的高跟鞋每一脚都扎进草地，所以走路只能深一脚浅一脚。几根喷了定型剂的头发沾在了她粉色的唇膏上，她抿嘴将它吐到一边。"该死的！"她嘟囔着，费力地从泥土中拔出鞋跟。

来到人群跟前时，一些同学愣了愣，睁大了婆娑的泪眼望着我。有几个甚至让开了数步，但最让我难过的，是他们并非故意这么做，而完全是出于本能的反应。

礼拜堂里的人还没坐满一半，但很快这里就会挤得满满当当。只是目前好戏尚在外面，在众多的镜头前面。我和妈妈径直来到礼拜堂内，在后排找到位子坐了下来。妈妈刚一坐下便俯身到下面寻找跪垫，结果一无所获。于是她滑到座位前部，用手迅速画了个十字，而后双手合十，紧紧闭上了眼睛。她那像塑料一样的眼睫毛全都贴在了脸颊上。

一个四口之家——女儿叫莱利，是布拉德利中学的低年级学生——从长椅左侧走了进来。我不得不用胳膊轻轻碰了碰妈妈，让她睁开眼睛。因为她挡住了人家的路。

"哦！"她迅速退回到椅子里，将双腿移向一侧好让这一家人过去。

他们就坐在了我们旁边，莱利离我最近，我冲她郑重地点了下头。

她是学生会成员，每周一上午集合时总是站在指挥台上，说她周末给人洗车挣了多少钱。她脸上最引人瞩目的部位就是嘴巴。当她笑的时候，眼睛就缩到了看不见的地方，仿佛是为了给她的嘴唇腾地方。

莱利也冲我点了点头。她大大的嘴角几乎咧到了耳根。我用眼睛的余光看见她趴到她爸爸身上，在他耳边小声说了些什么。而后如同激起了连锁反应，她爸爸向她妈妈斜过身子窃窃私语了几句，接着妈妈又趴到小女儿耳边，我听见那小姑娘不满地问了一句："为什么？"那妈妈又低声说了几句什么，可能是警告，也可能是许诺，总之威逼利诱之类的。随后这一家人便不安分起来，先是那个小姑娘，翻着白眼儿站起身，慢吞吞地向长椅另一侧走去，另外三个人也紧随其后。

这样的情况又发生了好几次。我仿佛成了犹大式的人物，走进礼拜堂的同学，有些认出了我，便径直朝前头走去；有些坐下之后才注意到我，于是马上起身换别的位子。像电影院一样，长椅上很快坐满了人。他们以家庭或以朋友圈为单位聚在一起，不愿分开。我留心观察着进来的每一个人，生怕下一个就是希拉里或迪恩。我明知道他们都在医院，而且很可能还要待很长一段时间，但我还是忐忑不安地寻找着他们的身影。

"早说过不该来的。"我幸灾乐祸似的小声对妈妈说。她真是什么都不懂。

妈妈没有作声，我扭头看了她一眼。只见她眼睛下面已经多了两个粉色的半圆。

终于，来了几个慈祥的老人。他们问我们身边的位子是否已经有人占了。"没有，请坐吧。"妈妈遇到救星似的热情说道，好像那些位子是她特意给他们留的一样。

不到几分钟，礼拜堂里已经再无立足之地，未能进来的人们只好站在外面，把耳朵贴在空调的通风口上倾听里面的动静。我可以拍着胸脯说，来参加葬礼的那些同学中，至少有一半甚至没有和利亚姆说过一句完整的话。利亚姆是这年九月才转学来的，说来也怪，我总觉得自己和他之间有种特别的关系。我知道利亚姆曾经的所作所为是令人不齿的。但大学一年级参加性侵犯讨论会之后——这样的讨论会每个新生都要参加——我似乎也渐渐原谅了他。

当时一位地方上的女警官首先做了些讲解，随后一个女生举手问道："也就是说，只要你喝了酒，不管愿不愿意就都是强奸了？"

"如果真是那样，我这辈子恐怕早被人强奸过几百次了。"一位协助我们讨论的漂亮学姐回答说。房间里响起一阵窃笑，她似乎觉得特别自豪，"只有当你醉到不省人事的时候才算强奸。"

"可如果我在迷迷糊糊中答应了呢？"那个女生追问道。

学姐看了一眼警官。或许这个问题她也觉得棘手。"好的方法是。"警官说，"我们也这样告诫男人们——女人喝醉之后脑子不清醒，但你们应该清醒，不要因为女人糊里糊涂说了声答应，你们就让自己的老二胡作非为。"

我默默祈求那个女生能接着问下去，"万一男人的脑子同样不清醒呢？"可她没有。

"这并不容易。"警官承认道。她鼓励似的对大家笑了笑，"大家尽力而为吧。"她的语气就像体育老师鼓励我们多跑几英里。

有时候我也会想，利亚姆真的那么罪大恶极吗？也许他只是不知道自己所做的事是错误的。想到这一层，你便很难对任何人恨之入骨了。

我从来没有参加过贵格会的祷告仪式，妈妈也是。因此出门儿之前我们先在网上查了查，发现贵格会的祷告并没有什么正式的仪式。只不过是一群人站在那里，感觉该说点什么时便说点什么。

利亚姆的父母，以及和他同样拥有令人不安的蓝色眼睛的弟弟，彼此依偎着坐在角落里，许多人站起来说了不少关于利亚姆的好话。罗斯医生不时发出一阵哀号，那声音由低变高，由缓变急，跳跃着飞向礼拜堂的墙壁，并从管道和通风口传出去，引得聚在外面的人不由散开几步，金属像麦克风一样放大了声音。早在卡戴珊之流通过电视让普罗大众认识到什么叫面瘫脸之前，我就已经知道脸上打过针的人哭喊起来是什么景象。现在看来，罗斯医生——这位富有且广受欢迎的整形外科医生——和那些为了拴住丈夫的心而去找他的家庭主妇们并没什么两样。

听到有人说利亚姆是多么特别、多么英俊和多么伶俐时，罗斯医生简直难以自持。伶俐，现在的家长们经常用这个词来形容那些看起来很聪明但却不好好学习，或者干脆根本就不够聪明的孩子。那一刻我暗下决心，从今往后无论发生什么事，我都再也不能没头没脑地混日子了，我不能等着别人告诉我属于哪一类。我要努力奋斗，不惜一切代价离开这个地方。

仪式之后，我们陆续从礼拜堂里走出来。周围有三三两两哭泣的女孩子，她们金色的头发在太阳下闪着令人战栗的光。

墓地就位于礼拜堂左侧，祷告的人就近全去参加葬礼。因为我和妈妈坐在礼拜堂靠近出口的位置，因而来到利亚姆的墓前时便站在了内圈。人群在身后默默聚集时，我感觉有人和我并肩站到了一起。随后鲨鱼眼黏糊糊的手拉住了我的手，我立刻感激地紧紧攥住。

利亚姆的爸爸双手捧着一个银色的花瓶。起初我以为他要插进去一束花摆在利亚姆的墓前，但后来我才意识到那里面装的便是利亚姆。长那么大我并没有参加过多少次葬礼，但屈指可数的几次，死者全都是装在棺材里下葬的。三个星期之前，利亚姆还在说他如何讨厌三明治中的洋葱。一个活蹦乱跳的人如今只剩下一捧灰，这中间的转变让人一时半会儿实在难以接受。

我看见拉尔森老师站在圈子的另一边。我偷偷瞄了一眼妈妈，确保她没有看我，随后悄悄冲他挥了挥手。他也不易察觉地悄悄回应。他身边站着一个非常漂亮的金发女人。

当潮湿的草地差不多被穿黑礼服的人挤满时，罗斯医生将花瓶一样的骨灰瓮递给了罗斯太太。人们通常以为，整形医生的妻子恐怕看起来也像个整形医生，其实不然，罗斯太太是典型的家庭主妇的形象，或者说，她是个典型的妈妈——有点微胖，只好穿大号的上衣来遮掩一二。如果她知道了那天晚上利亚姆在迪恩家的所作所为，如果她知道利亚姆曾带着我去计划生育联合会拿紧急避孕药，会作何感想呢？不难想象，她一定会唉声叹气地说："哎哟，利亚姆。"她对自己儿子的失望恐怕和我妈妈对我的失望不相上下。

罗斯太太用响亮清晰的声音说："我们将利亚姆的灵魂安放在这里，但我不希望你们认为只有来到这里才能寄托哀思，才能怀念我们的利亚姆。"她把骨灰瓮紧紧搂在胸口，"请大家不要忘了他。"她嘴唇哆嗦着，几乎说不出话，"不管在哪里。"罗斯医生一把将利亚姆哭泣的弟弟揽在怀里。

罗斯太太后撤一步，罗斯医生抬手在脸上优雅地擦了一把，哽咽着说："我很骄傲能做他的父亲。"他从妻子手上接过骨灰瓮，将长子的骨灰撒向草地时，他的脸再度变得惊悚起来。

当我打开 Y100 电台时，妈妈丝毫没有阻拦。葬礼过后，她很庆幸自己身边还有个活生生的女儿在烦着她。

停车场很大，我们慢慢悠悠地往外走。途中我听到几个小孩子说他们要去米内拉餐厅吃饭，我不由黯然神伤。从此以后，我再也不可能和伙伴们在那里喧闹，一个人占据两个人的位子，惹得店主大翻白眼却又暗自窃喜，因为他们的烤芝士拴住了高中生的心。

我们终于驶上了一条通往绿色田野的单行道，这里的房子更显压抑。我们正渐渐远离美恩兰的心脏地带，远离连绵的古老宅邸，那里的车道上通常停着两辆车，一辆是主人的闪亮的奥迪，一辆是仆人的本田思域。灰蒙蒙的雾霭压了下来，窗外的视线愈发模糊。妈妈看着后视镜，有些气愤地说道："那辆车怎么跟这么近！"

我眨眨眼睛，暂时抛开乱七八糟的思绪，看了一眼副驾旁边的倒车镜。我不开车，所以对车距太远或太近都没有概念。但我认出了那辆黑色的吉普切诺基，那是佩顿在足球队里的朋友杰米·谢里登的车。

"是有点近。"我说。

妈妈缩成一团，怯怯地说："我已经快到限制速度了。"

我把脸贴在凉凉的玻璃上，又看了一眼倒车镜。"他开那么快，大概是想在朋友们面前炫耀一下。"

"白痴。"妈妈嘟囔说，"刚刚发生那么大的事，如果再死一车学生，这学校必定得关门大吉了。"

妈妈仍然按照限制速度行驶，她每隔几秒钟就瞅一眼倒车镜，"蒂芙阿尼，他们跟得实在太近了。"她又看了一眼，"你认识他们吗？能不能给他们发个信号什么的？"

"妈，我才不给他们发信号。"我又向车门上靠了靠，"真是的。"

"这太危险了。"妈妈紧握着方向盘，手指关节都变成了白色，"我得靠边停车，但我又怕忽然减速他们会——啊！"

杰米的车子突然从后面撞了我们一下，我和妈妈双双向前栽去。

方向盘在妈妈手中猛地一拐，车子一头冲进了泥泞坑洼的野地。妈妈最终稳住方向并踩下刹车时，我们已经冲下公路至少三十英尺，此时四个轮子皆有一半陷进了泥中。

"该死的浑蛋！"妈妈惊魂未定地骂道。她一只手颤巍巍地捂住胸口，而后才扭头看着我问："你没事吧？"

我有事。可未及我开口，妈妈已经一掌拍在中控台上，再次骂道："这帮小杂种！"

有人说我应该考虑转学，可一想到要进入一个陌生的环境，又要在新的等级秩序中重新寻找自己的位置，我就头皮发麻，死的心都有。我在布拉德利声名扫地，欣慰的是我知道自己的处境，知道自己该干什么。我每天照常去上课，中午和鲨鱼眼一同吃午饭，放学便回家复习功课，我有着清晰明确的目标——铺一条离开这里的路。妈妈一度曾主张让我在家自主学习，由她帮助我完成中学教育，但她很快就打消了这个念头，因为她说她的人生到了一个改变的节点（更年期），而出于某种原因，我总是动不动就能惹她生气。我差一点就告诉她，这种感觉是相互的，但后来放弃了，免得惹她生气。

当妈妈告诉校方我要返校上课时，学校倒吃了一惊。"真是没想到。"马赫校长说，"蒂芙阿尼还肯到学校来？你们慎重考虑过了吗？这样做对她好吗？"顿了顿，他又说："而且这让我们也很为难啊。"

尽管没有任何证据可以指控我参与了犯罪，但这无法阻止舆论对我的审判。我和亚瑟传的纸条，我们在年鉴上写的乱七八糟的东西，出现在作案枪支上的我的指纹，虽然这些说明不了什么，但却令我陷入难以解脱的尴尬。我一直很信赖的安妮塔认为，我对死难的同学无动于衷，但对能够重新返校却兴奋异常，原因在于那些经常跟我过不去的学生已经被清除掉了。

最具破坏力的指控来自迪恩。他一口咬定亚瑟把枪递给了我，并让我照"我们商量好的那样"干掉他。亚瑟从来没有说过那样的话，可又有几个人会怀疑迪恩呢？他过去是学校里人见人爱的足球明星，如今是个自腰部以下完全瘫痪的残疾人；他的美丽人生，他的光明前途就此化为泡影。媒体捕风捉影，记者四处打探，着实热闹了几个星期，可最终没有一个人因为这场悲剧而被逮捕，他们颇觉失望。从各地赶来的家庭主妇们，身体肥硕，乳沟里藏着镀金的十字架，把从杂货店买来的廉价鲜花放在迪恩家门前的草坪上，回到家后她们便纷纷给我发些不知所云的恐吓信："你下辈子会遭报应的。"

我的律师丹警告马赫校长说，如果他们不允许我返校，他只需一纸诉状就能让学校吃不了兜着走。布拉德利如今已是麻烦缠身，因为已经有部分家长在起诉学校了，其中领头的是佩顿的父母。枪击案发生当天，餐厅老区的洒水器始终没有自动激活，倘若它们能够正常使用，就能阻止火势向布伦纳·鲍肯厅蔓延。验尸官说佩顿死于吸入了烟尘，而非死于枪伤。如果仅仅是枪伤，通过治疗和整形手术，佩顿仍能过上相对正常的生活。可是，当大火蔓延至鲍肯厅时，他仍然昏迷不醒，他那皮开肉绽的脸就像扔进热汤里的一大块面包，吸收了大量的烟雾。把他丢在那里，是我一辈子都无法原谅自己的事。

迪恩转到了瑞士的一所寄宿学校，距该校几英里的地方便有一家专业治疗脊椎损伤的医院。他的家人希望他能够重新站起来，但这个愿望始终没有实现。不过迪恩倒也没有自暴自弃，他成功找到了自己的优势，写了一本名叫《学会飞翔》的书，在世界范围内都大为畅销。成名之后，他到世界各地举行演讲，久而久之又成了一个颇受欢迎的励志演说家。有时候我也会去浏览他的网站，并在主页上看到他的照片：他坐在轮椅上，探身向前，拥抱着一个面色苍白、脑袋光秃、躺在病床上的小孩儿。迪恩脸上那精心装饰的同情不禁使我回想到了当初，倘若亚瑟真把枪递给了我，不知道会是怎样的结果。

希拉里也没有再来布拉德利上学。她父母带她去了伊利诺伊州，那里是她爸爸的老家。我给她写过一封信，可是信原封未动地被退了回来。

布拉德利春季开学时，所有曾经伤害过我的人全都不在了，这一点始终让安妮塔觉得不可思议。餐厅重建还要多等一年，这段时间我们便都在教室里自己的课桌上吃午饭。我们几乎每天订比萨吃，但同学们对此并无怨言。

布拉德利复课的头一个月，每天上学之前我都免不了要干呕一阵。但我需要培养自己对孤独的忍耐力。我努力学习，就像我在利亚姆葬礼上决定的那样。

高三那年，我和同学结伴去了一趟纽约，我们游览了许多后来我不屑一顾的热门景点，像帝国大厦和自由女神像等。其间有一次我从公共汽车上跳下来时，撞到了一个身穿时髦轻便短上衣，脚蹬尖头皮鞋的女人。她手里擎着一个硕大的手机，手腕上挂着一个黑色的皮包，带子上印着醒目的金色的"普拉达"字样。那时的我虽然还不知道赛琳、寇依或高雅德，但却绝对认得出普拉达。

"对不起。"我退开一步说道。

她朝我点了点头，但却并未停止对着手机里说话。"样品必须周五之前送到。"她的高跟鞋踩在人行道上嘚嘚地去了。我看着她，心里想道：像这样的女人，恐怕永远都不会受到伤害。她用不着担心中午是否又要一个人吃饭，因为值得她关心的事还有很多。样品必须周五之前送到。必须。多么不容违抗的语气。我脑补着组成她那忙碌生活的其他部分——鸡尾酒会、在私人教练的陪同下健身、购买式样新颖的埃及棉床单。从那时起，我对高楼林立的大都市产生了特别的感情。我看到了成功对人的保护，而成功的定义就是能对手机另一端的奴才颐指气使，是喘一口气都能让整座城市瑟瑟发抖，是所有人见了你都会不由自主地为你让路，因为你的气场令人望而生畏，你的身份让人高不可攀。当然，到了后来，这个定义中又多了男人那一项。

我必须做到这一步，我暗下决心。到那个时候，就再也没有人能把我怎么样了。

第15章

以前为了逗亚瑟，我总是按着门铃不松手。在叮当叮当的铃声中，我能听到他一路嘟囔着从屋里跑出来的声音。"老天爷，别按了，蒂芙！"最后一把拉开门时，他会气呼呼地喊道。

但今天我选择敲门，我想我再也不敢听到那循环的铃声了。

摄影机跟在我身后，正好照到我胸罩勒起的肥肉。每天摄入不到七百卡路里[①]，可身上的肥肉仍赖着不去，我百思不得其解。

芬纳曼太太开了门。岁月与孤独像结成了同盟，你霸占这边，我霸占那边，在她身上留下清晰的印记。她的头发已经花白，多余的皱纹将她的嘴角生生坠下。芬纳曼太太本来就个头矮小（亚瑟的大块头遗传自他的父亲），像她这样既柔弱又心地不坏的女人要承受这样的不幸，其残酷程度超出任何人的想象。她的肌肉像果冻一样松软无力，双眼近乎失明，同时还有头痛和鼻窦感染的可能。

高一那年春季，枪击案的阴影终于开始从人们的头顶散去。尽管其影响永远不可能彻底消除，但生活依旧要继续，人总要学着释怀。这时，我收到了芬纳曼太太的一封信。她的笔迹凌乱跳跃，仿佛是坐在车子上写的信，而车子又恰好驶过一段崎岖不平的公路。她在信中替自己的儿子向我道歉，因为是他把我拖进了可怕的泥潭，让我不得不做出我那个年龄的孩子永远不会做的事。她对亚瑟胸中积攒了那么

[①] 根据世界卫生组织出版的《热量和蛋白质摄取量》一书，一个健康的成年女性每天需要摄取 1800 ~ 1900 卡路里的热量，男性则需要摄取 1980 ~ 2340 卡路里的热量。

多的愤怒与怨恨竟然毫不知情，为此她自责不已。

妈妈不让我给芬纳曼太太回信，但我还是偷偷回了（"谢谢您。我永远不会因为他做的事而怨恨您。其实我并不恨他。有时候我甚至还很怀念他。"）。我把信纸对折，趁她的车子不在家的某个下午将信从门缝下面塞了进去。当时我还没有勇气和芬纳曼太太面对面说这些话，而我觉得她也一样。

大学毕业后，芬纳曼太太偶尔会给我寄张贺卡。我们的关系就像蹒跚学步的孩子，慢慢发展起来。听到我订婚的消息，或者在《女人志》上读到一篇满意的文章，她都会和我联系。她还从我们的杂志上剪下一篇我的文章，名字是"Facebook，是否让你欢喜让你忧？"，连同《纽约时报》上一篇名为"Facebook 的抑郁效应"的文章，装进信封里寄我。她还特意圈出两篇文章的时间——我的写于 2011 年 5 月，《纽约时报》那篇则为 2012 年 2 月 7 日。"你抢了《纽约时报》的风头。"她写道，"太棒了，蒂芙阿尼！"这是老朋友之间才写的贺信，可我和芬纳曼太太却并不是朋友。今天将是我们第一次见面，不管在枪击案之前，还是之后。

我腼腆地微笑着说："嗨，芬纳曼太太。"

芬纳曼太太的脸像张湿纸巾一样皱成了一团。我犹豫着向前一步，想要给她一个安慰的拥抱，但她连连摆着手。"我没事。"她一再说，"我没事。"

客厅里的咖啡桌上堆着一摞摞的相册和旧报纸。一份已经发黄了的《费城询问报》上放着一个咖啡杯，大字标题写着：**警方认为涉案者二人**。芬纳曼太太端起杯子，露出"可能不止"四个字，我心中一颤。

"想喝点什么？"芬纳曼太太问。我知道她只喝绿茶，因为有一次我和亚瑟抽大麻抽得晕晕乎乎，我到楼下找巧克力酱时，偶然发现了她的收藏。

当时我好生奇怪，因为在我眼里，绿茶似乎是外国人才喝的东西，像我妈妈就只喝福爵咖啡。可亚瑟却不以为然。"没什么奇怪的，我妈妈不爱喝咖啡。"他说。

"喝茶就行。"我对她说。可我讨厌喝茶。

"你确定要喝茶吗？"芬纳曼太太用食指推了推滑下鼻梁的硕大的眼镜，动作和亚瑟如出一辙，"我有咖啡呢。"

"那就喝咖啡吧。"我笑了笑，芬纳曼太太也笑了笑，我才松了一口气。

"先生们呢？"芬纳曼太太问摄制组的工作人员。

"凯瑟琳。"亚伦说，"我不是跟您说过嘛，您就假装我们不在这里。"

我以为芬纳曼太太又会打退堂鼓，不由紧张地屏住呼吸，但她却出人意料地挥了挥双手，苦笑着说："谈何容易啊。"

芬纳曼太太消失在厨房中，我听到橱柜的门打开又关上。"加奶和糖吗？"她大声问。

"只加奶。"我喊道。

"重新来到这里有什么感觉？"亚伦问。

我环视屋里，看着褪了色的鸢尾花墙纸和废弃在角落里的竖琴。芬纳曼太太以前经常弹琴，但如今琴弦粗糙锈蚀，犹如缺乏保养而分叉的头发。

"百感交集。"话刚出口，我想起亚伦事先的提醒。我回答问题应该尽可能用完整的句子，那样他们就能剪掉他的声音，而使我的话听起来既连贯又合乎逻辑。"重新来到这里，感觉怪怪的。"我补充说。

"咖啡来了。"芬纳曼太太小心翼翼地走回客厅，将咖啡递给我。那杯子奇形怪状，想必是自己动手做的。我摸到了杯底的刻纹，那是一行文字："送给亲爱的妈妈，亚瑟。一九九五年二月十四日。"杯子没有手柄，因为咖啡有点烫，我不得不每隔几秒钟就换一次手。我忍着烫喝了一小口，说道："谢谢。"

芬纳曼太太站在沙发旁，一副手足无措的样子。我们同时望向亚伦，等着他的指令。

亚伦示意我旁边的位置，"凯瑟琳，不如您在阿尼旁边坐下？"

芬纳曼太太点点头，嘴里喃喃说道："哦，对，对。"她绕过咖啡桌，坐在了沙发的另一头。她的双膝朝向门口，仿佛有意离厨房远一些。因为我坐在靠近厨房的这一头。

"你们要是能坐得近一点，拍摄效果会更好些。"亚伦拇指和食指轻碰，帮助我们领会他的意思。

向芬纳曼太太身边挪去时，我低着头不敢看她，不过我想她脸上应该和我一样，带着礼貌和窘迫的笑容。

"这样就好多了。"亚伦说。

摄制组等着我们说点什么，但屋子里静悄悄的，只有厨房里的洗碗机发出低沉的嗡嗡之声。

"也许你们可以看看相册？"亚伦提议说，"聊聊亚瑟？"

"我很想看看。"我试图打破冷场的局面。

就像设计好的程序，芬纳曼太太机械地俯身拿起一本白色的相册。她轻轻扫去桌面上的一层尘土，沾在小手指上的灰尘被她带到了相册的压膜封面上。

她把相册放在大腿上，咯吱一声翻开，首先映入眼帘的是亚瑟三岁左右时的一张照片。他似乎正在喊叫，手里抓着一个空空的盛冰淇淋的蛋卷锥形杯。"这是在阿瓦隆照的。"芬纳曼太太低声说，"一只海鸥俯冲下来——"她用手在空中比画了一下。"把冰淇淋整个儿从杯里撞了出去。"

我微微一笑，"我们以前经常就着桶吃冰淇淋。"

"我知道他经常那样。"芬纳曼太太翻到下一页，"你我倒没想到。你那么娇小。"她的声音中有一丝责怪的味道。我不知道该如何应对，只好假装什么都没有听出来。

"哦，还有这张。"芬纳曼太太低垂着头，发出长长的一声叹息。她说的那张照片里，亚瑟蜷缩在一只黄色的拉布拉多旁边，他的小脸紧紧贴在狗狗的毛上。芬纳曼太太点着小狗的鼻子说："这是凯西。"她由衷地笑着，"亚瑟特别喜欢它。它每晚都睡在亚瑟的床上。"

摄影师在我们身后缓缓移动，将镜头对准了照片。

我伸手按住那一页，因为照片上的反光刺到了我的眼睛，但芬纳曼太太一把将相册抱在胸口，下巴紧紧抵着相册的皮革册脊。一颗泪珠滑到了她的下巴尖上，"凯西去世的时候，亚瑟哭了，哭得特别伤心。所以他并不像人们说的那么冷血。他是有感情的。"

在很多人眼中，亚瑟是个变态，他不具备真正的人类情感，只会简单模仿别人的情绪：懊悔、忧伤、怜悯。

人们投入了大量的时间和精力去分析和解读亚瑟（被认为是主犯）与本的犯罪行为。搞清楚他们的犯罪动机，有利于给这件案子画上圆满的句号，同时也能让其他学校引以为戒，有的放矢。国内顶尖的心理学家研究了案发后搜集的所有证据——本和亚瑟的日记、学校记录、对其邻居和亲友的走访记录等——每个人最终都得出了相同的结论：惨案由亚瑟一手策划。

我调动脸部的每一根神经，露出同情和慰问的表情，就像亚瑟曾经无数次对我做过的那样，"提到亚瑟，您知道我想到的是什么吗？"

芬纳曼太太从咖啡桌上的一个盒子里抽出一张纸巾。擤鼻涕的时候她的脸几乎变成了红褐色。她把纸巾对折，又擦了擦鼻子，"是什么？"

"入学第一天，我在学校里谁都不认识，唯独他对我非常友善。当很多人都针对我时，只有他肯替我出头。"

"亚瑟是个热心肠。"提到儿子的名字，她的嘴唇不由哆嗦了一下，"他不是怪物。"

"我知道。"我说，尽管我也不知道这话是出于真心还是敷衍。

人们对亚瑟的定论，我并没有异议。但安妮塔·珀金斯医生向警方提交的报告称，即便是精神变态的人，也能表现出真实的情感和真诚的移情能力。我很愿意相信他对我的情感部分上是真诚的，尽管珀金斯医生用黑尔病态人格检测表来评定亚瑟时，二十类人格特征和行为他全都不及格。

亚瑟曾像位大哥哥一样保护过我，但最后也对我冷嘲热讽，极尽挖苦；当我把刀插进他的胸口，临死之前他还说了句"我只是想帮你"，所有这一切，要么是他刻意装出来的，要么是他特别擅于操控别人对他的印象。珀金斯医生在报告中说，精神变态者通常都很擅于发现受害者的软肋，并利用其达到自己的目的。说到欺骗，内尔简直不值一提，亚瑟才是我的启蒙老师。

本性情抑郁，有自杀倾向，但却并不像亚瑟那样有严重的暴力倾向，只是他对暴力也并不排斥。他和亚瑟曾一起幻想过把中学期间所有令他们厌恶的同学和老师全部除掉。对本来说那只是不切实际的玩笑话，而亚瑟却一直在等待着一个能够让本痛下决心的决定性事件，以期将幻想变成现实。

这个决定性事件就是凯尔西·金斯利的毕业派对。迪恩和佩顿在林子里对本的羞辱导致了他的第一次自杀。根据亚瑟的日记，本自杀未遂两周之后他曾去医院探望，并在那时萌生了在布拉德利制造又一起"科伦拜恩惨案"的念头。他在日记中说，他不得不等到护士换好了床单才终于能和本单独待上一会儿，他对护士们简直厌恶透顶。（"他妈的，她们把我们当什么了？两个什么都不会干的小孩子吗？"）他爸爸有一支枪，那是他们最先拥有的武器。亚瑟搞到了一个假身份证，年龄是十八岁，不过他本来就比实际年龄看上去老成些。网络上关于制造土炸弹的方法唾手可得，他们都是聪明的孩子，一学便会。亚瑟的直觉告诉他，本已经铁了心，他已经走上了一条无法回头的路，这对他而言是千载难逢的好机会。本无牵无挂，因为他本来就有自杀的打算。既然要死，何不让羞辱他的那几个家伙付出点代价呢？

媒体剖析说，亚瑟和本长期遭受欺凌——因为行为古怪，因为长得胖，因为是同性恋。但警方的报告却给出了完全不同的解释，他们认为亚瑟和本行凶的动机与校园内的欺凌行为毫无关系。尽管很多人都知道亚瑟是同性恋，但本并不是。奥利维亚说她在空场上看到亚瑟给本吹箫纯属子虚乌有，那是典型的中学生谣言，起到了火上浇油的反面效果。谣言激怒并伤害了本，亚瑟趁机抓住了这一点。"我答应他，让他亲手干掉奥利维亚。"亚瑟在日记中写道，那也是他第一次提到复仇黑名单。只是亚瑟并不在乎什么黑名单。袭击并不仅仅是为了报复那些得罪他的人，而是因为他骨子里的蔑视。他瞧不起每一个在智力上不如他的人，而在他看来，那意味着所有人。他提出所谓的黑名单只是为了诱惑和刺激本。他的目标是用炸弹炸掉整个餐厅——鲨鱼眼、泰迪，甚至包括餐厅里为大伙儿服务的阿姨，尽管她总是按照亚瑟最喜欢的方式给他做三明治：把芝士夹在烤牛肉和火腿之间——总而言之，每个人都是他的猎物。他藏在三楼闲置的宿舍里，准备等到爆炸结束之后便下楼大开杀戒，最后再结束自己的性命。反正他早晚都会被警察打死，精神变态者最可怕的噩梦是失去控制。如果横竖都要死，他必定要用自己的方式结束自己的生命。因而当他发现自己放置的土炸弹只有一枚爆炸，且仅仅造成"微乎其微"的破坏时，他毫不犹豫地举起枪，开始了肆无忌惮的大屠杀。

珀金斯医生的报告只向大众公布了一部分，当我意识到其中有涉及我的内容时，不由重读了开头的几段。那种感觉就像看一张自己的照片而第一眼却没有认出自己——背景中那个哭丧着脸的女孩子是谁啊？难道她不知道那样做会让她露出双下巴吗？这一刻你知道了世人看你的眼光，因为你就是那个小女孩。

珀金斯医生将亚瑟和本的同伙关系称为两人组合现象。这是犯罪学家为了描述那种以两人形式出现、用杀戮欲互相鼓励对方的犯罪分子而创造出的一个专门术语。在由精神变态者（亚瑟）和抑郁者（本）构成的组合中，精神变态者多起主导作用，然而正如精神变态者渴望暴力的刺激一样，头脑发热的同伙也能起到推波助澜的作用：促使前者实施杀戮。亚瑟和本为这次袭击足足筹划了半年，而在此期间，本大部分时间都被关在一家心理康复中心；他在医生和护士面前装得老老实实，使他们相信他不会再做任何伤害自己的事。而与此同时，亚瑟找到了新的拉拉队长，一个用痛苦和愤怒填补暴力空白的人。这个可能的助手使他压抑了一阵子，但最终他还是将怒火爆发了出来。珀金斯医生没有点我的名，但这个人除了我不可能是别人。有时候我会想，最后在亚瑟家见他那一次，倘若我没有激怒他，不知道随后会发生什么。他会不会把他的计划告诉我，并让我和他一起干？

"这张也是在海边。"芬纳曼太太抚平塑料压膜上的皱褶。我很意外地看到了芬纳曼先生。他坐在木板路旁的一张长椅上，两肘支着椅背，棕褐色的胸口露着一丛黑乎乎的卷曲的胸毛。小亚瑟站在他旁边，手指天空，嘴里喊着什么；芬纳曼太太瘦弱的胳膊牢牢扶住他的双腿，以免他跌落下去。

"芬纳曼先生还好吗？"我礼貌地问。我有那张记录了他与儿子亲密瞬间的照片，但却从未见过他本人。枪击案发生后，他曾在美恩兰露过面，但葬礼一结束他便消失不见了。葬礼。没错，杀人犯也是需要入土为安的。芬纳曼太太硬着头皮去找一个又一个教士，恳求他们主持亚瑟的葬礼。我不知道本的家人是如何料理他的后事的。似乎没人知道。

"哦，你说克雷格啊。"芬纳曼太太说，"他再婚了。"说完她喝了一口凉茶。

"我不知道有这回事。"我说，"对不起。"

"没关系。"芬纳曼太太的上嘴唇上沾了一小片茶叶，但她自己并没有察觉。

"对了。"我说，"我还有张亚瑟和芬纳曼先生的合影呢。"

太阳忽然钻出了云层，客厅里顿时亮堂起来，芬纳曼太太不由眯起了眼睛。我都忘了她的眼睛也是蓝色的。"你说什么？"她问。

我偷偷瞥了一眼亚伦。他正在调整麦克风的位置，还没有意识到我已经节外生枝。

我双手捧着此刻已经微温的咖啡杯。"我有张照片……呃，以前亚瑟一直把它放在他的卧室里。"

"带贝壳的那个？"芬纳曼太太似乎迫不及待地想要确认。

"亚瑟和他爸爸的合影。"我点头说道，"对，是带贝壳的那个。"

芬纳曼太太脸色骤变，原有的柔和一扫而光，就连皱纹的线条都硬朗起来，如同玻璃上的裂纹，"怎么会在你那儿？我到处找它。"

我很清楚自己只能撒谎，可就像有人拿橡皮在我脑子里擦了一通似的，此时此刻我竟想不到任何既能解答她的疑问又不会令她伤心的话。"起因是我们两个吵了一架。"我坦言说，"所以我就拿了那张照片。我知道那样做不对，我只是想气气他。"我盯着已经凉了的咖啡，"可惜我再没有机会还给他。"

"我想把它要回来。"她说。

"当然。"我说，"真对不——"芬纳曼太太的尖叫打断了我的话。

"哎哟！哎哟！"她的茶杯掉在桌子上，剩下的一点黄黄的茶水洒在报纸上，瞬间被吸掉。"啊！"芬纳曼太太紧闭双眼，拼命揉着太阳穴。

"凯瑟琳！"亚伦大喊。而我也同时叫道："芬纳曼太太！"

"我的药……"她呻吟着说，"在水槽边。"

亚伦和我同时冲进厨房。他首先跑到了水槽前，一把扫开洗洁精和海绵。"这里没有啊！"他喊道。

"洗手间！"她吃力地回答。

我知道洗手间在哪儿，所以这次跑到了亚伦前面。在水槽旁的台子上有一个橘黄色的小药瓶，瓶身上贴着一张标签，写道："疼的时候吃一片。"

"找到了，芬纳曼太太。"我倒出一个药片，摄制组的另外一个人递给她一瓶水。她把药片放在舌头上，连喝了几口水。

"唉，我的偏头痛啊。"她低声说道。她仍在揉着太阳穴，而且十分用力，两侧的指甲上没有半点血色。揉着揉着，她哭了起来。"真不知道当初我为什么要答应接受采访。"她手指在太阳穴上按得更用力了，"我真不该答应。我受不了、受不了。"

"用不用我送你去酒店？"来到芬纳曼太太家门前的车道上时，亚伦问我。

我朝街上打了个手势，"不用了，我自己开车来的，谢谢。"

亚伦眯着眼睛看了看屹立在黄昏中的房子。它也曾经漂亮气派，充满光明，但那已经是很久以前的事了，那时亚瑟甚至还没有住在这里。也许半个世纪之前在布拉德利求学的女生们应该见过它。她们为了接受一流的教育，不惜奔赴千里，可当丈夫和孩子成为她们生活的中心时，所学的知识从此便再无用武之地。"说句实话你别介意。"亚伦说，"我觉得她可能比任何人都需要勇气才能面对镜头。"

我看着一片树叶被凉风吹下枝头，"嗯。我一直这么说。感觉就像……至少从某个角度来说，其他人死得还算体面。"

"体面。"亚伦琢磨着这两个字，随后似有所悟地点点头，"受害人越优秀，观众的认同感也越强。"

"这种优越感我不要也罢。"我皱起眉头，心里难过极了，"我知道这听起来很像故作姿态，但我总有种被欺骗的感觉。"我没有对亚伦坦承一切，但昨天夜里我已经向安德鲁和盘托出。我们坐在他幼时的床沿上聊了很久。他父母去海滨别墅了，他们很喜欢星期五晚上出门，因为路上车少。回酒店之前我何不过去喝一杯呢？爬上他的汽车时我这样提议说，当时我们刚刚走下体育中心的台阶，两人还都在呼哧呼哧喘着气。安德鲁扭过头，冲我扬了扬眉毛。

"怎么了？"我问。

他伸手过来。"你头发上有东西。"随后他的两根手指在我的一缕头发上又捏又拉，仿佛在故意转移我的注意力，或等着我忘掉刚刚的提议，"看起来像木渣子之类的，应该是钻桌子底下时沾上的。"

我们在他的厨房里喝了点伏特加，随后参观了他的房子，最后回到他从前的卧室里。卢克的话题又被提了出来。我只能尽量解释他为我做过的那些事，他如何相信我是个正派的女人。"卢克·哈里森可不会娶一个杀人犯。"我说，"他解救了我。"我低头看着自己的双手，看着手上炫目的宝贝，那是我抵挡一切的盔甲，"而我希望被解救，我必须重新做人。"

安德鲁挨着我坐在旁边，我能感觉到他大腿的温度。纽约的地铁通常都会很挤，搭地铁时两条腿不可避免地会挨到别人。很多纽约人对这种被动的身体接触难以忍受，但我却十分享受。人体之间产生的温度使我感到平静安宁，甚至能让我在陌生人的肩头沉沉睡去。"你究竟爱不爱他？"安德鲁问，我转动眼珠赶走疲惫，同时思量着该如何回答。

我感到愤怒、怨恨、沮丧和忧伤。它们就像是构成我身体的面料，这个是丝绸，那个是天鹅绒，还有纯棉。可我说不清也道不明对卢克的爱究竟属于哪一种。我拉住安德鲁的手，看着他转动我手指上的戒指，"我太累了，已经不知道该怎么回答你了。"

安德鲁扶我躺下。几滴眼泪流到了我的耳边，我试着用鼻子呼吸，但空气被堵在鼻腔中无法前进，只徒劳地发出一阵呼噜。我紧张极了，浑身热乎乎的，倘若用温度计量一量，我大概已经达到了请病假的标准。安德鲁试探着摸了摸我的皮肤，热得发烫，且出了一身的汗。他起身关掉灯，但打开了窗户。我听到屋外有节奏的风声，几秒钟之后便感受到一股沁人心脾的清凉。"吸点清新的空气会有好处的。"安德鲁安慰我说。我想吻他，像在教室里那样吻他，可他把我裹了起来，并把一条粗壮的胳臂搭在我身上。我甚至没有来得及脱掉鞋子。困意，如同罕见而耀眼的流星雨，笼罩了我。

但凡有什么特别的事情需要庆祝，阳明轩餐厅总是我们的不二之选。新年之夜，生日，等等。高中毕业时妈妈带我和鲨鱼眼去那里吃过一次。爸爸没去，他说少了他我们几个姑娘家会更自在。

停车场上，安德鲁将他的宝马车塞在了两辆 SUV 中间。当我推开餐厅的门，看到那些衣着光鲜的中年家长，闻到里面混合着饭香味儿、汗味儿和油脂味儿的空气，那种以往每次到这里来都能感受到的熟悉的冲动——迫不及待地想要大快朵颐——忽地又回来了，尽管这种感觉如今已经越来越少光顾我。

离开芬纳曼太太的家，我给妈妈打电话推掉了一起吃晚饭的事。我再三道歉，说我实在没心情到外面吃饭。

"今天的确够你受的，我能理解。"妈妈说。虽然只有这么一句话，但却已经比卢克要慷慨许多。在过去的二十四小时内，卢克仅仅给我发过一条内容只有几个字的短信。他问我进展如何。"挺好的。"我这样回复。他的沉默倒给了我豁出去的勇气。

"晚上好。"侍应生看见我之后立刻眉开眼笑，"请问您有预订吗？"

我还没有来得及回答，便听到有人惊讶地喊着我的名字。我循声扭过头，看到了妈妈和林迪姨妈。她们全都穿着黑色的休闲裤，脖子上缠着花纹凌乱的围巾，每次喝水时腕上的手镯都会发出叮当之声。这是妈妈外出吃饭时的标准装束。

我和妈妈四目相对，一个比一个吃惊。我趁机搜索枯肠，寻找转圜的谎话。所幸她就站在吧台前一动未动，要不然她很可能会看到正在远处角落里等我的安德鲁。给卢克回复之后我就立刻给他发了一条短信，邀请他来这里吃饭，反正位子是已经订好了的，不用岂不浪费。按下发送键后屏幕上立刻出现三个闪烁的点，随后便彻底消失。同样的短信我发了两三次，安德鲁才终于回复，"什么时间？"

"我不知道这里还能送外卖呢。"落座后妈妈说道。她翻开一页菜单，"这倒是件好事。"

我把餐巾在大腿上摊开，"有什么好的？他们才不会给你送呢。"

"离得太远了。"林迪姨妈抱怨说。她用油光发亮的手指甲轻轻点着自己的空杯子，不无责备地对正在收拾邻桌的勤杂工说："能倒点水吗？"林迪姨妈是妈妈的妹妹。她比妈妈长得苗条漂亮，而且对此她十分骄傲。不过三十年河东三十年河西，如今妈妈又占了上风，因为林迪姨妈的女儿嫁给了一个小警察，而她的女儿却要嫁给华尔街上的高富帅。

"林。"妈妈说，"相信我，值得跑一趟。"说得好像她是这里的老主顾一样。

虽然我临时取消了一起吃饭的约定，但妈妈还是决定保留预订的位子。也许她知道餐厅里有卢克的信用卡资料，只需签单就能消费，但我不愿意这么想。我胡乱聊了几句才告诉她说我只是路过这里，顺便带些东西回酒店房间里吃。

当她告诉我说爸爸没兴趣来时，我喃喃说道："这倒新鲜。"妈妈叹了口气，让我们先点吃的。

林迪姨妈突然笑起来。"香辣牛肉水饺？"她扮了个鬼脸，"听起来不像地道的中国菜啊。"

妈妈同情地看了她一眼，"林，这叫东西合璧，文化融合。"越过妈妈的肩膀，我看见安德鲁站起来冲我打了个手势。他沿着餐厅的墙角朝前台和洗手间的方向走去。

"能帮我点份儿香茅虾吗？"我把腿上的餐巾揉成一团扔到桌上，"我得去趟洗手间。"

妈妈向后撤开身体，为我腾出道路，"那你想吃什么开胃菜？"

"色拉就行。"我头也不回地说。

我先去洗手间。我甚至还假装迷糊，故意推开了男士洗手间的门。一名正在烘手的留着小胡子的男子提醒我走错了地方。我喊着安德鲁的名字，直到那人气呼呼地再次提醒我。

妈妈和林迪姨妈全都背对着我，所以我箭步冲向了门口。来到餐厅外面，空气中什么味道都没有，竟让我不由怀疑自己是否还在呼吸。过了几秒钟我的眼睛才适应外面的黑暗，这时我看到了安德鲁。他坐在他的车尾厢上，仿佛一直在等我。

我张开双臂向他道歉，"她杀了我个措手不及。"

安德鲁从车尾厢上跳下，迎着我走过来。我们就站在餐厅旁边路灯照不到的一片棚架下面。他摆动着手指头说："这是母亲的直觉。她知道你图谋不轨呢。"

我摇摇头，用大笑来证明他的大错特错。我不喜欢安德鲁用"图谋不轨"来形容我们的事，"才不是呢。她只是不舍得这顿免费的晚餐。"安德鲁凑了过来，我靠在餐厅的砖墙上。

他双手捧着我的脸，而我情不自禁地闭上了眼睛。他的拇指轻抚着我的脸颊，无色无味的风将几缕头发送到我的脸上，我可以如此站着睡着过去。我把双手压在他的手上。"找个地方等我。"我说，"随便哪里，打发掉她们我就去找你。"

"蒂芙。"他叹气道，"也许这样更好，你可以陪陪家人。"

我紧紧抓住他的手，努力让自己的声音显得不那么激动，"别这么说。"

安德鲁又叹了一口气，从我的手下抽出双手，而后像位大哥哥一样抓住我的肩头。我的心仿佛开始慢慢撕裂。"昨天夜里我们差点铸成大错。"他说，"幸亏我们克制住了。也许我们现在就该悬崖勒马，免得做出让我们后悔的事。"

我拼命摇着头，尽力控制着语调说："和你做任何事我都不会后悔。"

安德鲁将我搂在怀中，许久之后才开口说道："也许我会。"我差一点就以为自己说服他了呢。

餐厅的门开了，门内传出一阵响亮的笑声。我想冲里面的人大喊，让他们都给我闭上嘴巴。当所有人都欢天喜地而唯独自己黯然神伤时，控制情绪总是无比艰难。"我们不一定非要做什么。"我说。我声音里的绝望让我自己都感到愤怒，"我们只要随便找个地方，喝点酒，谈谈心。"

安德鲁的心脏在我耳边敲鼓一样怦怦跳着。他浑身上下散发着古龙香水的味道和紧张的气息，感觉像一次约会。我能感觉到他在我头顶上幽幽地叹着气，"蒂芙阿尼，如果只是谈谈心倒好了，可我做不到啊。"

仿佛所有美好的梦境瞬间破灭，我愤怒了。我用双肘顶住他的胸口，将他推了出去。他没有料到我会突然做出这样的举动，吃惊之余，打了个趔趄。"你当然做不到！"我绝望地扬了扬胳膊，"我想要的是一个朋友。但你和别人没什么两样，心里想的全是上床的龌龊事。"

此时我们已经挪到了路灯下，只见安德鲁的脸痛苦地扭曲起来。我立刻意识到我的话伤害到了他，不由恨起自己。"蒂芙阿尼。"他努力克制着说，"天啊，你知道我没有那样的想法。我只希望你能幸福，仅此而已。可这——"他指了指我们之间，"这不会让你幸福。"

"哼，好极了！"我阴险地笑起来，"居然要别人来告诉我什么能让我幸福。真是谢天谢地。"别这样，别这么说。可我停不下来。"我自己难道不知道吗？"我向他逼近几步，直到两人近到如同接吻的距离，

"我知道怎么做对我最好。"

安德鲁温和地点点头。"这我知道。"他擦掉我脸上的一颗泪珠，结果却让我哭得更加厉害。这会不会是他最后一次碰我？"那就勇敢去做吧。"

我拉着他的手放在我的脸上。我的眼泪和鼻涕都滴到了他身上，"我做不到。这一点我很清楚。"

餐厅的门又开了，我和安德鲁立刻分开。从里面走出一男一女两个人，他们酒足饭饱，高高兴兴地走下台阶。男人走在前头，然后站在街边等着，女人赶上后他抬起胳膊搂住了她的肩膀。从我们身旁经过时，女子假装没有看到我泪光闪闪的双眼，但她脸上的表情出卖了她。我知道她心里是怎么想的：小两口吵架呢，幸亏今晚不是我们。如果我们真的是夫妻该多好啊，我们也可以因为安德鲁只顾工作不顾家而争吵，因为我在巴尼百货花钱太多而争吵，不管因为什么而争吵都会比如今这种尴尬的处境幸福百倍。

我们等着他们走向各自的车子，听到他们砰砰地关上车门。先是女的，几秒钟之后才是男的。因为他为她开的车门。我恨他们。

安德鲁说："我没想惹你不高兴，蒂芙阿尼。我最不愿意看到的就是你现在的样子。"他挥舞着胳膊，对自己生气到了极点，"是我没有控制好自己。我不该那么冲动。对不起。"

我也很想对他说声对不起，眼下这种局面同样不是我所希望看到的。可我说不出口，来到嘴边的全是谎言和借口。"我想应该是我让你误会了我和卢克的事。"安德鲁冲我伸出双手，试图阻止我解释下去，可我没有理会，"像我这样的人，并不容易得到幸福。而如今我离幸福只有一步之遥。"

"其实我没有那个意思——"

"那你就别再对我说——"真是尴尬,我突然打了一个嗝。"对不——"又一个嗝,"起。"

"我没有。"安德鲁说,"我从未这么想过。我佩服你,欣赏你。尽管佩顿伤害过你,可你在危难时刻却能不计前嫌。你不知道自己有多伟大。你应该和真正看到你伟大之处的人在一起。"

我拉起衬衣的领子,做出要擦脸的样子,实则不然。我在偷偷把安静的啜泣藏在面具之下。我听到安德鲁穿着高档皮鞋的脚朝我的方向迈近了一步,但我摇摇头,并用低沉的声音警告他不要靠近。

安德鲁站在足有一人的距离之外,等着我。我的衬衣几乎要被我毁掉了,我再也不可能把它还给社里的时尚衣橱,而只能假装弄丢了或另找别的借口。酝酿新的谎话是唯一能够让我平静下来的事;也是唯一能够让我止住话头,清一清嗓子,并勉强镇静地对他说话的事,"我出来得太久了,我妈妈很可能该疑心我去哪儿了。"

安德鲁冲人行道点点头。好像为了给我私人的空间他一直都在盯着那边一样。"好吧。"他说。

在转身走上台阶之前,我至少还对他道了一句悦耳动听的晚安。安德鲁在身后默默目送着我,确保我安安全全地走回餐厅。这个男人,我没有一个地方配得上他。

"你总算回来了。"我侧身挤过两张桌子,回到我们的位子上时,妈妈说道。"我给你点了他们这里最无聊的色拉。"她把一小团面在橘黄色的酱汁中蘸了蘸,然后填进嘴里,"我知道你还在节食。"

"谢谢。"我再次把餐巾摊开到腿上。

林迪姨妈首先注意到了我的脸,"你没事吧,蒂芙?"

"你说呢?"我什么酱汁都没有蘸便把一团面塞进嘴里,大声嚼起来，"今天整个下午我都和那个被我杀死的男生的妈妈在一起。"

"蒂芙阿尼·法奈利。"妈妈倒吸了口气说，"怎么能这样跟你林迪姨妈说话呢？"

"那好。"我又往嘴里塞了一团面。我真想把那一大碗面或者任何别的东西倒进喉咙里，好堵住那饥饿的洞口，"我只能跟你这样说话了。"

"我们来这儿是图高兴的。"妈妈警告我说，"要是你不想好好吃饭，那你就走吧。"

"我走了看谁结账。"我故意大声嚼着，还挑衅似的冲她一笑。

妈妈明显慌了神儿，但却故作镇定，免得被林迪姨妈看了笑话。当然，我的表妹永远都不会像我这样让她的妈妈下不来台。她可是要嫁给警察的人。尽管妈妈此刻恨不得一口把我吞了，但她还是慢慢悠悠地转向林迪姨妈，用好似迪士尼公主一样甜蜜的声音说："我单独和蒂芙阿尼说几句话你不介意吧？"

林迪姨妈似乎很遗憾不能留下来看我们的好戏，但她无可奈何，只好从椅背上取下手提包，"正好我要去趟洗手间。"

林迪姨妈浑身上下的首饰叮当作响，就像一支军乐队穿过了餐厅。妈妈一直忍着，直到林迪姨妈的声音消失于耳际。她向后撩了下头发，虽然那头发并没有妨碍她，我知道，接下来又该是一通长篇大论了。

"蒂芙阿尼，我知道你现在压力很大。"她向我伸过手来，但我躲开了。妈妈盯着我原来放手的地方出了会儿神，"但你必须振作起来。你只差这么一点就要失去卢克了。"她拇指和食指分开一毫米的距离，好让我知道自己的处境多么岌岌可危。

没想到她会突然提到这一茬，而更让我感到意外的是她居然知道我和卢克目前的情势，我不由不心生疑惑，"你知道什么？"

妈妈抱起双臂往椅背上一靠。"他给我打电话了。他很担心。他让我不要告诉你，可是……"她向前趴过来，脖子上露出道道青筋，"看你今天晚上的表现，我觉得有必要告诉你。"

忽然之间，我有种大势已去的苍凉感。所有的事情都不再受我的控制，我得不到安德鲁，甚至可能得不到任何人。我紧张得胸口愈来愈紧。我在座位上蠕动了一下身体，尽量装出不以为意的样子，"他说什么了？"

"他说你变了，蒂芙阿尼。你争强好胜，对他充满了敌意。"

我大笑起来，真是无稽之谈。"在纪录片的事情上我们的确有分歧，我想去，但他很不乐意。他希望我随他搬到伦敦，还要我放弃在《纽约时报杂志》的工作机会。"看到妈妈瞪我的眼神，我压低了声音，"我只是想尽力为自己争取一些事情，这就成敌意了？"

妈妈也压低了声音说："是不是敌意有什么关系呢？关键是你和卢克当初爱上你时变得不一样了。"她喝了一口水，想必是刚才我在外面和拉尔森老师争吵时服务员给她端上来的，"如果你想要婚礼如期举行，最好还像以前那样老老实实的。"

我们的谈话走进了死胡同，在喧闹和愉悦的餐厅里，我们的沉默显得更加强烈突兀。我看见林迪姨妈从洗手间回来了。我和妈妈曾陪她一起去看过她为女儿挑选的婚礼场地，那是个俗里俗气的小地方，经理居然还毫不脸红地向我们炫耀他们舞池里的霓虹灯如何能随着DJ的音乐节奏从粉色变成绿色再变成蓝色。后来她又吹嘘婚礼菜单多么豪华，一份海鲜牛排套餐就要几百美元。不过她就那么一个女儿，所以她表示会不惜血本。真是好笑。如果我的——不，我们的——酒席承办人只收那么一点点钱，我定会高兴得跳起来的。记忆使口渴的感觉卷土重来，专家说无端口渴的原因是人最基本的生理需要没有得到满足。林迪姨妈站在远处犹豫不前，并疑惑地看了我一眼，我点头示意她可以回来，同时举杯喝我的水。冰块撞到了我的牙齿，我浑身不由一阵哆嗦。

我签了单，妈妈提醒我别忘了打包剩饭。"给爸爸捎回去吧。"我大方地说。在刚刚那一回合与妈妈针锋相对的较量中，我输了，"酒店里没地方放。"

来到停车场，林迪姨妈和妈妈都嘱咐我要代她们向卢克致谢。我答应了她们。

"你什么时候回曼哈顿？"妈妈问。她故意说曼哈顿而不说纽约，无非是想让人感觉她是个老纽约。

"明天下午吧。"我说，"录制还没结束。"

"那好。"林迪姨妈说，"注意休息，亲爱的。再贵的化妆品都比不上一个好觉。"

我笑了笑，感觉仿佛有把刀子在切我的脑袋。我冲妈妈点头告别，想象着我的上半截脑袋会如同压扁的橡果一样飞出去。我看着妈妈和林迪姨妈爬上她那辆破宝马。我爸妈最近一次有钱续订租赁合同并更换车型已经是七年前的事了。我曾建议她租一辆没那么豪华，保养成本也稍微低一点的车子，但妈妈却笑着说："蒂芙阿尼，我才不要开一辆本田思域呢，我丢不起那人。"在妈妈眼中，成功不是在《纽约时报杂志》上班，而是嫁给像卢克·哈里森那样的有钱人。有了那样的丈夫，或者说女婿，我们就万事无忧了。

妈妈和林迪姨妈驶出停车场之后，我才敢偷偷瞥了一眼那辆比妈妈的车型号还要老的宝马车，它依旧停在一个小时之前的位置上。

我从车旁走过，假装没去留意挂在车上的纽约车牌。车里有个一瞬而过的小动作，随后尾灯闪了闪，仿佛在向我致意。待我解开吉普车的门锁时，安德鲁已经不见了踪迹。

五年前，布林茅尔学院伐掉了挡在空场与公路之间的树木。散落在林子里的空啤酒罐——罐口说不定还保存着几十年前曾在这里玩耍的孩子们的 DNA——全被集中起来统一回收。那片空地经过整饬，如今面貌一新，成了一座游人如织的漂亮公园，里面有野餐桌、秋千架，还有一个颇为气派的喷泉。星期天上午，我随着他的轮辙走过草地，背后跟着摄影机。

他抬头看着我。我想如今他不论看谁都不得不仰起头了。"菲尼。"他叫道。

我咬着下嘴唇，这一个名字勾起多少心潮起伏。往事历历在目，直到镇静下来我才开口说话，"真没想到你把我带到了这里，迪恩。"

亚伦建议我在一张长凳上坐下。他希望我和迪恩处在同一高度，那样镜头效果会更好些，而能缩小这一差距的人只能是我。起初我意欲推辞，然而当我看到迪恩盯着地面发呆，脸因为窘迫而涨得通红时，便屈服了。

我们终于各就各位，摄制组像行刑队一样盯着我和迪恩，可我们谁都不知道该如何开始。今天的安排是迪恩主动提出的，他曾拜托亚伦问我是否愿意见他。星期五那天录制结束时，亚伦找我说的就是这件事。

"他想干什么？"我曾这样问亚伦。

"他说他想道歉，想澄清事实。"亚伦兴高采烈地看着我，仿佛在说：这是多好的事情呀！

我曾答应过卢克不谈那一晚的事。我自己也亲口说过无意谈那一晚的事。但如今迪恩愿意"站"出来承认他们对我犯下的罪行，无疑给了我一个洗刷冤屈的机会。我忽然意识到长期以来我对自己的欺骗是多么残酷。我想谈那晚的事，我想把真相公之于众。

此刻我和迪恩平起平坐，我抬眼看着他，眼神中流露出期待。我不打算做首先开口的那个人。迪恩尝试着打出了怀旧牌，这让我发现他还和过去一样愚蠢。"还记得以前我们经常在这里玩吗？"他望着今非昔比的空场，脸上的憧憬之情简直是对我的侮辱。

"我记得你在这里邀请我去你家。我记得自己像个礼品袋一样被人戏弄。"太阳从云层后面跳出来，我被刺得眯起了眼睛，"当年的情景历历在目，就像发生在昨天。"

迪恩像坐电椅一样，手指抽动着，而后紧紧抓着大腿，"我很抱歉最后闹得那么不愉快。"

"闹得那么不愉快？"难道我来这里就为了这个？听他像政客们道歉一样含糊其词，推卸责任？我的眼睛眯成了一条缝，露出眼周千头万绪的鱼尾纹。镜头会照见的，可我不在乎了。"不如我替你说吧？'我很抱歉在你十四岁那年趁你喝醉的时候奸污了你。''我很抱歉后来在奥利维亚家我又想故技重演，还打了——'"

"别拍了！"迪恩转动轮椅对着摄影机说。他动作如此敏捷，倒使我吃惊得说不出话来。

摄影师不知道该怎么办，只好扭头望着亚伦。"这段别拍了。"迪恩再次说道，并缓缓转动轮椅向前走去。

摄影师无所适从，仍在等亚伦拿主意，可亚伦站在原地，脸上尽是震惊与茫然。这时我才突然明白过来，刚刚我对迪恩说的那些话让他震惊了。我想要么是迪恩在说到那天晚上的事时语焉不详，要么是亚伦压根儿就不知道有这回事。*他想道歉，想澄清事实。*原来亚伦并不知道迪恩要为什么事而道歉，要澄清什么事实。"亚伦？"摄影师以询问的口气叫道。亚伦终于回过神来，他清了清喉咙，说道："内森，先停下。"

我面对迪恩的后背冷笑一声说："迪恩，如果不敢说出真相，你今天又何必到这儿来呢？"我站起身，最简单的一种能力，此刻却是我最有力的武器。

迪恩操纵轮椅转了个方向。相比之下，至少我的悲哀不是身体上的，我不用一辈子坐在轮椅上。我有种奇怪的领悟，年近三十，于迪恩而言更痛苦的事情恐怕是岁月并没有像对待别人一样在他身上留下太多痕迹。他的头发依旧浓密，上半身依旧灵活。额头上只有一条令人尊敬的皱纹，看起来就像信封上的折痕，但除了这些他也没什么好说的了。对于一个一辈子都将比别人离地面更近的人来说，他没有在多年的重压之下枯萎凋零，倒真有点对不起他屁股下面的那台轮椅。

当然，他也结了婚，据说妻子冷漠高傲，不苟言笑，但却能做出让人难以抗拒的美味佳肴。我曾在《今日秀》的一个短片里听她说过话——典型的南方人，对宗教很狂热。她很可能反对婚前性行为，或者说不定反对一切不以生育为目的的性行为，这倒挺适合迪恩。我想，《女人志》上提到的那些男欢女爱的技巧，迪恩大概是用不上的。这都是亚瑟的功劳。

迪恩扭头看着摄制组，"现在没有拍，对吧？"

亚伦有些恼火地回答："你看见有摄影机对着你吗？"

"你们能让我和蒂芙阿尼单独聊一会儿吗？"

亚伦看了看我。我点点头，并用口型告诉他："没事。"

摄影师指了指阴云越积越多的天空，"我们最好还是在下雨之前抓紧拍完。"

亚伦梗着脖子，示意工作人员退后，"来得及的。"

摄制组的工作人员跟着大步走在前头的亚伦离我们而去，直到拉开足够大的一段距离。迪恩看他们全都走到了公路边上，才向我扭过头。他下巴上的血管跳动了一次、两次，随后才停下。

"你能坐下来吗？"

"谢谢，我想站着。"

迪恩调整好轮椅。"那好吧。"他嘴角突然一翘，"你要结婚了？"

我的手就垂在身体一侧，正好与他的眼睛处在同一高度。我头一次把那颗让我引以为傲且拥有神奇魔力的绿宝石忘在了脑后。我张开五指，低头端详，就像所有女孩儿面对别人注意和询问自己钻戒时的反应一样。激动的感觉汹涌而来，好像它突然之间焕然一新了。可就在刚才，它在我心里和一只死掉的小虫子也差不了多少，"再过三个星期。"

"祝贺你。"

我把双手塞进后兜，"迪恩，别绕弯子行吗？"

"蒂芙，坦白地说——"

"我现在叫阿尼。"

迪恩抿着嘴唇，在心里默默重复了一遍，"蒂芙阿尼中的阿尼？"

"是。"

他又悄悄念叨了一遍，仿佛在细细品咂。"挺好。"最后他说。

我一动不动，脸上也没有任何表情；我就是想让他看到，他的评价对我无足轻重。天空颤抖起来，一颗雨滴落在迪恩的鼻子上。"首先，我想向你道歉。"他说，"我想做这件事已经很久了。"他始终看着我的眼睛，且眼神之中不无紧张，好像他专门受过媒体教练的指导，心里明白道歉就该是这个样子。"我对你做的事——"他呼出一口气，肥厚的嘴唇跟着颤抖，"是非常恶劣的，对不起。"

我闭上眼睛，久久不敢睁开，直到我积蓄足够的力量，使我咽下记忆的痛苦。内心平静些后，我睁开眼说："但你不愿面对镜头说。"

"我会面对镜头的。"迪恩说，"我会为自己对你犯下的罪过向你道歉。之前我对警方说你接过了枪，因为你和亚瑟还有本是一伙儿的。"我刚要张嘴辩驳，迪恩抬手止住了我，他无名指上的戒指闪闪发光，"蒂芙——呃，阿尼，不管你信不信，但在当时我真的以为你们是一伙儿的。你想想我当时的处境。你忽然跑进餐厅，我知道你和亚瑟是朋友，更知道你对我恨之入骨，他把枪递给你并要你干掉我好为自己报仇，而你也的确伸手去接了。你说我能怎么想呢？"

"可我当时同样吓坏了呀，你也看见我求他饶命了。"

"我知道，可我当时已经蒙了。"迪恩说，"我流了很多血，心里又怕得要命。我只知道他把枪递给你，而你伸手去接了。那些警察，他们冲到我跟前，言之凿凿地说是你干的。我只是迷惑……还有愤怒。"他在轮椅上意味深长地扭了扭身体，"我气不过。亚瑟和本都死了，但你还活着，所以我便把气全撒到你身上了。"

我的律师丹也曾经这样警告过我。真正的行凶者全都死亡后，人们会迫不及待地寻找一个新的发泄对象，而我看上去是个不错的人选。

我提醒迪恩说："可我甚至连见都没见过本。"

"我知道。"迪恩说，"我有时间恢复和思考之后便意识到，你和那件事肯定没关系。"

"那你为什么不说出来？你知不知道现在还有人给我寄恐吓信呢？都是你的粉丝。"因为生气，我的最后几个字已经开始发颤。

"因为我愤怒。"迪恩说，"除了愤怒没别的。愤怒，还有怨恨。因为你毫发未伤。"

我不由发出冷笑。这些人都觉得我安然无恙地逃了出来应该感到知足，而之前我的遭遇也纯粹是咎由自取。"不见得。"我说。

迪恩上下打量了我一番，真正的打量，而不是抛媚眼。我的休闲服价格不菲，我剪头发花了一百五十块。"你看上去挺好啊。"他说。

迪恩的双腿在膝盖处抵在一起，形成一个 V 字。不知道他每天早上下床之后是不是故意把它们摆成这样。又一颗雨滴，这次更大，砸在我的额头上，"我们干吗要私下里说这些呢？亚伦说你想澄清事实。"

"我的确想。"迪恩说，"我要在镜头面前把这些全都说出来。我要告诉人们当初我是气昏了头才没有及时说出真相。我要向你道歉，而你也将原谅我。"

我压着火气说："是吗？"

"是。"迪恩说，"因为你想为自己正名。这我能帮你。"

"那你呢？"

"阿尼。"迪恩十指相抵，"我已经拿我的不幸赚了不少钱。"

他身后不远的地方停着一辆黑色的奔驰轿车，司机一身西装干净利落，正等着接他去赴下一个约，"迪恩，你的确是个很励志的人物。"

"嘿。"他笑着自嘲说，"这能怪我吗？我没得选啊。"

太阳又露出了脸，似乎在特意为我们即将达成的谅解洒下点光明。

"我恐怕做不到。"我说。

"说起来挺巧的。"迪恩向前倾着身体，似乎格外兴奋能与我分享他的心得，"我最近正在写一本书，主题就是关于宽恕的力量。你瞧，还真应景。"

我不以为然，"像提前安排的一样。"

迪恩对着自己没用的裤裆大笑不止。"阿尼，你说话还是那么直来直去，和小时候一点没变。你丈夫肯定很喜欢你这一点吧。"他叹了口气，"我妻子太闷，跟个哑巴似的。"

"是未婚夫。"我纠正说。

迪恩无所谓地耸耸肩。"好，未婚夫。"他回头看了一眼，确保除了我没人能听见他的话。"看到咱们两个冰释前嫌——"他微微一笑，"我的粉丝们一定会震惊死的。不过我想人们应该会理解我为什么过了那么久才澄清事实，也应该会理解我为什么当初会无所适从。我并非有意要破坏你的名声，我只是心理受到了创伤。现在我已经能像个男子汉一样承认一切。可是……呃，那天晚上的事，是不是没必要在这里说啊？"他顿了顿，仿佛在犹豫要不要说下面的话，"你知道吗，我妻子对我还有指望呢。"

我木然望着他。

"我是说生理上。"在喜怒无常的天空下，他抬起头，眯起眼睛看着我，"现在的科技实在太发达了。"他激动得连语调都升了上去，"只需要一个无创外科手术，一间实验室和一个培养皿，就这些，我立刻就能成为居家男人。这是社区对我的期望，而且他们愿意负担所有的费用，我何乐而不为呢？虽然小孩子——"他学我以前的样子扮了个鬼脸。随后他沉思了片刻，双眼茫然地望着公路，也许他在想，将来他永远都没有机会追着自己的孩子玩，也没有机会教自己的孩子踢足球。他清了清嗓子，再度望着我说："可那件事一旦曝光出来，这一切都将化为泡影。"

"没错。"我赞同道，"你会名声扫地。"

"所以我只能私下里向你道歉。"迪恩歪着脑袋，端详着我的脸说道，"现在我就向你道歉。关于那件事，我非常对不起你。"

我低头看着他，"但我希望你能如实回答我一个问题。"

迪恩的下巴微微发抖。

“那天晚上在你家的事，是你们几个设计好的吗？”

迪恩居然露出一脸被冒犯的表情。“阿尼，我们哪有那么可恶？当然不是设计好的。本来只是——”他再次望着空旷的公路，思量着该如何解释，“男生们都在暗地里较着劲，因为我们打赌看谁最先把新来的女生搞到手。可在咱们两个去我的房间时，我还不知道利亚姆已经把你那个了。我是第二天才知道发生了什么。”

我吃了一惊，不由上前一步，恨不得使劲摇晃他的肩膀，把他知道的所有秘密都摇出来，“你不知道利亚姆干的事？”

迪恩脸上的肌肉抽搐了一下。“可我知道佩顿。只是……我也说不清楚，当时我并没有觉得那种行为有多过分；在我看来——”他耸了耸肩，“那根本就不算做爱。所以我也就不认为佩顿和我是犯了什么大错。”看了我一眼，他又连忙补充了一句：“但我现在知道了。”

阳光再次洒在我们身上，可却只是昙花一现。太阳转眼之间便又消失在阴郁的云层背后。“你知道什么了？”我问。

迪恩的两片眉毛几乎蹙到了一起，好像一个被老师提问到难题而又急于说出正确答案的小学生，“知道那样做是不对的。”

“不。”我用一根手指指着他，正好是一条向下的对角线，“我要你说出来。什么是不对的。如果你需要我妥协，那我必须听到你们中间的某个人对我说实话。告诉我你们对我做了什么。”

迪恩叹了口气，考虑着我的条件。过了一会儿，他承认说：“我们对你做出的那种行为……是强奸，可以了吗？”

那两个字像癌症攫住了我的胃，像恐怖袭击，像飞机坠毁。所有让我恐惧的事情全都扑向我，因为多年以前我从亚瑟的指缝间死里逃生。可我仍然摇了摇头，“不行，不要这种模棱两可的说法。‘是强奸……’我知道这种文字游戏。我要你直接说出来你对我做过什么，你们对我做过什么。"

迪恩望着地面发呆。内心的斗争结束之后，他的眉头也舒展开来，"我们强奸了你。"

我按着紧绷的嘴唇，尝到了一股令人愉快的金属味道。真是难以置信，这一刻竟比卢克向我求婚时还要快活，"还有在奥利维亚家的那一晚——"

迪恩顺从地点点头，打断了我的话，"我知道，那晚我打了你，而且毫无道理。我只觉得自己被骗了，上了你的当，所以我恼羞成怒。当时我感觉自己完全昏了头了。幸亏奥利维亚的爸爸及时出现，否则，后果不堪设想……"他停了下来，因为越来越急的雨点把摄制组从他们回避的地方赶了回来。

"嘿，我说两位？"亚伦大声喊道，"再耽搁下去咱们可就录不成了。"

老天保佑，我们在大雨到来之前完成了录制。我把迪恩出卖了吗？我没觉得。我为什么要放迪恩一马呢？这恐怕和多年来藏在我内心深处的一个不可告人的秘密有关。我经常想，假如当初亚瑟邀我加入他的计划，或许我还会犹豫再三，答应或不答应皆有可能。但假如亚瑟那天真的把枪递给了我，结果或许只有一种可能。因为只要那把枪到了我手上，我想我定会毫不犹豫地轰掉迪恩那个浑蛋的老二。当然，紧接着我便会掉转枪口，干掉亚瑟。

第 16 章

我的钥匙扣上挂着两把钥匙，外加一张纽约体育俱乐部的会员卡，尽管我从二〇〇九年起就已经不再是他们的会员。这意味着我有一半的概率把正确的钥匙插进门锁。可事实上，我从来就没有一次性插对过钥匙。

卢克觉得这很可爱，说我每次开门之前等于给他发出了一个警告。"那样我就能及时关掉正在看的黄片。"他笑着说。卢克看的黄片我全都看过——最常见的镜头就是一个肌肉发达的白痴男人卖力地干一个女人，而女人晃动着填满硅胶的乳房大声喊着好爽，千篇一律，和看动物交配没什么两样。卢克以为我不喜欢黄片，而实际上我只是不喜欢他看的那种黄片。相比之下，性虐类的片子才是我的菜。我需要看到演员忍受痛苦。痛苦才好看，因为痛苦是装不出来的。

我用脚推开门，"嗨。"

"嗨。"卢克坐在沙发上，勉强对我笑了笑说，"我好想你。"

门砰的一声在我身后关上，我丢下背包。卢克张开双臂说："来抱抱我？"

"不如你来帮帮我？"我几乎脱口而出，最后费了很大的劲儿才克制住自己。

我向卢克走去，坐在他的大腿上。"哦。"他说，"你没事吧，宝贝儿？"

我把脸埋进他的脖子里。他身上臭烘烘的，大约是该洗澡了，不过我向来喜欢他身上带股子味道。有些人天生就有体香，比如卢克。

这是毫无疑问的。"我快累死了。"我说。

"我能为你做点什么呢?"卢克问,"我想帮忙。"

"我饿了。"我说,"可我不想吃东西。"

"宝贝儿,你看上去光彩照人。"

"不。"我说,"那不可能。"

"嘿。"卢克伸手托住我的下巴,逼我稍稍抬起头,脸正对着他,"你是我见过的最漂亮的姑娘,你会成为世界上最美丽的新娘。吃一个芝士汉堡是改变不了这一点的,就算吃一百万个芝士汉堡也改变不了这个事实。"

是时候了。我看他此刻心情不错,这在近一段时期是很少见的。可我还没有来得及开口,卢克忽然脸色一转,认真起来。"嗯,我想和你商量件事。"他说。

就像坐过山车时从最高点上冲下来那一刻,瞬间失重的感觉让我浑身难受,五内翻腾,心脏在胸口仿佛一直滚来滚去。难道真被妈妈说中了?

"去伦敦工作的事谈妥了。"卢克说。

我在心里重复了一遍他的话,同时暗暗调整心绪,并在我那因为自由落体而移了位的心肝脾肺肾之间寻找合适的情感。我该失望吗?松一口气?或无奈地顺从?"哦。"我说。"哦。"我又说了一遍,随即装出很好奇的样子,"什么时候去?"

"他们希望我们圣诞节时搬过去,那样新年开始我就能开工了。"

我向后仰着身体,重心的转移让卢克有点吃不消。他被压得龇牙咧嘴,于是便在我身下蠕动着,换个更舒服的姿势,"你已经答应他们了?"

"还没有。"卢克说,"怎么会呢。我说得先和你商量商量。"

"最迟你什么时候要答复他们？"

卢克蹙眉思索了一会儿，"我想最多一周吧。"

他腿上的韧带在我身下变得紧张，好像在等着我瘫成一团。我忽然意识到，只要我能保持冷静，就依然握有优势。这意味着接受一个令我难过的决定，但另外一个选择却令我恐惧，我已经厌倦了恐惧。

"我得和洛洛谈谈。"我这样说着，脑海中已经开始想象在她办公室里的情景。她心里一定认为我大错特错，只是无法在她那张死人般的脸上表现出来，"说不定她能在英国给我介绍份工作。"

卢克惊讶地微微一笑。"我看有戏。"而后他又慷慨地加了一句，"你是她的爱将嘛。"

我像只小羊羔似的温顺地点点头，一边摆弄着他衬衣上的一颗纽扣一边说："实际上我也有事要和你谈。"

卢克金色的眉毛微微抽动了一下。

"制作公司想拍摄咱们的婚礼。"在卢克插嘴或反对之前，我赶紧接着说了下去，"他们觉得我的故事很感人。另外他们还愿意承担婚礼录影的工作，并为我们制作婚礼视频，而且全部免费。"所谓精英们对免费的东西总是来者不拒的。

那日录制结束，迪恩回到自己的车上后亚伦便找上了我。我当日的表现可以用勇敢无畏来形容。亚伦把一大堆溢美之词加在我身上时，我正打算偷偷溜走。"你简直就是一个冉冉升起的悲剧英雄。"他说，"我觉得片子要是能以你们的婚礼为结尾，会更加震撼。想想看，你终于得到了属于自己的幸福。"

我没有反对。这样结尾的确简单省事，易于接受。

我对亚伦说需要和卢克商量此事，与卢克对他的同事们说他需要和我商量去伦敦的事大概同时发生。我发现我们两人都有一些事情是需要得到对方的同意才能成行的。卢克在得知要去伦敦的消息之后一定兴高采烈，心里想象着公司为我们提供的时尚的现代公寓，连走路都要轻快许多；但他唯独漏掉了最有可能煞风景的部分，我。她肯定会同意的，他大概这么想。像他这种一辈子顺风顺水的人，什么时候被人拒绝过啊？

但我的情况却截然不同。和亚伦交谈之后我并没有欢天喜地的感觉。我甚至毫无反应，直到我回到吉普车上。我们的吉普车，我严正提醒自己。我紧紧抓着方向盘，牙齿不受控制地上下打战，随后一头趴在中控台上。皮革内饰散发出淡淡的臭味儿，好像很久以前卢克的某个朋友把啤酒洒在上面却忘记了清洗。

卢克搔着脖子里一丛倒生的头发，"免费？"

他语气之中似乎尚有转圜的余地。忽然间我有些后悔了。不如干脆让他拒绝？或者真心实意地告诉他我不愿意？可我没有那么做，而是大声地对他说："对，免费。而且你知道他们都是专业的，一定能拍得很好。"

卢克盯着电视机上面空白的墙壁，陷入了沉思。我早就想到布鲁克林的跳蚤市场去买点什么好玩的东西挂在那里了，"不过一想到我们的婚礼被放到纪录片里，我就觉得不舒服。"

"只在结尾的几分钟而已。"我说，而等待已久的谎话随即脱口而出，"最终剪辑的时候我们有决定权。"

卢克晃着脑袋考虑了一会儿，"你信得过他们吗？"

我点点头，至少他们暂时还没有什么让我信不过的。尤其是亚伦，自从我对他正眼相看之后，他给了我不少惊喜。"信得过啊。"我说。

卢克把头向后仰去，棕色的真皮沙发靠背在他脑袋的重压下发出阵阵呻吟。沙发是他爸妈买给我们的。而在此之前，我和内尔共用一个沾满可乐和比萨酱的破坐垫。当年我们寒酸潦倒的程度可想而知。

真皮沙发的颜色和黄油差不多，妈妈第一次到这儿来时就曾用手指轻轻点着奶油色的皮套如此形容。从一无所有到无所不有，有时候生活的转变太过剧烈，太过迅速，让人难以适应。按道理应该有一个过渡阶段才对，可是我却直接跳了过去。为此我总觉得不踏实，好像前面会有什么惩罚等着我。

"卢克。"眼泪在吉普车驶上西侧高速那一刻起便开始聚集，此刻终于释放出来。我开着车子没有回家，而是径直回到了特里贝克，那种突如其来而又令人迷惑的恐慌像雪球一样越滚越大。"不管从哪方面说，这个周末都过得无比充实。我第一次真正感觉到人们是站在我这一边的。迪恩也是。我见了迪恩。我觉得他们是想——"

"你见了迪恩？"卢克猛地直起脖子。我望着沙发上留下的他脑袋的印痕。"我以为你没打算说你和他之间的事。"卢克气呼呼地咬着拇指指甲，"我就知道那些制作人是在利用你。"他在衬衣上抹了抹沾在手上的口水，随后愤愤地一拳砸在大腿上，"我就知道应该和你一起去。"

一阵刺痛，像电流一样沿着我的脊椎从上而下地流过。这辈子我从来没有想过有朝一日会为迪恩·巴顿说话。"是我自己想见迪恩的。"我厉声说，"你激动什么？我们又没说强奸的事。"

强奸。这两个字让卢克顿时呆住了。在我的印象中，我从来没有这样说过，没有对任何人说过。

"他改口了。"令人尴尬的沉默证明了我对卢克的怀疑：他并不觉得那是强奸。他认为那只是一次不幸的意外，是不懂事的年轻人喝酒之后的胡闹。"他已经不再坚持说我和枪击案有关系了。"想起我答应要归还给芬纳曼太太的照片，我双腿荡过沙发的扶手，就势站了起来，而后向角落里的书架走去。来到书架跟前，我蹲下身。所有和布拉德利中学有关的东西——新的剪贴、追悼会上的纪念卡片、镶着贝壳的亚瑟和他父亲在海滩上的照片——我全都放在最底下一层。

"他那么说了？"卢克在我身后问。

我晃了晃文件夹，不知道照片被夹在了哪一页，"他说了。他还为以前的说法道了歉，在镜头前说的。"

卢克勾着脑袋好奇地看着我，"你找什么呢？"

"照片。"我说，"亚瑟和他爸爸的照片。我答应芬纳曼太太要还给她的。"我把文件夹里的东西全都倒在地板上。"这里没有。"我把乱七八糟的东西再次往旁边一推，"他妈的，怎么搞的？"

"也许你放到别的地方后来忘了。"卢克忽然变得热心起来，"别急，会找到的。"

"不可能。我从来没动过它。"我双腿一盘坐在硬木地板上。

"嘿。"卢克从沙发上起来，沙发嘎吱嘎吱一通乱响，就像从纸上撕下一片贴纸。我感觉到他的手放在了我的背上，随后他和我并肩坐在地板上，重新整理起那些杂物，"会找到的。这种东西总是在你最不经意的时候就蹦出来了。"

我看着他把一堆东西熟练地收起。他脸上的关切之情给了我再试一次的勇气，"亚伦也知道把摄影机搬到婚礼上可能会让人不舒服，不过他说了，他们只录像，别的什么都不做。"

卢克合上收拾好的文件夹，"我只是不希望他把整个摄制组都带到我们的婚礼上。"

我连连摇头，并晃动着两根手指说，"这么多就够了。"

"两个人？"

"我也是这么问的。"瞧见了吗，卢克，我们是同一战线上的，"他们向我保证过，只去两个人。而且他会让所有人都相信他们只是在做普通的婚礼录像。"我暂时还没有提起每人都需签订一份许可书的事。目前我只需要他点头同意。

卢克将文件夹平放在他的大腿上，"这样做能让你感到高兴，是吗？"

我又需要泪水了，但不必太多，能让眼眶湿润就好，多了反倒浮夸做作。"是，我的确会很高兴。"我用嘶哑的声音说。

卢克低头叹息一声，"那就让他们来吧。"

我一把搂住他的脖子，"我现在想吃芝士汉堡了。"

看来我这个娇撒对了时候，因为卢克立刻笑容满面起来。

"你疯了。"当我走进市中心的莎莉·赫什伯格美发店时，内尔说，"想把自己饿死吗？"

我权当她是开玩笑，故意炫耀似的原地转了个圈儿，可内尔从咖啡桌上抓起一本皱巴巴的杂志，怒气冲冲地盯着封面上的女星布莱克·莱弗利。我挨着她坐在接待区，心里说不出的郁闷。前台的小姑娘问我们要不要咖啡。"拿铁。"我说。

"脱脂的？"她问。

"全脂的。"

"仍然不算食物。"内尔咕哝说。

我的发型师出现在我们面前。"我的天呀。"鲁本像《小鬼当家》里的麦考利·卡尔金一样双手捧着脸，惊讶地说，"你都露出颧骨了。"

"别再夸她了，她是越夸越来劲。"内尔使劲翻着杂志，因为用力太猛，她差点把其中的一页从杂志中揪下来。关于纪录片的拍摄情况，我只字还未向内尔提起。

"拜托。"鲁本把她嘘到一边，"这可是她的婚礼啊。谁都不想看到一头大象走过红毯。"他伸来一只手，"来吧，美人儿。"

鲁本说我应该做一个碧姬·芭铎①的发型，因为我的脸如今已经瘦了下来。"那种发型不适合大脸猫。"他把我的头发弄湿，在头顶上拧成许多结。"那会让脸显得更大。"在我的体重减到一百零四磅之前，鲁本从未向我建议过碧姬·芭铎的发型。

妈妈很不理解我为什么要大费周章地在纽约做头发。因为在她看来，再漂亮的发式，只要一到楠塔基特岛，那里潮湿的空气转眼间就能把它打回原形。我把她的话转述给鲁本，他不屑地哼了一声说："你妈妈什么都不懂。"

这周卢克已经提前去了楠塔基特岛，但我在《女人志》却没有他那样的自由身。当我周五准备请假并申请两周时间度蜜月时，执行主编还找出各种借口不愿意放行。幸亏洛洛替我出头才把这件事敲定。她很赞成我的蜜月安排——八天马尔代夫，三天巴黎。我还没有和她提起伦敦的事，尽管卢克已经给了对方答复，他接受那边的工作。

"太棒了。"她说，"马尔代夫快要沉没了，再不去看看就来不及了。"

鲁本光秃秃的头顶被晒成了棕褐色，眼镜架在优雅的鼻梁尽头，可他从来不会像亚瑟那样费心去推它一下。他眯着眼睛，从玳瑁镜框的上面看东西，手里拿一把圆形的头刷，把我的头发一绺一绺地圈起，直到它们看起来就像扎圣诞礼物的丝带。

内尔瞥了一眼手表。二十分钟前她就端着我的拿铁咖啡晃来晃去，递给我时脸上还带着一点歉意的微笑。我猜她大概是见我已经铁了心，所以也就不再跟我较劲了。"马上就十一点了。"她说。我们还要到肯尼迪机场赶两点的飞机，而去机场之前我们还要回我的公寓拿行李。

---

① 碧姬·芭铎：法国性感女星。

鲁本在我头发上喷了些东西，随后解下系在我脖子里的黑色围布，在我头顶上响亮地亲了一口。"我要照片。"他说，"你一定是全世界最漂亮的新娘。"他一只手捂着心口，我从镜子里看到他眼中甚至含着泪花。"哦。"他几乎哭着说，"最漂亮的新娘。"

我和内尔一边抖着身上和雨伞上的水，一边走进了我的公寓。我们去市中心时雨已经开始下了。这种时候，搭出租车比登天都难。

"说真的。"内尔说，"我们得赶紧走了。"

我正收拾着冰箱，把里面有可能在两周内变质的东西全都扔出去。

"我知道。"我说，"可我必须把这些东西清理掉，要不然回来时家里肯定臭不可闻。要是那样我会疯掉的。"

"你们的垃圾间在哪儿？"内尔从我手上夺过垃圾袋，"我去扔。你快点收拾东西。"

房门砰的一声关上了，公寓里只剩下我一个人。我跪在地上，打开水槽下面的小橱柜，那里面是我们存放的各种清洁用品。我找到一盒干净的垃圾袋，抖开一个。我把一排瓶子装进袋子里，中间有什么东西掉了下来，在地上旋转着发出咔嗒咔嗒的声音。我只看到一小团模糊的绿色，等它终于静止下来时，我把它捏在手指间仔细端详，心里估摸着在内尔回来之前我还有多少时间。倘若她现在回来，定能把我当场抓住。而此刻的我正紧张得浑身发抖。

"我第一次听到阿尼这个名字，是在二〇一一年十一月六日，那天我哥给我发了一封电子邮件。"盖瑞特将手中的演讲稿举到了眼前。

"'我要带一个姑娘回家过感恩节。'他说，'她叫阿尼。记住，不要叫成安妮。敢叫错的话小心我宰了你。'"

人群发出一阵愉快的笑声。他们全是哈里森家的人。

盖瑞特的目光从纸上移开，"我想大家都应该知道，如果两个人在一起的时候比他们各自分开的时候要幸福快乐，那我们就可以相信他们各自找对了人。"

底下又是一阵附和之声。

"阿尼是我见过的最可爱的女孩儿，不过咱们也用不着包庇，说实话，她这个人有点怪。"下面一阵哄笑。他如此评价我并不意外。那不正是我在卢克面前不遗余力表现出来的性格吗？萌萌的古怪？时不时爆出一点小脾气让他坐立不安，好似额外的红利？"我知道，我弟弟爱的也正是她的这一点。我们爱的也是她这一点。"

我看了看内尔，她用口型对我说："他见过的最可爱的女孩儿？"而后又冲我翻了翻白眼。我连忙把目光重新放到我未来的哥哥身上，并祈祷没有人注意到我和内尔的小动作。

"我的这个弟弟……"盖瑞特笑着说，众人也跟着笑，因为他们知道接下来他要抖个大包袱了，"没有几个人能跟得上他的精力。夜里他最后一个从酒吧出来，早上又第一个跑到海上去冲浪。等你到海边时，他都已经在海浪上玩了一个多小时了，而最后结束时他仍然会比你更晚。天啊，我真想对他说，兄弟，凌晨三点你才灌了我几杯威士忌，我怎么可能起得了床啊？"盖瑞特捂着自己的额头，装出头疼的样子，"感谢你能忍受得了他，安妮，哦，不，是阿尼。"人们的笑声达到了高潮，为了迎合大家，我也加入了进来。

盖瑞特耐心等待着众人安静下来。一个微笑占据了他的半张脸。他大概很为自己成功的演讲感到骄傲，"但这也是卢克和阿尼最了不起的地方。他们用不着忍受对方，因为他们无条件地爱着对方，且他们两个的精力全都充沛得惨无人道。"

卢克暗暗抓住我的手,紧紧攥在一起。他把我的手拉到他的大腿上时,我浑身上下都像生锈了一般嘎吱作响。我用另一只手悄悄摆弄着我在厨房里发现的东西。自从离开纽约之后我就一直把它带在身边,心里盘算着该怎么办。内尔看我心事重重,一路上问个不停。"上帝呀,你到底怎么了?""我没事,你知道我讨厌坐飞机。"我对着窗户说。

"我弟弟需要一个像阿尼这样的人。她能让他懂得人生的意义。家庭、孩子、稳定。"他冲我微微一笑,"她就代表着这一切。"

我在肩头蹭了蹭脸,其实我的脸上并不痒。

"而反过来,阿尼也需要一个像我弟弟这样的人,来做她的后盾,并在快要失控的时候扶她一把。"他甚至不怀好意地特别强调了"失控"两个字,还冲卢克心照不宣地眨眨眼睛。我感觉自己仿佛已经超脱于身体之外,成了一个洞察一切的旁观者。我相信卢克在与他的哥哥和朋友们喝酒的时候一定取笑我,取笑过我偏激甚至愚蠢的恐惧症,"她简直不可思议。"我听着他的话,心里却老大不是滋味儿,仿佛自己被人剥光了衣服,赤条条地展览在众人面前。

"看到他们两人走到这一步,我特别激动。"盖瑞特说,他声音中透着难以形容的喜悦之情,与之相比,我突然的决定恐怕会让所有人跌破眼镜,"当然,更让我激动的是他们要在伦敦共筑爱巢了。阿尼,祝你们早日生一个小哈里森出来,大家都知道,卢克夜里是很能折腾的。"又是一阵哄笑,但我却感觉胆汁都泛到了喉咙里。我清了清嗓子,迎着盖瑞特和众人一道举起了酒杯,"敬相依相伴,永不分离。"

"敬相依相伴,永不分离。"我附和着众人的声调。玻璃杯相互碰撞着,叮当之声犹如发自一口精致的钟,一口专为我敲响的警钟。我喝干了杯里的香槟,连同郁积在杯中的所有愤怒。

卢克俯身过来吻了我,"亲爱的,你给了我快乐和幸福。"我勉强支撑着可怜的微笑。

有人拍了拍卢克的肩膀，他扭过头，开始和那人聊蜜月的事。我摸着他的膝盖——感觉怪怪的，也许这是我最后一次碰他的身体——说道："我去下洗手间。"

我艰难地穿过人群，不时停下来与人寒暄。"你好，你好，嗨。""你真是光彩照人！""谢谢你！""祝贺你！""谢谢你！""你好，你好，嗨。""幸会幸会。"幸会。我什么时候开始这样说话了？

婚礼协调员为我指了指临时洗手间的位置。这次预演晚宴饭店收了我们三万美元。"平常是员工专用的。"她说，"不过今晚您和卢克什么时候想用都可以。"说着她还冲我眨了眨眼睛。我只是盯着她，难道我该明白她的言外之意吗？

我锁上门。头顶没有灯，台子上摆了一盏瓷台灯，金色的灯光朦朦胧胧，如同置身一部老电影之中。我小心翼翼地放下马桶坐垫，就像在教堂里就座一样，生怕弄出半点响声。我坐下来，零号的米莉连衣裙沾上了在我之前所有在这里坐过的新娘子的DNA。我从没想到自己居然还能瘦到穿得上这件衣服。

啵的一声，我打开了我的宝缇嘉手包。我在里面摸来摸去，最后找到了那颗绿色的贝壳。

不知道过了多久，有人敲门。我叹口气，站了起来——又该上场了，准备好了吗？我把门拉开一道缝，看到了内尔的眼睛、鼻子和嘴唇。门内和门外的光线简直不可同日而语。

她微微一笑，嘴角消失在脸颊上，"你干什么呢？"

我没吭声。内尔从门缝里挤进来，并用拇指擦掉一颗黑色的泪滴。

"怎么回事？"她说，"你是盖瑞特见过的最可爱的女孩儿？这些人到底认不认识你啊？"

我笑起来。那种能把你胸膛里所有的痰液都搅得不得安宁的骇人的大笑。

"你想干什么呀?"内尔问。

我已经没什么好隐瞒的了。她耐心听我说完,低低地吹了一声口哨,"哎,今晚越来越热闹了。"

楠塔基特岛饱受逆温现象的困扰,经常出现冷空气上不去,热空气下不来的情况,所以这里常年多雾。"灰姑娘"用她的斗篷将小岛罩得严严实实,即便在晴朗的日子,即便天上甚至没有一丝云。

当然,只有当渡船冲出浓雾时你才能意识到是晴天。你望向前方,看到悬浮在陆地上的一团蓝色,清晰、明亮,如同投影屏幕上的屏保;可当你扭头看看左右,却只有像墙壁一样的昏昏沉沉的雾。但这一切都要被我抛在身后了。内尔走到我跟前,把一瓶冰镇啤酒塞到我手上。

"我想租车的地方离渡口应该不远,也许走路就能到。"她说。

啤酒在瓶颈处汩汩有声。"是的。"我用手背擦了擦嘴,"就在那边。"

"你确定不坐飞机?"

"现在坐飞机我可受不了。"我说。

内尔靠在船舷栏杆上,"你打算什么时候问?"

我半遮住眼睛,打量着她,"问什么?"

"问什么时候搬到我那儿去啊,既然你打算从头再来。"她笑着说。在朦胧的雾气中,她的牙齿如此洁白,恍如透明一般。"就像二○○七年那样。不过这一次我们不用再担心家里闹鼠灾的问题。"

我用肩膀轻轻碰了碰她,"真够意思,谢啦。"

在洗手间,内尔听完我的解释,便照我说的去叫来卢克。几分钟后,卢克用他的普拉达拖鞋蹭开了洗手间的门。"阿尼,你没事吧?我到处都找不到金柏莉（我们的婚礼策划），幻灯片上的音乐无法播——"

看到我手指间夹着的贝壳，他的脸色顿时暗了下来。我没有等他把门锁上便开口问道："你把亚瑟和他爸爸的照片怎么了？"

卢克转身缓缓关上门，仿佛在有意延迟接下来要发生的事，尽管他对即将发生什么一无所知，"我不想让你心烦。"

"卢克，快点告诉我，要不然我就——"

"好吧，好吧。"他伸出双手拦住了我。

"约翰来纽约的那个周末买了些可卡因。我劝过他。你是知道我不喜欢碰那东西的。"卢克意味深长地看了我一眼，好像他反对毒品的坚定态度能赦免他犯下的任何过错一样。

"他未婚妻也有相同的嗜好。我们回公寓后，他说需要借用一张照片。我不懂他用照片干什么，但他说他们平时都用镜子或相框。"

"所以你就把亚瑟和他爸爸的照片给他了？"

"我不想让他弄脏咱们的照片！"卢克辩解说，好像他真的别无选择，好像我们公寓里其他朋友的照片很少似的。

"那照片后来怎么了？"

"不知道谁不小心把它摔地上了。"卢克用手在空中比画了一下，"相框摔烂了，我就把它扔了。"

我在他脸上仔细搜寻着懊悔的痕迹，"连照片也扔了？"

"要是被你发现相框摔坏了，你肯定就该猜疑了。你对这种事……总是很敏感。你肯定会非常生气的。"卢克将双手放在胸口，好像在保护自己免遭我的攻击一样，"我觉得扔掉更好，对你也好。只有这样你才能往前看。事情早就过去了，你还纠缠那些干什么呢？"他打了个哆嗦，"那很不正常，阿尼。"

我把那片贝壳小心翼翼地托在手里，就像托着一只受伤的小鸟，"我万万没想到。"

卢克跪在了我面前，就像他求婚那天一样，我一直认为那是我有生以来最快活的一天。他试图替我擦掉随着泪水淌下脸颊的睫毛膏时，我躲开了。"对不起，阿尼。"即便如此，他仍然是一副受害者的姿态。圣人卢克不得不忍受我，忍受我的怪，我的蠢，还有我的神经，"可现在不是说这个的时候。大家正高兴着呢，咱们别让这件事毁了晚宴的气氛。"

外面，卢克的一个朋友高声骂另一个朋友是个娘儿们。我一直攥着贝壳，仿佛它是一个压力球。我的手越攥越紧，差点把它压碎在手心里。"能够毁掉今晚的并不是这件事。"我任由他为我擦掉了一颗泪珠，也许这是他最后一次碰我了。随后，我把真正能够毁掉这个夜晚的事情，告诉了他。

第 17 章

可想而知，当时的情景简直乱了套。哈里森家的人，我的父母，内尔、卢克，他们时而结成同盟，时而针锋相对，各说各的理。最后他们决定让内尔叫辆出租车，带我先回哈里森家，在其他人回去之前把我的东西收拾好。夜里我们住酒店，第二天一早就走。哈里森太太和我说起婚礼的种种安排时，脸上既有愤怒也有同情。她的语调虽然平淡如水，但态度多半是向着她自己。

妈妈甚至连看都不看我一眼。

从现在起，以后的感恩节和圣诞节我都要和爸妈一起过了。妈妈每年都会把那棵撒满霜花的假圣诞树放在墙边，缠上泡泡糖颜色的彩灯，除此之外便再也没有其他东西。喝的只有澳大利亚黄尾袋鼠西拉红葡萄酒。对这样的生活，我早有心理准备。

我不记得坐车回哈里森家，不记得收拾行李，也不记得我们登记住进了渡口附近的一家三星级酒店。我吃了内尔的一颗药，它把这些事从我的脑海中统统擦掉了。

推门走进我们的大床房时，已经过了午夜。我的肚子仿佛已经瘪到了后腰上。我做的第一件事就是抓起电话，昏昏沉沉地拨通了客房服务电话。"尊敬的客人晚上好。"居然是自动答录机，"本酒店仅在上午八点至晚上十一点之间提供客房服务。早上我们将为您提供免费早餐，欢迎——"

"已经下班了。"我本想把听筒猛挂在机座上，却不小心挂偏了。听筒直接摔在地上，像具死尸一样一动不动。"我快饿死了。"我有气无力地说。

"好吧，鬼家伙。"内尔脚下仿佛踩了轮子，行动起来平稳、优雅、从容。她打电话给前台，好声好气地提出了我们的要求。随后她点了芝士、鸡爪、薯条、冰淇淋三明治。后来那些东西全都进了我的肚子。我怀疑最后我睡着的时候，嘴里还衔着一根薯条呢。然而这一晚我睡得极不安稳，就像沉在水中一样，时不时地醒来就需要把头伸到窗外的黑夜中呼吸新鲜空气，最后是内尔的药让我重新回到了水底。可不管怎么说，我睡着了，而且睡得很沉。

纪录片不得不重拍一部分。做出那个"会让我后悔终生"（妈妈的话）的决定之后，我和亚伦以及他的摄影师在洛克菲勒中心以东几条街开外的一个小录音棚里又见了一次面。

我还有了份新工作。如今我是《光辉》杂志的专题总监。职位虽然够高，但这本杂志的影响力却远远不及《女人志》，而其名气更是无法与《纽约时报杂志》相提并论。至于后者那个机会，洛洛说我们只差一步，但她想不通的是我竟然放弃了。

"他们开出的薪酬比那边要高出三万多呢。"我晃了晃光秃秃的无名指，"我需要钱。我欠了一屁股债要还，等不及啦。"

"真舍不得你。"她最后说，"但我理解。"我清理办公桌那天，她对我说总有一天我的名字会再度出现在她的刊头。我感动得眼泪都涌了上来。她连忙安慰我说："还记得你写的那篇文章吗？永远不要在办公室里哭泣。"她冲我眨了眨眼，随即大步回到走廊里，喊着数媒总监把她要的封面编号送过去。

我以为，手指上失去了那神奇的重量我定会非常不习惯。它是我与外界沟通的重要渠道之一，是我俯视他人的资本，因为有了它的存在，才能证明我的人生目标都已经实现。如果我说我一点都不怀念那闪着诱人光芒的绿宝石，那肯定是撒谎，但我确实并没有像我原本设想的那样对此耿耿于怀。当有人邀请我共进晚餐时，我心里也会暗暗期待，也许这次遇到了对的人，他会不折不扣地爱上我，爱上我的一切，就像在盖瑞特和其他许多人眼中卢克爱我那样。也许他不会惧怕我的疯，我的傻，我的怪；也许他能无视我浑身扎人的刺，发现我的温柔与可爱。他一定是个心胸开阔、善解人意的男人，懂得勇往直前并不意味着不能谈论过去，不能为过去流泪。

"你还记得该怎么做吧？"亚伦问。

"说我的姓名，片子播出时我的年龄，以及当年事件发生时我的年龄。"上一次面对镜头自我介绍时，我用的是阿尼·哈里森那个名字。当时的我信心十足地认为，纪录片播出时我肯定已经嫁入了哈里森家。现在我不得不重拍第二遍好纠正这个错误——穿上和当初一模一样的衣服坐在镜头前。他们会把所有的镜头拼接在一起，看上去就像一气呵成的一样。我的过去和现在就像地震中的大陆板块一样碰撞在一起，它制造出的裂缝重塑了我人生的过程，但这些已经不必提及。我已经无法从《女人志》借到那些衣服，而它们每一件都价格不菲。

亚伦向我竖起大拇指，并朝他的助手点点头。现在我已经能看懂他的手势了——亲切，没有半点虚情假意的逢迎。

如果一切都没有改变，按照原来的计划，亚伦给我打电话时，我本该在某处海滩上晒太阳，惬意地享受我的蜜月假期。他的电话改变了一切。

"你说得没错。"他告诉我。

当时我正在咖啡店里排队买咖啡，不过为了保留一点隐私，我让出自己的位置，来到了一条走廊上。

"片子我看过了。你和迪恩当时都戴了麦克风，摄影机把你们的对话全录下来了。"

我把手机紧紧贴在耳朵上，长长舒了一口气。我很高兴迪恩用了"强奸"那个词。它的治愈效果是不言而喻的。但那不是我让他如此说的唯一原因。我为《今日秀》拍过不少片段，知道只要嘉宾戴了麦克风，摄影机几乎能录下一切：于是无意之间就爆出了某人对萨凡纳粉色连衣裙的恶毒评论；某人因为紧张，在上镜之前去洗手间尿尿。迪恩如今也是个名人，他对此应该心知肚明。我并不是非要逼着他坦白那天晚上的事，我也没有打算在他的话上大做文章，我之所以那么做是因为我担心自己忽然之间可能会无视卢克的劝阻，毅然谈起那天晚上的事。如今既然我和哈里森家再无瓜葛，那我自然是想说什么就说什么了，"这么说，我们可以用上咯？来证实我的话？"

"我不得不承认，作为导演，你都不知道我有多兴奋，因为这绝对是谁都搞不到的独家新闻。"亚伦这样说，"不过作为你的朋友——"朋友，为这两个字，我曾经嘴角上扬。"我觉得这也是个意外之喜。你有权利让公众知道真相。只是——"他叹了口气，"这样做势必会招致很多人的反对，有些人恐怕会非常愤怒。我不知道你是否做好了心理准备。"

咖啡店的后门打开了，一名员工将一袋垃圾扔进了垃圾桶。我等着他重新回到厨房里去。"愤怒是正常的。"我尽量用宽宏大量的语气说，"毕竟他们对我做了那么见不得人的事。"

"我说的愤怒不是对他——"品出我话中的讽刺味道后，亚伦的话戛然而止。"没错。"他说。随后他又用充满理解和义愤的声音代表我说:"没错。"

打板器咔嗒一声响,所有人都安静了下来,可以说话的人只有我。亚伦冲我点点头:开始。我坐直了身体,面对镜头说道:"我是蒂芙阿尼·法奈利,今年二十九岁,二〇〇一年十一月十二日事发那天,我才十四岁。"

接着亚伦说:"再来一次,这回只说名字。"

打板器最后一次响起。

"我是蒂芙阿尼·法奈利。"

致　谢

　　首先感谢我的父母，感谢他们对我的容忍和疼爱。小时候的我古灵精怪，像个男孩子一样顽劣，可他们仍视我为掌上明珠，即便有一次我穿着百褶衬裙戴着公主一样的头纱骑着三轮童车在社区里疯跑引得邻居们个个侧目而视。谢谢你们从不间断地鼓励我的想象力，投资我的教育，有时甚至不惜牺牲掉你们自己的生活。谢谢你们为我树立了榜样，让我知道什么叫作勤劳和奉献，让我知道人应该既有远大的理想，也要有强烈的道德观念。能做你们的女儿，我才是世界上最幸运的女孩儿。没有你们，就没有我今天的一切。

　　感谢我的经纪人，来自典范经纪公司的艾莉莎·鲁宾，是她反复督促我一年又一年地写下去。在我最终成功的时候，当我出了书，创造了蒂芙阿尼，并深知自己在这条路上还能走得更远，很多时候我早上醒来仍然无法相信这一切都是真的。谢谢你在我自己都没有信心的时候却对我充满信心。

　　感谢我的好朋友凯特·霍伊特，我们很小的时候就在纽约相识，你的友谊陪我一路走来，不敢想象如果没有你我该怎么活下去。在我所有的朋友中，你是最特别的那一个。

　　感谢我的编辑莎拉·奈特，她也是我这本书的第一个读者，是她一流的编辑功力使书中的很多地方变得顺理成章。是她鼓励我，在我才思枯竭的时候要学会用锐利的眼光看待每一个文字，并要我在任何时候都不要降低标准，始终严格要求自己。

感谢我的电影经纪人，来自创新艺人经纪公司（CAA）的米歇尔·韦纳。她说拍电影就像推巨石上山。感谢你助我一臂之力。也感谢你替我写了漂亮的推荐信。

感谢我的宣传员凯特·盖尔斯，她对婚礼细节的关注甚至胜过她自己的婚礼；还有在幕后默默付出的销售经理伊琳娜·韦斯贝恩。感谢西蒙与舒斯特出版公司的每一位朋友，他们一封封饱含鼓励与支持的电子邮件是我坚持下去的动力。他们是：卡罗琳·里德、乔纳森·卡普、玛丽苏·鲁奇和理查德·罗瑞尔。

感谢我的导师约翰·瑟尔斯。我知道您听不惯"导师"这个称谓，可我实在找不到合适的字眼。您雇用我进入《Cosmo》（美国时尚杂志）时，我还只是一个对您的写作生涯充满敬畏的二十三岁的懵懂女生。感谢您对我无尽的支持和鼓励。是您告诉我说我一定能够成功，并耐心倾听我的牢骚；而在我正式进入这个领域后，您又时时安慰，使我不至于悲观放弃。

感谢凯特·怀特，她教给了我"要么奋斗，要么回家"的道理，使我懂得要通过不懈的努力去争取自己想要的东西。她还教会了我如何揣摩人们的心理，投其所好。您的建议将会使我受益终身。

感谢乔安娜·科尔斯和乔伊斯·张两位主编，他们的引导、鼓励与督促为我完成作品带来了巨大的帮助。

我还要感谢我的弟弟凯尔，感谢他对我的爱与支持，感谢他到处向人推荐我的书，感谢他成为我生命中的一颗光点。我知道你的能力，我为你感到骄傲。

感谢我的亲人们：芭芭拉是我的头号粉丝，也是我最快的读者；安迪和娜塔莉，无疑打破了预售期间的订单纪录。感谢你们对我的爱与支持。

特别感谢《科伦拜恩》一书的作者戴夫·卡伦，他在书中对科伦拜恩高中枪击案中的凶犯进行了令人印象深刻的心理剖析。

感谢我那帮"狐朋狗友"，他们热情、友爱，不像本书中的很多人一样虚荣伪善。过去一年他们陪我喝酒聊天，听我没完没了地唠叨本书的创作，而每次他们都会表现得无比兴奋。谢谢他们的支持，和对我的容忍。谢谢你们。

最后，感谢我的丈夫格雷格，感谢他对我的纵容和疼爱。感谢你当我要用客厅时你能老老实实待在卧室；感谢你把我和我的书介绍给所有你认识的人；感谢你在我的书开始预售期间成为第一个下单的人；感谢你毫无保留的支持和无条件的爱。它们使我更加爱你。

《你好，法奈利》
书评

"拥有吉莉安·弗琳的巧思与神韵，但在艺术表现上又独具一格。杰西卡·诺尔的《你好，法奈利》是一部不容错过的处女作。它构思缜密，充满黑色幽默，而其刺骨的冷峻又能直达人心，振聋发聩。"

——梅根·阿博特（Megan Abbott），小说 *Dare me*（《我敢》）和 *The Fever*（《高热》）作者

"清新，有趣，犀利，震撼。《你好，法奈利》真正做到了让我手不释卷。我爱这部小说。"

——劳伦·魏丝伯格（Lauren Weisberger），《纽约时报》畅销小说《穿普拉达的女王》作者

"近几年我读过的最引人入胜的小说。《你好，法奈利》情节跌宕起伏，扣人心弦，时不时的黑色幽默更是令人回味。阿尼·法奈利是一个复杂、悲情、令人难忘的女英雄。"

——约翰·瑟尔斯（John Searles），小说 *Help for the Haunted* 作者

"《你好，法奈利》用一个充满幽默、震撼、暴力和悲情的故事紧紧抓住了读者的心。杰西卡·诺尔这部惊艳的处女作对重生、惩罚

和救赎进行了成功的探索。"

——米兰达·贝弗莉－惠特莫尔（Miranda Beverly-Whittemore），小说 *Bittersweet* 作者

"《你好，法奈利》是一部构思精巧、令人爱不释手的作品。它向我们展示了一个真实的阿尼·法奈利。从诺尔的小说中我们可以读到耐人寻味的幽默、敏锐的文化洞察和严肃的主题思想。"

——艾莉莎·纳丁（Alissa Nutting），小说 *Tampa*（《坦帕》）作者

专有名词中英对照表

Jessica Knoll —————————————— 杰西卡·诺尔（作者）

Shun ——————————————————— 旬牌（日本刀具品牌）

Wüsthof ———————————————— 三叉牌（德国刀具品牌）

Luke ———————————————————— 卢克（男名）

Williams-Sonoma ——————— 威廉姆斯-索诺玛（家居品牌）

Fifty-ninth Street ——————————————— 第59大街

Martha Stewart ————————————— 玛莎·斯图尔特（女名）

Louvre ———————————————————— 罗浮宫（建筑）

Patsy's ——————————————————— 帕齐比萨店

Reuben sandwich ——————————————— 鲁宾三明治

Tif —————————————————————— 蒂芙（女名）

Lexington Ave ——————————————— 列克星敦大道

Victoria's Secret ————————————— 维多利亚的秘密

Minnesota ————————————— 明尼苏达州（美国州名）

Long Island ————————————————— 长岛（美国地名）

Montepulciano ——————————— 蒙特普齐亚诺红葡萄酒

The Women's Magazine ————————————《女人志》（杂志）

LoLo —————————————————————— 洛洛（男名）

Nell ————————————————————— 内尔（女名）

Dubai ———————————————————— 迪拜（地名）

London ------------------------------ 伦敦（英国首都）

Paris ------------------------------ 巴黎（法国首都）

Freedom Tower ----------------------- 自由塔（建筑）

Jack Rogers sandal --------------- 杰克·罗杰斯凉鞋（品牌）

Kleinfeld ----------------------- 克莱因菲尔德（品牌）

Meatpacking ----------------------- 肉库区（纽约地名）

Marchesa ----------------------- 玛切萨（婚纱品牌）

Reem Acra ----------------------- 雷姆·阿克拉（同上）

Carolina Herrera ---------------- 卡罗琳娜·埃莱拉（同上）

East Village ------------------------ 东村（纽约地名）

Rag & Bone ----------------------- 瑞格布恩（时尚品牌）

Locanda Verde ------------------- 洛坎达·威尔德（餐厅）

Chloé ----------------------------- 蔻依（时尚品牌）

Céline ---------------------------- 赛琳（时尚品牌）

Louis Vuitton ------------------路易威登（LV，时尚品牌）

Blue Hill ----------------------- 蓝山保护区（纽约地名）

Nantucket --------------------- 楠塔基特岛（美国地名）

Eleanor Tuckerman --------------- 埃莉诺·塔克曼（女名）

Podalski ----------------------- 波达尔斯基（姓氏）

Steve Jobs ---------------------- 史蒂夫·乔布斯（男名）

FaNelli ----------------------- 法奈利（姓氏）

Clifford ----------------------- 克利福德（男名）

Kind bar ----------------------- 肯德坚果能量条（食品）

GQ -----------------------《GQ》/《智族GQ》（杂志）

Lauren Conrad --------------------- 劳伦·康拉德（男名）

The Hills ────────────────────《好莱坞女孩》(时尚节目)

YSL ──────────────────────── 圣罗兰 (时尚品牌)

Valerie Jarrett ────────────────── 瓦莱丽·贾勒特 (女名)

The Atlantic ──────────────────《大西洋月刊》(杂志)

The New York Times Magazine ───────────《纽约时报杂志》

Ani ────────────────────────── 阿尼(女名)

Fifth Avenue ───────────────────── 第五大道

ABC Carpet & Home ────────────────ABC 家私城

Beni Ourain ──────────────────── 贝尼地毯

Spencer Hawkins ──────────────── 斯宾塞·霍金斯 (女名)

Bradley School ────────────────── 布拉德利中学

Trinity College ────────────────── 三一学院

Rosa Parks ──────────────── 罗莎·帕克斯 (女名)

Chanel ────────────────────香奈儿(时尚品牌)

Illy ───────────────────────── 意利咖啡

Starbucks ──────────────────── 星巴克咖啡

Loretta ─────────────────── 洛雷塔 (女名)

Psychology Today ────────────《今日心理学》(杂志)

Dominican Republic ─────────────── 多米尼加共和国

Amex ────────────────────── 运通信用卡

Kansas City ────────────── 堪萨斯城 (美国城市)

Paris Hilton ────────────── 帕丽斯·希尔顿 (女名)

Tifani Fanelli ──────────────蒂芙阿尼·法奈利(女名)

Chauncey ──────────────────── 琼西 (姓氏)

Grier ──────────────────────格利尔(姓氏)

Pennsylvania ------------------- 宾夕法尼亚州（美国州名）

Ivy League -------------------------- 常春藤联盟

Wesleyan ------------------------- 卫斯理公会大学

WASP ------------------------------------ 黄蜂女

Harrison --------------------------- 哈里森（姓氏）

TAG Heuer -------------------- 泰格豪雅表（手表品牌）

Cartier ----------------------------- 卡地亚（品牌）

Wayne --------------------------- 韦恩县（纽约地名）

Philly --------------------------- 费城（美国城市）

Main Line ----------------------- 美恩兰（费城区名）

Bloomingdale -------------------- 布鲁明戴尔百货公司

BrynMawr ------------------------- 布林茅尔（地名）

Abercrombie & Fitch --------- 阿贝克隆比 & 费奇（时尚品牌）

Atlantic City --------------------- 大西洋城（美国城市）

Leah ------------------------------- 利亚（女名）

Bonne Bell --------------------- 博纳贝尔（化妆品牌）

Marilyn Monroe -------------------- 玛丽莲·梦露（女名）

Sister John ---------------------------- 约翰修女

J.D.Salinger --------------------- J.D. 塞林格（男名）

Brenner Baulkin ------------------- 布伦纳·鲍肯（男名）

Saved by the Bell----------------《救命下课铃》（美剧）

Mr.Larson ------------------------ 拉尔森老师

Bud Lights ----------------------------- 百威淡啤

The Catcher in the Rye -----------《麦田里的守望者》（书）

Holden -----------------------------霍尔顿（男名）

Pearl Jam ———————————————————珍珠果酱（乐队）

Tanner ————————————————————坦纳（男名）

Arthur Finnerman ——————————— 亚瑟·芬纳曼（男名）

New York Times ——————————————《纽约时报》

Kimmel Center ————————————— 金梅尔表演艺术中心

The Phantom of the Opera ————————《歌剧魅影》（音乐剧）

Steve Madden ——————————— 史蒂夫·马登（制鞋公司）

Into Thin Air ———————————《进入空气稀薄地带》（书）

Sally Jessy Raphael ————————— 莎莉·杰西·拉斐尔（女名）

Lindsay Hanes ———————————— 林赛·黑尼斯（女名）

Malvern ——————————————————— 马尔文（地名）

Chester Springs ————————— 切斯特·斯普林斯（地名）

Shark ————————————————————— 鲨鱼眼（绰号）

Beth ——————————————————————— 贝丝（女名）

Sarah ———————————————————————莎拉（女名）

Teddy —————————————————————— 泰迪（男名）

Snapple ——————————————————斯纳普（饮料品牌）

Hilary —————————————————————希拉里（女名）

Dean ———————————————————————迪恩（男名）

Olivia ——————————————————— 奥利维亚（女名）

Mrs. Chambers ————————————————— 钱伯斯太太

Liam Ross ——————————————— 利亚姆·罗斯（男名）

Tiger Beat ————————————————《虎派》（娱乐杂志）

Motown ——————————————————————— 摩城唱片

Stella McCartney ———————— 斯特拉·麦卡特尼（女名）

Adidas ———————————————— 阿迪达斯（服装品牌）

West Side Highway ————————————— 西侧高速公路

Monica Dalton ————————————— 莫妮卡·道尔顿（女名）

Sex and the City ————————————《欲望都市》（美剧）

Barneys ————————————————————— 巴尼百货

Andrew ——————————————————————安德鲁（男名）

Goldman Sachs ————————————— 高盛集团（公司）

Seven jeans ———————————————————— 柒牌牛仔裤

Hamilton ————————————————————— 汉密尔顿学院

Matt Cody ———————————————— 马特·科迪（男名）

Hemingway ——————————————————海明威（男名）

Modern American Classics ——————————— 美国现代经典文学

Dave Eggers —————————————————— 戴夫·艾格斯（男名）

Mayflower ——————————————————— 五月花号（船名）

Emile ————————————————————————— 埃米尔（品牌）

Marie Robinson salon —————————————— 玛丽·罗宾逊美发厅

Georgina Bloomberg ————————————— 乔治娜·布隆伯格（女名）

Garret ——————————————————————————盖瑞特（男名）

Duke ———————————————————————————————— 杜克大学

Twitter ————————————————————————————— 推特（微博）

Instagram ————————————————————— 图片墙（手机应用）

Today ————————————————————————《今日秀》（电视节目）

Friends of the Five ————————————— 布拉德利之殇（活动）

Villanova ————————————————————— 维拉诺瓦（美国地名）

Law and Order————————————————————《法律与秩序》（美剧）

Dukan diet ------------------------------ 杜肯减肥法

Kate Middleton ------------------- 凯特·米德尔顿（女名）

Rye ------------------------------------ 拉伊（地名）

Scully & Scully --------------------- 斯库利斯库利（品牌）

Adderall ---------------------------- 阿得拉（药品）

Robert Mapplethorpe ---------- 罗伯特·梅普尔索普（男名）

Butterfields ----------------------- 巴特菲尔茨（建筑）

Butterfingers --------------------------- 草包（戏称）

Stan ------------------------------------ 斯坦（姓氏）

King of Prussia Mall ---------------- 普鲁士国王购物中心

J.Crew --------------------------- J Crew（服装品牌）

Nordstrom ------------------------- 诺德斯特龙百货

Tiffany Infinity ----------------------- 蒂芙尼珠宝

BalaCynwyd ----------------------- 巴拉辛魏德镇（地名）

Chauncey Gordon --------------------- 琼西·戈登（女名）

Madrid ------------------------ 马德里（西班牙首都）

Pittsburgh ----------------------- 匹兹堡（美国城市）

Gul ------------------------------ 上校（虚构军衔）

Leonardo DiCaprio ---------- 莱昂纳多·迪卡普里奥（男星）

Claire Danes --------------------- 克莱尔·丹妮丝（女星）

Romeo+Juliet -------《罗密欧与朱丽叶后现代激情篇》（电影）

Sister Kelly ---------------------------- 凯莉修女

Megan McNally ------------------- 梅根·麦克纳利（女名）

Dean Barton ----------------------- 迪恩·巴顿（男名）

Peyton Powell --------------------- 佩顿·鲍威尔（男名）

Pat ------------------------------- 帕特(男名)

Harold ---------------------------- 哈罗德(姓氏)

Finny ----------------------------- 菲尼(女名)

Fall Friday Dance ----------------- 秋季周五舞会

Chili's --------------------------- 红辣椒餐厅

TRL ------------------------------- 互动全方位（TRL）

Holy Spirit ----------------------- 圣灵

Mt. St. Theresa ------------------- 圣特里萨山中学

HO -------------------------------HO 姐妹

Navigator ------------------------- 领航员（汽车）

The Spot -------------------------- 空场（地址）

Dave ------------------------------ 戴夫（男名）

BrynMawr College ------------------ 布林茅尔学院

Ben Hunter ------------------------ 本·亨特（男名）

Ardmore --------------------------- 阿德摩尔（地名）

Clinique -------------------------- 倩碧（化妆品牌）

Mah ------------------------------- 马赫（姓氏）

Mrs. Dern ------------------------- 德恩太太

Phillip Lim ----------------------- 菲利林（时尚品牌）

Penelope LoLo Vincent ------ 佩内洛普·洛洛·文森特（女名）

Arielle Ferguson ------------------ 阿丽尔·弗格森（女名）

West Virginia ----------------- 西弗吉尼亚州（美国州名）

ASME ------------------------------ 美国杂志编辑协会

American Council on Exercise ------------- 美国运动协会

Editor in chief ------------------------------ 总编

Planned Parenthood —————————— 美国计划生育联合会

Bronxville ———————————— 布朗克斯维尔（地名）

The Dr. Oz Show. ——————————《奥兹医生秀》（电视节目）

Sun Tzu ——————— ————————— 孙子（人名）

The Art of War ———————————————《孙子兵法》

Perdue ——————————————— 裴顿农场

Dominican ——————————————— 多米尼加人

Uber ——————————————— 优步（打车应用）

Scarsdale ——————————————斯卡斯代尔（地名）

Turnbull & Asser —————————— 滕博阿瑟（时装品牌）

Minella's Diner ————————————— 米内拉餐厅

Fiji water ——————————————— 斐泉瓶装水

Celine Dion ——————————————席琳·迪翁（女名）

Mark ————————————————— 马克（男名）

Discovery Channel——————————《探索频道》（电视节目）

Señora Murtez ——————————————— 默提兹太太

Dr Pepper ——————————————— 胡椒博士（饮料）

Pepsi ————————————————— 百事可乐

Merlot ——————————————梅露汁（红酒）

Anthony —————————————————— 安东尼（男名）

St. Davids ——————————————— 圣大卫（地名）

Montgomery Ave ————————————— 蒙哥马利大街

Lancaster Ave ————————————— 兰卡斯特大街

Prosecco ——————————————— 普罗塞克（葡萄酒）

Kimberly ——————————————— 金柏莉（女名）

Dark and Stormy —————————— 黑暗风暴（鸡尾酒）

Chris Bailey ——————————— 克里斯·贝里（男名）

Jetblue ————————————— 美国捷蓝航空（公司）

Hyannis Port ————————————— 海恩尼斯港

Hallsy ——————————————— 霍尔茜（女名）

Sconset ——————————————— 斯康塞特（地名）

Tupperware ————————————特百惠（品牌）

Sankaty Head Golf Club ————————— 桑卡蒂角高尔夫球场

Lululemon ———————————— 露露柠檬（瑜伽服装品牌）

CartierTrinity ———————————— 卡地亚三色戒（戒指）

Sally Hershberger ————————— 莎莉·赫什伯格美发店

Rand ——————————————————— 兰德（男名）

Gettysburg ————————————— 葛底斯堡（美国城市）

Tahiti ————————————————塔希提岛（地名）

Basil Hayden's ———————————— 罗勒海登（威士忌）

AbuDhabi ——————————————阿布达比（国家）

Maldives ——————————————— 马尔代夫（国家）

Betsy ———————————————— 贝琪（女名）

Yates ——————————————— 耶茨（姓氏）

James ——————————————— 詹姆斯（男名）

John Grisham ————————————— 约翰·格里森姆（男名）

The Last Juror ————————————《最后的陪审员》（小说）

The Runaway Jury ————————《失控的陪审团》（小说）

Friends ——————————————《老友记》（美剧）

Annabella Kaplan ————————— 安娜贝拉·卡普兰（女名）

Coyne ————————————————————科因（姓氏）

Louisa ———————————————————路易莎（女名）

Starburst ——————————————————星形糖

Swedish fish ————————————————— 小鱼软糖

Miles ——————————————————— 迈尔斯（男名）

forty-ounce —————————————————40盎司（啤酒）

Arbor Road ————————————————— 阿伯路

Wawa ——————————————— 瓦瓦便利店／加油站

Beebe Lake —————————————————— 碧碧湖

Cornell ——————————————————— 康奈尔大学

Narberth ——————————————————纳伯斯（地名）

Manayunk ————————————————— 马拉扬克（地名）

Tombstone ————————————————— 墓碑比萨

CVS ———————————————————— 便利店

Theory ——————————————————希尔瑞（时装品牌）

Flatiron —————————————————— 纽约熨斗区

Mill Creek —————————————————米尔克里克（地名）

Brooklyn Bridge ———————————————— 布鲁克林大桥

Good Morning America ——————————《早安美国》（节目）

Lagavulin —————————————————乐加维林（威士忌）

Patrick Bateman —————————帕特里克·贝特曼（男名）

Lezzie ————————————————————拉拉（绰号）

Liz ————————————————————— 莉兹（女名）

Lennox —————————————————伦诺克斯（姓氏）

Kate Upton ——————————————凯特·阿普顿（女名）

Haverford —————————————————— 哈弗福德学院

David Copperfield ————————— 大卫·科波菲尔（男名）

Banana Republic ————————— 香蕉共和国（品牌）

Allison Calhoun ———————— 艾莉森·卡尔霍恩（女名）

Thirtieth Street Station ——————— 第 30 大街车站

Mona Lisa —————————————— 蒙娜丽莎（女名）

Times Square ——————————————— 泰晤士广场

New Yorkers ————————————————《纽约客》（杂志）

Bethany ————————————————— 贝瑟尼（女名）

Nutella ————————————————— 能多益（食品品牌）

Kelsey Kingsley ——————————— 凯尔西·金斯利（女名）

Rite Aid ——————————————————— 来爱德（公司）

Suburban Square ———————————— 城郊广场（地名）

Mrs. Hurst ——————————————————— 赫斯特老师

Gap Kids ————————————————— 盖普童装（品牌）

Dartmouth （College）——————————— 达特茅斯学院

Bob Friedman ————————————— 鲍勃·弗里德曼（男名）

Mr. Wright ————————————————————— 赖特先生

New Gulph Road ————————————— 新圭尔夫路

Rosemont ——————————————— 罗斯芒特（地名）

Thompson High ————————————— 汤普森高中（学校）

Radnor ——————————————————— 拉德诺镇（地名）

Type Media ———————————————— 类型媒体（企业）

Erin Baker ————————————————— 艾琳·贝克（女名）

Glow ————————————————————————《光辉》（杂志）

Features Director ------------------------- 专题总监

Cambridge ---------------------------- 剑桥市（地名）

Harvard ------------------------------ 哈佛大学

Ferragamo ---------------------- 菲拉格慕（皮鞋品牌）

Fashion Closet ---------------------------- 时装店

Emma ------------------------------ 艾玛（女名）

Jim Carrey ------------------------- 金·凯瑞（男名）

Liar Liar -------------------------《大话王》（电影）

The IncredibleBurt Wonderstone ------《超级魔术师》（电影）

Aaron ----------------------------- 亚伦（男名）

Radnor Hotel ------------------------- 拉德诺酒店

Jennifer Aniston ----------------- 詹妮弗·安妮斯顿（女名）

Brad Pitt ----------------------- 布拉德·皮特（男名）

Angelina Jolie -------------------- 安吉丽娜·朱莉（女名）

Carrie Bradshaw ------------------ 凯莉·布雷萧（女名）

Ansilee Chase -------------------- 安斯莉·切斯（女名）

Intratec TEC-9 -------------- 英特拉泰克 TEC-9 冲锋枪

Chiclets ---------------------------- 芝兰口香糖

Columbine ------------------------- 科伦拜恩（地名）

Sister Dennis ------------------------ 丹尼斯修女

Jackson Pollock ------------------- 杰克逊·波洛克（男名）

Contemporary Art -------------------- 当代艺术（课程）

Epcot Center -------------------- 艾波卡特中心（公园）

Monroe Street ---------------------------- 门罗街

Martin ----------------------------- 马丁（男名）

Peace A Pizza ———————————————— 和平比萨（品牌）

Marriott Hotel ————————————————— 万豪酒店

Never Been Kissed————————————《一吻定江山》（电影）

Saks ————————————————————— 萨克斯百货

Jimmy Choo ——————————————————周仰杰（品牌）

Grays Lane —————————————————— 格雷士小巷

Third Eye Blind —————————————— 心灵蒙蔽合唱团

North Roberts Road —————————————— 罗伯茨北路

Honors Chemistry ——————————————— 高等化学

Officer Pensacole ——————————————— 彭萨克尔警官

YMCA ———————————————————— 基督教青年会

Dr. Levitt —————————————————— 莱维特医生

Bertucci's ——————————————————— 贝尔图奇餐厅

Dr. Perkins ——————————————————珀金斯医生

Anita —————————————————————安妮塔（女名）

Dove ————————————————————— 多芬（品牌）

Theodore —————————————————西奥多（男名）

Morris Ave ——————————————————— 莫里斯大街

Matt Lauer —————————————————马特·劳尔（男名）

Beverly ——————————————————— 贝弗莉（女名）

Detective Dixon ——————————————— 迪克森侦探

Detective Vencino ——————————————— 文西诺侦探

Sally Hansen ————————————————莎莉汉森（品牌）

Dan ——————————————————————丹（男名）

DUI —————————————————————— 酒驾

Daniel Rosenberg —————————— 丹尼尔·罗森伯格（男名）

Vanna White ——————————————— 凡娜·怀特（女名）

Toyota Camry ————————————————— 丰田凯美瑞（汽车）

The Philadelphia Inquirer————————————《费城询问报》

Chandler ——————————————————————— 钱德勒（男名）

My So-Called Life ————————————《我所谓的生活》（美剧）

Rayanne ——————————————————————— 瑞安妮（女名）

Robin Williams ————————————— 罗宾·威廉姆斯（男名）

Hook ————————————————————————《铁钩船长》（电影）

Elisa White ————————————————— 艾莉莎·怀特（女名）

T.G.I. Friday's ———————————————— 星期五餐厅

Paige Patrick ————————————— 佩姬·帕特里克（女名）

Quaker ————————————————————————— 贵格会教徒

Amish ——————————————————————————— 孟诺教派

Riley ——————————————————————— 莱利（女名）

Y100 ———————————————————————————Y100 电台

Honda Civic ———————————————— 本田思域（汽车）

Jeep Cherokee ————————————— 吉普切诺基（汽车）

Jaime Sheriden ————————————— 杰米·谢里登（男名）

Learning to Fly ————————————《学会飞翔》（书）

Empire State Building ————————————— 帝国大厦

Statue of Liberty ————————————— 自由女神像

Goyard ————————————————————— 高雅德（品牌）

Prada ——————————————————————— 普拉达（品牌）

Folgers ——————————————————— 福爵咖啡

Kathleen Finnerman ---------------- 凯瑟琳·芬纳曼（女名）

Avalon ------------------------------ 阿瓦隆（地名）

Cassie ------------------------------ 凯西（宠物）

Hare test --------------------------- 黑尔检测

Craig Finnerman ------------------- 克雷格·芬纳曼（男名）

Yangming --------------------------- 阳明轩（餐厅）

Lindy -------------------------------- 林迪（女名）

Nathan ------------------------------ 内森（男名）

Blake Lively ---------------------- 布莱克·莱弗利（女名）

Macaulay Culkin ------------------ 麦考利·卡尔金（男名）

Home Alone ----------------------《小鬼当家》（电影）

Brigitte Bardot --------------------- 碧姬·芭铎（女名）

Bottega Veneta -------------------- 宝缇嘉（时尚品牌）

Milly -------------------------------- 米莉（时装品牌）

Rockefeller Center ----------------- 洛克菲勒中心（地名）

Savannah ---------------------------- 萨凡纳（女名）

Paradigm Agency --------------------- 典范经纪公司

Alyssa Reuben --------------------- 艾莉莎·鲁宾（女名）

Cait Hoyt ------------------------- 凯特·霍伊特（女名）

Sarah Knight ----------------------- 莎拉·奈特（女名）

CAA ------------------------------- 创新艺人经纪公司

Michelle Weiner ------------------- 米歇尔·韦纳（女名）

Kate Gales ------------------------- 凯特·盖尔斯（女名）

Elina Vaysbeyn ------------------ 伊琳娜·韦斯贝恩（女名）

Simon and Schuster -------------- 西蒙与舒斯特（出版社）

Carolyn Reidy —————————————— 卡罗林·里德（女名）

Jonathan Karp ————————————— 乔纳森·卡普（男名）

Marysue Rucci —————————————玛丽苏·鲁奇（女名）

Richard Rhorer ————————————理查德·罗瑞尔（男名）

John Searles ——————————————约翰·瑟尔斯（男名）

Kate White —————————————————凯特·怀特（女名）

Joanna Coles ————————————— 乔安娜·科尔斯（女名）

Joyce Chang———————————————— 乔伊斯·张（男名）

Kyle ——————————————————————————凯尔（男名）

Barbara ——————————————————————— 芭芭拉（女名）

Andy ————————————————————————— 安迪（男名）

Natalie ———————————————————————— 娜塔莉（女名）

Dave Cullen ——————————————— 戴夫·卡伦（男名）

Greg ——————————————————————————格雷格（男名）

Shipley School —————————————————— 希普利学校

Hobart and Willian Smith Colleges – 霍巴特和威廉·史密斯学院

Geneva ——————————————————— 杰尼瓦（美国地名）

图书在版编目（CIP）数据

你好，法奈利 /（美）杰西卡·诺尔著；吴超译. —
南昌 : 百花洲文艺出版社, 2017.3
ISBN 978-7-5500-1961-4

Ⅰ. ①你… Ⅱ. ①杰… ②吴… Ⅲ. ①长篇小说—美
国—现代 Ⅳ. ①I712.45

中国版本图书馆CIP数据核字（2016）第255728号

江西省版权局著作权合同登记号：14-2016-0312
Simplified Chinese Translation Copyright © 2017 by Beijing White Horse Time
Culture Development Co., Ltd.
LUCKIEST GIRL ALIVE
Original English Language edition Copyright © 2015 by Jessica Knoll
All Rights Reserved.
Published by arrangement with the original publisher, Simon & Schuster, Inc.
through Andrew Nurnberg Associates International Ltd.

出版者 百花洲文艺出版社
社　　址 江西省南昌市红谷滩世贸路898号博能中心A座20楼　　邮编：330038
电　　话 0791-86895108（发行热线）0791-86894790（编辑热线）
网　　址 http://www.bhzwy.com
E-mail bhzwy0791@163.com

书　　名 你好，法奈利
作　　者 〔美〕杰西卡·诺尔
译　　者 吴　超
出 版 人 姚雪雪
出 品 人 李国靖
特约监制 何亚娟　　王　瑜
责任编辑 臧利娟　　周振明
特约策划 高　蕙
特约编辑 刘洁丽　　王俊艳
版权支持 高　蕙
封面设计 林　丽
封面绘图 孙十七
版式设计 王雨晨
经　　销 全国新华书店
印　　刷 北京市兆成印刷有限责任公司
开　　本 1/32　880mm×1230mm
印　　张 12
字　　数 398千字
版　　次 2017年4月第1版
印　　次 2017年4月第1次印刷
书　　号 ISBN 978-7-5500-1961-4
定　　价 39.80元

.